Command the Morning

Pearl S. Buck

神の火を制御せよ

原爆をつくった人びと

パール・バック

丸田浩❖監修

小林政子❖訳

径書房

HIROSHIMA!

ヒロシマ！

「原子爆弾を落としたことを、どう思いますか？」

アメリカ軍の若い爆撃手に新聞記者が尋ねた。

「どう思ったかって？」

爆撃手は同じ言葉をくり返し、タバコを深く吸いこんで煙の輪を吐き出した。

「ふつうの爆弾と変わりないですよ。それだけです」

——その日、死の町で、一人の生存者が壕からはい出し、立ち上がって辺りを見回した。男は煙が立ちこめた死と破壊の砂漠に立っていた。男は号泣し、絶望のうめきを発し、天に向かって両手を振り上げて叫んだ。

「こんな、こんな惨いことがあっていいのか！」

タッド・ダニールスキーに贈る。

本書の執筆にあたり、多くの科学者の方々が惜しみなく時間を割き、専門的知識を教授してくれました。ダニールスキーとともに深く謝意を表します。

神の火を制御せよ

目次

ヨブ記 38章

1節 主は嵐の中からヨブに答えて仰せになった。
2節 これは何者か。知識もないのに、言葉を重ねて／神の経綸を暗くするとは。
3節 男らしく、腰に帯をせよ。わたしはお前に尋ねる、わたしに答えてみよ。
4節 わたしが大地を据えたとき／お前はどこにいたのか。知っていたというなら／理解していることを言ってみよ。
5節 誰がその広がりを定めたかを知っているのか。誰がその上に測り縄を張ったのか。
6節 基の柱はどこに沈められたのか。誰が隅の親石を置いたのか。
7節 そのとき、夜明けの星はこぞって喜び歌い／神の子らは皆、喜びの声をあげた。
8節 海は二つの扉を押し開いてほとばしり／母の胎から溢れ出た。
9節 わたしは密雲をその着物とし／濃霧をその産着としてまとわせた。
10節 しかし、わたしはそれに限界を定め／二つの扉にかんぬきを付け
11節 「ここまでは来てもよいが越えてはならない。高ぶる波をここでとどめよ」と命じた。
12節 お前は一生に一度でも朝に命令し／曙に役割を指示したことがあるか

（『新共同訳』日本聖書協会刊より引用）

1章

大統領の決断

その年、一九四〇年。前年の九月にイギリスはドイツに宣戦布告していたが、春は再び巡り、アメリカ人はまだ戦火を免れていた。

バートン・ホールも自分たちはまだ安全だと思っていた。カリフォルニアにも春の気配はあったが、若葉の芽吹きや開花のきざしは、シカゴ郊外のバートの自宅の庭よりも遅かった。バートは二日前に飛行機でシカゴを発った。飛行機を利用したせいで出がけに妻のモリーとひともんちゃくあった。

「死んでもいいと覚悟しているなら、せめて体がバラバラにならないような乗り物を選んでもらいたいですね。遺体を埋葬して墓標ぐらいは建てなくちゃなりませんから」

バートはにやりとした。「墓標だって！　もしアメリカがこの戦争に加わったら、俺がやらねばならん仕事の半分も君はわかっちゃいない」

妻のふっくらした頬に音をたててキスすると、バートは愛車のコンバーチブルで空港へと向かった。

四十八時間後、バートは科学者仲間のウィリアム・トンプソンと、バークレー・キャンパス[*]の教職員クラブで昼食をとっていた。

「三ヶ月前モリーに話したんだよ。四月までにアメリカは参戦するかもしれないとね。だけど、いい按配に私の読み違いだった。いつも読み違いがこんなふうにありがたい結果になるといいがね」

テーブルを挟んで座ったトンプソンの薄い両耳を真昼の陽光が透過し、大きな耳は色白で面長の顔の両側にとまった二匹のピンクの蝶のように見えた。

「君はピンク色の蝶々を見たことがあるか？」だしぬけにバートは尋ねた。

「蝶？」トンプソンはきょとんとした顔をした。

「ピンクのだよ」

トンプソンは、切りかけた肉の上にナイフとフォークをいったん置いて真剣に考えこんだ。「ピンクのは見たことないですね」

「私もだ」バートはあっさり話を打ち切ると、厚いローストビーフにナイフを入れた。

「さっきの話の続きだが……」

二人はヨーロッパとアジアで拡大しつつある戦火の話をしていた。ドイツ、ポーランド、オーストリア、ハンガリーの科学者たちは母国を脱出し、初めはフランスに、次にイギリスに逃れ、いまはアメリカに集まって来ていた。恐ろしい逃避行だったという。

「アメリカは参戦せずにすむのでしょうか」トンプソンは最後の一切れをほおばると、ナイフとフォークをきちんと並べて置いた。

「無理だな」　バートは大男である。長身でやせているが骨格はがっしりしている。毛髪は赤く、精悍な容貌で、太い赤毛の眉の下には緑色の目が光っていた。

「無理でしょうね」トンプソンは気乗りしないふうだったが、その甲高い声は退屈どころか大いに関心があると語っていた。柔和な表情のまま続ける。「ナチスはもう原子力の開発に乗り出していて、ウラン235*の分離法を手にしています。ということは、原子爆弾の製造を目論んでいるということです。フェルミ*はナチスには無理だと思っているようだけど……」

バートはメニューからアップルパイを探した。「フェルミの直感というやつか！」

「彼の直感は、ほぼ百パーセント正しいですよ」トンプソンは主張した。

「『ほぼ』というのが、なかなか曲者なんだ」バートはそう言いながらウエイターに目くばせした。「アップルパイをくれないか。ア・ラ・モードにしてチーズを添えてくれ」

「よくそんな取り合わせが食べられますね」

「私は馬だからね」バートは言い返した。トンプソンの甲高い声は蚊の羽音のようだ。うるさいやつめ。

バークレー・キャンパス：バークレーはカリフォルニア州西部の港湾・学園都市。ここにカリフォルニア大学の本部がある。
ウラン235：放射性元素。天然に存在する234、235、238の三種のウラン同位体のうち、235のみが中性子の衝突によって核分裂を起こす。
フェルミ：エンリコ・フェルミ。一九〇一～一九五四。イタリア人核物理学者。三九年にアメリカに移住。人類初の核エネルギー解放を実現し、アメリカ原子爆弾製造計画に大きな影響を与えた。三八年ノーベル物理学賞受賞。

俺は仮想の兵器の話をしに来たんじゃない。いや、それは嘘だ。俺はその話をしに来た。その話をしようと決意しながらも、トンプソンを説得できるかどうか不安を抱えてここへ来た。トンプソンは一流の科学者で、彼が発明したサイクロトロン*から放射されるビーム（粒子線）は原子核を破壊する。世界でいまもっとも重要なのは原子だ。それは肉眼では見えない微少な粒子で、写真の乾板上のかすかな感光跡でしか見ることはできない。アップルパイを食べる気分はすっかり失せていた。バートは身を乗り出し、眼鏡をかけたトンプソンに、相手がびっくりするほど顔を近づけた。

「来年、私と一緒にその恐ろしい代物をつくる気はないかね？」

「私が必要なら……。ただし、その前にサイクロトロンの実験を終わらせ、ある程度の成果を出して秋に予定されている重要な国際会議に間に合わせたいです」

　バートはテーブルに置かれたアップルパイを横へどけた。

「誰にもやりたいことは山ほどあるさ。だが、とにかくいまは、そんなことを言っていられない。私は科学者を集めている。それも第一級の、な。大学からも企業からもかき集めている。君の次はスティーブン・コーストだ。知っているかね？」

「若い人ですね？」トンプソンは慎重に言った。

「この仕事は若くないとだめだ。若くて、思い切ったことのできる者でないとね」

「アップルパイを食べないんですか」

「ああ、急に食欲がなくなった。デザートはやめておこう」

その言葉を聞き流してトンプソンは黙々と小銭を一個ずつ数えていた。バートはトンプソンを待ちながら、混み合うクラブの室内を冷徹な目で見渡した。のんびり食べたり飲んだりしているこの連中は、この先何が待ち受けているかも考えずに、大学という狭い場所で漫然と過ごしている。彼は今日スティーブン・コーストに電話をするつもりだった。いまシカゴは土曜日の夕暮れ時だ。バートはもの思いにふけった。カリフォルニアに来た理由はほかにもあった。誰にも話していないが、人里離れたある山の頂に据えられた大望遠鏡をのぞくつもりだった。倍率が肉眼の百万倍だそうだから、いままで見えなかった星が見える。地球から五万光年かなたの銀河系も見ることができる。恐怖に直面すると、ある者は神に御加護を祈り、またある者は恐怖を忘れようと酒や女に溺れる。だが、バートは星や拡大し続ける宇宙に目を向けた。

「さて、トミー、これ以上話がなければ君を当てにしてもいいんだな?」不意にバートは言った。

「最悪の事態になれば、ですよ」

「残念だが、そうなる」

「そうならないでほしいものですね」

トンプソンと握手して別れるとバートはレンタカーに乗りこみ、はるか地平線に連なる山並みを目指した。

その夜、空は澄み切っていた。車はでこぼこ道を意外に軽々と登り、頂上近くの最後の坂をまわりこむ

サイクロトロン：陽子などイオンの加速器。荷電粒子を電磁場による力で加速して、その運動エネルギーを大きくする装置。

と、森の中の砂利道をがたがた走って山頂に出た。新月の弱い光の中に、世界最大の望遠鏡が収まっている巨大な銀色のドームが見えた。大勢の労働者が長い年月をかけて建設し続けているもので、これまでに何人かが事故で命を落としている。

岩床が爆破されて建設が始まったときからバートは毎年ここを訪れていたが、来年の今ごろにやって来たら完成しているかもしれない。もっとも、アメリカが参戦していなければの話だが。

高い金網の塀のそばに車を停めると、通用門で身分証を見せ、正面玄関に足を踏み入れた。簡素な造りをバートは気に入っていた。パターソンが出迎えた。ここの天文学者リューベン・パターソンはバーモント州の出身で、痩身、髪は薄茶色、口数は少ない。

「どうかね、リューブ」バートは声をかけながら周囲を見回した。「毎年よくなるな。巨大にして簡素、あの赤と緑の淡い照明はどうだ。らせん階段といい、静けさといい、実に素晴らしい。床はゴム張りだな」

「宇宙へのいざないです」リューベンは言った。

リューベンは広々としたロビーを横切って彼を小さな戸口へ案内した。バートは立ち止まって大望遠鏡の機械部をのぞきこむ。頭上高くに巨大な鋼鉄の梁が何本も渡され、コンクリート製の四本の大きな支柱の上に望遠鏡が据え付けられている。一本の支柱には大きな鋼鉄製の丸いジョイントがつけられ、他の三本にはオイルジャッキが備えられて高さを正確に調節するようになっている。怪物のような人工の目を操作する機械類が置かれたこの場所の向こうに、観測者用の数部屋があった。睡眠、食事、休憩、仕事、それぞれの部屋は目的に適った見事な設計になっている。バートは細部も見逃すまいとあらゆる場所に目をやった。空調も暖房も万全で、高品質の銅線でできた無数の回線は人の手で編まれている。これが数年がかりの仕事であることをバートは知っていた。可動装置はゴムとスプリングの台に据えられ、ごくわずかな震動があっても、絶対にぶれずに精密さを保持するようになっていた。すべての装置のいちばん上に望遠鏡があり、空高くそびえる銀色の巨大ドームに守られて、円筒形の目を星に向けている。

バートは天文台でほぼ無言の三時間をすごした。外に出たときには以前より謙虚な気持ちになっていたが、気分は高揚していた。ここへ来るといつもそうなる。星が誕生して成長し、消滅を迎えるまでの悠久の時の流れを知る。バートが探求したいのはそれだった。ではなぜ、それに固執しなかったのか。

「私はなぜ宇宙線にかかわり合うことになったのかな」バートは長い腕を伸ばして丸いドームを指した。「肉眼では絶対に見えない微小な原子核までの道のりは、ここから無限に遠いのに」

リューベンが真顔で応じた。「原子から星までは一直線です。道は通じています」

手を握り合ってから、バートは月光がかすかに届く道を下っていった。暗い夜空の東方、サンバーナディーノの山々の雪に陽が射し始めるのが見えた。地球の素晴らしい美しさ。人間の休みない精神はなぜそれだけで満足しないのか。彼は自問した。なぜ、飽くことなく知識を追求しなければならないのか。飢えたように宇宙について知りたいと願う。その不可解さに捕らわれたバートは、曲がりくねった狭い道の崖っぷちを危うくかすめながら、車を走らせ続けた。研究から逃げることはできない。知りたいと思うことをやめたら人間は野蛮人に戻る。野獣に戻る。宇宙かそれともジャングルか、どちらかだ……そのときバートはスティーブに電話するはずだったことを思い出した。

日没の弱々しい光が部屋の奥まで延びていた。スティーブはため息をついた。土曜日の静かな午後が終わろうとしている。彼は一人きりだ。妻のヘレンは隣家でブリッジに興じている。家は静まり返り、半地下のこの研究室では時間がまたたく間に過ぎていった。仕事といっても、スクラップに餌を与える容器のことだけだ。スクラップはコッカースパニエル種の飼い犬の名前である。しかし、今日の午後はこれをしようと決め、やり遂げたので満足だった。ステンレスの容器を保温器に入れ、保温器の電気コイルを電池に接続して、夜間にスクラップの餌が凍らないようにした。

近いうちに、たぶん来週には、この老犬の小屋のマットにも電気を入れてやれるだろう。ヘレンは犬が家に入ることを嫌う。妻の断固たる性分をスクラップは熟知していて、せめてキッチンに入れてやろうとしても言うことを聞かない。四肢を震わせるばかりで、飼い主のスティーブがいくら誘っても乗ってこない。

もう六時だ。五時にオーブンに点火すれば七時に焼き上がるとヘレンに言われていたっけ。スティーブは急いで手を洗い、狭い階段を飛び上がるようにしてキッチンへ向かった。ちょうどそのときヘレンが裏口から入ってきた。彼は、思わず立ち止まった。彼女が笑う。

「ローストビーフの火をつけ忘れたでしょ?」

「どうしてわかるの?」

「顔に書いてあるわ」

ヘレンはスティーブに軽くキスをして、オーブンのスイッチをひねった。

「ごめんよ、ヘレン」

「夕飯は一時間遅れね」彼女は帽子をとった。真っ赤なリボンがついた帽子で、黒のスーツによく合っている。帽子の下から黒い巻き毛がふわっと広がった。「午後は何をしていたの？　研究？」

この五年間、スティーブは地球の大気を通過してくる宇宙線の計測を続けていた。調査ではヒマラヤに登り、雪の中で凍えそうになった。ウェールズの炭鉱地帯では、地熱がこもる坑道の奥底まで降りて行ったこともある。その研究成果を本にまとめるのが目下の仕事だった。印税はヘレンがほしがっている家の建築費に充てることになっていた。次は赤道へ行って地球の赤道部分の膨張を解明したいと思ったが、研究旅行のためにはもう金を使わないと約束させられていた。まず家だ。

スティーブはクッキーが入っている青い陶器のふたを開けた。ヘレンはそのふたを取り上げてしっかり閉め戻した。

「ずるいわ。あなたがスイッチを入れ忘れたのよ」

スティーブはあきらめた。些細なことなら彼はいつも折れる。

「宇宙線の方程式にも身が入らなかったのね」

「僕の顔にそんなことまで書いてあるのか」スティーブはぼやいた。

「じゃあ何をしていたの？」

「スクラップの餌入れを温めようとしていた」

「スティーブったら！　犬のために半日つぶすなんて。今日から本に取りかかるって約束したでしょ」

「僕はまったく当てにならない男だよ」

ヘレンが横目でちらりと見た。きれいな青い目だ。「自分を変えるつもりもないんでしょう」

「そんな暇、僕にはないよ」

ヘレンは笑い出し、駆け寄ってスティーブを強く抱きしめた。「なんて正直なのかしら。でも、その正直さが憎いのよ」

彼はじっと抱きしめられていたが、彼女のとがめるような目に促され、かがんでその頬にキスをした。キスが簡単すぎたのでヘレンは夫の両肩をつかみ、ありったけの力で揺すった。スティーブはやせてはいるが大男だ。小柄でほっそりしたヘレンに揺すられてもびくともせず、むしろ喜んでいた。

「私を最後に抱いたのはいつだった？」ヘレンが問い詰める。

スティーブはすぐに応酬した。「一週間前だろ」

ヘレンは黒い眉をつり上げ、赤い唇をとがらせた。

「二週間前よ！　もし私が世界一、辛抱強い女でなかったら、世にもまれな、ぼんやりで冷たい心の科学者と結婚しているなら、私は、私は……」

スティーブはヘレンが言葉に詰まるとすかさず尋ねた。「どうするの？」

「出て行くわ。ずーっと遠くへ家出してやる、どんなに寒い夜だって」

スティーブは考えこんだ。「君を追うのは時間の無駄だろうが、追わざるをえないだろうな」

ヘレンは夫の胸に顔を埋めた。「あなたが追いかけてこなかったら、私、戻るわ」

「もちろん戻ってくるさ。君なしで僕がどうなるか知りたくてたまらないからね。僕がうまくやっていたら困るもんな」

彼女はまた笑い出した。「私が必要でないことぐらいわかっているわ。でも、必要だって素振りぐらいは見せてほしいわね」

それには用心して答えなかった。ヘレンは顔を上げた。

「ちゃんとキスしてちょうだい」

だいぶ前のことだが、二人が同じ大学の一年生だったとき、ヘレンはちゃんとしたキスというものがどういうものかをスティーブにしっかりと教えこみ、彼は現在、それを義務として実行している。確かに心地よい義務であり、血管を伝わってぞくぞくと恍惚感が広がる。スティーブは唇をヘレンの唇に押しつけ、情熱が徐々に高まるのを確かめながら、愛の強度を表示する精密機器のようなものを想像した。これもひっそりと進行する核爆発と言えなくもない。

ヘレンが体を離した。「うわの空でしょ！」

そのとき電話が鳴った。救われた思いで振り向くスティーブを、ヘレンが押しのけた。

「私の電話よ。待っていたの。ポーター夫妻が私たちに今夜いらっしゃいって。夫に聞いてみますと答えておいたのよ」

「何のことだい？」

「わかっているくせに」下唇を噛み、挑むような目つきで彼をにらんだ。

スティーブはその招きをいったん承諾していた。

「行けないって断ってくれよ。先約があるからって……」

「だめよ、そんな……」

「君と一緒にすることがある……」

「まあ、あなたったら……」電話を取ったヘレンは受話器にしばらく耳を当てていたが、スティーブに替わった。

「ポーターさんじゃなかったわ。神様からよ。あなたと話したいんですって。カリフォルニアからよ」

スティーブはヘレンに叱るような顔を見せて、自分の上司である偉大な物理学者バートン・ホールの電話に出た。

男の大きな声が受話器から響いてくる。「こんな時間に電話してすまない、スティーブ。だが、重要なことだ」

「かまいませんよ」

「政府の命令で重要なプロジェクトを立ち上げることになったら、君に加わってもらいたいんだ」

「場所はどこですか」

「まだわからない。何のプロジェクトかも話せない。だが、加わって後悔はしないはずだ。最大級の仕事だよ」

「それ以上のことは教えてもらえないのですか」

「だめだ。極秘なんだ」

「ほかに誰が加わるのですか」

「第一級の科学者全員と、えり抜きの若いスタッフたちだ。君はぜひとも必要だ」

「それではお断りできませんね。ですが……」

スティーブの耳に大きな笑い声が飛びこんできた。「断れば無理にでも引っ張るぞ。君を置き去りにするわけにはいかない」

スティーブは迷った。大学卒業以来、ずっとバートの下で研究してきた。

「妻と相談してみます」

部屋の奥でヘレンが嫌な顔をした。「妻と相談するなんて言わないでよ」と低い声で怒った。「あの人は、自分を別にして、ほかの誰にも妻なんかに相談なんてさせないんだから！」

思わずスティーブは笑った。「ヘレンは相談なんかされたくないと言っていますよ」

「そりゃいい。ヘレンも一緒に来ればいい。夫婦はいつも一緒だ」その言葉はスティーブの耳にざらついた。

「いつも一緒」はバートの妻モリーのことだ。二人の息子の母で、母親の理想像そのものである。親切でおせっかいで、常にバートに寄り添っている敬愛すべき伴侶。以前、「モリーからは絶対に逃げられない」と、ヘレンは我慢しかねるような調子で言ったことがあった。「モリーから逃げたいなんて、バートは思っちゃいないよ」とスティーブが応じると、ヘレンは黒いまつ毛の奥の青い目を丸くし、「ばかみたい！」と一言断じておしまい。二人で笑い合ったものだ。

「実現する段になったら、話を聞かせてください」スティーブは返事をした。

「よし。木曜日の朝、研究室で会おう」

電話が切れた。スティーブは受話器を下ろしてぼんやり考えこんでいた。ヘレンは黙って彼の言葉を待っている。オーブンを開け、小さめのローストビーフを取り出して長いフォークを刺し、焼き具合をみると再びオーブンに入れ、バタンと音を立てて閉めた。

「私の家よ、さようならだわ」ヘレンはつぶやいた。「さようなら、あこがれの新築の家よ。家なんて永久に持てないわ。さようなら、私のマイホーム、私の城、私のすてきな隠れ家よ！　白いバラ園よ、さようなら！　緑のお庭、ヒエンソウやヤグルマソウよ、さようなら！　何もかも終わりだわ……」

我に返ったスティーブが言った。

「あきらめることはないさ。確かに先に延びたけど、消えたわけじゃない。いつかはみんな手に入る」

「この目で見ないうちは信用しない」ヘレンは言い返したが、感情は自分でも持てあますほど高ぶり、スカートの裾を広げると夫のまわりをくるくると踊りだした。「赤ちゃんを産みましょう。忙しく暮らせるように。あなたが宇宙や原子にかかりっきりのあいだ、私は赤ちゃんと仲よくするわ」

ヘレンはオーブンのそばで動きを止め、ガスを消した。

「こんなときに、子供がほしいだって？」スティーブは真面目くさった顔で妻を見たが、ヘレンは再び踊り始め、その輪をだんだん小さくすると彼の腕をとり、唇にキスをした。

「夕食はしばらくお預けよ」ヘレンはささやいた。

……二時間後、ヘレンがスティーブから離れた。「だめだわ。今度も失敗よ」

大きなダブルベッドの端に座り、スリッパを引き寄せた。閉じた白いカーテンから月の光が漏れている。

「どうしてだい？　君は完ぺきだった。だから、僕も完ぺきだったと思うよ」

ヘレンは首を横に振った。「気持ちがこもっていなかったわ」

スティーブは大いに不満だった。「そんなことないよ」

ほっそりした裸体が夫のほうを向き、両耳をつかんだ。おどけたように歯をむき出し、夫の目の奥をのぞきこんだ。「それじゃ、うわの空なんだわ。頭と心が一致しないのよ。あなたは頭と心の違いをわかっていないわ」

スティーブは自分を責める青い目を見上げ、事実を否定できなくなって再び妻の体を引き寄せた。唇と唇が重なり、彼の顔に黒髪がかぶさった。


木曜日の午前、バートは机を挟んでスティーブと対面していた。話しながらいじっていたペーパーナイフを下に置く。

「話せるのはそれだけだ、スティーブ。あとは信用してもらうほかない。危機的な時期にあってやらざるを得ない仕事だ。どこかで方法をテストする……その上で製造に移る」

「場所も時期も決まっていないのでしょう？」

「まだだ。人の往来がまったく無い辺鄙で孤立した場所で、人の出入りがチェックできるところになるだろう」

「そこに移るまで、どのくらい時間がありますか」

「それもわからんのだ……政府がどれほど速やかに目を覚ましてくれるかによる。当分、どこかに住まいを構えたりしないでほしい。家など買うなよ」

「わかりました」

スティーブは目を伏せて考えこんだ。ヘレンに話さなければならない。

バートの声で再び我に返った。

「君の力を借りたい。それで十分だろう。それとも、君を頼りにし過ぎてしまったかな」

スティーブは返事をしなかった。弱々しい四月の太陽の光が大学のだだっ広く古めかしい研究室に射しこみ、足下のすり切れたカーペットに落ちている。スティーブが目を上げると、バートの濃い眉の下の緑色の目がこちらをまともに見つめていた。

「外国人の科学者たちは……パニック気味なんですか。彼らの母国での体験を考えれば無理もないとは思いますけど。ハンガリーから来た学者たちは特にそうでしょう」

「シグニーのことか。確かに彼は興奮しやすい。彼に懐疑論をぶつけても一向にへこたれん。『アメリカ人は子供だ、赤ん坊みたいに眠り、飽きるまで食べ、野球やセックスに戯れている、セックスは特にそうだ』と、相変わらず自説をくり返している。『アメリカ人はセックスのためのセックスに取り憑かれて、馬鹿になる、脳がダメになる』と言い張っているよ。ところで、今夜、トンプソンと食事をする予定になっている。一緒に帰って来たんだ。会ったことはあるかね」

「もちろん、いろいろ存じ上げています」

バートは再びペーパーナイフを手に取った。ナイフは金メッキ製で三日月刀の形をしている。

「これは去年、ネパールからの帰りにトルコで手に入れたんだ。いつかまた、のんびり宇宙線の計測をする時間ができるといいがね。たぶん無理だな。ところでトンプソンだが、彼は優秀な男だ。十二、三年前にここで私の大学院生だった。創造力豊かな頭脳の持ち主でね、常に新しい発想を生み出し、それを実現させる。彼のサイクロトロンは完成間近だし、余談だが、がん治療の分野でも大きな貢献をしようとしている。今夜、話を聞くつもりだが、連鎖反応という発想も彼から出てきたんだ。ホテル・ベラミーで七時半。耐乏生活に入る前のちょっとしたぜいたくだな」

「うかがいます」とスティーブは返事をした。

スティーブが帰ろうとして立ち上がると、バートは何かを思い出そうとしている様子だった。彼の目にその何かを感知したひらめきが走り、大きな体が喜びに輝いたのち、再び静かな落ち着きを取り戻した。

「トンプソンはいつか、カリフォルニアに行く途中で私のところに寄ったんだ。そのときにはもう、あいつはカリフォルニアで教えていたが、サイクロトロンと称するものの青写真を見せてくれた。やつの製図はお世辞にもうまいとは言えない。おもちゃのように見える代物だった。で、私は想像力を働かせた。それは、磁場中の荷電粒子を円形軌道上で加速して運動エネルギーを高め、標的に衝突させる装置だ」

スティーブは座り直した。「標的には何を?」

「どんな元素でもいい」バートはパイプに火をつけた。「それがサイクロトロンの素晴らしいところでね、粒子のエネルギーを自由自在に調節できる。百メヴ*だって可能だ」

バートは突然笑い出した。「ところで、君に我が家のメヴの話をしたことがあったかな？」

スティーブは首を横に振った。

バートの目がいたずらっぽく輝いた。「妻のモリーだがね、ある日私の机の上を掃除していて、メヴと書いてあるメモを見つけたんだ。『いつもメヴって書いてあるけど、このメヴって女性は誰なの？』って聞くんだ。『初めて聞く名前だわ』ってね。私たち夫婦が仲の良いのを知っているだろ？『それはねえ、一〇〇万ボルトのことだよ』って言ってやったよ。そしたら『まあ、てっきり』だとさ。彼女が何を想像していたか、わかるだろ？」

バートが大笑いするのをスティーブはにやにやしながら見ていた。彼の妻がやきもちを焼く理由はたくさんあるが、それとメヴとは何の関係もない。

バートは急に高笑いをやめた。「さて、問題は我々がやろうとしていることにサイクロトロンが役立つかどうかだが、そのことを話したい。いずれにせよ、サイクロトロンは一つの原子核にたどり着くために有用だ。特定の原子核を壊すのに必要な最小エネルギーがわかる。太陽エネルギーに関する従来の知識のすべてが、今後は役に立つだろう。君の宇宙線*に関する研究が最終的に何の役に立つのか、これまでにも君はたびたび考えたことがあったと思うがね」

「あなたから教えられたことは『疑いを抱かず、純粋に知識を追求せよ』ではなかったですか？」スティーブは問い返した。

「それが私の主張するところだ」バートはうなずいた。「知識の追求が我々を太陽と生命そのものの秘密へと導く。考えてもみろ、スティーブ。その秘密がなければ我々生物は存在しなかった。地球が冷えて以来、太陽という聖なる熱核反応エネルギーがなければな。爆発こそ、そのすべてだ。我々はあらゆる爆発の中でも最大の爆発を発見する前夜にいる。ハンス・ベーテ*をはじめ、ヨーロッパ人科学者たちがいなければ何ができる？ ヨーロッパには何百年もの科学の蓄積がある。アメリカには歴史がない。荒野から国家をつくり上げるしかなかったんだ。外国人科学者を粗末にしてはならんぞ、スティーブ。……説教はこのくらいにしよう。私は牧師にでもなればよかったんだ。血は争えないよ。私の父親がメソジスト派*の巡回牧師だったという話をしたことがあったかな？」

「うかがいました」スティーブはきっぱりと答えて再び立ち上がりかけた。バートはもう歳だ。科学者としてはという意味だが、思い出話をくり返すのはその証拠である。四十五歳か、もう少し上かもしれない。創造性に富んだ科学者としてのピークは、恐いものなしの三十歳ぐらいまでである。

「父は大声でまくし立てる牧師だった」豊かな声に優しさが滲んでいた。「母は物静かな長老派の信徒だ

メヴ：一メヴ＝一〇〇万電子ボルト（megaelectron volt）。MEVと表す。
宇宙線：宇宙空間を光速に近い速さで飛び回っている超高エネルギーの放射線。自然に得られる高エネルギー粒子線であるが、強度や制御性などの点でサイクロトロンで得られる粒子線のほうが扱いやすい。
ハンス・ベーテ：一九〇六〜二〇〇五。ドイツ生まれのアメリカの物理学者、天文学者。恒星中心部における原子核反応を明らかにした。
メソジスト派：プロテスタントの最大教派の一つ。

った。血は争えんな」

「そうですね」スティーブはすでにドアの前にいた。「失礼します。では、今晩」

引っ越すと聞いたら、ヘレンはなんと言うだろう。「どこへ」と尋ねられても答えられない。そんなことをバートは気にしていない。おそらく彼も知らないのだろう。とにかくヘレンにはまだ伝えないでおこう。今夜もっと詳しいことがわかるかもしれない。どっちみち家に帰ってからでも遅くはない。ヘレンは待つことには慣れているはずだ。いやいや、そんなはずはないし、これからだって慣れるはずがない。「私には救いようのない持病があるの。こらえ性がないっていうやつよ」いつだったかそう言っていた。

スティーブは思い煩うのをやめ、ひんやりした朝の外気の中に出て行った。天気予報によれば午後は雨だというが、四月でも雪になるかもしれない。深呼吸して足を早めた。自分が生きていること、若いことがうれしかった。大理石を敷いた中庭の先にある大学の研究室には仕事が待っている。

ふいに、今夜は夕食時に家にいられないと気づいた。自分のデスクに戻ると電話のダイヤルを回した。

「ヘレンか」

「そうよ。昨日も、今日も、永遠にね。今夜の夕食はステーキよ」

「ヘレン、話があるんだ……」

彼女から陽気さが消えた。「家は買えないのね」

「いまはね、でも……」

「神様は、今度は何がほしいんですって?」

「とても重要なことで、断れないよ」

「そうでしょうとも。あの人にとっては何もかもが重要なのよ」あとのほうは泣き声になった。

スティーブはしばらく泣かせてから、おもむろに口を開いた。

「僕はいまの仕事を辞めるべきかな?」

耳になじんだ、か細い声を待った。

「だめよ、スティーブ」

「家を持つんだろう?」

「そうよ」

「僕は君を愛しているかな?」

「たぶん」

「愛しているよね?」

「愛してくれているわ」

「それを忘れないでくれ」びしっと言ってから、ふと思い出した。「そうだ、今夜の夕食は外になる……。バートが僕をトンプソンに会わせたいそうだ」ヘレンの返事を聞かずに受話器を下ろした。


七時半ごろ、ホテルのロビーは混雑していた。かなり広いロビーで、左側には高さ四メートルほどもある東洋風の屏風が立てられている。ロビー中央には噴水が銀色のしぶきを上げ、その上に透明のひもで吊り下げられた大きな鳥かごがあって、小鳥が羽ばたき、さえずっていた。スティーブはあたりを見回したが顔見知りはいなかった。どうしようもなく几帳面な性分で、今日も最初に着いたのは自分だった。つい今朝ほど、「いつも時間ぴったりだと、どれほど時間を損するのかしら？」と、いつものように数分遅れて階段を駆け下りてきたヘレンが言ったが、スティーブは変えられない。父親のしつけの効き目がありすぎたのだ。クエーカー*教徒は祈りを声に出さないが、必ず食前に感謝の祈りを捧げることになっていた。商人としての自負をつねに持ち続ける長身の父親は、日に三度、家族全員が食卓に集まるのを上座で重々しく、辛抱強く待っていた。彼の育った家庭では、時間は動かし難く、人間のほうが合わせるべきものだった。

「仕事をする時間はね……」今朝、カチャカチャ音を立てながらテーブルに食器を並べていたヘレンに話しかけると、即座に「時間が何だっていうの。アインシュタイン*だって時間は相対的なものだって言ったでしょ」と言い返された。

　噴水の前で羽ばたく小鳥を眺めながら、少々気に障るがあいうところがヘレンの可愛いところだと思い出していた。彼女は科学用語を使いこなして夫をからかったり反発したりして、かなり効果を挙げている。スティーブはひそかに驚いているのだが、妻は科学の原理をばかにするような口をききながらも非常によく理解していて、ひらめきと鋭い勘を働かせることがある。それは、彼女特有のこらえ性の無さから出るものではない。スティーブが嫌いな直観というやつだ。彼はぼんやり考えながら、緑色のインコや黄色いカナリアの群れを眺めていた。一羽のやせたオスのカナリアがさえずり出し、他の五、六羽のカナリアもいっせいに鳴き始めた。観察していると、メスたちは無関心のふりをしている。メスは餌入れのわきの細い枝に止まって餌をついばんでいる。メスにはさえずりが聞こえていないのだろうか。スティーブは微妙な性差というものについて思いに耽った。彼は生物学者ではないが、アリマキやショウジョウバエの性差について、生物学部長のスタントンと夕食の席で雑談をしたことがあった。

「オスの唯一重要な役割は、生き残るための道具であることかもしれないな」とスタントンは言った。

「まあ、乱暴な考え方ね」ヘレンは思わず言ったが、好奇心で目を輝かせていた。「それで？」妻はさらに聞きたがった。

「私はアリマキについて研究している」スタントンは肉を繊細かつ正確に切り分け、その上に赤い肉片をもう一枚重ねた。彼は淡々と話し続けた。「食べ物が不足すると、生き残りの問題が生じる。それは闘争を意味しているから、オスが多く生まれる。餌を増やすと闘う必要がなくなってメスが多く生まれる、そんなことがわかったんだ」

「つまり、どういうことなの」

「君ならどう思う？」スタントンは笑いながらヘレンに問題を投げ返していた。

クエーカー：十七世紀にイングランドで発生したピューリタン的プロテスタントの一派。質素を旨とした静寂の中で神を待望し、内面的な体験で「内なる光」を感じ，そこに救済を見いだすことを求めた。政治運動化していったピューリタン主流とは一線を画した。
アインシュタイン：一八七九～一九五五。ユダヤ系の理論物理学者。一九〇五年に特殊相対性理論を提出、一九一六年に一般相対性理論を確立。二十世紀物理学の基礎を築いた。

ロビーにある温室のような鳥かごでは、明らかに食糧は欠乏していない。餌入れにはたっぷり餌が入っている。新鮮なレタスの葉や砕いたゆで卵はメスが繁栄するための食糧だ。しつこくオスがさえずるのにメスは知らん顔で、せっせと餌をついばんでいる。

バートの大きな声で、スティーブは顕微鏡でのぞくような世界から現実に戻った。

「やあ、スティーブ、だいぶ待ったかね？　こちらがトンプソン。カリフォルニアから着いたばかりだ。トミー、スティーブン・コーストは知っているね。宇宙線などをやっている。私のもっとも優秀な弟子でね。……それから、私が初めて頼んだ助手を連れてきている。それがこのジェーン・アール。大学院のクラスの学生だ。テーブルは予約してあるぞ」

バートはさっさと歩きだしてロビーの中ほどまで行ってしまった。スティーブはトンプソンと握手した。やせた小柄な体つき、神経質そうな青白い顔、少なくなったネズミ色の髪、それらには見覚えがあった。それにしても、このジェーン・アールとは何者なんだ。会ったことのない女性だ。若くて黒髪で、どちらかといえば美人だ。確信はないが二十二歳ぐらいだろうか。黒のドレスに小さな白の帽子がとても似合っている。物静かで、澄んだ声で話す。スティーブは彼女と並んで歩調を合わせた。

「お会いしたことはなかったですよね」

「一ヶ月前にニューヨークから来たばかりなので、どなたとも初めてです」

感じの良い女性だ。落ち着いていて媚びたところがない。バートとトンプソン、彼女とスティーブがそれぞれ向かい合わせて座ったが、席に着いた途端にスティーブの頭からジェーンのことは消えた。

「まずはメニューだな。話はあとだ」バートが仕切った。「私はいつものとおりステーキ。みんなもそれでいいな。四人ともステーキに、サラダとコーヒー。……さてと、トンプソン、君の原子破壊器の進捗状況はどうだね？　ジェーン、高速の陽子のビームと磁場のことだよ。もっとも、君が知らないはずはないがね。スティーブ、彼女は頭がいいんだよ。女なのが残念だ。サイクロトロンとは、もちろん、高エネルギー粒子加速器のことだ。ある粒子に陽子、重陽子、アルファ粒子を放射すると、標的になった粒子は放射性アイソトープ《同位元素》*に変わる。素晴らしい、実に素晴らしい！」

「欠点もあります」トンプソンは小声でそっけなく言った。「アイソトープは一方で生物の正常な組織を破壊します。つまり、微生物や細胞の研究はまだできていません」

「私は長所を取り上げたいね。放射線はイオン化されて細胞膜を透過するから、悪性の組織、腫瘍などを破壊できる」バートは反論した。

　会話はいつもの親密さで流れていった。ジェーンはただ黙って聞いていた。スティーブが見たところ、男たちが気分よくお喋りしているあいだ、邪魔にならないように控えていることができる女性のようだ。男たちは自分たちだけの世界に閉じこもっていた。みな科学者で、同志でもあり、妻子よりも固い絆で結ばれ、仲間だけに通じる言葉でしゃべっている。

　胸を挑発的に露出した金髪のタバコ売りが品物を差し出した。バート一人が笑顔でタバコを買い、ほか

アイソトープ：原子番号が同じで原子量の異なる元素。原子核内の陽子の数は同じで中性子の数が異なる。同位元素とも言う。

の者たちは黙ったまま隅のステージで始まったショーに目を向けた。銀色のブラジャーにタイツの衣装で、営業笑いを浮かべた六人の女が踊っている。トンプソンはダンサーを見るとすぐに顔を背けた。スティーブはゆっくりコーヒーを飲みながら、世界でいちばん自分を楽しませてくれるものは、四方を壁に囲まれた研究室の中にあるもので、こんな愚かしい娯楽ではないと思っていた。バートはダンサーたちに皮肉たっぷりの視線を浴びせていた。

「原子からエネルギーを大量に取り出せるようになれば……」バートは目を閉じた。「世界中に熱や光を大規模に供給できるだろう」

「あるいは世界を破壊します」トンプソンが付け加えた。

「相変わらずの悲観論だな」バートが応じる。

「ワシントンの委員会は動いているのですか?」ステージのけたたましい音楽に逆らうようにスティーブは声を張り上げた。

「何が進んでいようと、当然、秘密ですよ。だが、何か目につく動きがあれば我々の耳に届くでしょう。政府は真剣に受け取っていないのではないかなあ。シグニーの言うことが正しければ、緊急事態だが……」トンプソンは言った。

バートは笑った。「シグニーは君にもまくし立てたのか。エネルギーの使い途を話したかね」

「船を動かせるとか、ウラン235を分離できるとか」スティーブが言った。

「船の動力だと!」バートは小ばかにした。「トミー、彼に教えてやれよ」

拍手が聞こえて話が途切れた。ショーが終わり、ダンサーたちが意気揚々とステージを降りるところだった。代わりに三人の曲芸師が登場した。

「ナチスは研究熱心で、優秀な学者をそろえています。ウランを二種の同位体に分離する研究を進めています。平和利用など考えていないと断言できますよ」トンプソンは言った。

そのとき、ジェーンがそっと割って入った。「ここでそんな話をしていいのですか?」

男たちはにわかに口を閉じた。「ありがとう、ジェーン」バートは言った。「うっかりしていたよ。明晩、私の家で話そう。その翌日にトンプソンはカリフォルニアに戻るから」

みな黙りこくり、急いで食事に集中した。まわりのテーブルは全部ふさがっている。そばを通るウエイターたちはトレーを山のように積み上げ、客につくり笑いを向けながら互いににいがみ合っていた。順番を待つ客が入り口にあふれ、騒がしいレストラン内にはいらだった雰囲気が熱気となって立ちこめていた。支配人はいらつきを隠しながら、ゆっくりコーヒーを飲みタバコを吸う客をじっと見つめている。

「世の中が上品で行儀のよかった時代はまた来るのかな。居心地がよいだけでもいいんだが」バートはつぶやいた。

「みんな戦争を言い訳にしているんですよ。ヨーロッパだってそうです」とトンプソンが応じた。「家内が昨日デパートへ行ったら、店員が客を無視して固まっておしゃべりしていたそうです。家内は店員の肩をたたき『お願いできますか』と頼んだとか。あなたは僕の家内を知っていますよね。声は、か細くて内気です。犬のダニだって殺せやしません。その女店員が家内に『お客様、戦争が始まるのをご存じないのですか』と言い訳したので、生まれて初めて家内も人に言い返したそうです。『知っていますとも。でなければ、あなた方はここで働いていられませんよ』とね」

みんなで笑い合い、コーヒーを飲み干してから、黒人のブルース歌手のステージを尻目に、テーブルを押しのけるようにしてレストランを出て、ロビーで別れた。スティーブだけが預けた帽子を受け取るために並んで待っていた。やっと帽子を手にすると小鳥の羽ばたきが耳に入り、さっきの小さな集団に何が起こっているのか見ずにはいられなくなった。鳥かごのところまで戻ると、一対のカナリアが人工の木の枝の股に巣をつくっていた。巣には、子供ならひとつまみで食べてしまうゼリービーンズほどの大きさの卵が二個転がっていた。小さなメスは巣に入るのを明らかに嫌がっていた。ほっそりしたオスが威勢よくさえずっていたが効き目はない。頑固なメスは餌入れに飛び移り、がむしゃらに餌を左右にはね散らかす。しぶとく鳴き続けていたオスは、ついに怒って自分で卵を温めにかかった。

「あわれなオス」スティーブのそばで誰かが言った。ぎくりとして振り向くと黒い瞳と目が合った。かたわらにジェーン・アールが立っていた。長身ですらりとしている。

「ばかばかしいけど、小鳥って見ていて飽きないよ」

「私も好き。一時間見ていても飽きないわ。いつか私もこうなりたい」

「どういうこと?」

「小鳥たちは自分の生をひたすらに生きている。無数の人の目にさらされながらもね」

スティーブはいい声だと思った。優しく滑らかで、女性の理想的な声である。

「どうして科学者になったの」スティーブはつい小鳥を忘れて尋ねた。

ジェーンが笑った。「科学に興味があったの。子供のころからずっと」

「科学に興味⁉」

「人をつき動かしてやまない好奇心をそう呼ぶのであればね」

ジェーンはにっこり笑い、手袋をはめた手を振りながら去って行った。その優雅な姿から目をそらすと、鳥かごではカナリアのメスが抵抗をやめていた。メスは巣に近寄り、くちばしで相手をつついていた。オスは胸を反らして位置をほんの少しずらし、メスが静まる様子を片方の目で眺め、次にもう片方の目でも見た。最後にオスは羽毛をふくらませて勝ち誇ったようにさえずった。スティーブはその場所を離れた。どちらが勝者なのか。彼は決めかねていた。


……翌日の夕刻、モリー・ホールは、お気に入りのレノックスのコーヒーカップと受け皿を居間のテーブルに二十四セット並べ、熱いコーヒーを置いた。サンドイッチ、クッキー、それにピンクの紙ナプキンも用意した。科学者はいつでも腹を減らしている。やせの大食いだ。「科学者は自分の内側からすり減るのよ」とモリーはバートに言った。今夜はトミー・トンプソンのためのパーティーを予定していた。研究室のスタッフ全員が妻同伴で現れる。ジェーン・アールも来る。世界一の夫、バートの魅力はまだまだ衰えていないので注意しなくては！　モリーはどこへ行くにも夫から離れず、夫を守る。妻としての義務を心得ている。科学者というものは女性が言い寄っても気がつかないが、気づくと有頂天になる。バートはお世辞に乗りやすい。興味のある女性の言うことは何でも鵜呑みにする。モリーは階段の下へ行った。

「バート！」

間の抜けたうめき声が返ってきた。

「いま行きますよ。ほかのワイシャツと一緒に引き出しに入れておいたはずだけど」

バートはお気に入りの青のストライプのシャツを探していた。まるで子供だ。妻がいなかったらどうするのだろう。そのとき玄関のベルが鳴ったのでモリーはあわてた。どちらを先にすればよいか。

「ちょっと待っててね」バートに一言叫ぶとモリーは玄関へ急いだ。外国人科学者のうちに一人、必ず時間どおりに来る人物がいる。エルンスト・ワイナーの淡い影を映すドアをモリーは開けた。ドイツ人かそれともハンガリー人か、どちらの国だったか覚えていない。

「お入りください」丁重に出迎えた。「バートはすぐ参ります」

モリーはワイナーが脱いだ帽子を預かった。使い古されてよれよれだが、外国人の学者には金がない。急いで居間へ通した。

「温かいコーヒーを召し上がれ。どうぞくつろいでくださいね」

モリーは二階へ急ごうとしたが、階段の途中で思い直してゆっくりと上がって行った。彼女が太りだしたので医者は激しく動かないようにと言うが、医者に何がわかるのか。バートのような男の妻でいることは生やさしいものではない。階段のてっぺんにはいま、その夫が上半身裸で突っ立っている。結婚してからというもの、下着を着てほしいと口をすっぱくして言ってきたが、ついに無駄だった。モリーの父親は下着を着ないで出歩いたことなどなかった。パジャマについては、彼女はもう考えることさえやめていた。夫はよくもまあ、何も着ずに眠れるものだ……。

「下に来たのは誰だい?」

「ワイナーさんよ。いつも早すぎるの。どれ、シャツを探してあげるわ」

バートは、いまにもじゃれつかんばかりの犬のように、うれしそうに妻を追って寝室に入った。モリーはさすが見事に二番目の引き出しからワイシャツを取り出した。バートはシャツをひったくった。

「さっきまで無かったぞ」

「あなたったら」モリーはため息をついた。

妻の嘆きなど気にもとめず、夫はシャツをはおった。「いいかい、奥さん連中には遠慮してもらうよ」

「わかっています。いつものことでしょ」

モリーは部屋に散らばった下着や靴下、それと汚れたハンカチ三枚を拾った。

「あなた、インクか酸のようなものを拭いたでしょう。ハンカチをご覧なさいよ!」

バートは聞こえないふりをした。「今夜はとても大事な集まりだ」

「いつもじゃないの」

「情勢は悪化している」

「戦争のこと?」

「質問はお断りだ」

「もう話ができないってこと?」

「数ヶ月か数年かな」

モリーは衣類の山を抱えたまま、そばの椅子に体を沈めた。

「新婚旅行からずっとじゃない。もう二十三年ですよ」

バートは鼻で笑った。「そんなことを持ち出さないでくれ。今度のことは君にもわかってもらうしかない。そうだ、俺だって話すわけにはいかないんだ」

ズボンのチャックを上げ、鏡をのぞいて赤く硬い髪をとかす。また玄関のベルが鳴り、バートは階段を駆け降りて勢いよくドアを開けた。愛する科学者仲間が全員そろっていた。うしろには妻たちも控えている。

「さあ、さあ、入りたまえ。酒もコーヒーもあるぞ」バートが客のあいだに割って入り、みんなでどやどやと居間に移動した。妻たちもついてきた。その群れから一人離れてジェーンが静かについてきた。

「皆さん、ようこそ。いま、降りてゆきますからね。サンドイッチでもコーヒーでも自由に召し上がってちょうだい。女性はベランダでお話ししましょう」モリーが二階から呼びかけた。

スティーブに寄り添ったヘレンが彼の右耳でささやいた。「まるでトランプの会みたいね。雰囲気がそっくり。平穏無事ってところかしら。皆さんの頭は世界でもっとも爆発しやすい場所なのに！　あら、あの黒い髪の女性は誰かしら。知り合いなの?」

「ジェーン・アールだよ。あそこにワイナーがいる。彼にちょっと尋ねたいことがあるんだ」

スティーブは妻から離れ、ワイナーのそばに椅子を引き寄せた。白いものが混じる髪に青白い顔をしたハンガリー人科学者は、かすかに笑みを浮かべ、スティーブに向かって右手を差し出した。白くて柔らかい手だった。

「握力が強いですね」ワイナーはぼそっと言った。

スティーブは笑って椅子をさらに近づけた。「フォン・ハルバン、ジョリオ・キュリー、コワルスキーの論文*を読みましたか」

ワイナーはうなずいて、「第一歩ですが、あまり大きな期待はできないでしょう」と小声で言った。

先を続けようとしたとき、モリーの声がした。

「女性の皆さん、バートが顔をしかめているわ。女どもは出て行けってことだから、行きましょう」

モリーに従ってベランダに出ようとしながら、あとに従う女性たちは次々に振り返ってジェーンを見た。

ジェーンは肘かけ椅子に座っていた。緑色の椅子に朽ち葉色のスーツが引き立っていた。ほかの女性たちに詫びるように軽く会釈した。

「ジェーンはこっちだ」バートは席を立ち、彼女の椅子を男たちのほうへ押した。「君がいなくちゃ、な。メモをとってくれないか」

「承知しました」ジェーンは肘かけ椅子からテーブルのそばの椅子に移った。茶色の革のハンドバッグから

フォン・ハルバン、ジョリオ・キュリー、コワルスキーの論文：一九三九年、この三名が共同研究に取り組み、ウランが核分裂すると数個の中性子が放出されるのを確認し、核連鎖反応を予測する論文を発表した。ジョリオ・キュリーは、マリー・キュリーとピエール・キュリーの長女イレーヌの夫。

ら鉛筆とメモ用紙を取り出し、かぶっていた小さな帽子をそっと脱いだ。薄暗いランプの灯りの中で黒い髪は赤茶色の暗い光沢を放ち、なめらかな肌はクリーム色に見えた。

「さてと、ドイツ人について我々が実際に何を知っているか、だ。まず名前を挙げるとすれば誰だろう」バートがつぶやくように言った。

「ハーン*がいます」シグニーのしゃがれ声がした。「ドイツのハーンは我々十人に匹敵します」

「そうは思わんが、ハーンはどんなことをしているんだ？　誰か正確に知らないか」

ワイナーが口を手で覆って咳をした。「失礼ですが、そういうことはあまり重要ではないと思います。誰がああして、誰がこうしているなんてことは。これは競争であって、ゴールに達するために誰もがしのぎを削っています。では、ゴールとは何か。核分裂の連鎖反応です。言わせてもらえば、我々は発見寸前にいます。シャム双生児のようなウラン２３８*と２３５を分離できれば、そのときがゴール達成になるでしょう」

「そのとおりです」トンプソンだった。明かりを背にして座ったので、大きな耳がまたピンク色に透きとおって見えた。「爆発の威力はＴＮＴ火薬の一億倍にもなります。だけど、爆発はフェルミが考えているよりはるかに複雑になると、私は断言できますよ」

「フェルミのような頭脳には、何もかもが単純明快なんですよ」シグニーはつぶやいた。

話し合いが始まると、どうしても科学的論争を避けられない。彼らの頭脳は議論に貪欲だ。緊張した空気になった。ジェーンは表情を変えず、話し手が替わるたびに見慣れているはずの話者の目や口元を真剣に見つめていた。検討は続いた。議論の最中、彼女はバッグから折りたたんだ印刷物を取り出し、男たちの話に割って入った。

「これはロンドンから届いた発行直前のネイチャー誌の記事です。ネイチャー誌で仕事をしている友人が、リーゼ・マイトナー*とフリッシュ*の書簡が載っているページの別刷を送ってくれました。お読みしましょうか」

「もちろんだとも。なぜもっと前に聞かせてくれなかったのかね」バートは驚いた様子だ。

「発行されたばかりで、この別刷はさっき夕方の配達で届きました。目を通す時間もありませんでした」

ジェーンは折りたたまれたページのしわを伸ばした。「こうあります。『ウラン原子核は非常に不安定で、中性子を取りこむと、大きさがほぼ均等の二つの原子核に分裂する可能性がある』」顔を上げたとき、自分を見つめるスティーブと目があった。「核分裂ですね。この書簡では、生じた元素は放射性を帯びているとも言っています。非常に高い放射能です」

ハーン：オットー・ハーン。一八七九〜一九六八。ドイツの核化学者。一九三八年、F・シュトラースマンとともに、ウランに中性子を照射して放射性バリウムを発見。この発見は、リーゼ・マイトナーによって核分裂が起きたものであることが明確にされた。

ウラン238：天然ウラン中に約九九・三パーセント含まれる非核分裂性のウラン同位体。核分裂性のウラン235は約〇・七パーセントしか含まれないので、238を濃縮するなどの方法で235の割合を高める。

リーゼ・マイトナー：一八七八〜一九六八。オーストラリア生まれのユダヤ系の女性物理学者。長年ハーンと共同研究後、一九三八年、ナチスの迫害を逃れてドイツからスウェーデンに亡命。放射能研究で核分裂の概念を提出。

フリッシュ：オットー・ロベルト・フリッシュ。一九〇四〜一九七九。マイトナーの甥に当たる物理学者。彼女の核分裂の概念提出に協力した。

ワイナーは緊張で体が震えていた。厚い眼鏡の奥から、うすい灰色の近視の目がジェーンを見つめている。彼はこめかみに吹き出た玉の汗を、骨張った手でぬぐった。

「彼らはボーア*に知らせるでしょう。ボーアは必ずアインシュタインやフェルミに伝えるから、みんなに知れます。重大な点は連鎖反応です。コースト博士は……」ワイナーはつぶやくように言った。

「スティーブと呼んでください」スティーブがさえぎった。

ワイナーは一瞬ためらい、笑顔を見せるとその先をしゃべった。「初めの爆発が次々と爆発を引き起こさないと意味がありません」

スティーブは振り向いて窓の外を眺めた。部屋の灯りでぼうっと明るんだところに春の牡丹雪が舞い降りていた。風はなく、雪は花びらのように空中を舞っている。ふわふわとして重みを持たないその繊細なものに、引力はほとんど働かないようだ。議論は再び白熱し、いつものことだが、バートは怒ったり、感心したりして感情が高ぶるたびにわめき立てた。

「いいか、トミー、アメリカにはウランも重水*も足りない。いまいましいドイツ人連中がノルウェーで重水を使って何かやっているってことしかわからない。硬いおつむにそれを入れといてくれ。なぜロシアのルシノフは何年も前から核反応をいじくり回しているんだ？　日本の湯川秀樹*の研究とはどういうものだ？　仁科*のサイクロトロンとは？　君らは自分が思っているほど先を行ってはいないぞ……」

「あなたったら！」とうとうガラス戸越しにモリーが悲鳴を上げた。「もう飲み物をいただいてもいいかしら。ベランダは寒いのよ。温かいコーヒーが飲みたいわ。そろそろ十二時よ」

「いまいましいが、女たちを中に入れなきゃならん」バートが悪態をついた。

あっという間に時間がたっていた。窓には雪が積もっている。バートは大きく頷いてドアの前に飛んで行くと、ドアを背にして立った。

「君たち、今日の話は極秘だからそのつもりで。すべてだぞ。どうするか考えなきゃならん」

「我々が恐れていることを政府に伝えてみては？」スティーブが提案した。

「それがいいでしょう。ただし、我々の協議が終わるまで待つべきではないかな。もっと情報を得てからにしましょう」トンプソンがつけ加えた。

「論文から知識を得ていてはだめだ」バートは言った。

「個人的に話を聞いてはどうですか」ワイナーが提案した。「私は亡命科学者から話を聞き出そうと思います。きっとうまくいきますよ。彼らはアメリカ人に知ってもらいたい秘密を話すでしょう」

「では、協議が終わってから政府に伝えよう」バートが結論を出した。そのあいだずっと、うしろでモリ

ボーア：ニルス・H・D・ボーア。一八八五～一九六二。デンマークの理論物理学者。一九三六年、原子核反応の複合核モデルを発表。三九年、液滴模型により核分裂のメカニズムを説明。彼の指導の下でコペンハーゲンは原子物理学研究の中心地となった。
重水：普通の水より比重が大きい化合物。原子炉の中性子減速剤として有用。第二次世界大戦中までは物理・化学的研究の対象にすぎなかったが、現在はトン単位の大量の需要があり、工業的に生産されている。
湯川秀樹：一九〇七～一九八一。理論物理学者。中間子理論で日本初のノーベル賞を受賞。第二次世界大戦中、日本海軍の原爆研究に参加したと伝えられるが、積極的に参加した形跡はない。
仁科：仁科芳雄。一八九〇～一九五一。原子物理学者。コペンハーゲンでボーアの門下に学ぶ。一九四四年にサイクロトロンを完成させたが、戦後に米軍が破壊撤去した。

ーが窓ガラスをコツコツたたき続けていた。

「バート、入れてちょうだい！」

「さしあたり、一言も口にするなよ」厳しく言い渡すとバートはドアを開け、女たちが室内に戻ってきた。緊張が解けて和やかな雰囲気になり、雑談や人の動きとともに温かいコーヒーの香りがしてきた。

それから一時間後、毛皮のコートにくるまったヘレンは、家に向かう薄暗い車の中で眠そうにつぶやいた。

「私になくて、あの女性にあるものって何かしら」

スティーブは闇を見つめていた。フロントガラスに激しくあたる白い雪がまるで飛びまわる電子のようだと思ったが、本当は彼のほうからぶつかっているのだから、そのエネルギーは見せかけだった。

「どの女性？」スティーブはぼんやり聞き返した。

「覚えていないのなら、いいのよ」ヘレンは再び眠りに落ちた。


翌朝、スティーブは早く目が覚めた。気分はさわやかだった。暗闇の中から車のフロントガラスめがけてぶつかってきた白銀色の雪の線のように、鋭い想念が次々にわいてきた。湯川秀樹がいた。日本人の尊敬を一身に集めるこの科学者は、原子核の中の新しい要素に関する理論を構築している。湯川はそれを「メソン《中間子》*」と名づけたが、日本語のような響きがある不思議な言葉だ。それに、オーストリア人のウォルフガング・パウリ*がいた。パウリは、観測にかからない、質量0の電荷のない粒子に「ニュートリノ《中性微子》*」と命名した。世界の頭脳が交差し合い、生み出されたものを表現するために与えられる名前は、なんと不思議で象徴的なのだろうか。仁科芳雄のサイクロトロンといい、日本人はアメリカ人に少しも遅れをとっていない。スティーブはトンプソンとサイクロトロンの話をしなければならないと思った。だが、エネルギーの究極の秘密にアメリカよりも肉薄しているのはイギリスだった。

肉体から抜け出した精神はあてもなくうろついていたが、体のほうは習慣づけられた日々の務めをこなしていた。歯を磨き、シャワーを浴び、ひげをそり、椅子の上に用意されていた清潔な衣服を着け、きちんとネクタイを結んだ。身支度がすむと食堂へ降りて行った。遠くからコーヒーの香りが漂ってきたので、カップを取り出して飲む。無意識のうちにオレンジジュースを飲み、ベーコンエッグとトーストを食べ、コーヒーをもう一杯飲む。肉体はすべてを抵抗なく受け入れた。満腹して暖かくなると、立ち上がって椅子をていねいに元の位置に戻し、部屋を横切って玄関でコートと帽子を手にした。このとき頭のどこかを、食事をとった、おいしい朝食だったという意識がかすめた。スティーブは少したもらってから戸口に戻り、ぼんやりと部屋を眺めた。習癖がよみがえる。子供のころに母の声が教えた良きしつけによるものだ。ごちそうしてもらったらお礼を言うこと……。

メソン：メソンは英語のmesonから。一九三五年、湯川秀樹によって核子（陽子、中性子の総称）のあいだに働く核力を媒介する素粒子として導入された。

ウォルフガング・パウリ：一九〇〇～一九五八。オーストリア生まれの理論物理学者。一九三〇年、中性微子（ニュートリノ）の存在を仮定することで、β崩壊に関する困難が解決できることを示した。

ニュートリノ：中性微子。β崩壊で原子核から飛び出す電子のエネルギーは一定のはずであるが、実験では一定にならない。この矛盾に対してW・パウリ、フェルミらがニュートリノの存在を仮定した理論を提示。大戦後にその存在が確認された。

「ごちそうさま。とてもおいしかった」はっきりした声だった。

そのとき、笑い声が響いたのでぎくりとした。なじるような響きのある陽気で皮肉っぽい笑いだった。

「スティーブ、スティーブン・コーストったら！」

はっきりと我に返った。目の前にはいつも一緒に朝食を食べる妻、ヘレンがいた。

「自分がどこにいるか、わかっているの？」

「もちろん、わかっているよ」

「どこなの？　言ってみなさいよ」疑り深く追及された。

スティーブは部屋を見回して状況を呑みこんだ。「自分の家じゃないか。ほかにどこがある？」

「それじゃどうして、玄関で立ち止まって、私に朝ごはんのお礼を言ったの？　私のことを覚えている？」

彼はため息をつき、顔を赤らめて笑った。「ほんとに悪かった」

「スティーブったら……」

「なぜ君は僕なんかと結婚したのかな」

「そうしたかったのよ……とっても」

「本当かい？」

「もちろんよ」

ヘレンは夫の胸に顔を埋め、顔を上げるとネクタイを直し、人差し指で優しく夫の髪を分けた。

「このまま、こうしていたい」

「お出かけでしょ。さあ、行かなくっちゃ」妻ははじけるような笑顔を見せて夫を送り出した。

六ヶ月たった。ジェーンは両側から汗だくの男性に挟まれて、会議場の六列目の真ん中に座っていた。ヨーロッパ人はアメリカの強烈な暑さに慣れていない。彼らの厚ぼったいウールのスーツは、体臭が混じった薬品のようなにおいを発していた。バートの話に聞き入る場内には熱気がこもっていた。演壇上のバートは力強く堂々として、天井から当たる照明で赤い髪が燃え上がるように見えた。

「おそらく低速中性子*の衝撃でウラン235が核分裂を起こすのでしょう。問題は、U235が天然ウランの中で一パーセントに満たないことです。しかし、エンリコ・フェルミの予言のおかげで、超ウラン元素について、豊富にあるウラン238が低速中性子を捕獲できるらしいことがわかりました。さらに、U238には百四十個に一つぐらいの割合でU235の原子があります。U235は低速中性子でも高速中性子*でも核分裂を起こすことがわかっています。皆さんはとっくにこの意味をおわかりでしょう。私以上に胸の高まりを感じておられるはずです。そうです。低速中性子を用いたU235の核分裂から原子力が得られ、高速中性子では連鎖反応が得られます。後者の連鎖反応は爆発を引き起こします。現時点で唯一の問題は、この爆発力を制御できるかどうかです」

ジェーンの右隣で押し殺したようなうめき声がした。頭のはげ上がったその男は急いでポケットからハ

低速中性子・高速中性子：中性子（ニュートロン）は強い相互作用をする素粒子の一種。そのエネルギーが〇・五メヴ以上、一〜五〇〇キロ電子ボルト、一キロ電子ボルト以下であるとき、それぞれ高速中性子、中速中性子、低速中性子と呼ぶ。

ンカチを取り出し、顔の汗をぬぐった。男はジェーンの前に身を乗り出し、彼女を挟んで左側にいるもう一人の男に、しわがれたドイツ語でひそひそ話しかけた。

「ハンス、この連中をどうする？　いたるところで秘密をばらしているぞ」

左の男も身を乗り出して返事をした。

「もう手遅れだろう」

みすぼらしいひげの下から虫歯のすっぱいにおいがしてきた。ジェーンが身じろぎすると、二人はちらっと見て急いで姿勢を正した。

「これは失礼……」

「失礼しました……」

二人が同時に謝ったので、ジェーンは笑顔を見せた。「いいんですよ。でも、お話には関心を引かれました。こういう会議はやめるべきでしょうか」

話を聞いてくれる者が現れたので、両側の男たちは息づかいも荒く話し出した。好人物らしいが恐怖で神経質になっている。恐ろしい記憶がいまも鮮明のようだ。

「こんな会議はもう二度と開いてはいけない。非常に危険です。断言してもいい……」

「いいですか、お嬢さん。ドイツは核兵器の開発に懸命です。でなければ、なぜスウェーデンを無視してノルウェーに侵攻したのか。ノルウェーにはドイツがほしい重水があるからですよ。ああ、フランスはだめ……フランスは重要ではない」

「でも、ジョリオ・キュリーはサイクロトロンを持っています」

「キュリーね。だが、ドイツは彼を捕まえてしまった」

二人の話を聞いているうちにバートの講演が終わり、代わってマクラウドが演壇に立った。急いでバートに話さなければならない。演壇になどじっとしているはずのないバートから視線を離さないようにした。彼のことはよく知っている。そのうちに電話するのを忘れていたとか、喉が乾いたとか、疲れたとか言って、遅かれ早かれ姿を消してしまうのである。三番目の講演の半ばごろ、遠心分離機を用いてウラン同位体を分離する方法が説明されていたとき、演壇の席からこっそり抜け出すバートの姿を見た。ジェーンは静かに席を立って講堂をあとにした。ロビーの狭い階段を駆けるように地下に降り、林立するパイプや温水タンクをくぐり抜け、一度は見失ったバートを裏口でようやく捕まえた。

「やあ、穴蔵で何をしているんだ?」

「あなたが逃げる前に捕まえようとしていたんです。ことの重要性はともかく、お話ししておきたいことがあります」

「一杯どうだね」

ジェーンは彼について歩きだした。冷たい秋の外気が強い日射しを和らげていた。バートは深呼吸をし、さらにもう一回した。

「科学者ってのは好きだなあ。いい連中だ。どいつもこいつも仲間なんだが、本心を言えば、演壇に立つとどうしてああも退屈なのかね!」

ジェーンは笑った。「みなさん気取り屋なんです。お互いに見えを張り合って。なぜ、ご自身までそうなのか不思議ですよ。あなたは承知の上でそうしているんですね。ご自分も他人もだましたりしない方なのに」

バートが見下ろしている。ふいに緑色の目にかすかな激情の影が走った。「いつ降参するんだ?」

「お話というのは……」ジェーンが切り出した。

バートがそれをさえぎった。「私が言いたいのは、な、ノッポさん。君と寝たいということだよ」

ジェーンは落ち着いていた。本気なのか、よくある冗談なのか、彼女はこの種のことを突き詰めて考えようとしたことはない。恋愛はもちろんしたいが、バートに恋をしてはいない。ジェーンはぎらつく視線を無視した。

「私の両脇に亡命科学者が座っていて、あなたの講演内容は、いまや公に論ずべきものではないと批判していました。ぜひお伝えしなくては、と。彼らの意図はおわかりだと思いますが」

バートは歩きながらパイプに火をつけ、強く吸いこんだ。「それほど頭がいいと、男は怖がって遠ざかるんじゃないか」

「そうですね」素っ気なく言った。「でも、私の関心は男性ではありません」

バートはパイプをはずして高笑いした。驚いた通行人が彼の大口を眺めながら通り過ぎていった。

「私は君なんか、ちっとも怖くないぞ。さあ、その外国人たちが何と言ったのか、正確に話してくれ」

やっとまともなバートに戻った。本題に入ったときの彼は科学者そのものである。真実が果てしない宇宙のかなたに隠されていようとも、執拗に追い続ける研究者特有の情熱が褪せることはない。その情熱に対抗できる女性などいはしない。彼の心の広さをジェーンは理解していたし、畏敬していた。その心の広さは、大きな体軀に潜む一瞬の肉欲などに惑わされたりはしないのだ。

「こういうことです」ジェーンは理路整然と説明した。バートは彼女が男だと思っているかのように冷静に聞いていた。いや、これは男どうしのやり取りでもなかった。圧力を加えられた金と銀が混じり合うように、四次元の空間で脳細胞どうしが合流する。二人の分子のあいだの限りなく小さい隙間に向かって、遊離した原子が二人の元素から成る周辺部に入りこむ。そしてジェーンの頭脳の分子は、バートの頭脳の分子へ移動して二人の思考は一致する。

「君の言うとおりだ」ようやくバートが言った。「まったくそのとおりだよ、ノッポさん。いきなり次の時代へ投げこまれたという事実を、私はあまり深刻に受け止めていなかった。口を閉ざすべきだった。私は科学者として知っていることはすべて公にして、知識を共有したいと思ってきたがな。みな口を閉ざす必要がある……仲間どうしでも互いに敵なんだ。くそっ、なんて考えなんだ。ひどいもんだ」

しかし、本当に黙っていられるだろうか。ジェーンは考えていた。研究者なら誰でもそうだが、バートは、研究者という鎖に連なる一つの環となるように訓練されている。その鎖の最初の環は、二本のうしろ足で立って空を眺めた太古の人間であることに間違いない。すでに二千五百年前からその最初の環のことが記録され、語られているのだから。

「イギリスの連中は私たちより賢かった。アメリカにチャーウェル卿はいない。ウィンストン・チャーチルは利口だよ。彼がオックスフォードの教授席からチャーウェルを引き抜いた。君だってチャーウェルにぞっこんだったろう? 去年、君がケンブリッジにいたときにさ」

「ばかなことをおっしゃらないでください。ここでお別れします。お昼の約束がありますから」

「誰とだ?」バートはきつい口調で尋ねた。

「誰とでもいいでしょう」ジェーンは愛想よく答え、歩道の真ん中にバートを置き去りにした。

かすかな罪悪感を感じながらジェーンはレストランに入った。子供のころ、うそは七つの大罪の一つだと言う両親に厳しくしつけられた名残りだ。スティーブがレストランにいるかもしれないという期待はあったが、約束はしていないし、第一いるはずもない。

スティーブと知り合う前に、一度だけレストランで姿を見かけたことがある。その日、ジェーンはドイツ人の生化学者トマス・フライチと一緒だった。

「小さいテーブルにいる男を知っているかい」トマスが尋ねた。

ジェーンはその男を見て首を振った。「スティーブン・コーストだ。そんな目で見るなよ。嫉妬を感じるぜ。僕が嫉妬したら何をするかわからないよ。嫉妬という感情を経験したことがないのでね」トマスは言った。

ジェーンは笑顔で言われたとおりにした。科学者のそういう言葉には常に用心する。科学者というのは子供のようなものである。仕事という遊びに心を奪われているくせに、他のことに気を取られると危険なほど直情的にそれに向かって猛進する。しかもジェーンには恋愛の経験がなかった。子供のころ、ハンサムなイギリス系インド人の理科教師ラーマンに熱をあげたことは恋愛とは言えないだろう。だが、ラーマンに出会わなかったら科学者になっていただろうか。答えるのは難しい。

ジェーンは、初めてスティーブを見かけたときと同じテーブルに席をとった。正午間近なのに店内の客は半分ぐらいだ。彼はいない。手袋をはずしてメニューを眺めた。彼がいなくてよかった。新しくわいてきた複雑な感情を押しのけて目前のことを考えるのは楽ではなかった。巻きこまれてはいけない！　自重しなければ。

「舌平目にグリーンサラダ。それから、コーヒーを先にお願い」ウエイターに注文した。

ジェーンはいつもどおり、自分の世界にこもって静かにくつろいだ。彼女のなかにはいま、リーゼ・マイトナーという秘密の女神がいる。その頑固な女神を友人と呼べたらよかったと思う。一度だけ会う機会があったとき、その大科学者は遠くから落ち窪んだ眼でジェーンを見た。たまたま女は二人だけだったが、一人は若くて内気であり、もう一人は疲れ切っているが有名で星のように遠い存在だった。

「おきれいね」落ち窪んだ眼はそう言って視線をそらした。

キュリー夫人[*]はこういう悲しみを知っていただろうか。

ジェーンはバッグからキュリー夫人の伝記『マダム・キュリー』[*]を取り出した。

キュリー夫人：マリー・キュリー。一八六七〜一九三四。ポーランド生まれのフランスの物理学者・化学者。夫ピエールとの共同研究でラジウムを発見し、二度もノーベル賞を受賞。

原書注：『マダム・キュリー』エーヴ・キュリー著。©ダブルデイ&カンパニー、一九三七年。出版社の許可により転載。

こう書いてある。

ピエールは長い苦闘に疲れ果てていた。あらん限りの努力をしても、その貴重な物質はほんの微量しか見られない。ピエールには、化学者に生まれついた者が持つ意固地なまでの根気強さがなかった。マリーには着手した研究をやり遂げようという決意があった。いつ終わるかもしれない労苦をいとわず、着実に研究を続けた。一九〇二年、キュリー夫妻が新しい元素の存在を予言した日から約四年後に、マリーは一〇〇ミリグラムの現物を精製した。懐疑的な科学者たちも事実を受け入れざるを得なかった。超人的な努力と頑固さで、一人の女性がラジウムという元素の存在を明らかにした。


「ここ、いいですか?」

ジェーンはめくりかけたページから目を上げた。スティーブがテーブルの前に立っていた。

「もちろん、どうぞ」

本を閉じた。「いつも読書しながら食べるんです。話し相手ができてよかったわ」

「一緒に仕事をすることになりますからね。もう顔見知りだし……注文はしました?」

「ええ」

「ステーキを頼む。マッシュポテトとサヤインゲンを添えて。それにコーヒー」

ジェーンは思わず救われた気分になった。自分の前にスティーブがいて顔を見られるのだから、もう彼のことを思い煩わなくてすむ。ハンサムで、黒い目も黒い髪も好もしい。なめらかな褐色の肌もなかなか魅力的だ。そういう好みは子供のころにインドにいたせいだろうが、思いのほか親近感を感じていることに我ながらどきりとした。ジェーンは慎重になった。スティーブは非常に有能な若い科学者で、誰もが彼のことをそう評価している。バートも、彼をぜひプロジェクトに参加させたいと言っていた。それでも、スティーブが自分のほうへ体を傾けたとき、テーブルの上の彼の手に触れたいとまでは思わなかった。

「僕たちが行く場所はどこかわからないけど、あなたも一緒でうれしいですね」スティーブは素直な笑顔を見せた。白い歯がのぞく。あごにはうっすらと窪みがあった。「妻のヘレンにもぜひ会ってください。友達になってもらえるといいんだが」

ジェーンは深く息を吸いこんだ。なるほど、安全な関係というわけだ。

「奥様とお近づきになりたいわ」本心であるように装い、赤いバラが活けられた花瓶をテーブルの横にずらした。「科学者でいて不利なのは、同性の友人がとても少ないことです」

「正直なところ、興味津々なんだけど、どうして科学者になったんですか。女性では珍しいですよね……」

「そのようね」

ひとひら落ちたバラの花びらをジェーンは指先でつぶした。香りはなかった。

「私はインドで育ったのよ。父はエンジニアで水力発電所の仕事をしていた。イギリス系の学校に通って、大好きな先生は若いイギリス系インド人だった……オックスフォード大学を卒業したばかりのね。理科の先生で、私はその先生にお熱だった。女生徒はほとんどがそうだったのよ。だから一生懸命勉強したわ。それで物理をやることになったの。ラドクリフ*で勉強して、コロンビア大学でフェルミに師事した。フェルミとバートン・ホールは友人で、バートはシカゴのこのプロジェクトのために私を借り出した。単純な話だわ」

「あなたが単純だとは思いませんよ」

ジェーンは恥ずかしそうに笑った。「私も高貴な科学者のお仲間に入れてもらえるなら、単純な科学者なんていないということにしておきましょう」

「僕たちはひたむきなんです」スティーブは顔を赤らめた。「今朝、僕がどうしたと思います？ 着替えながら方程式を考えていて、自分がどこにいるのか、すっかり忘れてしまったんです……下に降りて朝食を食べたのに、どこかへ夕食を食べに行ったつもりになって、妻に他人行儀な礼を言ってしまった。妻は心得たものですけどね！」

ジェーンは一緒に笑ったが、胸の内には辛いものがあった。理解のある奥さんだこと！

「よかったわね」あくまでもさりげなく応じた。「誰もが理解してくれるわけではないわ。たぶん、仲間内でなければ、なかなかできないことよ」

「僕たちは仲間内で結婚したわけじゃないんだけど」

「もちろんですとも」妙に落ち着いていた。「誰もがキュリー夫人と同じように幸運とは限らない。だから科学者は結婚しないのでしょう。結婚しないほうがいいか、あなたのように結婚するのがいいか、私にはよくわからないわ。科学者が相手に求める基準は確かに高すぎる。異性に仲間であることを求めます」

「ちょっと待って。あなたの話にはついていけない。女性科学者に会ったのは、覚えている限りあなたが初めてなんです。僕は人間のタイプに疎い。あなたは女だからというだけで男の科学者とは違うわけですか。科学でも性差はそれほど問題になるのかな？」

「ご自分で解明なさったら」ジェーンは自分に向けられたスティーブの目に、用心したほうがよさそうなきらめきがあるのを見て、意思とは裏腹にほほ笑みを返した。

ウエイターが食事を運んできて、二人はしばらく食べることに専念した。スティーブが皿から目を上げた。

「一つ悩みがあるんですよ」

「何ですか」

「僕は、あれ、……原子云々ってものを、必ずしもいいとは考えていない」

「わかっているから言葉にしなくていいわ」

「戦争のために使うのは」

「あなたは平和主義者なの？」

「いや、そうじゃない。変だと思うでしょうが、僕は現実主義者です。子供のころ、親に黙ってボクシングの練習をしました。父親がクエーカー教徒だということで、みんなにからかわれたから、やっつけてや

ラドクリフ：ハーバード大学の一部で全寮制女子カレッジ。

りたかった。だから父親には内緒でね。いや、ちょっと違うかな、一種の反抗だったかもしれない。とにかく、この新しい力が残忍な破壊のために使われるのを見たくない。ありきたりのことを言うけれど、啓発とか人類のためになることとかに自分の力を使いたいんです」

「邪悪なことでなく正しいことをしたいって、なぜ素直に言えないの？」

「気取っているみたいでしょう」スティーブはそう言ってステーキに食らいついた。

「気取りではないわ。正直なのよ」

「あなたの言うとおりかもしれない。だけど、この国では、正しいことをするのは気恥ずかしいと思う気持ちが誰にでもありますよ。偽善者が多すぎるから」

「あなたは、自分が偽善者でないことを知っているでしょ。私も同意見よ」ジェーンの心に危うい温もりが再び忍び寄ってきた。スティーブが目を上げると、ジェーンの果敢な目がそこにあった。

「あなたのような人に巡りあえるなんて思わなかったわ。科学者で、しかも正義感があって、一人の人間として信じることをはっきり言える人と出会えるなんて」

少々言いすぎた。スティーブは再び恥ずかしそうに遠慮がちになった。「あなたが思っているほど、珍しい人間ではないですよ」

二人のあいだにカーテンのように降りた喜ばしい沈黙をジェーンはよしとした。次にリードするのは彼のほうだ。

「マクミラン*とエーベルソン*の報告を読みましたか？」スティーブはすぐに尋ねてきた。

「ええ、元素93*ね。重要な点は、次々に発見される元素の一つというだけのことでしょ。今後十年のうちには目覚ましい進歩をして、次々と元素が明らかになるわ。人類は自然界の神秘の箱を開けてしまったのよ」

自分たちが精通している安全な場所に会話を戻し、二人ともまた気が楽になった。熱は引いていった。ジェーンは恋に落ちそうもない。神様のおかげだ。

その晩、スティーブは自宅にいて、かすかな罪悪感を味わっていた。その日にあったことを逐一検証してから、用心深く妻に話しかけた。

「今日、あの新入りの女性と昼食を一緒にしたよ」

「どの女性?」ヘレンはサラダ用にレタスをちぎっていた。ヘレンはこういう細かい仕事が嫌いだ。

「あの女性科学者だよ」

「ああ、あの人ね。それで、お昼に何を食べたの?」関心がないようなふりをして、にこにこしながら尋ねた。

「ステーキだよ」

マクミラン:エドウィン・M・マクミラン。一九〇七〜一九九一。米国の物理学者。一九四〇年、初の超ウラン元素ネプツニウムを発見した。一九五一年にノーベル化学賞受賞。

エーベルソン:P・H・エーベルソン。一九一三〜。米国の物理学者。マクミランと協力してネプツニウムを発見した。

元素93:ネプツニウムの原子番号。人工放射性元素。天然ではウラン鉱石中に微量存在する。

ヘレンがくるりとふり向いた。

「あなたったら！　何を考えているのよ！　水曜日の夜はステーキと決まっているでしょ。週末まで頑張ってもらうために」

スティーブは、ぽかんとした。「今日は水曜日かい？」

「当たり前でしょ」彼女は右足で床を踏みならした。

「なんてこった。一日に二度も間抜けなことをしてしまった」

ヘレンはグリルを開けて、焼き色がつき始めたステーキを取り出した。「これが匂わなかったの？」

スティーブは首を横に振った。

「食べないことにするわ」ヘレンは頑として言った。

「ステーキもサラダもなし！　あなたの夕食はオムレツよ。おなじみのプレーンオムレツと残り物のフライドポテト。あなたが醜く太って、女の子が誰も振り向かなくなるといいわ。私だって、ごめんだわ。まったくもう！」

「ねえ、ハニー」

「甘えないでちょうだい」

スティーブは言ったとおりに実行する妻を眺めていた。卵を四つ割り、荒っぽくかき回して泡立て、バターをひいた熱いフライパンに注ぎこむのをおとなしく見守っていた。冷たくなっているゆでたポテトを薄切りにして別のフライパンに入れるのも、黙って見ていた。

才気煥発なヘレンが自分のような男と結婚したことに対して、スティーブはうしろめたさを感じていた。だが、いまだに冷めないような激しさで彼女に恋をしたのも事実だった。それゆえ、スティーブは誠実であろうと努めてきた。そういえば、彼女にキスをする機会を得たあの素晴らしい夜も、彼は「ハニー」と言ってキスしたのだった。そのとき、彼女もキスを待っていたことがわかった。ヘレンとキスをしたがっていた大勢の男の中のたった一人になったときから、素晴らしい恋はずっと続いていた。

「ハニー」そう呼んだことがまだあった。「知っておいてほしいな。研究をしているときの僕は、ほかのことではまったくの間抜けなんだ」

「気にしてないわ。あなたがプロポーズしてくれるなんて思っていなかったのよ。あきらめかけていたの」

そしていま、スティーブはとうとう口にした。

「結婚しないほうがよかったかもしれないね」

ヘレンの怒りが爆発した。「よくそんな罰当たりなことが言えるわね！」

ヘレンはフライパンをほったらかして彼に飛びつき、その胸で泣き崩れた。

「スティーブ、どうして、いったいどうして、そんなこと言うの？」

うなじにかかる柔らかい髪に唇を当てて、すすり泣く妻をなだめながら、ふと、女と男は研究室の元素のように切り離しておくべきものだと思った。離れていれば安定して危険もなく制御しやすいが、一緒にすると爆発する。ジェーンもただの女だろうか？　少しはましかもしれない。彼女には科学者としての特質がある。単純ではないにしても純粋という特質がある。卵が焦げるにおいがしたが、スティーブは無視して妻をなだめ続けた。

　バートは研究室の隣の小部屋で侵入者たち、すなわち亡命科学者たちと向き合っていた。彼らはバートが嫌悪するへつらいを見せて、バートの机を半円状に囲んで座っていた。へつらいの習慣を身につけた理由を理解してはいたが、「おいおい、俺は独裁者じゃないぞ。政府の役人でさえもない。平凡なアメリカ人、一介の科学者だ。そっとしておいてもらえないか」と叫び出したくなるのを辛抱していた。

　内心とは裏腹にバートは慇懃な口調で切り出した。

「みなさん、どういうご用件ですか」

　亡命科学者たちはおずおずと互いに顔を見合わせた。いちばん端にいたワイナーが、ため息をついて切り出した。

「ホール博士がお忙しいことは存じています。こうしてお邪魔するのは誠に気が引けますが、博士が政府に強い影響力をお持ちであることを承知しています。なんとか大統領のお耳に入れていただけないかと考えまして……」

　言いたいことはわかっていた。この上なく粘り強く、頑固で、決してへこたれない人たちだ。

「私にしても、気軽に大統領の執務室に出入りできるわけではありませんよ」

　シグニーが口を挟んだ。「いいえ、そこまではお願いしません。まず、軍に話をしてはどうでしょう」

「私は科学者で、軍とのつながりはまったくありません。それが我々の誇りでもある」バートはきっぱり言った。

シグニーがまた口を挟んだ。「書簡を書いてくだされば、フェルミに頼んでその書簡を持って行ってもらいます」

シグニーの執拗さはアメリカ人が嫌う不愉快なものだった。

「フェルミは私の書簡など必要としません。フェルミを知らない者はいないのだから」

「そうおっしゃられても……」

「もう結構」バートはうんざりしていた。「この話は前にもあなた方と一通りしました。とにかく、書簡を書きましょう。笑われないといいですがね。海軍には海軍の科学者がいるんですから」

「軍の科学者は我々とかけ離れたことをやっています」ワイナーが言った。

「軍は歩調を合わせてはくれません」シグニーが補足した。

「それは言い過ぎでしょう」バートはそっけなく言うとブザーを押した。仏頂面をした白髪まじりの中年の秘書が鉛筆とメモ用紙を手に入ってきた。まわりの者たちが固唾《かたず》をのんで聞き入る中で、バートは猛スピードで口述した。

「『核エネルギーが連鎖反応を起こす可能性はすでに明らかである。今後は原子爆弾の製造より前に、制御に向けての実験をするだけである』……だめだ、これは削除してくれ。『有名なエンリコ・フェルミを紹介し』云々のあとにこう書いてくれ。『ウランを爆薬に使えば従来の爆薬の百万倍の破壊力を持つだろう。私個人の感じでは、そうならない公算は……』」

「ちがう！」両腕を振りながらシグニーが立ち上がった。「そうならない公算などない。すでに二ヶ月前から、フランスではジョリオ・キュリー[*]が核分裂に取り組んでいるし、ドイツの科学者たちだってそうです」

「ジョリオ・キュリーは共産主義者です」ワイナーの声がした。

バートは平手でぴしゃりと机をたたいた。「書簡を書かせてくれないかね」

また、ワイナーだ。どこで何を入れ知恵されたのか。この天才科学者は恐怖で心の目が曇っている。

「続けるぞ」バートは秘書を振り向いた。「どこまでいったかな」椅子をくるくる回転させながら彼は勢いに乗って口述を続けたが、不意に止めて立ち上がった。

「それでいい。タイプして、すぐ持って来てくれ……」

秘書の女性がうしろ手にドアを閉めるのを待ってから、バートは客のほうに向き直った。「フィジカル・レビュー誌最新号の、メイヤーとワンの論文を読んだ方は？　カーネギー研究所の……」

一同がうなずいた。「遅発中性子ですね」シグニーが発言した。

バートはそれをさえぎった。「爆発の前に制御の余地があるということです」

ワイナーが軽く手をたたいた。「そのとおり。ナチスが発見していないことを願うばかりです」

「つまらない願いだな」シグニーが吐き捨てるように言った。

バートが亡命科学者たちの意見に同意してから三週間後、午前の便でワシントンから返事が届いた。上質の紙に美しくタイプされている。

「原子力科学に資するご意見をお寄せいただき、お礼を申し上げます。しかしながら……」

強い驚きと怒りのあまりバートは椅子から飛び上がり、広げた手紙を振り回しながら廊下を飛ぶようにしてスティーブの研究室へ行った。

「聞いてくれ」バートは叫んだ。慇懃だが愚劣な一字一句に力を入れて吠えるように読み上げると、手紙をずたずたに引き裂いて床に捨てた。紙片は風であちこちに舞い散り、バートは高い三脚椅子に飛び乗った。

「亡命科学者たちの言うとおりだ」バートはうめいた。「彼らは常に正しい」うしろのブラインドをさっと上げて、さえぎられていた陽光を入れた。「ワシントンの海軍総司令官の無知蒙昧さがわかるだろう？」

「説明してくれなければわかりませんよ」スティーブが催促した。

「海軍総司令官はフェルミに言った。偉大なるエンリコ・フェルミにだぞ。ある意味でアインシュタインより偉大かもしれん。応用科学の分野ではな。フェルミは天才的な科学者で、一級の職人だ。必要なら自分で道具をつくる……寸分違わずにつくり上げてしまうさ。フェルミは、低速中性子を使う核分裂で核エネルギーを生み出すことが確実に可能であることも、高速中性子で原子爆弾がつくれることも、ぼけなす頭に説明した。ところが、この救いがたい軍人はフェルミに、戦争はいまのところうまくいっているし、

ジョリオ・キュリー：イレーヌ・ジョリオ・キュリー（M・キュリー、P・キュリー夫妻の長女）と一九二六年に結婚。協力して研究を続け、一九三四年、ホウ素などから人工放射性元素が生成されていることを発見。夫妻でノーベル化学賞受賞。夫のジョリオは、一九三九年、コワルスキーらと共同で核分裂によって中性子が放出されることを確認した。一九四二年に共産党に入党。

新型の科学兵器はこの戦争には間に合わないと言ったんだ。我々の勝利は目前だとさ。あきれたもんだ。明日にもナチスが我が国を吹き飛ばすかもしれないというのに」

　そのとき電話が鳴り、バートは受話器に飛びついた。受話器からシグニーの低い声がびんびん響いてきた。バートは顔をしかめて受話器を少し耳から離した。

「わかっている……私に何ができる？　大統領に直訴するのはいいが、方法はどうするんだ？　大統領には近づけんぞ。ワシントンであれトンブクトゥ*であれ、支配者はみな同じだ。支配者というものは、耳に入らないことは知らないままだ。……アインシュタインならやれるかもしれん……核分裂は大統領が大好きな船の動力になるだけじゃないってことを大統領の脳みそにたたきこめと、アインシュタインに言うんだ。大統領がそういう話を強く望むならば、な。いずれにしろ大統領は船には目がない。だが、それだけではない。爆弾だってできる……すごい威力の爆弾だ。一発でニューヨーク港を吹き飛ばせるほどの破壊力だ、と言うんだ。それから、ナチスが爆弾のことを知っていることもだ。彼の切れる頭にすりこむ。いや、何もかも書状にしよう。大統領が読めるように書状がいい。大統領は自分以外の肉声には耳を貸さないからな」

　バートは受話器を置き、大きくうめいた。

「またしてもシグニーだ。アインシュタインに直接ワシントンに行ってもらいたいそうだ。アインシュタインは人当たりが柔らかすぎる。それに、彼の英語にはクセがある。相手は話の中身よりも彼のアクセントのほうに気を取られてしまう。すべて書状にしたためたほうが格段にいい。そのほうが確実だ。くそっ、事を運ぶには金もいるぞ！」

「経費はどこから出るのですか？」スティーブが正面切って尋ねた。

「政府以外にあるか？」すぐにバートが言い返した。「政府のほかには巨額の資金は出せんよ。だが、それにはワシントンのお偉方に必要性を理解してもらわなくちゃならん。まず、お偉方の度肝を抜いてやろう。ワシントンと話したがっているヨーロッパのインテリ連中が、事の意味をわかっていればいいがね。まあ、彼らはやるだろうよ……身をもって体験してきたからには、やるはずだ」

「どの程度まで進んでいるのですか」スティーブは警戒しながら尋ねた。金は大事だが努めて無関心を装った。スティーブ自身の研究費はスズメの涙ほどのもので、援助を求めて頭を下げたり借金したり、自分の懐を削ったりしてやっている。以前、ヘレンから金の使い方に文句を言われ、反発したことがある。「自分の金を盗むとは言わないよ」とぼやくと、「全財産を私にくれたことを忘れないでね」と実に小憎らしい言葉が返ってきた。

「数百万ですか」

「数十億だ」バートは険しい表情をした。

「数十億ドルなんて想像もできないですよ。数十億個の原子ならわかりますが」

「同じことだ」バートはぞんざいに答え、腕時計を見た。「昼飯の時間だな。モリーが待っている。とこ

トンブクトゥ：西アフリカのマリ共和国にある、十四〜十六世紀に栄えた交易都市。世界遺産。

ろで、妻には事情を話してあるんだ。男は何でも知っておかなくちゃならんが、女には男の事情なんかどうでもいいことらしい。それでも、妻に話しておかないと、あれこれ嗅ぎ出すのがうまいからな。いや、そういう言い方はあいつに悪いな。私がしゃべりすぎるんだ。私は妻に何でも話さないと気がすまない。習慣だな。……それに、あいつは口が堅い。これからもそうさ。モリーは我々がしようとしていることを知っても、おくびにも出さんよ」

バートは椅子から降りて大またで研究室を出て行った。スティーブがしばらく考えに沈んでいると、いきなり隣の研究室とのあいだのドアが開いた。顔を上げると白衣姿のジェーンが立っていた。きょとんとして見つめるスティーブの目の前で、ジェーンはそのまま一歩下がると静かにドアを閉めた。考え事が中断されたので、スティーブは立ち上がってブリーフケースを取り上げようとした。そのとき、ふっともう一度ドアを開けたいという衝動にかられた。ジェーンのことで、そんな気持ちになるのはかつてなかったことだ。彼は未知の領域に踏みこんでしまったような気がして手を止めた。何度も首を横に振り、無視すべきだと自分に言い聞かせた。それにしても、なぜ隣の研究室で彼女が作業しているのだろう？　誰の指示だろう？

閉じたドアの向こうでジェーンは黙々と新しい実験を行なっていた。二時間みっちり実験して、結果をノートに細かい文字で筆記した。

「シーボーグ、マクミラン、ケネディ、ワールの結論が正しいことは明らかのようだ。ネプツニウム*から電子が放出されて原子番号９４のプルトニウム*になる。次の実験はプルトニウムになるだろう」

ジェーンはノートを閉じ、長い白衣のボタンを外して髪をほどいた。それから昼食をとろうと外に出た。スティーブと出会ったレストランに行くのはやめて、ドラッグストアに入り、カウンターに一つだけ空いていた席に腰を下ろした。

「ハムサンドと、麦芽ミルクのダブルカップをください」

ジェーンは口実を設けてB研究室への配置換えを願い出たのだ。ちょっと危なっかしい衝動だったが、少なくとも自分には正直だった。初めに配属された研究室よりも高圧のコンセントが使えるからという口実だったが、本当はスティーブがいるA研究室と隣り合わせたい気持ちを抑えきれなかったのだ。インドで味わった苦い経験に懲りずに、再び愚かなことをしようとしていた。感受性の鋭い男らしい顔、たくましくてしなやかな男性の肉体、冴えわたる頭脳、わかりやすい言葉遣い、そんな誘惑にはインドにいても世界のどこにいても逆らおうと誓ったはずなのに。思い出すと我ながら腹立たしいが、いつの間にかドアを開け、スティーブの姿を見るが早いかドアを閉めてしまった。

「なんて愚かなんだろう」苦々しい思いでつぶやいた。ドアを開けたことが愚かだったのか、閉めたことが愚かだったのか。……そんなことを気にしてもしかたがない。ジェーンは激しく葛藤したのち答えを出すのはあきらめた。乱れた思いを抑えつけ、敵のごとく追い散らし、いつもの相手、生命の基本単位であ

ネプツニウム：放射性元素。61ページ注「元素93」参照。
プルトニウム：原子番号94。アクチノイド元素の一つ。一九四〇年、アメリカのシーボーグらが、サイクロトロンでウラン238を衝撃して得た。核分裂反応による重要なエネルギー源で、原子爆弾や水素爆弾の材料となる。

る見えざる原子、無限の数とエネルギーで宇宙を創造する原子のところへ戻っていった。宇宙とは物質か、あるいは生命か。ジェーンのイメージでは、原子はそれぞれの内部に完全な宇宙を包含している生命体だ。原子が同時に動いて爆発の限界温度に達したとき、未曾有の力が人類の手にもたらされる。連鎖反応である。

遠くから高く澄んだ女の声が聞こえてきた。

「彼に言ったのよ。ほしかったらどうぞって」

「マージったら、やめたほうがいいのに！」

二人の女の子が笑い合う声が聞こえた。そちらを見ると花柄の夏服を着た、ほっそりした可愛い女の子が二人いた。細い腕をむき出しにして、子供っぽいうなじに金髪のポニーテールが垂れている。ジェーンは懐かしいような、羨ましいような気持ちで二人を眺めた。知らない子たちだったが、自分が子供のころに遊ぼうとした女の子たちと変わらない。ジェーンは子供らしい子供ではなく、女の子たちがする人形遊びやままごと遊び、お母さんごっこ、料理や掃除やお客さんごっこなどの遊びをまったくしなかった。インドでも女の子の遊びは同じだった。遊び相手がほしかったジェーンは、最後には寂しさは癒されないということを悟った。ジェーンはちがう星の下に生まれた存在だが、女であることに変わりはない。いまそのことがわかり始めていた。勉学のためにインドを離れてアメリカに帰国してからの数年間は、女であることを忘れかけていた。その年月は、ラドクリフで物理の教授から教えを受けて、自分の本質や才能がわかり始めてきた時期でもあった。そのころは研究がおもしろくて仕方がなく、自分が女かどうかなど考えたこともなかった。だが、確かに女であることは居心地が悪く、障害でもあった。いまでも男ばかりの中に一人座っているときは邪魔にされる存在である。

店員は無造作にジェーンの前にハムサンドの皿を置き、麦芽ミルクをかき回した。はずみでこぼれたミルクを拭くと、店員は左に座る女の子たちの会話に入っていった。

「ねえ君たち、今夜ダブルデートしないか。僕とアーニーですって?」女の子たちは声を上げた。「アーニーとなんか、いやよ!」

「アーニーですって?」

「おいおい、アーニーはそんなにひどくないぜ。ちょっと太っているけど。でもさあ……」

「デブよ! サーカスにでも行けばいいのに」

「それはお似合いかもな……」

「口元がだらしなくって……」

「あいつの唇がどんなか、どうして知っているんだ?」

ジェーンは隣の会話から気をそらし、周囲の音を完全に遮断する自分専用のブラインドを降ろした……ウラン238は豊富にあるから問題ない。中性子が共鳴振動を吸収すると、プルトニウムが得られるのか、得られないのか。高速中性子はたやすく扱えても、制御できないと地球を吹き飛ばしかねない。だから、制御が必要である。制御……制御………制御……問題はそれだ。その言葉が教会の鐘のようにジェーンの頭の奥で鳴り響いていた。

店を出るとき新聞を買った。見出しに目を奪われ、出口で立ったまま読んだ。

四月二十四日、ワシントン発。目下、世界の科学者は、従来のTNTなどの火薬の百万倍も強力な爆発力の爆弾を製造できるかどうかという難問の解明に向けて競い合っている。これが早く解明できれば戦争の勝者となれるだろう。英、仏、独の科学者はみなこの問題と取り組んでいると伝えられる。アメリカの科学者も同様で、本紙の見解では、幸いこの競争で先頭を走っている模様である。核エネルギーの放出を探る研究の結論とも言えるこの新爆弾は、ウランの同位元素の一種である。この特殊な同位元素は天然ウランの中には一パーセント以下しか存在しない。これまでに報告された唯一の成功として、コロンビア大学で肉眼では見えない程度の微量が乾板上に検出された。*

左の肩越しに明るくさわやかな声がした。

「なあに、同位……同位元素って？」

ジェーンは新聞をたたむ。「同位元素というのは、化学的には同質だけど原子量が違う元素のことよ」

二人の笑い声がまた左から聞こえた。「すごーい。物知りねえ……」

女の子たちが手をつないで外へ出て行き、店員が残念そうにカウンター越しに見送っているあいだに、ジェーンは一人立ち去った。

「忘れてならないのは、進歩という概念が、ドイツ人と我々では違うということだ」バートがスティーブに話していた。

『進歩』という言い方はおかしいでしょう」スティーブは切り返した。「徹底的破壊ですよ。人類の滅亡をたくらむ兵器をつくろうという計画や目的があるのに、我々のほうがましだなんて言えませんよ」

やや暑さが引いた初夏の夕暮れだった。バートとスティーブは大学の大理石の階段の上で出会った。フェルミの宇宙線についての講義を聴こうと顔を出していた。バートはたまたま出会ったスティーブに「あの小柄な男は我々の誰よりもよく知っている」といくぶん残念そうに言った。

「核の連鎖反応はどうして起こるのか、フェルミならわかりますかね?」

「本人に聞いたらどうだ」

「話すつもりなら、自分から話すでしょう」

とりとめのない話が兵器の話に転じると、バートはナチスが秘密を発見する可能性をあれこれ考え始めた。「秘密がわかったら、ナチスは四、五ヶ月後には使うでしょう。そうなったらドイツ以外の国は希望を捨てるほうがいいですね」スティーブは言った。

「そんなことはないぞ」バートは厳しく反発した。二人は階段から柔らかい緑の芝生の上に降り、太陽が照りつける木々のあいだを並んで歩いた。ふだんは気にもとめない街のざわめきがふいに破られ、けたたましいサイレンの音がした。消防車がどこかへ急行しているらしい。バートは言葉を続けた。「最終目的は同じだ……平和と、平和による産物だ。誰にも平和は大事だ。平和であってこそ平穏に暮らせるし、そ

原書注:ドッド、ミード&カンパニー社の許可を得て、デービッド・ディーツ著『原子科学、原子爆弾、核エネルギー』から引用。一九五四年デービッド・ディーツより著作権を取得。

れなりに一生を過ごせる。だからドイツは、自分たちが平和に発展できるようにと目の前の敵や仮想の敵をやっつける」

「では、アメリカは？」スティーブが質問した。

そこへ男の子が二人ボールを追って走ってきたので、バートとスティーブはあわてて身をかわした。スティーブは少年の一人がジム・ワイナーであると気づいた。エルンスト・ワイナーの息子である。息子はアメリカで卵や肉を食べ、ミルクをたっぷり飲んで、外国生まれの父よりすでに数センチ背が高い。

ジムがボールを捕らえてうしろに蹴ったので、スティーブは飛び出したジムの足につまずきそうになった。

「ジム、気をつけたまえ」スティーブは大声で言った。黒い目の少年は「なんだ」という目つきをして、謝りもせずにそのまま走り去った。ジムのあの目つきは、この国、アメリカで身についたものだ。父親の細心な礼儀正しさとはおよそかけ離れている。エルンスト・ワイナーはへつらうことや謝ることを学んだが、息子はそのどちらも必要だと感じたことがない。

「我々アメリカ人がつくるのは防御のための兵器であって、破壊のための兵器ではない。我々だって平和がいいに決まっている。平和の中で発展したい。だが、安全を確保するために周囲を砂漠で囲むわけにはいかない。アメリカは兵器を備えるだけだ……そして、その兵器を持っていることを世界に知らしめる」

「原子爆弾を使うことにはならないとお考えですか」

「使うか否かにかかわらず、アメリカは原子爆弾をつくるべきだ。それもできるだけ速やかにね」

二人はしばらく黙りこくって歩いたが、分かれ道でスティーブが立ち止まった。

「私に何をお望みですか」

バートはスティーブを見つめた。「研究して報告書をまとめてほしい。天然ウランで連鎖反応を起こせるかどうか、教えてくれ。やってくれるな?」

スティーブは返事をしなかった。そばにやって来た餌を待っているかのような灰色のリスを眺めていた。きらきらした黒い目、ふさふさと揺れる尾、ぬいぐるみの手のようにちょこんと折り曲げた二本の前足がスティーブのぼんやりした心の何かを動かした。無意識に手をポケットに突っこみ、いつも持ち歩いているピーナツを探した。二粒残っていたので一粒を芝生の上に投げ、リスが殻をむいて白い実をかじるのを眺めていた。

「僕を誘わないでくれたらうれしいのですが」まともに目を上げられない。

「君が必要だ」バートは動じない。「君くらい直観力と正確さを兼ね備えた者はいない。地下七五〇メートルの坑道で宇宙線を測定し、誤差が小数点以下という正確な腕を持つ者でなければ、ウランを扱わせられない。頼りにしているんだよ、スティーブ」

スティーブはもう一粒、ピーナツをリスに投げ与えた。

「わかりました。では、そこまでやりましょう」

バートは立ち止まって小石を拾い、リスに向かって投げた。「よし。決まりだな。準備ができたら教えてくれ」

スティーブはうなずいて別れた。すでに日が暮れ、湖の上空には銀色に縁取られた黒く重い雲がかかり始めていた。その雲から走った稲光が彼の姿を一瞬浮かび上がらせ、雷鳴がとどろいた。

嵐になりそうな気配にバートは落ち着かなかった。湖を眺めていた彼が家に入ったときには、すでに強風が湖面をたたき、波頭が白く砕けていた。風雨が強まるにつれて不安がつのった。彼の意識の奥底には、地球の外の暗黒の中で爆発し、生成する力が猛威をふるう無限の宇宙がつねにあった。宇宙が向かう目的はあるのか、ないのか。宇宙は支配されているのか、いないのか。その問いは彼の魂の永遠の問題である。永遠だって? 知ったことか! 父の信仰を受け継ぐ平穏な道から遠く離れてしまったが、離れれば離れるほど目的は不確かになった。目的か! 目的とは何だ。誰の目的なんだ。支配の根源はどこにある? 原子の限りなく小さい核の中か。父が「神の意志」と呼んだものはあの小宇宙に隠されているのか。ばらばらなのか、一つにまとまっているのか。あるいは東洋人が言うように霊とエネルギーが充満するものなのか。エネルギーを持った霊や霊的エネルギーは、アインシュタインが示したように、自由に形を変えて物質にもエネルギーにもなるのか。

バートは大きな犬のようにぶるっと身震いした。彼が科学者であり続けること、それこそが父との決別を余儀なくされた理由だった。聖職者だった父と激しい口論をどれほど果てしなく続けたことだろう。父は絶対に折れなかった。「私の息子たる者が無神論者であるはずがない」と怒鳴った。最後に口論したのはバートが二十歳のときで、日曜日の午後だったのを覚えている。いつものように天罰と嵐について長々と説教が続いた礼拝のあとのことだった。

「僕は無神論者じゃない。神とか究極の存在とかは知り得ないと思うだけです」父親の言葉に反発して叫んだ。バートは身長一八五センチの父親と同じくらいの背丈だったが、赤毛のもじゃもじゃ頭のために父より大きく見えた。にらみ合う目と目が同じ高さだったことが妙に記憶に残っている。父親の目は輝くような青、バートの目は母親の褐色を受け継いで青緑色だった。バートが十五歳のときに母親は死に、父親は再婚しなかった。

父と息子はにらみ合い、一瞬の沈黙のうちに互いの確固たる意志を読み合った。父は腕を振り上げて息子を殴ろうとし、息子は甘んじて受けようとした。だが、父は振り上げた腕をそのまま下ろした。

「神よ、許したまえ」父親はそうつぶやくと「私の前から消えてくれ」と言った。

バートは身をひるがえして部屋を出て、ついでに家も出た。身のまわりの物をスーツケースに詰めて家から去った。大学に戻り、時には短い睡眠もとれるアパートの夜警のアルバイトで自活した。それが父親との生涯最後の口論になった。二年後、父は神と自分を疑うことなく、揺るぎない信仰を抱いて世を去った。……この荒れ狂う世界のどこに、人間にとって信仰を保持できる場所があるのか。もしかしたら神は、森羅万象に神そのものとして存在し、無限に存在する物質中の、無限に存在する原子核を通じて調和に向かうものなのかもしれない。だから、父は彼に「神はあらゆるところに存在する」と説教したのだろう。だが、その説教も「神は万物なり」という教義に忠実だっただけのことなのだ。

バートは目の前の嵐から目をそむけて居間に入っていった。モリーが肘掛け椅子で編み物をしている。かぎ編みとか棒編みとか、バートにはまったく覚えられないが、棒編みなら二本の編み棒を、かぎ編みならかぎ針を一本だけ使う。ということは、彼女がやっているのは、かぎ編みだ。少女時代をニューヨーク郊外の閑静なウエストチェスターの街になじんで過ごしたモリーにとって、シカゴは開拓時代の西部の中心地のように思えたし、目の前に横たわる海のような湖の巨大さも好きになれなかった。モリーはブラインドを下ろして外の風雨をさえぎり、明かりをつけていた。

バートは腰を下ろし、モリーの滑らかに動く指先をじっと眺めていた。ふくよかで器用な手をしていた。遠い昔、モリーがかわいい娘だったころ、彼はその手にうっとりしたものだ。いまはその手にひたすら安らぎを感じる。彼の心がそっと本来あるべきところに落ち着いた。勤勉な手を見つめたままバートは話し始めた。

「モリー、ちょっと厄介なことがあるんだ。俺たちは実験のためにウランというやつを大量に手に入れなきゃならん。ウランなら何でもいいわけじゃなくて、ウラン２３５というやつだ。君はなぜウラン２３５かと尋ねるだろうな?」

モリーは顔を上げなかった。そんな質問もしなかった。編み目を数えて模様を確かめながら、バートに勝手に自問自答させていた。モリーはそれが何番だろうとウランなんかに興味はなかったが、バートには話し相手が必要だった。さもないと、独り言をくり返し、頭がおかしくなったようになる。モリーは唇すら動かさずに黙々と編み目を数えていた。

「いいかい、モリー。なぜならウランの原子核は安定していない。中性子がぶつかると壊れる。水滴のように二つに分裂する。ガモフ*はこう言っているんだ……」

モリーがさえぎった。「バート、その話は前に聞いたことあるわよ。私、いまでも覚えているわ」

「そうだ、何度も、な」

モリーは愛想よく続けた。「なぜ、物事をありのままにしておかないのか、私にはわからないわ。木は木でしょ?」

「その物であって、その物ではないからだ。変化しているんだよ。……万物は絶えず変化している。木は火になり、煙やガスになる。コペンハーゲンでニルス・ボーアと夕食をとったとき、彼が『静止したままだったり、同じ状態でいたりするものはない』って言っていたのを覚えていないか。電子はつねに原子核のまわりを回っていて、原子は分子の中で揺れ動いていて、分子は……」

モリーはコペンハーゲンの夜のことをよく覚えていた。食事は見事に磨かれた木製の皿で出された。モリーはその皿が手に入る店の場所を聞き、翌朝すぐに出かけて行って十二枚買った。木製の皿から食べる気はしないが、置き皿として使っている。木が清潔かどうか、わからないではないか。木の皿の内部で何かがいつも飛びまわっているなんて、ばかみたいな話だ。なんて落ち着かないの。あれは新婚のころだった。バートや科学者仲間たちに自分の身辺や家庭を乱されまいと、モリーは決心したのだ。科学者というのはみんな少しおかしい。たとえば、トンプソンは道を歩いていて電柱ごとに人差し指で触る。しかも、指をなめてから触る。なぜそんなことをするのだろう? トンプソンと一緒に歩くのを見られたら恥ずか

ガモフ:ジョージ・ガモフ。一九〇四~一九六八。ロシア生まれのアメリカの物理学者。原子核現象に量子力学を最初に適用した。

しい。科学者はみんなおかしい。憎めないが、気の毒だとは思う。

「それで、どうしたの？　私、聞いているわよ」何気なく言った。淡いピンクの毛糸で貝のような見事な形が出来上がっていた。隣家に赤ん坊が生まれる予定で、隣では女の子をほしがっている。

「俺たちは恐ろしいリスクを背負っている。自分たちを吹っ飛ばすことになるかもしれない」

「まあ、大変」モリーは膝の上に小さなセーターを広げた。ほぼ出来上がった。バートがいつものように延々と長話を続ければ、座って聞いているだけではいらいらするので、セーターを仕上げられるだろう。

「連鎖反応がどういうことかわかるか」バートの声が一段と大きくなった。

「何の連鎖？」

「エネルギーの連鎖だよ、決まっているだろうが。そのピンクの編み物はどうにかならんかね！」

「編み物じゃないのよ、これはね……」

「知ってるよ。かぎ針を使っているから、かぎ編みだ。俺が君の仕事を知っている程度には、こっちの仕事も知ってもらいたいもんだ。連鎖反応っていうのはな、原子の中の原子核が分裂して、中性子が一つでも二つでも飛び出ると、飛び出た中性子がほかの中性子にぶつかり、次々と連鎖的にぶつかっていく……」

「けんかを売っているみたいね」

「そのとおり。なぜ、そんなばかなことをするのか。けんかは爆発だ。いいかい？　バン、バン、バンだ！ただ一つ問題は、ウラン２３５が足りないことで、連鎖反応を確かめるくらいしかない。エンドウ豆の大きさほどもないんだ」

「おや、おや。なくさないでちょうだいね……排水溝とかに落として」

「ゼネラル・エレクトリック社でウランを扱っている」バートは妻の言葉を聞いていない。「大企業がやれば成功する。資金があるからな」

「ゼネラル・エレクトリック社っていえば、ちょっと冷蔵庫を見てほしいわ。みんな凍ってしまうのよ。今朝はミルクを一リットルも捨てちゃったわ」

「いいとも」

二人は立ち上がりキッチンへ向かった。バートは妻の柔らかい肩に腕を回した。「君と話すと、ほっとするよ。頭がすっきりする。今夜は早めに夕食としよう、な、奥さん。話をしていたらある考えが浮かんできた」

「デザートが凍っていないといいけど。あなたの好きなカスタードなのよ」

「凍ればアイスクリームになるよ」バートは笑った。モリーは夫の言ったことは一言も理解していないが、わかったふりもしない。それでも彼の心はすっきりする。

バートは冷蔵庫のドアを開ける。強い雨風はやんだ。キッチンに夕陽が射しこみ、家の用事をする彼の手元を照らしていた。

その夜、明け方の四時にジェーンの枕元の電話が三回鳴った。ジェーンは目を覚まして飛び起きた。バートからの電話だった。三回鳴らしてジェーンが電話に出なければ、いったん切って、再び三回鳴らす。それが二人の合図になっている。

「バートですね」ジェーンは電話に出た。

「心配なんだ」無愛想で耳ざわりな声が届いた。

「どうしたんですか」

「どうもしないから心配なんだ。我々はトップからオーケーをもらわなければならん。確かに大統領*にじかに警告しなければならない。ヨーロッパから来た学者連中は間違っていないよ、ノッポさん」

「おっしゃるとおりです、いつでもそうです。でも、誰が大統領に接触するんですか。私が思いつくのはたった一人ですけど」

「あのインテリか?」

「そうです……あの方を説得できるのは、あなたですよ」

「凡庸なアメリカ人に耳など貸さんよ」

「凡庸なんかじゃないって私に言わせたいんですか。そんなこと言いませんよ。本当にうぬぼれが強いんですね」

「あのつむじ曲がりのインテリと話すのにふさわしいのは、ほかに誰がいるかね?」

「イタリアとハンガリー」

「そうか。ところで、一人で寝ているのか」

「私はいつも一人です」

「ご用命をくれよ。ノッポさん」

「お休みなさい」ジェーンは笑って電話を切った。そのあとは明け方まで考えごとをして眠れなかった。男性のことではない。方程式が次々と頭に浮かび、その日フェルミとした議論にどうしても考えが向かう。議論では連鎖反応は可能であり、爆発は不可避という結論だった。ジェーンは制御をどうするか質問した。フェルミの回答は黒鉛*だった。まだ実物はないが、棒状のウランを混ぜた黒鉛の固まりだという。ドイツが使っている重水よりはるかにいい。

「手が汚れてもいいのかね？　黒鉛は軟質炭と同じように黒いぞ」

「私の手が汚れているのを、どれほどご覧になっていますか？」

フェルミは返事の代わりに笑った。「何度も見ている」と言いたかったのだろう。ジェーンは、細くてきれいな手が汚れるのを厭わなかった。何のためか。ジェーンをして科学者たらしめている尽きない興味のためである。だが、自分が手を汚すだけの価値が科学にあるのかどうか、ジェーンにはわからない。


九月某日のホワイトハウス。大統領は机を隔てて小柄なしょぼくれた人物と向き合っていた。大統領は、

大統領：原典ではBig Bossと表現されている。時代的には合衆国第三十二代大統領、フランクリン・ルーズベルト（在職一九三三〜一九四五）と一致する。
黒鉛：グラファイトとも言う。炭素からなる鉱物の一つ。原子炉の減速材（制御材）として用いられる。

新しいタバコをさしこんで火をつけ、パイプを口の端にくわえて堂々たる顎からちょうどいい角度に突き出して、相手のやさしい声に耳を傾けていた。子供のようにやさしい声が大量殺戮や未曾有の大惨事について語っていた。暑い日だった。ワシントンの九月はひどく暑く、大統領は上着を脱いでいた。

大統領はもの柔らかに言った。「上着を脱いだらいかがですか」

その小さな人物はくしゃくしゃ頭を横に振った。優しい声がだんだん詫びる口調になっていた。ずいぶん時間がたった。申し訳ないと思ったが、話したことは重要な事実であり何らかの方策を図りたい。いまなら間に合う……。

机を隔てて座る長身で堂々とした体格の美男子は、白髪頭の小柄な科学者を見つめていた。「では、物質はすべて原子からできているのですね」

小柄な男はうなずいた。

「原子は何から？」

「荷電粒子です」

「電気と磁気の違いは？　いいですね、あなたから勉強させていただいているんですよ」

「同じ力の一側面です」

「中国でもよく似た考え方があります。ご存じですか」

くしゃくしゃ頭は知らなかった。

「中国では陽と陰です。陽は男で、たとえれば電気。陰は女で、磁気にあたるでしょう」

タバコが大きく傾いて、その大きな男は笑った。「なかなかの物知りでしょ？　私の母方の祖父は香港と広東で大もうけしました。言いにくいがアヘンです。最速の帆船で外洋を航海していました。船は私の血に流れています」

大統領は横目で小さい男を見た。特許担当官だったそうだが、あまりやることがなかったのだろう。五十年前のスイスの特許局で、どれだけの特許が発効されたというのだ。そこで退屈した優秀な頭脳、整髪していないぼさぼさ髪の下の平凡な頭蓋に隠されている頭脳は、退屈まぎれか、情熱を燃やしてか、宇宙について思索し始めた。いまは亡き過去の偉大な科学者たち、ヒポクラテス、アルキメデス、ユークリッド、コペルニクス、ガリレオ、ニュートン、彼らと肩を並べられるのは、現にここにいる彼、アインシュタインだけだろう。人類にとって不滅の救世主の一人として、アインシュタインの業績は誰もが認めるところである。

「できれば立ち上がって敬意を表したい気持ちです。あなたは立派に使命を果たされた。私も行動に出ましょう」唐突に大統領は言った。

小柄な男は席を立ち、ヨーロッパ風に深く頭を下げた。

「ありがとうございます。大変感謝いたします」低い声で礼を述べた。

男はもう一度頭を下げると向きを変え、ドアを開いて音もなく閉めたので、それまで部屋にいたようには思えなかった。しばらく椅子にもたれていた大統領の顔面は蒼白になっていた。机の上の新聞を取り、パイプを噛みながら読んだ。二年前にドイツはポーランドに侵攻し、首都ワルシャワでは六十日間の激しい市街戦があった。ロシアはどうしていたのか。ロシア軍はカード遊びに興じたり、夜は飲んだり食べたり花火をしたり、ただビスワ川*の対岸から美しい瀕死の街を眺めていただけだった。ロシアとドイツか！　あの小柄な男の言うことは正しい。時間は無駄にできない。だが、時間がかかる。有能な者たちを探すことだ。仕事に適任者をあてることはつねに重要な問題だ。目の前にいたあの小柄な科学者は予言していた。……そうだ、彼は予言者だ。予言者の警告を無視してはなるまい。科学者たちのしていることが何であれ、目を背けてはいられない。

大統領はため息をつき、ブザーを強く押して言った。

「ハリーを呼んでくれ。話がある。いや、話を聞きたいんだ。それから、今夜は夕食に帰れないと家内に伝えてほしい」

タバコは灰になっていた。もう一本パイプに詰めると、左眉のほうにパイプを寄せて、ふーっと煙を吐き出した。

スティーブは、居間の奥の書斎でバートに提出する報告書を仕上げていた。計算を何度も見直し、慣れているとはいえ、上司から機関銃のように質問を投げつけられても持ちこたえられるように周到に準備した。それでも、絶対に信頼できる結論だとは言えなかった。頭の中では想像し抽象化できたとしても、数式の形で表現した洞察のひらめきは、これから原子核を物理的に測定して確かめなければならない。まだ測定されていなかった。彼には測定したいという気持ちも勇気もなかった。見えない原子核の内部に秘められた力は、できれば考えたくないものだったし、まして、その力を人間の世界に向けて解き放すことに加担したくなかった。

徹底的に推論し、細かな手書き文字でいくつもの数式を連ねた緻密な報告書の前で、スティーブは眉を寄せ、苦渋の色を浮かべていた。ペンシルベニアの田舎町で過ごした少年時代にもう一度戻れたら、こんな科学者という職は選ばなかったろう。だが、彼の父親は口数の少ない商人で、息子に何も助言しなかったし、母親は必要でもないハーバード大学の奨学金を獲得した息子を自慢するだけだった。あのころ、誰か彼に将来の破滅を警告してくれただろうか？　マッチで火遊びをしていた子供のような自分に……。

あれこれ思い悩んでいると、騒がしい音楽と一緒に女たちの明るい笑い声が聞こえてきた。いったいどうしてヘレンが今日、しかも一日中、集まりを開く気になったのか彼には理解できなかった。夫に許可を求めようともせず、断りすら一切なしだった。午後三時頃、女たちがどっと集まってきた。ヘレンとスティーブのあいだには、彼が大急ぎの難しい仕事を抱えているときは家を静かにしておくという約束があった。いまの仕事はとりわけ困難で危険なものだった。相対性原理でしか厳密に表現できない抽象的かつ深淵な概念を、頭の奥底からなんとか引っ張り出そうとしているときに、静かな環境どころか隣室の女たちのお喋りと格闘しなければならないのか。

スティーブはいらいらして鉛筆を置いた。仕事で使う赤鉛筆を見ると、少なくともこの一週間、ヘレン

ビスワ川：ポーランド最大の重要河川。ポーランド東部を蛇行して流れ、バルト海に注ぐ。

は鉛筆を削ってくれていなかった。鉛筆を削るのは、新婚のころに彼女が始めた愛の作業だった。新婚生活をバートン・ホールに邪魔されて怒りを爆発させたとき以来の、後悔のしるしでもあった。そのときバートは、花婿に、瀝青ウラン鉱からラジウムを簡単かつ手早く抽出する方法、あるいは機械や道具の青写真を提出しろと要求したのだ。素手でこつこつ微量を抽出する忍耐強さを持っているのは、キュリー夫人だけだったからだ。

いらだって思考が散漫になったせいか、鋭く響くヘレンの笑い声が耳についた。

「さあ、ジェーン、……ジェーンと呼んでもいいかしら?」

「みんな、そう呼びますよ」あの落ち着いた声には聞き覚えがある。

「じゃあ、ジェーン。あなたは本当に、正直に本当に、アインシュタインの相対性理論がわかるの？　本当のことを言っていいのよ。女どうしだし、絶対に口外したりしないから」

ヘレンはとんでもないことをしている。前々からおかしいと思っていたがやっぱりそうだ。いくら夫を強くひたむきに愛しているからとはいえ、これでは自分も他人も同じように悪意で苦しめることになりかねない。いま妻が苦しめているのはジェーンなのか、妻自身なのかわからなかった。すぐにも椅子を立って友人たちの面前で妻に一言言ってやりたいという衝動を覚えた……女ってものはしようがないな！　だが、そうはせずにジェーンがどんな返事をするのか聞き耳を立てた。なんと笑い声がするではないか。楽しそうな穏やかな響きがする。ジェーンの笑い声を聞くのは初めてだった。

「そういう質問に、どうお返事すればいいのかしら。わかっているなんて言えば、嫌われるでしょうし。

お願いですから嫌わないでくださいね。そうですね、アインシュタインは私たちを宇宙の奥深さへと導き、宇宙を照らす松明をかかげたとでも言いましょうか……力学では。また、こうも言えるかもしれません。アインシュタインは、存在するものの複雑な結びつきを単純化しようとつねに努め、それらを統一場と呼ぶ関係で表しました。時間、距離、質量を彼は構成要素として取り上げますが、物理ではそれらですべてが表せます。つまり、質量は重さであり、動きに抵抗する力であると言えます。彼はその純粋な英知をもって、時間、距離、質量のあいだの相対的関係について、私たちが不変だと思っていた質量ないし抵抗は不変ではなく、質量は速さとともに、それを見ている人間との相対的関係において増加すると理解したのです」

静まり返った中に美しい声が滔々と流れていた。そこにヘレンの元気な声が絹を切り裂く剣のように割って入った。

「おっしゃることはだいたいわかります。辛うじてね。飛び立とうとしている鳥に忍び寄って、尻尾に一つまみの塩をかけるみたいに危なっかしいけど。私の夫が何をしているか、ご存じ？」

なぜわざわざ「私の夫」なんて言うんだ。いつもは「スティーブ」じゃないか。「私のスティーブ」と言えばいいだろうに。

ジェーンは口ごもった。「たったいまは何をしていらっしゃるか、正確には知りません。近ごろ話をしていないので……」

ああ、ジェーンは「あなたの夫には最近会っていない」とヘレンにそれとなく伝えている。ヘレンが本当に聞きたいのはそのことだったのだ。二ヶ月ほどジェーンと会っていないのは事実だし、多忙で彼女のことを考えもしなかった。

「会っていないの？　本当に？」

「最近はお会いしていません、コーストさん」

「ヘレンと呼んでくれない」

「そのほうがよろしければ……」

「それじゃ、ウランについて説明してくださらない。私は頭が悪いから」

「そんなことありませんわ……何を言えばいいのかしら」

「私に理解できると思われることなら何でも」

そういうわけで美しい声はもう一度始めた。「お話しすべきことはたくさんありますが、わかっていることは非常に少ないのです。コースト博士はそれについて研究しているはずです」

「スティーブと呼ばないの？」

「呼びません。……その、天然のウラン鉱石は掘り出されたままでは爆発しません。爆発するのはウランの同位元素のうちの一つだけです。ウラン２３５です。マジックみたいですが、Ｕ２３５は天然に存在する九十二種類の元素の同位元素のなかでも非常に少なく、低速中性子に当たると分裂するのはこれだけです。もちろん、現在わかっている範囲ですが。純粋な形状でＵ２３５を取り出せなければ、私たちが求めるエネルギーは得られません。……目的は何であれ」

「武器？」

まったく、ヘレンは目から鼻に抜けるようだ。スティーブはジェーンに助け船を出そうと立ち上がった。

いまのところ武器ができるとは言えないし、つくるべきとの結論も出ていない。相当量のウランを核分裂で爆発させるには、一度にたくさんの原子が分裂しなければならない。その鍵となる中性子はフェルミが発見した。核分裂そのものが中性子を放出するならば核分裂はくり返され、次々と核分裂が連鎖していくだろう。……女の話題ではない。

スティーブは居間に入って行き、ぐるりと見回した。女ばかり六人。モリー・ホールもいてピンク色の編み物をしていた。ジェーンが言ったことを夫のバートに伝えるか、それともモリーは頭が弱くてほとんど理解していないかだ。モリーの頭が弱いかどうかは、わからない。

「お茶をもらえないかな」

ヘレンが挑むような目でにらんだので縮み上がった。こんなときにごまかしはできない。いつにないばかていねいさでスティーブは客の一人一人と握手して回ると、ジェーンのわきに腰をおろした。

「報告書を書き上げたところなんだ。一時間ぐらい割いてもらえれば、提出する前に二、三、話したい点があるんだが」

「喜んで」

ヘレンの目が二人をじっと見つめていたので見返すと、彼女は顔を背けた。

真夜中になってもスティーブはまだジェーンと話をしていた。落ち着かない様子で二人の声が届かないあたりを行ったり来たりしていたヘレンは、二時間前、半開きにされた書斎のドアをノックした。

「私、もう寝るわ、スティーブ」

「もうすぐ終わるよ」

ヘレンはそれから書斎に入って来て、意外にもジェーンの頰にキスした。

「お休みなさい、ジェーン」

「ありがとうございます。ヘレン……」

「何が？」

「キスです……」

「そうなの。私はやたらに人にキスしないのよ」

ヘレンは謎めいた言葉を残して部屋を出て行き、二人は彼女がその場に来なかったかのように再び話に没頭した。

「爆弾は必ずできると確信しているのね」

「そのとおり」

ジェーンは唇を嚙んだ。「どの国もほかの国を破壊できるということね。戦争が行なわれている今、それほど費用もかけずに」

「残念だがそうなる」

「アメリカは、原料のウラン鉱石を押さえているのかしら」

「ウランはどこにでもあるし、トリウムもだ*。だから、僕たちの手には負えないよ」

「科学は抑えられるものじゃないわ。何ヶ月か何年かは秘密にしておけるかもしれないけれど、それ以上は無理よ」

「人間の頭脳に歯止めはかけられない」

ジェーンは深いため息をついた。「人類の終わりってこと?」

「そんなことがあってたまるか」

「でも、あなたは深刻に悩んでいるわ」

「まともな人間なら誰でもそうだ」

「そうね……」

沈黙が続いた。ジェーンがようやく口を開いた。「重い責任を感じるわ。女として。ほかにも同性がいたらどんなにいいか」

「君はいまは科学者でしかない。男も女もないさ」

「でも、私もあなたも人類の半分に属しているのよ。あなたの属する半分は目覚めて行動しているけれど、私の属する半分は……眠っている。もっぱら子育てや家事に埋もれている。子供たちが原子爆弾の炎に投

トリウム：原子番号90。天然に存在する放射性元素の一つ。ウランと並んで核燃料資源となっている。

げこまれ、家が灰になろうとしているのに、みんな眠っているのよ！　どうしたら目覚めさせられるかしら」

　ジェーンの目に涙があふれ、ゆっくり頬をつたっていった。苦悶に涙する彼女を見るのは耐え難かったが、手を差し出して慰める勇気はなかった。スティーブは努めて明るく話そうとした。

「涙はまだ早い。必ずしも僕たちが心配するとおりになるとは限らないんだから」

「そうさせてはいけないわ」

　ジェーンは立ち上がって手を差し伸べた。スティーブがその手をとると温かく、震えていた。束の間だったが互いの心は通い合い、二人は別れた。スティーブは外に出て小型の車に乗りこむジェーンを見送った。二階に上がるとヘレンは眠っていた。表面的にはそう見えた。ドアの方に背を向けて右向きにじっとしている。妻が目を覚まさないようにベッドに入ったが、眠れずにいた。ジェーンの言うとおりだ。そうさせてはならない。


「報告書です」翌日スティーブはバートに提出した。「昨晩仕上げて、ジェーン・アールとチェックしました。連鎖反応は完全に可能である、ということで私たちの意見は一致しました。連鎖反応による爆発は制御不可能かもしれませんが、これは実験してみないとわかりません」

「減速材*には何を使うんだ?」バートは鉛筆で赤いもじゃもじゃの髪をかき、そのまま鉛筆を髪に立てた。素通しの窓から朝の太陽がまぶしく射しこみ、バートの頭は赤々と燃え上がっているようだ。

「報告書で提言しましたが、フェルミの主張する黒鉛がベストだと思われます。重水やほかの何よりも簡単です」

「そうか……」バートは報告書をパラパラめくっていた。「完ぺきな仕上がりだ。次の仕事は、だな……」

スティーブは口を挟んだ。「この仕事から降ろしてください」

草のような緑色の目がスティーブを凝視した。

「どういうことだ?」

「核兵器の製造には加担したくありません」

「誰が好きでやるものか。悪魔の仕事だ。だが、ほかの悪魔が先につくったらどうする? ナチスがノルウェーを占領したのは重水を確保するためだぞ。祖国が吹き飛ばされるのを、黙って見ているわけにはいかないだろう」

「自分のことを決める権利は誰にでもあります」スティーブはあとに引かなかった。

「そんなものは、今日はない」そう断じるとバートは報告書を脇へ押しのけた。「生きるも死ぬも一緒だ」

それにはスティーブは応じなかった。腰を下ろし、細身の体から力を抜いて窓の方に顔を向け、キャンパスをのんびり往来する学生を眺めた。いい天気でみな生き生きしている。冷たい風に頬を赤くし、女学生の髪は風に舞っている。なんという非現実だ! すぐにも死んでしまう脆弱な生身の人間と、写真乾板

減速材：原子炉（熱中性子炉）の炉心を構成する材料の一つ。核分裂によって発生した中性子のエネルギーを、減速材の原子核と何回も衝突させて低下させる。

にようやく影が映る程度の微粒子に閉じこめられた爆発力と、どちらが現実から遠いのか。

「いまの気持ちとしては、かかわる意志はありません」

気短なバートは怒鳴った。「君は科学者を名乗っているんだろうが！　反対すれば製造されないとでも思っているのか。……使われることもないと言うのか」

「少なくとも責任を感じることはありません」

バートは丈夫そうな白い歯を犬のようにむき出してののしった。

「君にはもう責任があるんだ！　敵に原子爆弾を落とすよりも先に、こっちに落とされたらどうする？君は非難されるぞ。君も、君のどうしようもない仲間もだ。君らこそ主戦論者じゃないか。君ら平和主義者こそ……主戦論者で敗北主義者だ。君の親父はクエーカー教徒だったな。血管にミルクが流れているんだろうよ！」

スティーブは黙って聞いていた。立ち上がって椅子の下から帽子を取り、そのまま部屋を出て行った。

その夜、自宅に戻ると、キッチンにいたヘレンの頬に軽くキスをした。ちょうど夕食の支度の最中で、彼女の頬は火照り、機嫌もよくなさそうだった。

「叶いそうもない、我が家の大きくてすてきなキッチンのことを想像すると、どうして科学者なんかと結婚したのかって思うわ」いつもの愚痴だった。

「僕もそう思うよ。実際、なぜ僕は科学者なのかね」

何かあったのかと聞いてくれるのを待っていたが、妻は狐色に焼けたおいしそうなケーキをオーブンから取り出すのに専念していた。その上、指にやけどをした。スティーブは重曹を取ってきて湿らせて塗ってやり、原子爆弾の話はやめておくことにした。

「夕食までどれくらい？」

「三十分ぐらいよ。私にもう話しかけないでね。オランデーズソースをつくるんだから」

「書斎にいるよ」

スティーブは安全な隠れ場所にこもると両手で頭を抱え、悶々とした。魂だって？　彼は父親が好きだった故事を思い出した。骨の髄までクエーカー教徒だった父親は「中国人は私たちよりも人間というものを知っている。中国では、人には三魂と七魄*というものがあって、相争っていると考えるそうだ」と言っていた。

「三対七か。結果はわかっているよね？」スティーブが尋ねると、父親は「魂の強さは誰にもわからない。それで五分五分なのかもしれないな」と言った。

スティーブは咄嗟に電話に手を伸ばし、ジェーンに電話した。驚いたことに、書きとめていなかったのに番号を覚えていた。どこで番号を聞いたのか忘れたが、頭には刻みこまれていた。

「もしもし、ジェーン？」

「ええ、スティーブ」

三魂と七魄：魂（こん）・魄（はく）とは人間の体内で、生命活動をつかさどり行為の善悪を監視する体内神のこと。三魂とは台光、爽霊、幽精。七魄とは尸狗、伏矢、雀陰、呑賊、非毒、除穢、臭肺。

「そう呼んでもらえてうれしいよ。……ずっと、そう呼んでほしかったんだ」

「普通のことでしょ」彼女の声は冷静だった。

「今日、報告書をバートに提出した。そのとき、これ以上兵器にかかわりたくないと言ったんだ。研究ならば何でもするけれど、あの仕事はやりたくないって」

「よかった。反対が二人になったわ」

カチャッと電話を切る音がして、何も聞こえなくなった。


すでに真夜中をだいぶ回っていた。バートは立ち上がり、机上に散らばったメモや数式を書いた紙を寄せ集めた。プロジェクトの第一歩がようやく完成した。自分で「書斎」と呼んでいる部屋に一人でいた。開きっぱなしの本や重なり合った書類、実験器具などが乱雑に置かれたこの部屋で、自分の頭脳を納得させる計画を練り上げてきた。次の一歩は、モリーがどこにいようとも見つけ出し、眠っているなら目を覚まさせて、彼女を相手に大声で話をすることだ。火を燃やさなくなって久しい暖炉の上の置き時計をちらりと見た。こんな時間では、モリーは昔風のどでかいダブルベッドで眠っているだろう。そのベッドは二十三年前の結婚初夜からずっと二人で使ってきたものだ。モリーは、二人でどんなに遠いところへ旅しても、バートが一人でどこへ出かけようとも、誠心誠意、夫に尽くす妻だった。彼のそのベッドに対する思いは、そのまま家庭につながっている。モリーの健康的な体の温もりを感じながら深い眠りにつけるのは、地上でこのベッドよりほかにない。バートは階段を上がりながらため息をついた。眠りか！　悪夢を見ずに眠れるのはいつのことか。彼は核爆発という恐ろしい知識のしきい値＊に立っていた。ここからの退却はもうない。

二階の廊下の電気を消して寝室のドアを開けた。ベッドサイドのスタンドはついていたが、モリーは眠っていて、寝息がたまに途切れて低いいびきになる。書類をスタンドのそばに置いて静かに服を脱いだ。熱めのシャワーで気持ちを静め、五分ほど運動する。これからは健康に支障があっては困るからだ。そして大きなベッドの妻の隣にもぐりこんだ。

「モリー」

呼び起こされるのには慣れていて、妻は深い眠りから必死に醒めようとする。バートは目覚めるのを待った。「モリー、聞いてくれ」

「何ですか、あなた」ぼそぼそと答えがあった。

妻は目覚めた。まなざしはうつろだが、とにかく目覚めた。バートはそう決めた。かがみこんで妻の額にキスした。「気の毒にな……俺なんかと結婚して」自分勝手な優しさがそう言わせた。

「大丈夫よ。何なの。話してちょうだい」

妻は無理して目を開け、あやふやな笑顔をつくると枕に寄りかかった。

「モリー、今度のことは俺の手に余るよ」

しきい値：反応などを起こすために最小限必要な物理量。限界値。いき値。

「そうなの？　バート」

　こういうときに自分に反論しても時間の無駄だと以前から教えてあった。ほめても、無理におだてても、夫をいらつかせるだけだ。バートは妻に向かって怒鳴ったことがある。「自分の弱みは自分でわかる。ほめてくれたって毒にも薬にもならん……。君が何もわかっていないと思って、かえって嫌になるだけだ。確かにわかっていないんだがな。だから俺が何か言ったら、どんなことでもだぞ、頼むから相づちを打つだけにしてくれ。そうすれば俺は答えが見つけられるんだ」

　バートはいま、自滅へと向かった。

「俺は宇宙線のことなんか、みんなわかっている。原子が分裂する可能性についてもかなりの知識があるさ。もちろん、あの小さな巨人フェルミほどじゃないが、彼の相手は十分できるし、彼の話も理解できる。だけど、俺たちが生きている、このいまいましい謎めいた世界の話をしたいわけじゃない……フェルミが連鎖反応ってやつをどうしようとしているのかさえ、俺は知らん。だが、俺は頼まれた。いや、俺がしなければならんのだ。第一級の科学者を使って極秘の仕事をしなきゃならん。世界を吹っ飛ばすかもしれない兵器をつくることになるか、つくるのに手を貸すことになる。俺も君も……」

　モリーは大あくびをした。「どうしてそんなことするの？」

「つまらないことを聞くな。やらずにすむと思っているのか。ナチスはアメリカを吹っ飛ばすつもりだぞ。だからだよ！　息子たちだってもうすぐ徴兵年齢だ」

　息子たちの話が出て、モリーは頭がはっきりした。「息子をこの話に巻きこまないでちょうだい。あの子たちには、あなたのその科学とやらに、かかわってもらいたくないんですから」

「ティムはまだ俳優になるつもりなのか」

「そうよ。それに、ピーターは医者になりたがっているわ」

「そうだったな。それじゃ、息子やら何やらの話はするな。黙って聞いていてくれ。さもないと俺たちは一晩中眠れないぞ。夜のこんな時間に引きずり出すような状況があるんだ。ひどく厄介な仕事が山のようにあり、時間は足りない。次の世紀までかかることを、せいぜい四、五年でやらなきゃならん。目標を四年後としよう。いまはどのあたりにいるか？　世界最大のエネルギーのありかは、うっすらわかりかけている。制御方法がわからんので、そのエネルギーの放出をためらっているんだ。わかるか。問題は制御だ！」

「制御ね」モリーはつぶやきながら睡魔と戦っていた。

「そこで、どうすれば制御できるか？　まず原子炉を造らなきゃならん。原子炉はいいか、巨大なオーブンなんてもんじゃないんだぞ」

モリーは目を開いてバートを見た。「オーブンですって？　キッチンの？」

「まったく同じだが、何百万倍も熱い。その熱は制御に失敗すれば何もかも焼き尽くし、そののちも燃え続けるほど高温だ。遠く離れた太陽や星が発光するときに出す熱、つまり、燃え尽きることのないヘリウムの炎の熱と同じだ」

「まあ、怖い」モリーは悲鳴を上げて目を丸くした。「あなたがなぜ、それに関係あるの？」

「静かにしていてくれ」バートは叱りつけた。「原子炉を建設するために人材を集めなければならない。同時におおぜいの人間にいろいろな仕事をやらせる。原子炉の建設を誰にやらせるか。テッド・パークスはどうだ。いまは海軍に籍を置いてワシントンにいるが、彼を引っ張り出せるだろう。この仕事の規模は、海軍のどんなプロジェクトより、どでかいからな。パークスは原子物理学に詳しい。X線について共同研究したことがある。いいやつだ。俺の言うことを聞いてくれるが、彼の考えは……」

「彼は詩を書くのよ」モリーが話をそらした。「雑誌で彼の詩を見たわ。すてきな詩だったけど、私にはわからなかった」

「それで、なぜ、すてきなんだ?」バートはいら立った。

「その詩がわかったらいいなと思って、声に出して読んだらすてきだったのよ。意味はわからなかったけど、心地よい響きだったわ」

バートは妻の顔を見た。この女は思った以上にあほうなのか、そうじゃないのか。結婚して四半世紀にもなるのに彼はまだわかっていなかった。

「続けていいかね? それとも、君にはわからん詩というものの話をしたいか」バートは皮肉った。

「もう話すことはないわ」

バートは話を続けた。「テッドが詩を書こうと書くまいと俺の知ったことじゃないし、話はそのことじゃない。さて、どこまで話したかな?」メモを探した。「そうだ、原子力の制御だった。そこでだ、この威力を制御する方法はいくつかあるが、どういう手段をとればいいか、どんな制御材が最適なのかわかっていない。たとえば、ベリリウムか炭素かだ。どちらも原子の爆発を減速させる。ベリリウムは稀少な元素で、どこで十分な量を手に入れられるかわからない。だが、ベリリウムが最適ならなんとかしなければならない。そうだ、テッドにこの点を調べてもらおう。炭素は危ない。実際に連鎖反応に成功した場合、減速材として必要な条件ぎりぎりだ。いいか、モリー、俺はあえて危険を冒そうとしている。ワシントンの委員会はこの一年半あまり、ウランの核分裂を研究してその制御方法を見つけようとしているが、この戦争に間に合わせようとは考えていない。だが、間に合わせなければならんのだ。ヨーロッパの学者どもは、口を開けばナチスが大計画を進めていると言っているからな。どうやら委員会はこの期に及んでも、この熱いオーブンの威力を、平和利用することしか考えていないらしい。これは極秘中の極秘なので誰もこのことを知らないし、委員会そのものがわかっていないのかもしれない。秘密を守り過ぎて考えなくなってしまうこともある。だが……モリー、聞いているのか?」

「聞いていますよ」モリーはあくびをかみ殺した。

「いい考えがあるぞ」

モリーはほっとした様子でバートの顔を見た。何かを思いつくと、たいていおしゃべりをやめることになっていた。

「妙案だ。ひとたび核反応が制御できたら、放射性物質はいくらでも手に入る。爆弾投下を決めた瞬間に

*ベリリウム：金属元素の一つ。緑柱石、ベルトランド石の主成分として天然に存在する。人体には有毒。

戦争を終わらせるしかないような爆弾をつくることもできる……落とす必要もないかもしれない。こっちが持っていることを知らせるだけで、敵は度肝を抜かれて降参してくるかもしれない。まったくもって価値あることじゃないか！」

バートは後頭部で手を組んでうしろに寄りかかった。メモが床に散らばった。

「スティーブン・コーストのばか者が今日、なんて言ったと思う？ もうこの仕事はしたくないと抜かしおった。報告書を持ってきて言うことには、成功は間違いないと思うが成功者の一人にはなりたくないとさ。『戦うのは嫌だ』とばかなことを言って立ち去ったよ。人殺しでない研究をしたいと……勝手にしろ……いや、だめだ。あいつを手放すわけにはいかない。最高の頭脳をそろえたい。説得を続けよう。そのあいだにテッドに働きかけよう。ウラン235を大量に手に入れなければならない。そうするぞ。トンプソンにも妙案がある……聞いてるのか、モリー」

「聞いているわよ。でも、眠くてしょうがないわ」

「あと一分、聞けよ……トンプソンは実験でウラン238からプルトニウムができるらしいとわかったそうだ。つまり、天然ウラン一〇〇トンの代わりにプルトニム一〇〇ポンド*から連鎖反応を起こすことができるんだ。十分な量のプルトニウムがあれば、低速中性子ではなく高速中性子で連鎖反応が起こせる。その爆発力ときたら爆弾どころじゃないぞ……スーパー爆弾を持つことになる。そうなんだ、モリー、俺たちはそういうことをやっているんだよ。やっとすっきりした。さあ、眠っていいぞ」

バートは身をかがめて妻の頬に音を立ててキスをし、明かりを消した。

「みなさん！」

よく通る歯切れよいイギリス英語が会議場のすみずみまで響き渡った。

バートは再びカリフォルニアにいる。会議の前に「私はクモみたいなものです」とイギリスの科学者に話した。「国中にクモの巣を張りめぐらしているんですよ。先週はニューヨーク、シカゴ、ワシントン。そして今日は、ここであなたに会っています。ワシントンの連中は私にこれ以上、飛行機を使わせたくないようです。連中は私を重要人物だと考えているらしい。汽車で動けとか、護衛をつけろとか、脅してくるんです」

「彼らの言うとおりですよ」

バートは座り心地のよくない木の椅子に腰かけ、有名な科学者の講演には集中せずに、自分の秘密計画のことを考えていた。クモの巣を張りめぐらすのは国内だけに限らない。研究対象を絞らなければ……いや、焦点と言うべきか……いま科学は、一つの軍事計画だけに焦点を合わせなければならない。プルトニウム爆弾をつくることだ。奇妙にも、時代の要請によって夢想が現実になる。昔の錬金術師は一生をかけて卑金属から金をつくり出そうとしたが、だめだった。錬金ではないにしろ、いまや質の変換が可能になった。必要性が生み出したのだ。緊急性は戦争……間近に迫る戦争である。

ポンド：英語圏で使われる重量の単位。一ポンド＝〇・四五キログラム。

バートは考えることに集中して眠気を追い払った。会場内には暖かい空気がよどんでいる。モリーと大きなベッドで寝た昨夜はよく眠れなかった。コーヒーは眠気覚ましにはならず、かといって学生たちが使う「興奮剤」に手を出す気にはならない。高揚感を味わう危険など冒せなかった。しかし、現実は容赦してくれない。だから、このイギリス人の話を理解しなければならない。いま話している男は、イギリスのレーダー開発で非常に重要な役割を果たした。戦争に資するという点では、レーダーは科学開発の中で、もっとも価値あるものだ。レーダーによってどれほど多くのイギリス人の命が救われたか知らないが、ナチスの空襲を予知して敵機を迎え撃つため、英軍戦闘機が闇夜に飛び立っていった。レーダーの近接信管が警告を発しなかったら、イギリスはなすすべもなかっただろう。

「高速中性子がウラン235を透過するときの散乱数と捕捉数を測定しました」教養あるイギリス人の声だった。「連鎖反応に必要な量は、当初考えていたより、ずっと少ないことがわかりました。私たちは、反応の結果生じるプルトニウムを使って爆弾をつくれると確信しています」

アメリカ人はひらめきや勘が鋭く、天才肌で思いつきに冴えがあるが、イギリス人というのは実質を重視する手堅さがあり、思慮が深い。バートは隣席のテッド・パークスにそっと耳打ちした。

「これは満場一致だな」

テッドはうなずいた。「イギリス、イタリア、アメリカ……」

「イタリアだって?」

「フェルミですよ。忘れたのですか。ここで聞いたことはフェルミが言ったことを裏付けている。プルトニウムは一〇〇ポンド以下ですみます」

バートはうなずいた。彼のクモの巣には二週間前にフェルミが引っかかり、次いでワイナーも取りこまれた。東部の某大学の殺風景なコンクリート敷きの研究室で、バートはこの偉大なハンガリー人科学者と二人だけで会った。臆病な人間、ワイナーに感じた第一印象がそれだった。すぐに謝り、頭を下げ、言い訳ばかりする人間。……だが、それは大きな間違いだった。頭脳は明晰で、思考はこのうえなく明快かつ敏速な人物だった。

「減速材を使って制御する反応で肝腎なのは低速中性子です。実験では……」

その日、外は薄暗く、ブラインドのない窓ガラスに秋雨の当たる音がしていた。大学構内のカエデの木々からは枯葉が舞い落ち、レインコート姿の学生たちが強い風に頭を低くして急ぎ足で歩いていた。

咳きこむ音にびくっとした。すすり泣きだろうか？　ワイナーを見ると生気のない頬に涙が伝っていた。

「時間がありません」ワイナーは言った。その声はささやくようで低く沈んでいた。「よろしいですか、ナチスは必ずやります。待ってはくれません。私はナチスというものをよく知っています。慈悲もなければ、ひとかけらの人間性もない。私はナチスをずっと見てきたのです。……年老いた両親を殺されました。父は拷問にかけられ……いや、話などとても……」ワイナーは顔を背け、涙にぬれた顔をハンカチでぬぐった。手が震えている。まれに見るしなやかで繊細な手、芸術家の手だ。本物の科学者には芸術家が宿る。それはバート自身には無いものだからよくわかっていた。彼は、ほかの職業でも成功していたかもしれない器用な頭脳を授かって、たまたま科学者の道を選んだだけだった。純粋でひたむきな科学者というものは、理論家であると同時にとてつもない抽象的な可能性を夢見る夢想家でもある。

「私には何もかも話しておくほうがいいだろう。こちらも知っておきたいのだ。新聞報道はなかなか信じられない」

陰鬱な秋の午後をワイナーの話を聞いて過ごすことになった。愛する人たちをあとに残し、辛うじて脱出した記憶をたどるワイナーに、バートは、次々に降りかかる恐怖に身をさらしていた男の姿を見た。

「『行くんだ』ぐずぐずしている私に父は言いました。『逃げるんだ。おまえの頭脳で残りの世界を救え。アメリカへ行って真実を伝えろ』と。……そうして私は、父を残して脱出しました。何もかも残して、身のまわりの物だけを持って……」

ワイナーは額をたたき、笑顔をつくろうとした。

「申し訳ありません。思い出したくないのに忘れられないのです。……速やかにこの爆弾をつくって戦争に備えよ、と私が言う理由がおわかりですね」

「仮に原子爆弾を持っても、必ずしも使う必要はないかもしれない」バートは言った。

「決めるのはまだ早い。けれども、必要ならやるしかありません」ワイナーの涙の乾ききらない薄い灰色の目に、鋼鉄のような冷たさが走った。

東部でワイナーと会ったあと、張りめぐらせたクモの巣の中をシカゴへ飛行機で戻り、数人に電話を入れ、三日間連続して厳しい議論と計画作りに没頭した。睡眠不足のためにけんか腰になりながらも、巨額の資金と大型施設さえあればプルトニウムの製造は可能であり、プルトニウムを爆弾に必要な純粋な金属の形状にできる、という意見にやっと到達した。亡命中のポーランド人で爆薬の専門家がくり返し意見を述べた。

「飛行機一機に一発の小型原子爆弾を搭載できます。これは四百機ないし七百五十機、いや一千機分の焼夷弾の破壊力に相当するかもしれません。言い換えれば、原子爆弾一発で、それだけの数の飛行機の十五倍の破壊力を発揮するかもしれないということです。はっきりしたことは、やってみなければわかりません」

みな黙りこくった。

「やらずにすむかもしれません」テッド・パークスが口を開いた。

「やるべきです。母国でいやというほど惨状を見てきたから言うのです」ポーランド人は反論した。

会議は終わり、イギリス人は言うべきことをすべて言い切った。科学者たちは賛否とは別にその講演にただならぬ関心を示し、彼のまわりに集まった。バートは椅子から動かなかった。不安を抱えている胸の奥から一つの問題が浮上した。プルトニウム一ポンドの核分裂エネルギーは、ＴＮＴ火薬一万ポンドの爆発力に相当するという。もしも使用前に爆発したらどうなるんだ?

バートはそっと立ち上がり、音もなく姿を消した。人の声が届かない場所でしばらく一人になりたかった。この小さな世界を超えたところ、そしていま一度、星に近いところで。

大望遠鏡室の可動式台座に乗って、バートは大きな銀色の鏡面に投影されたものを凝視していた。

「それじゃ、これが膨張する宇宙なんだね」

「そうです」若い天体物理学者が返事をした。新人である。リューベン・パターソンはある日の朝、らせん階段の下に倒れて死んでいるのが発見された。夜間あるいは明け方に空で何かを見て目がくらんだか、過労のせいか、階段で足を滑らせ宙に放り出されて死んだ。

すぐ後任が来た。外見にこだわらない青年である。黄褐色の髪は散髪に行かせたいほどぼさぼさで、過労のためか、子供っぽい丸顔には血の気がなかった。「星雲は地球からどんどん遠ざかっています。遠くなればなるほどスピードが増します。ですが、互いの位置は均等に保っています。なぜかはわかりません」

「無数にあるな」バートは夜空に夢中だった。

「無数です」若い科学者がくり返した。

バートは青緑色の目を細めて無限のかなたを見ていた。「どこから膨張が始まって、どこまで続くのだろう?」

「それがわかれば宇宙の生成と終焉もわかるでしょう。残念ながら、いまはどちらもわかりません!　星雲は反発し合っていますが、エディントン*の説を信じるならば、それが宇宙の膨張の理由です」

「膨張する宇宙の謎は反発がすべてだとは思わない。もっと強い力が働いているのではないか。どこか遠い、この望遠鏡も届かないところで何かの引力が……」

「そうかもしれません。まだそれほど遠くまで見られませんから」

話をしながら円形ホールに戻ると、青年は自分のオフィスに案内した。簡易ベッド、デスク、それに青と白の長椅子が置かれた快適な部屋だった。

「まるで女の部屋みたいだな」

「一人きりですよ、もちろん」

青年は青と白の長椅子に倒れこみ、バートには簡易ベッドへどうぞという仕草をした。「ここで夜通し仕事なので、片づける時間もありません。家政婦も僕ですから」

バートはベッドに体を伸ばした。「結婚してないのか」

「そんな暇ありませんよ」若い天文学者は応じた。「それに、ここには相手の女性の居場所がありません。夜は仕事、昼間は数学をやる。それが僕の人生です」

「眠らずにかね?」

「うたた寝はします。星を見ているあいだに……。ゆうべ新しい星雲を見ましたよ。彼女は実に美しかったな。青みがかった緑色で小さい光がちりばめられていて。僕はずっとその娘を探していたんです」

「探していたものだってことが、どうしてわかる?」

「望遠鏡を向けたら、そこにいたんですよ。最高でした」

バートは何も言えなくなった。まだ二十五歳にならない青年のこういう生き方をしみじみ考える。ずっと探し続けていた青緑色の星雲を発見する満足感を、他人にどう説明したらいいのか。しかし、バートに

エディントン:アーサー・S・エディントン。一八八二~一九四四。イギリスの天文学者・物理学者。恒星の質量と密度の関係を解明した。

はよく理解できた。青年はうとうとしていたが、急に目を覚まして起き直った。「上に戻らないと」

「その前に一つ教えてほしい。君が星を追いかけている望遠鏡の先端を除いて、この世でいちばん人間のいない場所はどこかな？　西部の砂漠を知っているようだが？」

若い科学者は頭をかきむしり、大あくびをしながらちょっと考えた。「ニューメキシコ州にそういうところがありますよ。よく仲間と一緒にキャンプに行きました。連中と一緒にいても、僕は一人ぼっちだったなあ。何もないところでしたよ……」


バートは手綱をゆるめた。ウェスタン風の高い鞍の上で体をひねり、後方の光景を見渡した。前方にはこれから目指す山々と高い段丘（メサ*）が見える。眼下にはパハリト高原の壮大な砂漠が広がっている。遠くにはロッキー山脈の最南端に位置するヘメス山脈が岩肌をむき出し、夕陽の残照の中で虹色に輝いていた。暗くなる前にメサの頂上まで行かなければならない。バートは再び道に向き直って手綱を握った。馬は耳を立ててゆっくり走り出した。狭い山道の両側には、火山性凝灰岩の壁が馬に乗った彼の肩ほどの高さで続いている。前方のメサの頂上の向こうに、今日の太陽の最後の光でほのかに金色を帯びた稜線が見える。現在は死火山になっているが世界最大の火山の噴火口である。バートはいまそこを馬に乗って踏みしめている。なんという大爆発だろう！　大昔、地球の中心部で煮えたぎっていたものが、当時はおそらく内海だったところにあふれ出た。爆発の蒸気でできた雲ははるか上空まで上り、大陸の半分を覆ったに違いない。いまは見る影もなく、延々と凝灰岩に覆われた乾いた谷間でしかない。バートはメサの上部が大がかりな実験にふさわしい場所かどうか見たいと思っていた。ウランなら十分ある。バートは調査のためにコロラド州に立ち寄ってから、ここを目指して来た。もしこのメサが探している場所なら、ここからさほど遠くないところにある閉鎖同然の古いウラン鉱山を再開しなければならない。

一億五千万年前、コロラドの川や湖には巨大な爬虫類がはい回っていた。その化石が蛇腹状に褶曲した岩石層で発見される。内海は干上がり砂地は岩石化した。現在では干上がってしまった海の奥底にある源泉から鉱水が地表にわき出ており、その水は砂岩の粉末の中にカルノー石*という貴重な鉱石をつくった。カルノー石に含まれる鮮黄色ないし鮮黄緑色のウランが、掘り出されるのを待っている。昔のナバホ族やユト族は色とりどりのこの粉末を体に塗った。第一次世界大戦中にはキュリー夫妻がこの鉱石を少量取り寄せた。夫妻の死後は金鉱掘りたちがウランの代わりに金を探し求め、ウランの採掘は見向きもされなくなった。だが、これからその採掘、粉砕、搬送をがむしゃらに再開しなければならない。

バートはメサの頂上に登り、一息ついてからもう一度周囲を見た。東にはリオ・グランデ流域が見えた。川の水は泥が混じって濁っている。山道は松林に続き、暗くなりかけたその先を目でたどると丸太小屋が見えた。煙突から青白い煙がうっすらと夕空に昇っている。ここは一般道路や幹線道路からかなり遠く、

メサ：スペイン語で「テーブル」の意味。台地状の地形で、頂の部分が平面状に広がる。周囲は河川の浸食などによる急崖になっている場合がある。
カルノー石：砂岩型ウラン鉱床の鉱石鉱物。鮮黄色ないし鮮黄緑色。精錬してウラン、バナジウムなどを得る。主産地はアメリカ西部のコロラド高原地方。

街からも人からも隔絶している。探していた場所は見つかった。ここなら安全かつ秘密裏に大実験ができるだろう。

丸太小屋に着くとドアが向こうから開いた。すり切れた灰色のセーターに汚れたブルージーンズを着け、折れた歯の隙間に短いパイプをくわえた老人が一人、戸口に立っていた。

「一晩、泊めてくれませんか」バートは尋ねた。

老人はパイプをはずした。「よかろう」

「今日も終わったね、ジェーン」スティーブが話しかけた。「この辺でやめよう。データは一応まとめ上げた。あれをつくる方法は四つあると、僕は思う。数百ポンドは必要だろう。それを忘れちゃいけない。ドイツは熱拡散法*を採用しているが、これには金がかかる。ワシントンの海軍研究所の連中の報告書を信用するならね。海軍もこの研究をしている。イギリスはガス拡散法*、カナダもそうだ。だけど、問題は微細な透過孔をもつ隔膜にある。なにしろ気体状のウランを、直径が一インチの一千万分の一より小さい穴から完ぺきかつ均一に透過させなければならないから」

「それだけじゃないわ。ガスはとても危険で、あらゆるものを腐食させる」ジェーンはため息をついた。研究室の高い三脚椅子に腰かけ、両手で髪をうしろに回した。「色がいやね。ぞっとする色だわ」疲れ果てたせいか、むきになっている。

「うんざりするよね。絶対に漏れず、腐食しない管をつくるのは不可能に近い。だけど、僕なりに二、三アイデアはあるんだ。遠心分離法*と電磁分離法*だよ。バートはこの四つの方法すべてをきちんと頭に入れている。日曜日の夜、話をして確かめたんだ。それぞれの方法の概略と、それを実施する研究所がどこにあるのかも説明しておいた。驚いたことに、全国で数多くの方法がばらばらに行なわれているんだ。調整して整合をとることが次の課題だな。それはバートの仕事だが、政府がそのことに気づくまでバートは動けない」

「日曜日の夜は、ベートーベンを聴きに行ったわ。一人で部屋にいられなかった。ちょっとわけがあったの」

「君の部屋をぜひ拝見したいな」ジェーンに背を向けたまま、スティーブは流しで手を洗っていた。振り向かなかった。

ジェーンは少し考えて、その誘いに乗ろうと決めた。ずいぶん前から孤独感を抱いていた彼女は、どう

熱拡散法：気体状のウランを温度差のある二重円筒容器に閉じこめる。平均運動エネルギーは高温部で大きくなるので、高温部の内筒に分子量の小さいU235が濃縮されて上昇し、低温部の外筒では重いU238が濃縮され下降して分離される。

ガス拡散法：隔膜法とも言う。ウラン濃縮の方法の一つ。天然ウラン中の核分裂性同位元素であるU235は極微量のため、濃縮して割合を高める。ガス拡散法は、ウランを気体状にして、隔膜という微細な透過孔を貫通させて濃縮する。

遠心分離法：回転する円筒内に気体状ウランを入れ、遠心力の作用で軽いU235と重いU238を分離する方法。ガス拡散法より消費電力が少なくてすむ。

電磁分離法：気体状ウランを磁場の中に入れ、軽いU235のイオンと重いU238のイオンが軌道上で描く半径が異なることを利用して分離する方法。

やら耐え切れなくなっていた。

「いつ、いらっしゃる?」

スティーブはまた尻ごみした。「いつか……心配事がないときにね。ヘレンも一緒かもしれない。ねえ、ジェーン、あれのこと、ずいぶんわかったと思わないか」

「そうね」彼女は態勢を立て直した。「でも、十分とは言えないわ。この仕事やるつもりなの?」

「いや、まだ手は出していない。準備はすべてやったけど。僕はもちろん自分の研究をやるつもりだよ。アイソトープの医学利用なんかどうかと思っているんだ」

ジェーンは黙っていた。

スティーブは彼女のほうを振り向いて、じっと顔を見つめるといきなり言った。「君の鼻の頭、光っているよ」

「どうしたのかしら」袖で鼻を拭いた。

「そのままでいいよ。光っているのもいいね。かわいい鼻だな。それに髪はしっとりしててウエーブがある」

ジェーンはうしろを向き、鉛筆や数字を走り書きしたペーパーをかき集めて机の引き出しに入れた。

「帰りましょう」

「そうだね」

スティーブはしばらく所在なげに時間をつぶしていた。聞こえないぐらいの口笛を吹き、明日の用意のつもりか鉛筆を削り、鉛筆削りの掃除をしている。

「今日、バートから手紙が来たわ」

スティーブは振り向かず「どこにいるの」と言った。

「ニューメキシコ州。プロジェクトの予定地を見つけたそうよ」

「君に一緒に来てほしいのだろう」

「彼はそう言うでしょうね」

「行くつもりかい？」

「決めていないわ」

「行ったら、兵器に直接関わることになるだろうな」

ジェーンは答えなかった。スティーブは鉛筆削りを置くと、仕事着を脱いでコートに手を伸ばした。

「じゃあ、帰るよ」

ドアの前で立ち止まった。「二人だと思っていた。君は前に言ったよね……反対は僕たち二人だけだって。どうやら僕一人になりそうだね。僕は一人で反対する、違うかい？」


「私たち、砂漠の中で暮らすんですか。あなた」

バートはナイフとフォークを下に置き、むかっ腹を立てながら妻を見た。

「食事のときにそんな話をしないでくれないか。メイドに聞かれたらどうする」

「今日は休みの日ですから家にいるのはあなたと私だけよ」モリーは言い返した。

「じゃあ、黙っている練習をしておけ。来月には息子たちがクリスマスで帰ってくるぞ」

モリーは水色の目を丸くした。「でも、そのうち、そこに住むのだとしたら……」

「違う！」バートが吠えた。「砂漠の中で長いあいだ暮らすわけじゃないんだ。……そうならないかもしれん。ワシントンから何の連絡もなければな！　あの連中ときたら居眠りでもしているのか。もう何ヶ月も……」

「政府に毒づいてもしょうがないわ。いくら私が砂漠で暮らすのかと尋ねたからって……」

バートは強く打ち消した。「違うと言ったろう！　その前に片付ける仕事が山ほどある。とはいえ、誰かをあそこに配置しておかなきゃならん」

モリーは妻らしい表情で夫の顔を見た。「今日はご機嫌ななめですね。あなた、仕事がはかどってないのですか」

夫は口のまわりについた卵を拭いた。「とにかく遅すぎる。何週間もホワイトハウスからの電話を待っているし、イギリスは俺をせっつくし。俺たちより一年遅れて参入したのに、イギリスの連中はもう先を走っている。戦争が迫っているというのに、この国の目を覚まさせるにはどでかい事がなくちゃならんのだよ、モリー」

彼女はていねいにウエーブをかけた髪に手を当てた。「目を覚ますことなんかないといいわ。息子たちのことを考えてちょうだい。ティムはすぐに徴兵されるでしょう。耐えられないわ。絶対にイギリスに引きこまれないようにしてもらいたいわ。アメリカの戦争じゃないのよ」

「黙りなさい。君は自分の言っていることがわかってないんだ」

「でも、本心なのよ。どうしてイギリスに先を越されるの？」

「利口だからだ。イギリスは最初から兵器に的を絞っている。だのにアメリカは、原子力エネルギーの利用ばかりに関心がいって、素晴らしいことができるかもしれないと夢見てうろうろしている。利用なんてまだまだ先の話だ。アメリカ人が実行するのはいつのことになるかわからないと亡命科学者たちは言ってるよ」

「まあ、なんてこと。あなたが何もかも止めてくだされぱいいのに」

ハムエッグから目を上げると、妻の目に涙があふれていた。バートはあわててナプキンを放り出して妻を抱きしめた。妻は夫の胸の中で泣きじゃくった。

「怖くてたまらないの」

「わかった、わかった。心配するな。頼むから泣かないでくれ。俺がいまやっていることは、お前やみんなに怖い思いをさせないためだ。あのいまいましいナチスに先んずることができれば……」

モリーは突然、バートから体を離した。「髪をくしゃくしゃにしないでちょうだい。パーマをかけたばかりなのよ。似合うかしら、あなた？」

バートは当惑しながらも優しいまなざしを妻に向けた。「きれいだよ。実にきれいだ」

一時間後、書斎に一人でいると電話が鳴った。恋人を待ち焦がれるように、この秋の何ヶ月かずっと待っていた電話だ。受話器をわしづかみにするとガラガラ声が耳に響いた。

「バートか」

「そうだ、ヴァン」

「答えはイエスだ」

バートは思わず安堵のため息を漏らした。「神に感謝だな。君にも礼を言うよ」

「やめてくれ。それはまだ早い。気取り屋のお偉方連中に、こっちの考えを丸ごと売りこまなければならない。いつこっちへ来られるね？」

バートは卓上カレンダーを引き寄せた。

「ええと、今日は四日だから明後日には着ける。だが、週末だな」

「私の生活には週末もへったくれもない」

「こっちも同じさ。それじゃ、委員会の報告書を持参する」

「わかった。待っているよ」

「よろしく。だが……」

「だが、何だ？」

「これをやるには巨額の金がかかる。そうだろう？」

ワシントンから哀れっぽい含み笑いが聞こえた。

「その話は、ちょっと置いておけよ」

話は終わった。受話器を置く遠い音がしたので電話を切った。

「モリー、どこだ、モリー」バートは大声でわめいた。

二階から金切り声がした。「上よ、あなた」

「それじゃ上へ行くよ。やっとワシントンへ行くことになったぞ。……やっと、だ！」


二十四時間後、バートは、ワシントンの見事な大理石のビルにある事務所のドアをたたいた。土曜日の午後なのに、デスクには若い美人秘書が座っていた。秘書は顔を上げて笑顔をつくった。

「ホール博士ですね。お待ちしておりました」

すらりとした姿、つやのあるなめらかな髪、キスを待ちわびているかのような唇を、バートの緑色の目が吟味した。なかなかいいな！

「土曜日の午後なのに、足止めさせてしまって悪かったね」

二人の目が合い、互いの心中を探り合ったのち、バートは野望を振り捨てた。やれやれ、そんな時間はない！

「君は帰りたまえ。あとは自分でやれるから」

秘書が小さな青い帽子に手をかけている間に、バートは奥の部屋へ入った。重々しい執務机の向こうに、昔から知っているやせて筋張った長身の姿があった。真一文字に結んだ口、抜け目のなさそうな灰色の目、昔技師だったことをしのばせる大きな手。握手をすませると、バートはブリーフケースから分厚い封筒を取り出して腰を下ろした。

「これがそうだ。ヴァン……いま話をするかね？　それとも君が読むまで待とうか」

男は腕時計を見た。「妻の誕生日でね。早く帰ると約束したんだ。だが、大事なことなら明日読んで、夜に電話するよ」

二人は互いに相手の腹を探り合った。

「非常に大事なことだ。君も知っているように、私たち科学者は用心深い。どんな論述にも『ただし』や『だが』や『あり得る』みたいなバリケードを用意しておく。自己防衛だな。私たちは未知のことや不可知のことを相手にしている。わからないし、いつわかるのかもわからない。新しく発見された事実が昨日まで確かだったことを覆してしまう。なぜ、君にこんなことを言っているんだ、私は」

「いろんなことが予想以上に悲観的だと確信しているからだろう」

「まったくだ」

二人とも黙りこくった。ヴァンは机上のブロンズの皿に載っているタバコの箱に手を伸ばし、形の良い眉をやや上げてバートにも勧めた。

「いや、私は結構だ」

火をつけ、煙の輪を一つ吐き出してからヴァンは切り出した。「今夜は泊まるんだろう？」

「君が報告書を読み終わり、お偉方の意見を何かしら聞くまでは帰れないさ」

「わかった。宿はどこだ？」

「ウォードマンパーク」

「じゃあ、連絡を入れる。出ようか」

二人は立ち上がり、肩を並べて歩いた。ひと気のない大理石の廊下に二人の足音がこだました。通りに出て別れ、バートはタクシーでホテルに戻った。部屋にいても落ち着かない。室内は暖房がききすぎ、空気が乾燥していた。窓を開け放して身を乗り出し、さわやかな十一月の空気を胸一杯吸いこんだ。いい天気だし時間もまだ早い。テニスでもして一汗流したい気分だった。それがいい。昔なじみのハンクが当地に住んでいるが、家にはいないかもしれない。副大統領は土曜の午後だろうと暇ではあるまい。バートと副大統領とは単なる知り合い以上の間柄だった。バートは、珍妙だがどこか見込みのありそうな副大統領の思いつきを、長年弁護してやってきた。電話してみても悪くはない。受話器を取って勢いよくダイヤルを回すと、奇跡的に聞き慣れた鼻声が聞こえた。「もしもし」

「ハンクか」

「そうですが」

「バートン・ホールだよ。テニスでもしないか?」

「なんでこっちにいるんだ?」

「仕事だよ」

「いいとも、テニスをやろう。十五分後にロビーで会おうか」

「わかった。ほんろうされる覚悟はできてるか?」

「返り討ちにしてやるぞ」

「無理だね」

男どうし大声で笑い合って電話を切った。

二時間後、西の空が真っ赤になるころ、体力を使い汗を流して気分がさっぱりしたところで、バートは言おうと思っていたことを持ち出した。

「ハンク、我々の委員会の報告書を提出したよ。私の署名がある。君のところにまわってきたら念入りに目を通してほしい。頼んだぞ。私は用心深い科学者だから『当然』とまでは言わないが、おそらくこの報告書の扱い方しだいで、戦争の勝ち負けが決まるだろう」

「わかった。約束しよう」

試合の勝者が握手の手を差し出し、バートは、またもしてやられたくやしさを隠してにこやかに握り返した。冷たい柔らかい手だ。自分の夢を叶えられなかった、夢見る男の手だった。


翌朝は曇りで、静かな日曜日だった。まだ眠っている町に甘美に鳴り渡る教会の鐘の音でバートは目覚めた。ベッドの中でゆったりとシーツにくるまりながら、自分がワシントンにいることを誰に伝えてやろうかと友人の顔をあれこれ思い浮かべていた。一人に知らせればみんなが集まって来る。とりとめないお喋りや無駄話、冗談を言ってふざけ合ったり、自分がワシントンにいる理由をそれとなく聞き出されそうになったりで、一日がつぶれるだろう。誰にも会わないほうがいい。人間が考えつく限り、もっとも重要かつ深刻な仕事が目前に控えていた。小数点以下、何千桁まで計算上のミスがないならば、地球を破壊するほどの性能をもつ兵器をつくることになる。確かに天の炎に違いない！　首脳部が承認を拒んだ場合には、さらなる難事業を抱えこむことになる。狭まりつつある大西洋の向こうで、一人の狂気の男が耳ざわりな声と理性も知性もない顔で人という生物に潜む狂気を鼓舞しているとき、バートは首脳部に対し、下した決断が誤りであることを理解させなければならなくなる。脂で固めた黒い前髪の下の狂気漂う目！　神よ、なぜ、あのペテン師を誰も見破れないのか。それにしても、自国の首都の平穏な日曜日の朝に、なぜヒトラーのことを考えなければいけないのだ。

　バートは自分自身にも、ほかのすべてのことに対してもいら立ちを感じ、シーツをはねのけ、裸足でバスルームに入って行った。そうだ、今日は誰とも話をしないほうがいい。一人で町をぶらつこう。リンカーン記念堂にでも行って大理石の顔でも眺めて来よう。それよりマウントヴァーノン*に行って建国の父が歩いた道をたどり、川や丘を眺めて気分を一新するほうがましかもしれない。気持ちを引き締めて祈ろうとバートは思った。死んだ父親の亡霊は、もしいまこの瞬間、墓にでもどこにでもいるのなら、祈らざるを得なくなった弱気の私を見て笑い転げているだろう。しかし、そういう心境なのだ。神よ！

　子供のころは信心深かったというぼんやりした郷愁が胸の底からじわじわとはい上がってきて、バートはひざまずいた。小さいときにやめて以来のことだった。ホテルのベッドの脇にひざまずいて両肘で頭を

マウントヴァーノン：ポトマック河畔にあるジョージ・ワシントンの旧居・埋葬地。

抱えこんだ。

「神よ……もし神がおられるならば……」

そこに至ると決まってバートは沈黙した。神がいなければ人間にどんな意味があるだろう？　バートは厳粛な気持ちでひざまずき、偉大なる未知のものに自分の全存在を一心に向けたが、声は聞こえなかった。しばらくすると全身の緊張がとけるのを感じて次第に楽になり、元気がわいてきて生まれ変わったような気分になった。どういうことだろう？　何のことはない。意志の力でエネルギーを抑え続けていることに、身体組織の分子が拒否反応を起こしたというだけのことだ。物質と反物質。それが何であれ、大事な日を迎える心の準備はできた。


黄昏時に戻って来たとき、バートの心にもはや揺らぎはなく、頭も冴え、目的もはっきりしていた。彼は一日中、雑踏を一人で黙々と歩き回り、ひたすら観察に徹してほかには何もしなかった。お昼にはサンドイッチを食べた。簡素なワシントン旧居の前にある石のベンチに腰を下ろし、ポトマック川を眺めながらチーズ・サンドイッチとリンゴをむしゃむしゃ食べ、考えることも感じることも自分の内にしまいこんだ。彼は自分の存在を確かめ、人生でめったにない一日を満喫した。その平穏なひとときにバートは思った。建国の父ジョージ・ワシントンは自らの意志で、あるいは自らの意志に反して、安息と良きものを捨てて人びとのために戦ったのだと思った。この人たちが戦うに値するからだ。今日、目にした男も女もそういう人びとだ。子供らを引き連れ、栄光などとはまず無縁で、汚れた顔をして、泣き、笑い、些細なことでけんかをし、生きることに精一杯でいる。そのくせ、昔ながらの見事な部屋を見学しているときは、みなおとなしくなる。どの人の目にも驚きと崇敬の気持ちが表れ、見知らぬ土地で始まった自分たちの根源を学ぼうと、立ち止まっては理解しようと考え努め、互いにひそひそと説明し合っている。「ごらんよ、あそこがワシントンの眠った場所だよ」「あれが机。あれが椅子だね」と。

この人たちも力を取り戻すためにここへ来たのだ。偉大なものにあこがれ、自分にはとうてい実現できなくても近づきたいと願う。ジョージ・ワシントンの同胞であり、我が同胞であるこの人たちを救わなければ。無知や自己満足や手遅れのために、あるいは金の出し渋りや予算の均衡を図る小心さのために、この人たちを犠牲にしてはならない。

思いがけずリンカーンの足下で一日を過ごしてしまったが、リンカーンの彫りの深い顔や広げられた巨大な手を眺めていたとき、膝のあたりでつぶやく声がした。

「すごくおっきいな、リンカムさんて。ちょっと、こわいな」

見下ろすと六、七歳、あるいは四、五歳か、やせた黒人の男の子がいた。迷子かもしれない。

「もっと近くで見れば怖くないよ。持ち上げてあげようか」

その子がうなずいたので、バートはかがんで抱き上げた。

「足、さわりたい」小さい声が言った。

「いいよ、ほら」

男の子は汚れた左手を伸ばして石像の巨大な足に触れた。

「リンカムさん、おこらない？」

「大丈夫さ」

男の子はバートの腕をすり抜けると、近づいて来る母親のほうへ走って行った。やせた黒人の女で黒の安物の服を着ている。バートは子供以外の声は聞きたくなかったので、いきなり背を向けて立ち去った。

その夜、ベッドの横の電話が鳴った。すぐに目を覚まし、サイドテーブルの時計を見た。二時半だった。受話器を取ると、あのがらがら声が耳をくすぐった。

「バートか？　ヴァンだ。一日中、大統領と一緒だった。やっとホワイトハウスを出たところだ。その装置とやらが製造できるなら、アメリカが先につくらなければならないと大統領は言っている。明日九時に私のオフィスで会おう。ほかに三人同席する予定だ。君には新しい委員会の責任者になってもらう。『核分裂研究委員会』だ。一ヶ月以内に報告書を出してくれ。そのころには世界情勢は良かれ悪しかれ大きく変わっているだろう。君の報告が望ましいと判断されるとき、それは情勢が悪化したときだが、国は君を無条件に支援する」

「では明日うかがおう」

「結構」電話を切る音がした。バートは受話器を置くと枕に頭を沈めた。使命は遂げられた。

十二月六日、バートは最終報告書に署名した。委員会の対応の早さに満足していた。七名の委員が彼のオフィスやワシントンで会議を開き、数週間どころか数日間で完成した。取り消せない仕事や出張の合間をぬって何度も会議を持った。そのうち二人は科学者で、アメリカのオフィスとイギリスの研究所のあいだを忙しく往来し、テストを積み重ね、くり返し所見を検討し、提言を練った。

バートはハンカチでペンを拭いた。

それを見ていた一人が言った。「そんなことをして、君の奥さんは我慢しているのかね。私の家内はしないな」

「私の家内もだ」

「うちもだよ」

「私は見放されている」バートはそっけなかった。「しかし、私も進歩したものだ。前はペンをズボンで拭いていたからな……。さて、諸君、我々は第一段階を完了した。この報告書が歴史的文書となるか時間の浪費に終わるか、どちらかはわからない。だが、大統領は承認すると思う」

そうなるだろうとつぶやく声、がたがたと椅子を引く音、みんなの動き出す足音が聞こえたが、バートは続けた。「私はホワイトハウスのあの人に票を投じたことはない。面会したことも姿を見かけたこともない。だが、我々が歴史上この瞬間に居合わせたことは幸いだと言いたい。彼は勇敢で頭が良く、国民を大事にする。大統領としてはめずらしい」

再びつぶやきが聞こえ、男たちは握手してそそくさとその場を去って行った。委員会には大学の学長、善意の政治家、大企業の研究所長、そして、自分と同じ科学者たちが加わっていた。彼らがぞろぞろ出て行くうしろ姿を眺めながら、バートは良い委員会だと思った。大統領が学者以外の人材を組み合わせて科学の色合いを薄めたのは賢明だった。

たとえ科学者たちが強く否定しても、大統領は科学者が変わり者であることは否めないと思っていた。科学者は、自分たちは普通の人間と変わらないとまず言うが、そのあとで、仲間うちでなければ話が通じない、ほかとは違う一族であることを言葉と行動で証明し続ける。科学者は人類のどのグループより方向を誤りやすいが、それでいて、最後に永遠に正しいのは彼らだった。突然変異のパラドックス*である。

机上のブザーを押すとドアが開き、無表情の中年の秘書が顔を出した。

「ロージー、今夜この報告書を発送してくれ」

「はい、ホール博士」素直に応じたが、報告書を受け取るとき秘書は口をとがらせた。「今夜、ボクシングの試合を見に行くことになっていました。私と妹で。チケットがあるんです」

「行っても構わんよ。君を止めるつもりはない。発送さえしてくれればな」

秘書は深く傷ついた様子で出て行った。それを見てバートは、世間にはかわいい秘書があふれているのに、自分のところはなぜ何年もロージー・モロイを雇っているのかと、腹を立てながらいぶかしんだ。ロージーは負けず嫌いで愚痴も多いが、優れた秘書である。長いつき合いで彼女の味気ない人生の何から何までお見通しだし、いつまでも独身生活を続けている様子をこと細かに聞かされ続け、気の毒だとも思っていた。そのとき、ふとバートはにやりとした。自分のことはよくわかっている。身のまわりに飛びきりの美人を近づけるのは禁物なのだ。自分の弱点は知っており、いまこの大事な時に人生をめちゃくちゃにはできない。そんなことはもっとあとで、引退して時間ができたとき、自分や誰かさんやらの人生にそんな時があったらという場合のことだ。

翌日の午後四時ごろ、靴を脱ぎ、読みかけの日曜版をかぶってソファの上で居眠りしていたとき、電話が鳴った。またしてもロージーだった。

「ホール博士、日曜日にお騒がせしたくないのですが……」

「してるじゃないか」

「はい。試合があまりにも素晴らしいので。スナギー・バートレットが勝ったのをご存じでしたか？　彼の勝ちに一二ドル賭けたんですよ。それで買おうと思ってるんですけど……」

「報告書は送ったか」

「はい、ホール博士。出かける前に発送しました。私は決して……」

「別に聞かんでもいい……」

「このお電話を差し上げたのは、たったいま、ラジオで試合の実況放送をやっているからです。人気のスポーツ解説者ですよ」

「ありがとう」バートは鼻先でせせら笑って電話を切った。ばかな女だなあ。ロージーといいクララといい、なぜ、愚かな女どもは男が殴り合うのを好むのだろう。賢い妻モリーは二階のベッドで日曜日の昼寝

突然変異のパラドックス：一見矛盾また不合理のようで実際は正しい説。

をしている。いつものように頭にはカーラーを付けたまま、顔にはコールドクリームを塗りたくったまま。今夜はどこかその辺で外食をするつもりだった。バートはあくびをし、ボクシングではなくフットボールの試合でも聞こうとラジオのスイッチを入れた。明朝ロージーに試合のことを聞かれても、うまい返事はできないだろう。

もちろん、ボクシングの試合は聞かなかった。私には、ほかにすることがないとでも思っているのかね、と言うしかない。フットボールは?

放送が中断されているらしい。興奮したアナウンサーの甲高い声が耳に飛びこんできた。

「番組を中止してお知らせします。パール・ハーバー(真珠湾)が日本軍の爆撃機に攻撃されました」

恐怖で凍りついたようなその言葉はバートの心に襲いかかった。生身に熱いアイロンを押しつけられたようだった。彼は立ち上がったが動けなかった。涙が頬を伝った。

ついに答えが出た。アメリカは参戦した。

2章

真珠湾攻撃の翌朝

翌日、一九四一年十二月八日の朝、バートン・ホールは目を覚ました。頭は冴えわたり気持ちは落ち着いていた。大きな決断が下された。それは自分が下したのではない。アメリカの国民はすべて、男も女も、この紛れもない事実の中で朝を迎えた。議論はもはや無用だった。敵が正体を現し、アメリカ国民はその正体をはっきり見た。アジアに敵が出現したことなど、さして重要ではなかった。依然として敵は前髪を垂らした男、甘やかされた欲求不満の小児だった。怠惰ゆえに落ちこぼれた若者たちに自分の欲求不満を伝染させ、甘やかされた小児のように世の中の規律を拒み、自分の欲求に執着する男。いまやその敵は、復讐のために世界のあちこちで自分によく似た他者を人類に対する反逆に引きずりこもうとしていた。弱い人間が弱い者の匂いを嗅ぎつけ、利用していた。ヒトラーがいなければ真珠湾攻撃はなかっただろう。ずっと以前から真の敵が誰なのかは明らかだった。バートは妻モリーが眠るかたわらでため息をつき、大きなベッドに体を伸ばしてくつろいだ。あと五分したら起きよう。妻はこのまま眠らせておこう。昨夜、彼女の大泣きには驚いた。うとうとしかけたときにすすり泣きを始めたので、バートは身を乗り出して様子をうかがった。

「どうした?」

モリーは締めつけられるような声ですすり泣くばかりだった。問いかけても返事を拒み続けるので腹が立ち、バートはベッドを飛び出した。

「はっきり言ったらどうだ」

モリーはそれでもベッドから出ようとせず、枕にもたれたまま、泣いた理由を渋々話しだした。

「バート、あなたに心配かけたくないのよ。だけど、ティムのことよ」

「ティムがどうした?」

「徴兵されるわ」

「当然だろう」

「あなた、心配じゃないの?」

「いいか、モリー。いまは心配かどうかなんて問題じゃあない。母親は誰でも息子を戦争に送り出さなければならない。自分の息子だって例外じゃないぞ」

モリーはまた泣き出した。「息子なんか持たなければよかったわ。ティムもピーターも女の子ならよかったのに」

妻がこんなことを言うとは! バートは息子が生まれたときのことを思い出した。モリーは東洋の女たちのように男の子の母になることを誇りに思い、男の子だけをほしがった。パジャマのひもをぎゅっと結ぶと、バートは寝室を歩き回った。

「モリー、泣くのをやめろ。それに、男の子でなければよかったなんて言うのもよせ。女の子だって戦争に巻きこまれる。性が違っても救いにはならん」

「つまり……」

「そうとも！　爆弾は男にも女にも落ちてくる」

恐怖で彼女の涙が止まった。モリーはそれ以上一言も言わず、猟犬のようにうろうろ歩き回る夫を眺めていたが、やがてため息をつくように言った。「ベッドへお入りなさい、あなた。寒いから風邪をひくわよ」

バートは午前三時ごろに眠り、まもなく朝がきた。いつもとまったく変わらない朝だ。ベッドの中でぐずぐずしていると玄関のベルが鳴った。サイドテーブルの時計に目をやった。なんと、まだ七時ではないか。電報かもしれない。いや、こんな非常時には電話を使うはずだ。彼はベッドから出てガウンを引っかけ、スリッパを見つけると階下に降りて行った。外はまだ薄暗く、ほの白い霧がかかっていた。玄関のドアを開けるときに外灯をつけた。寒々とした靄の中に痩せた小さな人影があった。帽子をかぶっておらず、大きすぎるオーバーを着こんでいる。誰なのか、すぐにわかった。今日という日でなければ、大声をあげて歓迎しただろう。「ヤスオじゃないか。さあ、入ってくれ。そんなところに立っていたら凍えてしまう」

しかしこの朝、バートはショックで言葉が出ず、身動きすらできなかった。ヤスオ・マツギは画家である。バートが日本画に興味を持ち始めた学生時代からずっと、長年にわたり懇意にしている才能豊かな芸術家だ。大学四年生のとき、ほとんど一文無しだったのに彼はヤスオの小品を買った。灰白色を背景に黒と白で葦の群生が描かれ、一本の葦に鮮やかな緑色のセミが一匹とまっている絵だ。いまでも書斎に飾っている。二十四時間前なら、ヤスオを友人と呼んだだろう。いまでも友人だと思っている。この画家を敵と結びつけて考えることなどなかった。しかし、いまは言葉が出ない。ヤスオも同じだった。二人は見つめ合ったまま立ち尽くした。どうすることもできない沈黙の中で、ヤスオは頰をつたう涙を手を上げてぬぐった。それから背中を向けた。湖から吹きつける冷たい風に頭を低くして、彼は立ち去ろうとした。

体を丸めた寂しそうな姿に、バートはドアを閉めることができなかった。「ヤスオ！　戻ってこい！」

そう声に出しながら、急に警戒心を強めている自分に愕然とした。日本人の名を呼ぶのを通りがかりの人に聞かれたらどうする？　近所の人が窓から見ていたらどうする？　彼はぞっとした。その恐怖は、ドイツで現実となっている危険性とは比較にならないものだが、もしここがドイツで、ヤスオが日本人ではなくユダヤ人で、自分がアメリカ人ではなくドイツ人だったとしたらどうだろう。ドイツの悲劇はそのようにして始まった。バートはそれには屈しない。彼はアメリカ人であってドイツ人ではない。

「戻ってこい」バートはくり返した。

ヤスオはためらいがちに戻ってきた。玄関の敷居の内側でじっとしていた。

「書斎に入りたまえ」

バートは玄関を閉めて書斎に通した。「かけてくれ」

ヤスオは腰を下ろし、オーバーの前をかき合わせた。バートはヤスオに目を向けなかった。冷えきった昨夜の灰の上にたき付けを重ねて、せわしなく火をおこした。たき付けに次々と炎が上がると、自分の体の形どおりにへこんだ使い古しの赤い椅子に腰かけた。ヤスオは、ただ黙って待っていた。

「どう言えばいいのかわからんが、私たちのあいだは基本的に何も変わっていない。ただ、その……」バートは言いよどんだ。

ヤスオは激しくうなずいた。それまで石のように黙りこくっていたヤスオは堰を切ったように胸に秘めた思いや願いをぶちまけた。「何もかも変わりました。あなたの中では。私の中では変わりません。そう思います。それはわかっていると言うためにここに来たのです。理由はわかっています。私を、故国を、許してくれとは申しません。それはできないことです。自分でも故国を許せません。アメリカに奇襲をかけたことは、私にも同じことをしたということです……私は日本を愛するのと同じようにアメリカを愛していると言うしかありません。私は変わりません。私は画家です。時代を超越した芸術のことだけを考えています。いつ、どこにいてもそうです。私は敵ではない。絶対に違う。私の心の中では、あなたも私の敵ではありません。いつまでも」

バートは笑顔をつくろうとしたがうまくいかなかった。

「わかっているよ、ヤスオ。君の故国でも、アメリカでも、私たちのような人間は同じことを言おうとしているんだ。君は何があっても画家だ。だが、私は……」

バートは言葉に詰まり、赤い髪が逆立った、まだ洗顔していない顔を両手でこすった。

「私は別の人間にならなくてはならない。科学者だけではいられないんだ。私が信じられないようなことをしていると耳にしたときは、どうかわかってくれ。この忌まわしい事態が終わるまでは、お互いに会うことは二度とないだろう。今度会うときには、日本かアメリカか、どちらかが勝者になっている。是が非でも我が国が勝たなくてはならない。なぜなら、君の故国は絶対に許せない敵の側についたからだ。その敵は、私の敵であると同時に君の敵でもある」

その日本人は黒い目に深い悲しみをたたえ、青ざめた顔をひきつらせてじっと聞いていた。まだ時間があるうちに、どうしても本当の気持ちを伝えたいとヤスオは思っていた。

「間もなく何かが起こります。よくわかりませんが、何かが起きます。私たちは日本へ送還されるかもしれません。そうなれば、アメリカとのつながりも断たれます。アメリカへの友愛について語れるのは、いましかありません」

ヤスオは腕組みをして目を閉じた。

「私がアメリカへ来たのは七歳のときです。その年、日本で母が亡くなりました。父はサンフランシスコのジョージ・キンケード家の執事でした。キンケード夫人には子供がなくて、母親のように接してくれました。私は感謝の気持ちをこめて、飼い犬やペルシャ猫などを描いて夫人に差し上げました。夫人は私に画家になれと勧めました。それで絵の勉強をして画家になったのです。十七歳のときに夫人が亡くなり、キンケードさんは私を三年間、パリへ絵の修行に出してくれました。アメリカに戻ってきたときは故郷に帰ったようでした。父はすでに高齢でしたから仕事を辞めさせました。私は一人前の画家になり、絵を売って父と暮らしました。私の生活の基盤はここにあります。アメリカは私に優しかった。絵も売れ、あなたのような友人もできた。真夜中に、日本とアメリカが戦争する悪夢を見たことがあります。それが現実になってしまった。ですが、私には戦争は関係ない。アメリカを愛しています。私の祖国であり、私の母であり……」

バートは心臓がしめつけられるような思いだった。「どうしてこんなことになったんだ。私は絶対、誰も憎んじゃいないし、君を憎めるものか……。さあ、キッチンへ行ってコーヒーでも飲もう」

二人は立ち上がり、バートはヤスオの肩に腕を回して並んで歩いた。

「戦争の話はよそう。戦争はいつか終わる。そのあとでも私たちは友だちだ」

バートはコーヒー、トースト、スクランブルエッグをつくった。その最中に、ピンク色のキルトのバスローブを着たモリーが降りてきた。髪をセットしてネットをかぶった姿は、戦争などどこ吹く風だ。

「いらっしゃい、ヤスオさん。バートったら座っててちょうだい。ほんとに、ちょっと声をかけてくれればいいのに」

一時間後、ヤスオは温かい慰めを受け、感謝の涙で頬をぬらしながら去って行った。湖から吹きつける強風に向かって体をかしげたヤスオの孤独な姿を、バートは窓辺でいつまでも見送った。「何万人もいる」と、ふと脳裡をよぎった。アメリカ人になった日本人は大勢いる。農業を営む者、学生、教師、料理人、レストラン経営者、金持ちの家に雇われた者、それにヤスオのような芸術家。バートは一つのことに気をとられ、その人たちのことを忘れていた。だが、すぐに考えるのをやめた。それは自分の責任ではない。彼の責任はただ一つ……できるだけ早く原子爆弾をつくることだ。彼が次にヤスオと会ったのはアリゾナの砂漠、強制収容所*の有刺鉄線の中だった。

必要な人材を集めることがバートン・ホールの目下の課題である。若い科学者を探し出さなくてはならない。若いほどいい。二十五歳前なら言うことはない。冒険心に富み、疲れを知らず、創造力豊かで大胆な発想ができる。果てしない探究にふさわしい。スティーブン・コーストをどう説得すればよいか。あの優しすぎる心をどうしたものか。あの若々しい直観力がほしい。フェルミを例外とすれば、彼の知る限りスティーブは極めつきの天才だった。父親がクエーカー教徒だからといって、この天才を失っていいのか。父親などどうでもいいのだ。その証拠に、バート自身の二人の息子はともにしっかり者で、よく勉強し信頼できたが、モリーの息子であって自分の息子ではない。

バートはスティーブの結婚式で彼の父親に会ったことがある。銀行に資産がありながらつつましく暮らし、つねに神に対して心を配る人だった。やたらに笑顔は見せなかった。あの結婚式の質素だったこと。飾りっ気がいっさいない古ぼけた礼拝堂での式と、豪華な披露宴との対照といったら滑稽なほどだった。スティーブはモーニングにアスコットタイ、縦縞のズボンで、ヘレンはパリから取り寄せたドレスだった。式のあと、彼はスティーブの両親宅で行なわれた披露宴に出た。ヘレンの両親はすでに亡かった。コースト家はフィラデルフィアのメインラインにあったが、あれを質素と呼ぶのだろうか。家具はすべて代々受け継がれてきた貴重な骨董ものだというが、老父はそれらに執着があり、一つ一つの家具の値打ちを知っていた。教会では音楽はいっさいなかったが、自宅にはすてきなバンドが入っていた。だが、ほんの数曲を演奏しただけで、もちろんダンスはなかった。

バートはふとジェーンのことを思い出した。彼女は役に立つ。スティーブとジェーンのあいだには何かがある。それとも単なる想像だろうか。二人が一緒にいるときに直感したのだ。彼ら二人を初めて引き合わせた日にもそう感じたし、その後もずっと、二人の見交わす目や、互いにわかり合っている雰囲気や、二人を囲んでいる磁場のようなものを感じてきた。バートは受話器を取って研究室に電話した。少し遅すぎたかと思い机上の時計を見たが、いや、彼女は遅くまで作業をしているはずだと思い直した。案の定、ジェーンはまだ研究室にいてバートの電話に気づいた。

「もしもし、バートですね?」

「いますぐ家に来てくれないか。そこにスティーブはいるのか? そうか、いないのか。それならいい。君だけに話がある。もちろん仕事だ。知ったことではないが、今後はいっさい仕事の話しかしない。そうかね……私も一人だ。モリーは女どうしのおしゃべりに出かけた……心配しなくてもいいぞ、ノッポさん」

バートはげらげらと笑って電話を切った。いつかジェーンに、自分が美しい女であることをわからせてやりたいと思っていたが、いまはそんな暇はない。彼女にも暇はない。バートは名案を思いついた。ジェーンを正式に助手にしたらどうだろう? 自分と議論できるほどの頭脳がいま自分のそばには必要だ。そ

強制収容所:一九四二年二月、大統領令によりアメリカ西海岸に在住していた日系アメリカ人、約十一万二千人を強制収容した。「再定住センター」と呼ばれ、国内十ヶ所に設けられた。多くは財産を没収され、翌年より合衆国への忠誠心の有無をはかる目的で、十七歳以上の男子はアメリカ軍に参加させられた。

れが女で、しかもジェーンだというアイデアが我ながら気に入った。深い意味はなかった。若い科学者が折々にのぞかせる、バートを妬む心が彼女にはない。科学の巨大さに没頭するわりには、科学者連中は人間として肝っ玉が小さく、嫉妬深く競争心ばかりで、想像しうる限り狭量だった。上司に議論を吹っかけるところにもそういう狭量さが見えて、会議が終わったあとなどにバートはうんざりするのだった。それに、政府の主張どおりに軍が関与せざるを得ないとすれば、計画の規模は大きくなり、彼には不満をぶつける相手が必要だった。モリーでは物足りなくなる……ああ、ジェーンとはいい思いつきだ。

バートは暖炉に火を入れ、部屋をうろうろしながら彼女が来るのを待っていた。今日は終日部屋にこもっていた。モリーは食事を運んできては出て行った。彼が意識的にしかめっ面をしていたので、モリーも自分がそばにいないほうがいいとわかっていた。さて、ジェーンに初仕事としてやってもらうことは、スティーブを説得してプルトニウム製造の任に就かせることだった。

玄関のベルが鳴った。バートは丸太を一本火にくべてから玄関に出て行った。ドアを開けると、毛皮のコートを着たジェーンが立っていた。黒髪が風になびいている。

「入りなさい。ここまでえらく時間がかかったな」ぶっきらぼうに言った。

彼女はコートを脱いだ。「道が混んでいて。クリスマスの買い物で」

「クリスマスだって！　今年はクリスマスを祝うなんて言わんでくれ」

「避けては通れませんよ」彼女は火の前で手を温めた。繊細だが強そうな手である。研究で使う薬品の色が染みついている。

「何か飲むか？」

「何もいりません」

「じゃあ、私も遠慮するか」彼は残念そうだった。

「それがいいです。ほろ酔い気分にならないように」

「そうだな……では話に入るとするか。座ってくれ。そこでかわいい指を温めていると、まるで十七歳だな。ほっぺたがリンゴのように赤いぞ」

ジェーンは腰を下ろし、冷静にバートの顔を見た。「いったい何ですか」

「君に二つ頼みがある。一つは新しい任務だ。君はいまから正式に私の助手となる。仕事上すべてについてだ。君を信頼して秘密事項も何もかも伝える。私がかかわることではいっさい、君に無制限の権限を与える。私が間違っていると思ったら何でも言ってくれ。私の機嫌をうかがう必要はない。ばかな真似をしたら、いつ、どこであっても私を止めてくれ。場合によっては私の代わりを務めてほしい。私宛の書簡にはすべて目を通してもらう。とにかく、何もかもだ」

彼女は冷静さを保ったまま、遠慮がちに彼を見つめた。「いつまでですか」

「仕事が終わるまで。そのあとは、未定だ」

「本当に必要なことですか」

「ぜひともだ」

彼女は暖炉の火を見つめながら、バートがじれったくなるほど長いこと考えこんでいた。

「どうなんだね、さあ?」

「お引き受けします。一生懸命やらせていただきます。いまは誰もが最善を尽くすべきでしょう」

「そのとおり」バートは一種珍しいものを見るような気分だった。この女は何者なんだ? 科学者であることは間違いないし、男だったら第一線にいるはずだ。物理学者であり、生化学者でもある。あの手を見ろ。すべての領域を統合する科学者だ。男でないことが残念ではある。しかし……。

「二番目は何ですか?」

「君はスティーブン・コーストと親しいな?」核心を突いたつもりだった。

ジェーンは素直な黒い瞳を上げた。「親しいとおっしゃる意味がわかりません。男女関係という意味なら、答えはノーです」

「君は誰か、親しい者はいないのか?」

「いないでしょうね。そんな時間はないようですから」

「歳をとったときのことを、これまでに考えたことがあるかね? 独り身の暮らし、寂しい人生だ!」

「いったい何をおっしゃりたいのですか」

バートはため息をついた。「君に遠回しは効かんな。つまり、私の望みはスティーブにプルトニウム部門を任せたいということだ。あいつは信頼するに足りるのだが、宗教観がちょっと気になる。我々の直面している問題が何なのか納得すれば、自己の宗教観を超えられるかもしれない」

「プルトニウムにすると決断されたのですか」

「諸般の事情から見てそうなりそうだ。もちろん、ほかの可能性もすべて検討する。会議室で時間を無駄にしすぎた。こつこつ研究を進めておくべきだったな。そうしていれば、もっと前進できていたろう。去年シグニーが電話をしてきて、いい加減うんざりだと言った。いいか、去年だぞ。一九三九年七月一日から去年の一九四〇年三月まで、連鎖反応については何も進んでいない。私はシグニーにせっつかれ通しだった。ありがたいことにな。フェルミは先陣を切っている。コロンビア大学の彼の原子炉だ。祝福あれ、だ。海軍にいるパークスは、もちろんウランの開裂をやっている。バークレー研究所での仕事は、ウランがネプツニウムを経てプルトニウムになることを最終的に証明してくれたようだ。我々は新しい元素を手にした。大昔の錬金術師が墓から出て来たがるだろうさ！　確かに元素の変性だからな。さて、そいつに浮かれていちゃならん。……私の狙いがわかったな」

「ウラン238からプルトニウムですね。ウラン原子一個が分裂して飛び出す中性子の数にもよりますが」ジェーンが言った。

バートは感嘆の目を向けた。「君に説明はいらんな」

「フェルミと連絡を取っています。コロンビア大学で私の恩師だったことをお忘れなく。中性子が三個以上できれば見込みはあります。フェルミは、平均三個半は可能だと言っています」

「そうだ。一個以下ならだめだ。一個では目標に当たるかどうかわからない。ジェーン、一昨日、この土壇場にきて、ついに政府委員会は本腰を入れてやることを決定した。二人の委員がイギリスから戻ってきた。誰のことかわかるだろう。イギリスは単独ですごい進歩を遂げているらしい。それに、ナチスはノルウェーから大量の重水を取り寄せたそうだ。パール・ハーバーの状況があれほどひどくなかったら、むしろ攻撃されたことを幸運と呼びたいところだ……スティーブが神の仕業と言うかどうか知りたいものだ」

「このところ、スティーブには会っていません。どこで試作品をつくるのですか」

「わかっているじゃないか。今後は名前を口にしないのだな？　そうだ、『試作品』でいい。とにかく初めは、ここシカゴでつくる。本部はエックハルト・ホールだ。象徴的だろ？　ウラン235が最初に発見された場所だ。U235なしには今日まで来なかったのだからな。そこでだが、君がスティーブン・コーストを何とか説得してくれんかな？」

「やってみます」

次の言葉を待ったが、返事はそれだけだった。バートはジェーンを眺めていた。美しい女だ。繊細で、優美で、内に炎を秘めている。こんなにいい頭脳の持ち主なら、きっと体も……。

彼女がふと目を上げると、へばりついてくるような目が笑っていた。

「なんというか、その、君の中の遺伝子のことを想像しているんだ。何世代も前にどこからか受け継がれた劣性の遺伝子が偶然に君の中に集まった。未だにわからない偶然というものについてはいろんな説がある。考えたことがあるかね、ノッポさん？　君はある男にとっては一生に一度のめぐり合わせだ。もしかしたら、この私かもしれないじゃないか？」

バートは、あの衝動を感じた。体の衝動が頭脳に伝わり、心が熱くなってから体が熱くなる。頭脳から出火して体が燃え出し、血液が静脈にも動脈にもあふれて思考と抑制の中枢を麻痺させる。彼は急に立ち上がると、ジェーンの驚く表情を無視して彼女を抱きしめた。

「ジェーン」と、だみ声でつぶやいた。

ジェーンは彼の顔に手を当て、ものすごい力で押しのけようとした。

「放してください！」

「いいじゃないか」

「放してくださいったら！」

手を離すと同時にバートは自分を恥じた。彼女に背を向けると、ハンカチを取り出して顔の汗を拭いた。

「冷たいんだな」

「私が冷たいかどうかは問題ではありません」

バートはジェーンの顔をまともに見られなかった。「この際、私にとっちゃ、そいつは大問題だが、な」

彼女はしっかりと話をした。「私に関する限り、問題は一つだけです。あなたと仕事をしなければならないのなら、こんなことは二度とごめんです。あなたご自身で選んでください。制御が絶対不可欠です」

彼は笑おうとした。「その言葉は前にも聞いたことがある。制御か！　研究所で聞いたよな？　よくわかった。自己制御するよ。この仕事に君は欠かせないからな」

「ありがとうございます……連絡はいつすればよろしいですか」

「明朝九時だ」

「では明日」

ジェーンは細く冷たい手を差し出したが、バートは握らなかった。彼女は何か言いたそうな笑みをちらりと浮かべると、そのまま出て行った。いや、閉まっていたドアが、彼女を迎え入れるかのように開いた。

「ご自分でわかっておられる以上に、私はあなたを理解しています」ジェーンがそう言い終わると、ドアは閉まった。

バートは閉まったドアの前に突っ立ったまま、自分に悪態をついた。俺は最低なやつだな！　こんなときに己の性欲に翻弄されてしまうとは！

「どこで会えばいいのかな？」スティーブは尋ねた。

まだ私のことを怒っているとジェーンは思った。それはそれでいい。私のために何かしてくれなくていい。スティーブがバートの提案に反対することもあり得る。それは私の責任ではない。

「夜にお宅を空けさせるようなことはしたくないわ」彼女の声は冷たく紋切り型で、事務的に響いた。「お昼にしましょうか。いつも食べるばかりだけど、たぶん、くつろげるからでしょうね。あなたが何を言っても……」

「明日の晩、ヘレンは同窓会で出かける。僕は仕事をするつもりだった」

「それじゃ明晩にしましょう。ときどき一人で食べに行く、ちょっとしたインド料理店があるのだけど、どうかしら。インド料理はお好き？」

「初めてだよ」

「びっくりするかもしれないわ。予約を入れて、香辛料を入れすぎないように頼んでおきます」

「君と同じ味付けで食べたいな」

「わかったわ」

この会話は現実とかけ離れていた。明日には差し迫った事態が新たに生まれる、そういう谷間の出来事だった。陰うつな週末が明けて研究所は緊張していた。世界情勢は一変し、この先どうなるかが予想できた。予想できるいまのほうが、できなかったときより状況ははるかに厳しくなっていた。

それでもとにかく、ジェーンはインド料理の店、ラジャの夕食をセットした。店は摩天楼の隙間に閉じこめられた狭い建物で、彼女は夜になると、ときどきその店に行って郷愁にひたった。そこでは、小さいころインドで使っていたヒンディー語*を話すことができ、幼いときから舌に馴染んでいる辛いスパイスの料理を食べることもできた。店は家族で経営していた。主人はボンベイ*出身の威厳ある初老の紳士だったが、料理店の主人に落ちぶれたいきさつをジェーンにさえ話すことはなかった。主人はただ金銭を管理し、給仕に目を光らせているだけで、客に話しかけて自分の品位を落とすようなこともしなかった。ジェーンだけは特別だった。

スティーブより先に行って席を決めておきたかったので、早めに店に着くと、主人がのんびりと部屋を

ヒンディー語：インドの公用語の一つ。主に使われる地域は、インド中心部。北インドでは共通語になっている。
ボンベイ：一九九五年、「ムンバイ」と改称された。インド西部の大都市。ボンベイはポルトガル語の「良い湾」を意味したが、ムンバイは古来からその地に伝わる地名。

横切ってきた。一点の染みもない膝丈の黒い上着に白のズボン、頭に銀色のターバンを巻いている。主人が合掌して挨拶するとジェーンも手を合わせた。

「ラムクリシュナンさん、こんばんは。ご家族の皆様もお元気でしょうね」

「おかげさまで。席はどこにしましょうか」

「静かなところにお願いします。大切なお客さまなんです」

「カーテンの奥へどうぞ。予約が入っているが、お使いください」

「ありがとうございます」

金色のつづれ織りの重いカーテンの奥に案内され、主人が給仕を手招きした。

「二人分だけ残してあとは片づけなさい。ここにはほかの客を入れないように。この方は私たちインド人と同じだと心得ておきなさい。一般のお客さま用の料理ではないよ」

給仕は何かつぶやきながらナイフやフォーク、スプーンを片づけた。

「インド風になさいますか」主人は重ねて尋ねた。

「ええ」

ジェーンが席に着くと主人は身をかがめた。「戦争が始まるのはいつですか」

「もう始まっています」答えはあっさりしたものだった。

厚ぼったいまぶたの下で大きな黒い目がひときわ輝いた。「この戦争でインドはイギリスから独立します」

ジェーンは驚いて浅黒いヒゲもじゃの顔を見上げ、それから、そうでしょうねと答えた。誰が非難できようか。それはこの大戦における一つの地域紛争であり、古いもめ事が表面化して根深い怒りが吹き出しただけにすぎない。彼女は子供のころからずっと周囲のいたるところに抵抗の気配があるのを意識してきた。男や女だけでなく子供たちのなかにすら、独立への煮えたぎる思いがあるのを肌で感じた。ガンディー*はまだ健在だった。

「あなたは独立を願っていますか?」ラムクリシュナンは尋ねた。

「起こるべくして起こることです。カルマ*ですよ」

主人は再び合掌し、ジェーンも笑顔で手を合わせた。幼いころから直感的にその意味がわかる。「あなたの内なる神を崇拝します」である。

そのとき、スティーブがカーテンを開けた。ジェーンがスティーブを主人に紹介すると、主人はお辞儀をして立ち去った。スティーブは彼女の向かいに座ったが、どことなく落ち着かない様子に見てとれた。

「ヘレンがよろしくって。僕がうらやましいと君に伝えてくれって。インド料理は食べたことがないそうだ」

そういう言い方がスティーブの心理的防衛であることはお見通しだ。彼は善人で純粋な心の持ち主なの

ガンディー:一八六九〜一九四八。インド民族運動の指導者。大衆に「マハトーマー(偉大な魂)」と親しまれ、反英政治闘争に人々を組み入れた。
カルマ:人間の善悪の行為から生ずる業。ヒンドゥー教や仏教で言う。

で、ほんの少しでも妻に不誠実なことはいやなのだ。妻のみならず、妻に対して自分が持つかもしれない感情まで含めて、自分を守ろうとしている。ジェーンがただの女だったら、おもしろ半分に自分の魅力を試したくなったかもしれない。スティーブの弱さは、バートのように肉体の欲望に屈しやすいのではなく、思考と心の微妙な揺れからくることをジェーンは見抜いた。ふと彼女は、ヘレンとスティーブの心は触れ合っているのか、どう触れ合っているのか、意味もなく知りたいと思った。ヘレンは愚かな女ではない。しかし、科学者ではない。ジェーンの強みは科学者という点にある。バートは女に、スティーブンは科学者にひかれる。だから彼女には非常な強みがあった。

「今度はヘレンと、このお店でご一緒しましょう」

スティーブの緊張が解けた。「そう伝えるよ。きっと喜ぶよ」

「どんな料理が出てくるかしら。ラムクリシュナンに任せたの。ああ、食べるときは指を使うのよ。ナイフもフォークも片づけてあるわ」

「指を使って食べる?」

「その理由はね、右手ほど清潔なものはないから。あなたがインド人なら特にそう。右手と左手を使い分ける。右手はきれいな仕事に、左手はそうでない仕事に使うのよ」

スティーブは右手をじろじろ見た。「手で食べなきゃいけないのかい?」

ジェーンは笑った。「インド人は他人が使ったナイフやフォークやスプーンを汚いと考えるのよ」

「民族によってずいぶん違うなあ。どうしたら世界中が一緒に暮らせるんだろうか」

「やることは山のようにあるわ」

「君はどうしてインドで育ったの？」

「父がラージャ*に雇われて、ガンジス上流でダム建設をしていたのよ。それで家族も一緒だったの」

給仕が熱い湯気を上げる銀の皿を三つ運んできた。二つの皿は表面に銀色の膜が浮いた液体で、もう一つの皿には金色の膜が浮いていた。

「これ、何？」

「銀と金よ」

「本物の？」

「そう」

「まさか。食べられないよ」

「食べられるわ。体にいいのよ」

「ポパドムです」給仕は紙のように薄いパンのようなものが載った盆を置いて去った。

「こうするのよ」

ジェーンは銀の鉢に入った米を丸めて、カレーに軽くひたして見せた。「指二本と親指を使うの」

初めはぎこちなかったスティーブもだんだん慣れて味わえるようになり、食事が楽しくなった。香辛料

ラージャ：古代インドの言語で「王」を意味する。ここでは地方の領主。

を巧みに使った料理が気に入って存分に味わった。食事が終わると、給仕がよい香りのする水の入った銀の器と手拭きを持ってきた。

「手を洗うのよ」

彼はその優雅さに感心した。「インド人はこういう料理を毎日食べるの？」

「いいえ。今日はあなたと私のために特別に用意してくれたの。ラムクリシュナン一家には優しい夫人と、二人の息子とその家族がいて、昔からの友人なの」

給仕が今度はデザートを運んできた。器にカスタードを入れて二人の前に置いた。

「飲むのよ」

「これは？」

「アーモンドを細かく砕いてクリームと混ぜ、粉砂糖を少し加えたもの」

食事が終わって、そのときが来た。ジェーンは覚悟を決めた。

「スティーブ、バートン・ホールが私に助手になってほしいと言ってきた。私は承諾したわ」

スティーブはキャンドルのシェードをまっすぐに直した。「好きにすればいい」

「彼はあなたに製造を任せたいと思っているらしいわ。『試作品』の、ね」

「それはできない」

「あなたがいなくても、つくられるでしょうね」

「当然だよ。だけど、僕は責任を負いたくない」

「責任は使い方次第よ」

スティーブは姿勢を正した。「どうしてもその話をするのかい？　僕が責任を取るのは僕自身に対してだけでいい。僕は殺人兵器をつくる気はない。やりたい人間がいるなら、やらせればいい。僕はいやだ」

「それでは、何をするつもりなの？」

「研究室に戻る。人を傷つけないことを研究するよ」

「話し合いましょう、スティーブ。話し合わなければいけないわ。放射性物質は人を殺すけれど人を救うこともできる。原子爆弾だって、破壊より救うことに利用できるかもしれない。原子爆弾を使うとは誰も言っていない。つくっても、保有していることを見せるだけで、使わずに戦争を終わらせられるかもしれないわ」

スティーブは信じられないという顔をした。「アルフレッド・ノーベルがダイナマイトを発明したときのせりふじゃないか」

「ダイナマイトは当時もっとも強力な爆発物だった。原子爆弾はそれ以上に恐ろしいから、誰も使えないわよ」

「まともに信じているのか」

「信じているわ。……だからこそ前へ進める。気持ちはあなたと同じよ。でも、私は女だから、もっと現実的よ。戦争がいまより格段に恐ろしいものになれば、たぶんそうなるでしょうけど、人は戦いをやめるはずだって信じているわ」

「僕もそう信じられたらいいがね」

「スティーブったら。あなたのような人たちが協力しなければ、みんながどんな希望を持てると言うの？　試作品は必ずつくられる。間違いないわ。恐ろしい競争の真っただ中にいるのよ。私たちがつくらなくてもナチスがつくる。私たちより先かもしれない。ナチスは必ず使う。それは間違いない。そこが問題なのよ。ナチスにはあなたのような人はいない。一人も。一人もいないのよ。私たちは試作品をつくらなければならないけど、使ってはならない。敵に見せつけてわからせる。それだけよ」

スティーブは訴えかける彼女の顔を黙って見つめていた。「君が間違っているなんて言えないよ」ゆっくりと切り出した。「僕が正しいとも言い切れない。ジェーン、時間をくれないか。自分なりにもう一度考えたい」

「時間はない、スティーブ」

「明日までさ」

「わかったわ。明日ね。直接バートに返事をしてもらえるかしら？」

「するよ」

二人は席を立った。これ以上話すことはない。スティーブはテーブルに食事代を置き、黙って出口で別れた。家まで送ってくれなかったがジェーンにはわかっていた。男女のあいだのことが、何かほんのかすかにでもあったらまずいからだ。そのほうがいい、と彼女も思った。そのとき、意外にも胸の奥からせつなさがこみ上げてきて、どきりとした。だが、それは一時的な寂しさであってたいしたことではない。ジエーンは一人ぼっちには慣れていた。

スティーブは玄関を開けた。耳を澄ませたが何の音もしない。ヘレンはまだ帰って来ていなかった。なぜかわからないが、ほっとすると同時に、かすかにうしろめたいような気持ちになった。いつもは椅子に掛けっぱなしにするコートをクロゼットに掛けた。ヘレンは些細なことで小言を言うことはないが、子供のころに聞いた「スティーブ、コートを掛けなさい」と言う母親の声が記憶の中でこだましたような気がしたのだ。居間に入ると明かりを全部つけて座りこんだ。

仕事がたくさんあるのに落ち着かず、何も手につかない。今夜までの彼は、原子爆弾の製造にはいっさいかかわるまいとする自分の道義的正しさを信じて疑わなかった。ジェーンの話は彼の確信をむしろ強めてくれた。だが、不可解なことに、いまや彼女はスティーブを見限っていた。彼そのものではなく彼の道義的立場を見限った。もし彼女がバートに屈服して反対側に回ったということなら、見限られたことも受容できよう。だが、ジェーンは女にありがちな「何となく」というような理由で屈服したのではなかった。それどころか、まったく新しい彼女自身の道義的立場に立ち、実に賢いやり方で一理あると思わせた。ジエーンは別の重荷をスティーブに背負わせた。原子爆弾はつくられるだろう。それはジェーンの言うとおりだ。いまやスティーブが何をしてもそれを妨げることはできない。それにしても、良心の呵責なしに使用するような人間たちによって原子爆弾がつくられたとしたら、スティーブは彼らの道徳的な罪の一端を負わなくてすむのか? 彼女が言うように、もし彼らに協力し、その中で影響力を持てれば、原子爆弾を使用せずに完成を発表するだけという代案を彼らに示せるのではないだろうか。もし予告なしに使えば、人命を徹底的に破壊する規模において真珠湾奇襲をはるかに上回ることになろう。

スティーブはクッションに顔を埋め、目を閉じてうめき声を漏らした。ジェーンの現実的な理屈のほうが、自分の高邁で利己的な理想主義よりも筋が通っていることを否定できなかった。利己的という言葉がぴったりだ。彼は理想主義に逃避し、彼女はそれを見抜いて彼に突きつけた。ジェーンの鋭い洞察力を素晴らしいと思える素直さがなかったら、スティーブはジェーンを嫌っていたかもしれない。彼女はそれをひけらかすのでなく、剣の名人が長剣を操るように素早く音もなくその技を使った。ジェーンが言ったことは正しかった。原子爆弾を製造するために自分の力をどう使えばいいのか、いま彼はそれを決めればよかった。

そのときドアが開いて、ヘレンの明るい声が家中に響き渡った。

「スティーブ、帰っているの？」

「いるよ」椅子から体を持ち上げると妻を迎えに行き、漠然とした罪悪感を払いのけるように妻を抱きしめてキスをした。その激しさに彼女は一歩足を引いた。

「いったい何事なの？　こんなキス、プロポーズ以来よ」

「帰ったら家ががらんとしていて、急に君が恋しくなったんだよ」

「急に、ですって」ヘレンはくり返し、それから抜け目なく言った。「何かあったのね、スティーブ」

「何もないよ」ヘレンがいつまでも当惑したように見つめるので、実際に不安なことはないのに、ついあわてて「ベッドに入ろう」と言ってしまった。

ヘレンは毛皮のジャケットを脱ぎ捨て、階段に座りこんで夫をしげしげと見上げた。

「何か変だわ。話してちょうだい」

スティーブは笑おうとした。「ばかだなあ。君を抱きたいだけだよ」

「あなたらしくないわ」

「僕らしいさ。いつも同じでなくちゃ、いけないのかい？」

ヘレンは両腕で膝を抱いて考えていた。青い目をきらきらさせて夫の顔を食い入るように見た。「何か隠しているでしょ」

「隠してないよ。それじゃ言うけど、原子爆弾をつくる仕事をしなくちゃならない」

スティーブは妻の横に腰を下ろした。「もう何もかも変わってしまったよ、ヘレン。真珠湾が攻撃されてからね。つい一昨日までは可能性に過ぎなかったことが、現実になってしまった。もう逃げられない。残された希望は、原子爆弾をつくって、それを持っていることと、それがどんなものであるかを宣伝することだけだ。兵器としてではなく、一種の脅しとして使えるかもしれない。親父がよく言っていた神の配慮に対する確信を、僕はまだ失っちゃいない。焦点を変えるだけだ。原子爆弾は必ずつくられる。それは止めようがない。僕の務めは、全力を尽くしてそれが使われないようにすることだ」

スティーブはヘレンの手を取った。器用で美しい手を自分の手のひらに包み、じっと動かない手をなでた。

「あなたの言うことはわかったわ」考えこんでいたヘレンが言った。

「わかってくれてありがとう」スティーブはとてもうれしかった。片手で彼女を抱いて顔を自分のほうに向けさせた。「さあ、二階へ行こう」

期待したほど妻が素直に喜ぶ様子を見せないので拍子抜けした。それどころか、彼の腕を払いのけた。

「まだ、全部話してくれていないわ」

「全部言ったよ」

「いいえ。なぜ、突然私を抱きたくなったのか、聞いてないわ」

「突然じゃないよ」

「突然だわ。覚えてる？　一昨日の午後のことよ」

彼は忘れていた。それは日曜日の午後だった。珍しくくつろいだ気分だったので二人は二階へ上がった。愛のひとときのあとで、彼女が日曜コンサートを聴こうとラジオをつけ、互いの腕の中で愛の余韻にひたっているとき、音楽が突然中断された。怯えた声のアナウンサーが真珠湾爆撃の臨時ニュースを伝えた。そのときヘレンは泣き出したのだ。

「忘れていた」正直に言った。

「私は忘れていないわ。あれからずっと考えていたのよ。……スティーブ、私はいま子供はほしくない」

「今年はクリスマスをやめよう」バートン・ホールは言った。「こんな年には控えるべきだろう」

「今年だって、いつだって、クリスマスはやめません」モリーは反対した。「家族がみんな集まるのも、今年が最後かもしれないわ」

バートはクリスマスをやめようと言い続け、エール大学に行っているティモシーとアンドーバー*にいるピーターが帰宅し、その姿を目にしてやっとあきらめた。彼は息子たちに手紙を書いたりはしなかった。そういうことは母親に任せていたが、モリーも家族が今後どうなるかなど何も知らせていないだろう。モリーはいつも、自分は取り越し苦労をしない質だと言い、理由を聞かれると、必ずどうにかなると思っているからだと、不機嫌な顔した。

息子たちは何も知らず、バートも知らん顔して朗らかにふるまうしかなかった。息子たちはクリスマスの三日前に帰ってきたが、ティムは例年ニューヨーク近辺でハウスパーティーをはしごして休日を堪能するので、クリスマスの翌日には家を離れることになると言った。

「いったい、なぜ帰ってくるのかわからないわね」母親が頰を差し出すと、ティムはできるだけ冷めた感じのキスをした。

バートには、そんな儀礼的な素振りは耐え難かったが、モリーはどうしても家族どうしでのキスをやめたがらなかった。あるときバートは「たとえ息子でも、君以外の者にはキスなどしたくないね」と言ったことがあった。

モリーが、半信半疑ながらあえて目をつぶるという滅多に見せない表情をしたので、バートは笑うと同

アンドーバー：マサチューセッツ州北東部の都市で、アメリカで最古の寄宿制学校、フィリップスアカデミー（男子）とアボットアカデミー（女子）がある。

時に顔を赤らめた。「なぜ、そんな顔で見るんだ」

「どんな顔？」彼女は天真爛漫に聞き返した。

「わかってるだろう！」

「いったい何の話なの？　とにかく、そろそろ散髪に行ったほうがいいわね」

バートは、長男に声をかける。

「やあ、ティム。また伸びたんじゃないか。四年生になったら長髪はやめると思ったが」

「そうだね。こういうのはもうピーターに任せるよ」

ティムは長身で薄茶色の髪をしている。母親ゆずりで愛想のよいハンサムな若者だ。

「ピーターはどこだ？」

「キッチンにいるよ。家に着くまでずっと腹ぺこだってこぼしてたよ」

そこへピーターがパイを一切れ持ってやってきた。

「やあ、パパ」

「そっちはどうだね？」息子の頭をなで回したい気持ちをぐっと抑えた。次男はまだ自分より背が低いが、自分が父親にされたことを思い出して気持ちを抑えた。

「おまえもクリスマスが終わったら、すぐに戻るのか？」

「僕は別に予定ないよ」ピーターは口いっぱいにほおばったまま言った。

「モリー、すぐにそういうときが来るもんさ」とバートは言った。「息子ら二人が生まれて来なかったみたいに、俺とおまえだけが置いてきぼりになるときが、な」

モリーは飛びきりの笑顔を見せた。「この子たちが結婚すれば、またにぎやかになるわよ」

彼は黙りこくって考えに沈んだ。この女は直感が鋭く、容易には動じない。真珠湾攻撃などなかったかのように未来は相変わらずあると思っているし、彼がこの瞬間にも兵器開発を考えていることなど知らないかのように、顔色ひとつ変えない。その兵器の威力はとてつもなく大きく無限であり、爆発させないという保証を得る見込みはなく、いったん使えば地球を月のような不毛の惑星にし、全生命を消滅させるほどのものだ。しかし、バートが昼も夜もそのことで悩み抜く姿を、共に苦しんだとは言わないまでも、そばで見てきたにもかかわらず、モリーは一向に気にしていない様子だった。バートは、所詮人間の力で生命を根絶やしにすることなどできるわけがない、という妙な安堵感をわずかながら抱いた。女の持つ直感のほうが勝つかもしれない。予測できないことだってあるものだ。

バートはふいに長男に向かって言った。「クリスマスから三日後にニューヨークで会議がある。もしお楽しみの時間を多少割いてもよければ、私と一緒に出てみないか。いまの情勢を知るのに格好だよ」

ティムは読んでいた雑誌から目を上げて、悪くないといった調子で「行くよ、パパ」と言った。

なんとかクリスマスをしのいだ。内心不快に思っていたバートにとっては、ようやく終わったと言うべきだった。歳月とともに薄れていた過去の体験や感情と向き合わざるを得ないことがわかって動揺することもあった。過去はただ眠っていたにすぎず、予測できない未来が目前に迫ってきたために目覚めたのである。たとえば、クリスマスの朝に鳴る鐘は平和と善意の聖歌を歌うという無意味な伝承は、彼にはまったく滑稽な皮肉としか響かないのだが、これまでの半生を通して一度も考えたことがなかった母親を思い出した。特に、幼いときに見た夢としか思えない記憶が、ある朝、現実のようによみがえった。七歳か八歳のときのクリスマスのことだ。目覚めると白いナイトガウンを着た母が自分に覆いかぶさっていた。赤みを帯びた美しい金髪が肩まで伸びていた。寝ぼけていたので、母をクリスマスの天使*と勘違いして怯えて泣き出した。なぜ泣くのかと母が尋ねたので、天使が自分に歌を聞かせるために来たのかと思ったと返事をした。

「でも、神様はどこにいるの?」バートはすすり泣いた。

母はベッドの彼を抱き上げて「この子はどんな……」を歌って聞かせた。母の優しいソプラノの歌詞がいまも聞こえてくるようだった。彼はかぐわしい母の胸に顔を埋める……クリスマスで最悪だったのはこの記憶がよみがえったことで、二度とよみがえってほしくなかった。

そういう気分の中でバートは、ばれているかもしれないと思いつつも陽気なふりをして家族団らんの日をなんとか持ちこたえた。だが、夜になると、ティムはダンスの前にガールフレンドが何やらしたがっているると口実を設けて早々に出かけてしまったし、ピーターは映画を観ると言い、モリーは寝てしまった。彼はピーターの横でクリスマス番組を見ながら、ロマンスなど消滅してしまった世界なのに、こんなことがいつまで続くのだろうかと思っていた。その夜、バートは郷愁の思いにとらわれて眠れなかった。つまるところ、来年のクリスマスのこの時間に家族はみなどこにいるのか、宇宙の塵となって漂う以外に行き場所があるのか、それは誰にもわからない。

いつものように、味方も敵もひとしく無事だと言わんばかりに朝が来た。バートは会議用のスーツや、ニューヨークで行くかもしれない観劇のための支度を、てきぱきと旅行カバンに詰め、ティムと一緒に正午の列車に乗った。ティムは期末テストの準備があるとうそをついて離れた席に座った。バートは数字や数式を処理しながら時折息子のほうをちらちら見て、世代間には恐ろしい隔たりがあると考えていた。特に自分とこの息子との隔たりはどうだ。自分の体の微粒子にすぎなかったものが成長して独立した個体になり、意識的ではないにせよ、本能的に離れよう離れようとしている。物質とエネルギーの関係で言えばどういうことになるのだろう。成長の原理は、子供が離れてゆくときの親の痛みと言い換えてもよいが、どんな数式で表せるのか。ティムも親にならないと理解できないのだろうか。

それから二日とたたないうちに、バートは残酷にも息子から絶望的な嫌悪を浴びせられることになった。それは本能を逆なでするもので、それだけに不愉快極まりなかった。ニューヨークの一日目の朝、息子と人生を分かち合いたいと願う彼がハーバードクラブで朝食を食べていたときだった。そういえば、以前にも息子と言い争って負けたことがあった。息子はハーバードに進学するものと思いこんでいたのに、エール大学を選んでしまった。

クリスマスの天使：聖母マリアにキリストの降誕を告知した天使ガブリエルを示唆している。神の御使いであるガブリエルは旧約聖書にも登場し、驚くべき破壊を行ない、驕り高ぶり、平然として多くの人を滅ぼす悪しき権力が、神によって滅ぼされる「終末の日」がいずれ来ることを予言する。

「ティム、今日は一緒に会議に行ってみないか」

ティムはゆで卵のてっぺんに几帳面に割れ目を入れていた。それを見てバートは気取っていると思ったが、ビート族にしろカジュアル族にしろ、気取りたい年ごろなのだ。

「首脳会議なんかに僕が入れるのかな?」ていねいに塩と胡椒を振りかけ、半熟卵を味わうようにして食べながら返事をする。

「厳密には首脳会議じゃない。検討会議だ。私たちは四つの事業を同時並行でやらなきゃならんのだ。一つが成功すればいいということでな。スティーブン・コーストにもっとも有望な事業を任せたいと思って頼んである。この会議には政府関係者も何人か出席する。会議には余分なことだが、おまえを息子だと紹介したい」

「ありがとう」ティムは、大盛りの朝食を片端から黙々とたいらげていく。食べる前に一品ずつ、うるさく品定めをする。給仕長を呼びつけては、どれかの品の調理が行き届いていないと文句を言い、いま三度目に呼びつけて、パンケーキのメープルシロップがメニューにあるのと違うとケチをつけるので、とうとう父親の堪忍袋の緒が切れた。

「おまえは、大学のクラブが食い道楽を喜ばせるところだとでも思っているのか! まったく」

「払った分は元を取らなくちゃ」

「払うのは、この俺だ」バートはつい口走ってしまった。

ティムは父親の粗野な物言いをあざ笑い、安物のシロップをたっぷりかけたパンケーキをたいらげ、満腹して椅子にふんぞり返った。

その数時間後、午前中の会議が終了し、午後の会議の前にすませようとバーで昼食を待っていたとき、バートは息子に言った。

「午前の会議はどうだった？」

彼は午前中ずっと、何度もティムの様子をうかがっていた。ティムは静かに年長者たちの会議の進行を見守っていた。薄茶色の髪を角刈りにしたその頭の中で何を考えているのか、無表情な若者の顔からは見当もつかなかった。ハリウッドの監督みたいな印象を与える大きなサングラスがよりいっそう表情をわかりにくくしていたが、バートにはそれがいかにもわざとらしく思えた。

「みんな鼻持ちならない連中だね」ティムが言った。

「何だと……」

「鼻持ちならないと言ったんです。僕らの世代を抹殺しようと企む老いぼれどもだ！」

バートはスコッチウィスキーのグラスを置いた。

「この会議はな……」

「僕の立場からは、ほかに言いようがない」

「おまえは平和主義者か」

「違いますよ」

バートに過去の記憶がよみがえってきた。昔、アメリカが第一次世界大戦に参戦したとき、彼は同じようなことを父親と言い合った。父の軍国主義的な姿勢には驚いた。

「ドイツ人は自分らの利益のために戦争を始めた。他人はどうでもいい。彼らが信じるのは軍事力だけで、その拡大を目指している。アメリカはドイツをやっつけなければならん」

「立派なキリスト教徒ですね」バートはかみついた。

自分にとって何の意味もない戦争に駆り出されるかもしれないことを、当時の彼は腹の底から憤慨していた。若者が、人生は素晴らしく不可思議なものだということをわかり始める瞬間だった。

「世の中には、相手を負かすことしか頭にない人間がいる」父は言った。

父と息子が言い争っているうちにウッドロー・ウイルソン*は力ではなく狡猾さで、つまり、この戦争はすべての戦争を終わりにする戦争であると言って、アメリカを戦争に引きずり出した。当時若い科学者だったバートは理想主義の魔術にとらわれて、航空機の改良のために昼夜をいとわず働いた。戦争が終わると理想主義は雲散霧消した。バートは父親が正しかったことを悟り、父にそれを伝えたかったが、すでに他界していた。仮に生きていたとしても、太古の昔より、男と男、老人と若者は反目しあってきたのだから、わかってもらうことはできなかっただろう。

「平和主義者ではないけど、死にたくはないよ」ティムの主張だった。

「命よりも大切なものがある」バートは言った。

「僕の知ったことじゃない。それに、そんなものがそれほど大事なら、老いぼれどもが戦えばいいじゃないか。もう十分生きてきたんだし。僕たちはそうじゃない」ティムは手にしたグラスをゆっくり回し、氷のあいだで揺れる金色の液体を眺めていた。

「おまえの祖先は、私の祖先でもあるが、欧州で兵役を逃れようとしてアメリカへ来た。その当時は自由のためなんかで兵役につく必要はなかった。逃げることもできたし、アメリカと敵国のあいだには海があった。だが、いまやアメリカは当時のヨーロッパと同じだ。二百年前のヨーロッパ諸国の関係と同じくらいに、ナチスとアメリカのあいだは狭まっている。この国の自由を守らなければならん。男であれ女であれ、自由を求めて来ることができる。この国を、そういう場所にしておかなければならない」

「他人を救うために、なぜ僕が死ななくちゃいけないいんだ？」

声が小さすぎたのでバートが聞き返すと、ティムはすくっと頭を起こし、大声でくり返した。

父は息子をにらみつけた。「他人のために死ねと誰が言った？　団結しなければ個々に首をくくられるんだぞ。陳腐な言葉だが、いまはこの言葉がぴったりだ。もうバラバラには生きられない。世界は二分され、二つの世界が押し合っているんだ。俺たちは混じり合い、圧縮された物質の中の粒子のように互いに隙間を埋め合っているんだ」

「また、科学か」ティムは小声で言った。「もう、うんざりだ！」ティムは顔を上げ、父にまっすぐ目を向けて、とげとげしい口調ではっきり言った。「あなたの科学とやらに、戦争をしたがる理由を教えてもらったらどうですか。老いぼれたちはいつも若者を死に追いやろうとする。違いますか？　何もかも独り

ウッドロー・ウイルソン：アメリカ第二十八代大統領。在職一九一三〜一九二一年。一九一八年に発表した「十四か条の平和原則」は第一次世界大戦の終結に影響を与えた。一九一九年ノーベル平和賞受賞。極端な理想主義のため戦後の国際連盟のアメリカ加盟に失敗した。

占めできるからじゃないか。若い女もね！　それが理由ですよ」

父はカウンターにグラスをたたきつけた。「何というやつだ……まるで子供だ。話にならん」

バートは息子に背を向けて一人で昼食を食べに行った。


二日後、バートは大学の自室でジェーンに一部始終を話して聞かせた。

「君にこんなことを聞かせて大事な時間をつぶすなんてどうかしてるな。私の経験では、息子というものは父親と対立する。そうでなくても、大人になって物事をわきまえるまでは父親を受け入れないものだ。私もいまになってようやく、自分の父親のほうが私より正しかったと思うようになった」

「あなたの年齢の半分にしかならないティムに同じレベルを期待するのはどうかと思いませんか」

一本とられた感じだった。「そのとおりだ。それに、私はまだ生きているからな。私は、親父の棺を見るまで対立していたんだ……。さて、話はこれくらいにして仕事にかかろう」

一瞬の沈黙のあと、バートは息子のことから気持ちを無理にも切り換えて本題に移った。

「これが会議の終わった時点の全体像だ。委員会には大統領代理も来たし、陸軍省*からも担当者が出席した。彼らは議論を聞くだけだったが、同意して帰った。私の役目は二つある。原子爆弾の設計とその製造に責任を負うことだ。数百ポンドのプルトニウムが必要になる。それを如何に手に入れるか。問題は三つ。入手可能な天然ウランを使って核分裂の連鎖反応を引き出すことが一つ。次に、連鎖反応によって生じるプルトニウムをどう抽出するか。そして、原子爆弾をつくるとなれば、それに見合う施設の規模をいったいどのくらいにすればいいかだ」

「減速材にはフェルミの提唱する黒鉛が使えます。言うまでもないことですが」

バートは濃い赤毛の眉を持ち上げて尋ねた。「その理由は?」

ジェーンがてきぱきと簡潔に答えるのをあっけにとられて聞いていた。女の口からこういう言葉を聞くとは信じがたい。

「重水は製造に時間がかかりすぎます。きっとドイツ人にもわかっています。ベリリウムは申し分ないですが、手に入れにくい」

「君は優秀な化学者だな。しかし、コロンビア大学でのフェルミの実験は信頼できるのか。かなり小規模だろう?」

彼女はそう思わなかった。「フェルミの黒鉛とウランの量は連鎖反応の臨界数値に達しないことは確かです。でも、中性子がどのくらい増殖するか、材料が含む不純物や原子炉の建築方法の違いによって増殖がどの程度の影響を受けるか、それらのことは明らかにしてきました」

バートはからかうつもりで声だけで笑った。「君の目には、あのイタリア人のすることが完ぺきに映るのだな。それじゃあ、純粋な黒鉛やウランの十分量をどうしたら手に入れられるんだね? 不純物は全工程を止めてしまうぞ」

陸軍省:アメリカ合衆国国防総省は一九四七年に創設。第二次世界大戦当時は、陸軍省(空軍を含む)、海軍省(海兵隊を含む)に分離していた。

そう言うと彼はため息をついた。

「フェルミがやります」ジェーンは答えた。

「話題を変えよう。なんだ、フェルミ、フェルミって……」バートはへそを曲げたふりをしてジェーンの前に一枚の紙を投げた。「声に出して読んでくれないか」

彼女は命じられるままに読んだ。「現在のところ、純粋なウランの供給源は以下のとおり。ウエスチングハウス社の照明事業部、ウラン溶液の蒸発操作」

「金がかかりすぎる」

「カナダ、結晶化によるウラン精製」

「時間がかかりすぎる」

「重水素……」

「これも遅い。重水の問題がある。だが、万が一、フェルミの魔法が効かなかった場合に備えてカナダに試してもらおう。そうすると、またワシントンに呼ばれるな。カナダは重水素がいいと言うだろう。そのときは、やつらとけんかしなきゃならん」

「黒鉛は十分にあると伝えてください。重水素を得るために大量の重水ができるのを待っていたら、また遅れてしまう、とも」

「わ、わかったよ。実を結ばないと思うが二者択一で迫ってみよう。さあここで、君の研究室の結果を列挙してみたまえ。共同研究者の名前も一緒にな」

「ご存じなのに。なぜ、くり返す必要があるのですか」

バートの視線が彼女をなで回した。「女の愛らしい口から、そういう言葉を聞くのはいいものだ」

「やめてください……」

「何をやめるって？」

「私が女であることを持ち出すことです」

「それを忘れなきゃならん理由でもあるのか？」

ジェーンの唇は震えていた。だが、顔を上げてバートを見据え、子供が復誦するような一本調子で一気に言った。「昨年の春、顕微鏡で確認できる程度のプルトニウム塩が得られ、プルトニウムをつくることが可能であると確かめられた。これは、放射線の粒子がウランの放射線粒子と異なることで確認できた。超ウラン元素*の最初のものはネプツニウム、原子番号93だった。プルトニウムは原子番号94だった。しかし、その量は非常に少ないために失われる恐れがあった。そこで、ビスマス溶液を使用した。この溶液でプルトニウムが沈殿してウランと分離できる」

「よ、よろしい。単純明快でワシントンの連中にもわかりやすい。私が算出した増殖率*の定数は、君らが

超ウラン元素：ウランよりも原子番号の大きい元素。93番以降の総称。現在は107番まで確認されている。ウランは天然に存在するもっとも重い元素。
増殖率：核分裂するあいだにできる核分裂性原子の数を「転換率」と言い、転換率が1より大きくなると原子炉内で核分裂性物質の量が増えるので「増殖率」と言う。

算出したものと一致すればだが、フェルミやほかの連中が予測したものより上出来となる。だが、……」パートは一呼吸おき、威圧するように人差し指を彼女に向けた。「一つの製法だけに頼るのは危険だ。四つの方法を並行して進める。四頭立ての競馬とでも呼ぼうか。一着になった馬に決まる。だから、私が賭ける馬の騎手にスティーブン・コーストを抜てきしたい」

「彼は勝つでしょう」ジェーンは言った。

「言っとくが、君がそうさせるんだぞ」

その探りに彼女が乗ってこなかったので、横目でじろりとにらんでから、さらに続けた。

「某大学では電磁的分離法、別の大学ではガス拡散法、スタンダード石油研究所では遠心分離法をやっている……だが、ここシカゴでは大学とスティーブが協力する。私と君の監視下で、だ。そうだ、競馬の比喩は当てはまらない。四つの事業は競争じゃあない。協力し合ってよりよい成果を出す。私利私益とは無縁のものだ」

「おっしゃるとおりです」

「委員会は一週間おきにワシントンで開かれる。トップレベルで。もちろん極秘だが、欧州とイギリスからも選り抜きの者が来る。準備は整った。我が国が戦争に突入してからもう六ヶ月も過ぎた。日本はフィリピンとシンガポールを占領し、次はインドネシアを狙っている。ナチスはヨーロッパを席巻して、〝砂漠の狐〟ロンメル*は北アフリカを占領しようとしている。私はこのところ眠れない……ぜひとも君の力が必要だ」

バートはクジラのように大きな口を開けてあくびし、椅子にもたれてそのまま眠ってしまった。電話の音で目が覚め、目をつむったまま机の上の受話器をつかんだ。モリーの声が耳に届いた。

「今夜はお帰りではないの、あなた？」

「帰るとも。やれやれだ」

懸命に目をこじ開けて腕時計を見た。午後九時だ！　卓上メモに「先に帰ります。用事があればお電話ください」とジェーンが書き残していた。

「すっかり寝こんでしまった」彼は妻につぶやいた。

「それはいいですけど、ワシントンから何度も電話があって……あなたにも行きましたか？」

「眠っていたと言ったろうが！」

「お一人なの？」

「冗談はよせ」

「怒らないで。でも、ときどき不安に思うのよ」

彼は妻にぴしゃりと言った。「書庫に簡易ベッドを入れてからというもの、いいか、俺は昼も夜も仕事漬けで、一時間ほど仮眠をとったらまた仕事なんだ。おまえは信用していないな。そんなたわごとにつき合う暇はないし、まったくやりきれんぞ。いまからワシントンに電話をするし、家に帰れるときは帰る。

ロンメル：ドイツの陸軍元帥で野戦指揮官。一九四一年初頭、北アフリカの砂漠の戦車機動戦で天才的な直観力と決断力を発揮して、敵側から〈砂漠の狐〉と呼ばれた。

俺を見かけても寝たままでいてくれ」

受話器をガチャンと下ろし、ちょっと待ってからワシントンの番号を呼んだ。電話はすぐにつながった。

「ヴァン、私を捜すのに苦労させてすまなかった。机で居眠りしていたようだ。死んだように眠っていた」

「かまわんよ……寝不足なんだろう。みなそうだ。午後十時の汽車に乗れるか」

「急用なのか」

返事がしにくそうだ。「まあな。このご時世じゃ、何でも急用だ。いくつか緊急用件がある」

「では明日うかがう」

「わかった」

バートは電話を切り、眠気に襲われたライオンが前足でするように手のひらで顔をこすり、トイレに行って頭に冷たい水をかけた。それから自室に戻ってジェーンに電話をした。

「まだ寝ていなかったのか」

「はい。お電話を待っていました」

「そうだったのか。私は次の汽車でワシントンへ行くことになった。飛行機を使わせてくれないのには困ったもんだ！　君は明朝、飛行機に乗れ。ホテルで落ち合おう。それまでには連中が抱えた問題が何かつかめるはずだ。たぶんな」

「そうですね」

「じゃあ、お休み。ノッポさん」

「お休みなさい」

一時間後、バートは汽車に揺られ寝台に倒れこんだ。ワシントンのことなど心配してもしょうがない……しょうがない……しょうがない……頭の中でこだましていた言葉が次第に消え入り、再び深い眠りに落ちた。

熟睡できたので、翌朝、バートはいつもの元気を取り戻し連邦政府の建物の奥の一室に入って行った。あのかわいい秘書がタイプライターから顔を上げてほほえんだ。バートはすかさず気がある素振りを見せた。

「今夜、君と私とでデートはどうかね」

「それはどうでしょうか、ホール博士」

「だめか。まいったな。別の夜にしよう。今朝のボスのご機嫌はどうかね」

「過労気味で、あまりよくないです」

「ご注意ありがとう」

彼は奥の部屋に勢いよく入って行った。ばかでかい机の向こう側で政府のチーフエンジニア《開発主査》が待ち構えていた。

「ヴァン、おはよう」

「よく来てくれた。かけたまえ」

彼はいちばん座り心地のよさそうな椅子を選び、ポケットからパイプを取り出して火をつけた。

「思わぬ障害にぶつかった。それで来てもらった」

「障害とは？」

「君自身だ。見てみろ」タイプされた一枚の紙が渡された。「ダイズ委員会*が連邦議会に提出した破壊活動分子のリストに君の名前がある。軍情報部は君を疑っている」

「何だって！」

「読んでみろ」

バートは読んで怒鳴りだした。「全部でたらめだ。こんな団体のことは聞いたこともない。私がか？ メソディスト派にさえ属したことはない。『米ソ協会』だと……いったい何だ、聞いたこともない。無断で私の名前を使ったんだ。だが、私は喜んで手を引くよ。誰かほかの人間にこのありがたくない仕事をやらせたまえ」

青白い顔の主査はニューイングランド人らしい薄笑いを浮かべた。

「まあ、落ち着けよ、バート。君が共産主義者でないことはわかっている。君は辞められんよ。君を遊ばせておくわけにはいかない。ただ知ってもらいたかっただけだ。この報告書には私の意見を添えて返しておく」

最下段に走り書きを数行加えると、もう一度バートに手渡した。「それを読んで気を静めてくれ」

――この報告は信憑性に乏しい。軍情報部のさらなる調査を要する。司法長官宛――

「ありがとう」バートは報告書を机の上に置いた。それから大声で笑い出した。「何てこった！ 妻のモリーの疑いは晴らしたのに、まだ疑われている。あいつに聞かせてやりたいよ」

友人の青白い細面の顔に再び薄笑いが浮かんだ。「君の笑い声は爽快だな。どんよりしたこの町の空気を吹き飛ばしてくれる。共産党員の話に一つだけ付け加えさせてもらって、この話は二度と持ち出さないことにしよう。外国人の科学者たちは大丈夫だろうな？　たとえば、フェルミはどうだ？」

バートは思わず声を張り上げた。「誓って全員問題ない。フェルミにしてもスウェーデンでノーベル賞を受賞した直後に故国をあとにした。彼が最優先することは何か。真の科学者は何を最優先するか。科学だ！　だから彼は自由の国で暮らす必要がある。フェルミはこの国の人間だよ」

「ほかはどうだ？　大勢いるじゃないか」

バートは仕事で染みがついた大きな両手を広げた。「私が考えていないと思ってもらっては困る。君や情報部が提供してくれる情報はどんなものでもありがたいよ。だが、私は一人ずつ吟味しなきゃならん。一人ずつ真価を測っているんだ。欠かせない人材ならばあえてリスクを冒すし、役に立つ程度の者なら危険は冒さない。カナダ人の男がいてね、いい男だが私は疑った。いろいろなことを知りたがりすぎるんだ。採用は見送るつもりだ。その男の名前は知らせるよ、文書でな。他方で、ドイツ系ユダヤ人のフォーゲルという男がいる。彼の気体放電に関する研究は、我々が基本的な原子構造の理解を深めるのに大いに役立った。彼は第一次世界大戦ではドイツ軍将校だったが、戦後、大学に戻って物理学の教授になった。その年に物理学の部門で最高の賞を授与され、優秀な弟子たちを育て、ヒトラーが政権に就いたころノーベル

ダイズ委員会：合衆国下院の「非米活動調査委員会」の初期の非公式名称。委員会議長だったマーチン・ダイズの名前から。

賞候補の筆頭にもなった。彼は政治と距離を置いて科学に専念しようとした。彼はユダヤ人だ。私は自分自身や君と同じくらい、彼を信じている」

　バートは立ち上がって人差し指を振りながら部屋を行ったり来たりした。「マックス・プランク*がいい例だ。彼の名は世界中に知れわたっている。ナチスが、科学者は人類のためではなくドイツの利益のためにのみ研究するべきだと言い出し、ヒトラーが、科学的真理で人類のために尽くすのは汚らわしいユダヤ人的考え方だと絶叫したとき、高齢ながらプランクは抵抗した。彼がナチスへの抗議として大学を辞職したのは、弟子たちの中でもっとも優秀な若い科学者ハイゼンベルク*がアインシュタインの相対性理論を普遍化し始めて、ナチの学生から『おまえはユダヤ人ではないが、考え方はユダヤ人的だ』と攻撃されたときだった。辞職する前にこの勇敢な老人はドイツの科学者に警告を発した」

「もういい、十分わかった」ヴァンの冷徹な目が光った。「君の親父さんでもこれ以上の説教はできまい。本筋に戻ろう。大統領は自ら最高決定を下した。頑張ってくれ」

　バートは深くため息をついて座りこんだ。「君は朝から私を拷問して楽しんでいる」

「いずれにしろ時間がない。よし、結論を言おう。大統領は、この計画を軍の指揮管理下に置くべきことを決定した。直ちに、だ」ヴァンは言った。

「それはまずい」

　ヴァンは白髪の混じる頭を縦に振った。「すでに決まったことだ。議論の余地はない。計画が決定したあとで首脳部が話し合った」

バートは狼狽してどもった。「し、しかし、それでは科学者たちは収まらんぞ。科学者の流儀に反する。軍の指揮下で仕事する者はいない。私に食ってかかるだろう。『何だって？　ここはナチス政権下のドイツか』と言う声が聞こえるようだ。君は科学者ってものをよく知らない。私も科学者の端くれだ。我々は自由と独立については人類でもっとも手強い輩だ。神さえも疑う。独断的主張や官僚主義に反発するのは科学者の本業だ」

「それは君の問題だ。私には関係ない。担当の将軍に会ってくれ。とにかく将軍の部屋へ行こう」

ヴァンはブザーを押して何か言うと立ち上がった。バートは口にこそ出さなかったが腹の中が煮えくり返りそうな思いで、ヴァンのあとについて別の建物に入り、さらに奥まった部屋に入った。四角い机の向こうに制服を着た大きな男が座っていた。

「将軍、我が国最高の科学者、バートン・ホール博士をご紹介いたします」

軍人はふっくらした大きな手を差し出した。ミッシッピ訛りの太く滑らかな声で話しかけてきた。

「ホール博士、お目にかかれて光栄です。誠にうれしい」

「さて、私は失礼いたしますので、お二人でお話しください。バート、私はもういいな。必要なときは知

マックス・プランク：一八五八〜一九四七。ドイツの理論物理学者で量子論の創始者の一人。良心的立場からナチズムと一線を画し、アインシュタインが追放されたときにはナチに対して遺憾の意を表明した。一九一八年にノーベル物理学賞受賞。
ハイゼンベルク：ウェルナー・K・ハイゼンベルク。一九〇一〜一九七六。ドイツの理論物理学者で量子力学の創始者。一九二九年に来日講演して湯川秀樹ら新進物理学者に影響を与えた。

らせてくれ。私は控えている。目が黒いうちはずっとだ」ヴァンはバートのほうに冷ややかな眼差しを向けて、静かにその場を去った。

「私をその大男と二人だけにして、出て行ってしまったんだよ」その晩、ホテルのリビングルームに用意された夕食のテーブルで、バートはジェーンに聞かせていた。「私は面くらって打ちのめされて、何も言えなかった。その男が私のボスだ。自由で独立した科学者である、この私の。私は将軍の伝令役にされた。シグニーやワイナーやフェルミは言うまでもなく、トンプソンやパークスやイーヴスたちのような純粋な理論家でもない、中途半端な科学者でしかなくなった」

「他の人たちは納得しないでしょう」ジェーンはわかっていた。給仕を下げてしまったので、彼女が代わりにコーヒーを入れたり、サラダを混ぜたりして、静かに食事の世話をしていた。サラダは、バート一人に任せておくと「そんなものはウサギの食い物だ」と言って野菜を食べないので彼女が注文した。

「私の苦労がわかるのは世界中で君だけだ」バートは嘆いた。「学者どもは自由をせがんで手に負えん。頭脳と閃きで宇宙を解明していても、ちょっと逆らったり、いくらかでも締め付けたり、他人の話に耳を傾けるよう仕向けたりすると、悪さをするガキになる。君には信じられないだろうがね……」

「おっしゃるとおりです。あの人たちのことはわかりますわ」ジェーンがあいづちを打った。

「ところで、君が兵器製造の担当にしようとしているイーヴスって男だが、どの程度の間柄なんだね?」

将軍は下唇をすぼめてじっと見た。

……辛抱、辛抱。バートは心の中でつぶやくと大きな声で快活に言った。「イーヴスとはここ数年の付き合いです。大学の私のクラスの学生だったのですが、懐が深いので、世間との接触がまったくない砂漠の現場で、神経質な科学者たちをそつなくまとめていけるでしょう」

「科学者のみなさんは規律を守らない」将軍は愚痴をこぼした。今朝の将軍は元気で血色がよく、青く小さい目は制服のボタンのようにきらきらしていた。この一ヶ月で八キロ体重が落ち、数年ぶりにベルトがゆるくなったのを快適に感じていた。

バートは息を詰める。温厚に、温厚にやろう。将軍はばかではない。うまくはないがユーモアのセンスもある。大学出だし、軍内部ではそれなりに昇進した。だが、科学者というものを知らない。すねた科学者たちはすでに将軍のことを「ゆるんだズボン野郎」とか「太鼓腹野郎」とか陰で呼んでおり、そんな無礼がいつ彼の耳に入るかもしれなかった。

「将軍、この計画における私の主な役割は、あなたと科学者たちとの緩衝になることと心得ています」

「相当うぬぼれの強い連中だからな」将軍は吐き捨てるように言った。「自分たちは神に遣わされた賢者だとうぬぼれている。科学者以外の人間は無知だと思っている。私はハーバード大学出だ。第三位優等*で卒業し、本の虫でもなかった。私はフットボールの大学代表チームにもいたんだ。プレパラトリースクー

第三位優等：卒業証書などで優等賞中のいちばん低い賞。ラテン語で cum laude と表す。

ル*では数学で受賞したこともあるし、科学の本をよく読んでもいた。この新しい任務に就くに当たっては、食事療法や運動など摂生にも努めている。私は自ら職業軍人になることを選んだ。私自身の規律を実行している。自分たちがいないとこのプロジェトは成り立たないと考えているインテリの陰口など聞くつもりはない」

「彼らがいないとプロジェクトは成り立ちませんよ。そうでしょう?」

「いや、できるとも。初期の案が出来上がれば彼らは必要ない。そこからは製造の問題だから、大企業に任せるさ」

「将軍、それはいけません」バートはうめいた。

「私はそうするつもりだ。ほかに誰ができる? すでに三社に声をかけた」

「科学者たちは納得しません」

「彼らにも他の者たちと同様に規律に従ってもらう」将軍は問答無用と言いたげだった。

バートは将軍の顔をにらみつけた。「どういう意味ですか」

「科学者も他人に指図するだけでなく、命令に服することを学ぶべきだ」将軍はにべもなく言った。「そうしないというなら軍に編入させる。私の指揮下の将校としてだ」

バートは考えこんだ。ふいに胃の中身が逆流するような怒りがこみ上げてきた。自分は学業を積んだ根っからの科学者であり、同僚のためにひとこと言っておく必要がある。

「おっしゃるとおり、我々は命令に服したり命令を下す仕方は知りません。しかし、規律はあります。我々の規律は、人生でもっとも厳しい類のもの……自己規制です。科学者に対しては何人もああしろ、こうしろとは言えません。科学者のとるべき行動は、発見された事実、証明された事実に従うものだからです。科学者の規律とは、科学者がこうあるべきと考えることを自らすることであって、他人に言われてするのではありません」

「なるほど。しかし、ホール博士、今後、本プロジェクトの責任はすべて、ほかの誰でもないこの私にあることを断っておく。君たち科学者はもう心配することはない。この原子なるものから生じる結果にいっさい責任はない」

バートはかっと目を見開いた。激しい怒りが血管を膨れ上がらせ、目玉が燃えるように熱くなった。ポケットの中で握りこぶしに力をこめた。だが、ようやく言葉が出てきたときには、彼の声は溶けた金属のように滑らかだった。

「将軍、この計画の責任はあなたにあるといたしましょう。しかし、世界に核エネルギーを放出することについては、私ども科学者も断じて責任は免れません。自分たちが発見したものの開発と使用については十分に考えなければなりませんし、その重荷を軽減することは誰にもできません」

「私にはわかりかねる」将軍は言った。

バートン・ホールは軽くむせた。「そのうち、おわかりになりますよ」

プレパラトリースクール：一流大学進学のために準備教育をする寄宿制の私立学校。

数週間後、彼は妻のモリーが将軍と仲良くしているのを見て愕然としたが、同時に愉快でもあった。将軍としては、任務遂行の一環として大学関係者や科学者の家族に会っておきたかったのだ。

「自分が統率する人間を知りたいし、特に夫人たちには会っておきたい。妻を見れば夫のことがよくわかる」とのことだった。

「将軍はいい方ですよ、あなた。私にはわかりやすい人ね。礼儀正しいし。ぼーっとして星や原子のことばかり考えていないから。あなた方とは大違いよ」モリーは言った。

将軍の本部で開かれたカクテルパーティーからの帰り道、バートは車の中で大笑いした。「よかったな、モリー。将軍とうまくやってくれ」

「どういう意味?」

「好きなようにしたらいいさ」バートは急に朗らかになった。

「君が将軍に気に入られたってことは、俺も気に入られたってことだ」

ちょっとしたタイミングを逃さず、バートは前の車を追い抜きにかかったが、すんでのところで失敗した。モリーが悲鳴を上げると彼は言った。「おい、おい」

……あとで夫婦の会話をジェーンに聞かせた。彼女はにこやかに笑い、ブリーフケースから一通の手紙を取り出した。

「今日たまたまインドから届いた手紙ですが、関心を持たれると思いますよ。インドの知り合いで生化学者からです。子供のころ一緒に通学しました。もう何年も会っていませんが、彼が伝えるところによれば、日本経由でドイツ情報を入手したそうで、ドイツの科学者は、原子爆弾の開発計画をアメリカの科学者は考えていないと話しているそうです。彼らがそう考える理由は、最近あった国際会議でアメリカ人の科学者が核分裂の軍事転用についてまったく触れなかったからだとか。よい知らせでしょう」

「そうだな。君もよく知っているように、私たちはもう核分裂のことを公に論じたり書いたりしていないからな。私も宇宙線のシンポジウムでは気を遣った。国防問題以外のことではドイツ人科学者とも忌憚なく話し合ったがね」

「あの年にベルリンから帰国したアメリカ人科学者とはだいぶ違う感じでした。覚えておられますか?」

「覚えているかだと?」バートはため息をついた。「同位元素の分離はそのまま原子爆弾に直結する方法だ。ドイツが残忍な兵器をつくっているかどうか疑わしいなんて、フェルミはどうして言えるんだ? ジェーン、フェルミは大丈夫かね。百パーセント正しいのか」

「絶対に正しいです。もし彼を疑うとすれば私自身を、あるいは、あなた自身をも疑うことになります」

「わかった、わかったよ」バートが眉をひそめてひどく嫉妬するふりをしたので、ジェーンはまた笑った。優しい眼差しだった。この大男には人の心に触れるどこか憎めないところがある。こういう人なら愛せるだろう、愛を分かつことが必要ならば。ジェーンはそう思った。

バートは将軍からは逃れられないと観念した。毎日のように、制服をぱりっと着た中佐とエレベーターに同乗し、午前九時には対決に向かった。

カクテルパーティーが開かれた翌日の月曜日のことだ。

「将軍がお話ししたいそうです」

バートはうなずくと、気持ちを整えてから、将軍の前に立った。そこには三十五歳前後のやせた男がいた。端整な横顔を見せていたが、黒っぽい髪のこめかみに白髪が混じっているのが年不相応に思えた。将軍がその男を紹介した。

「こちらはクリストファー・スターレーさん。キャナデイ・ファーレル社の副社長だ。こちらはホール博士、任務に当たる科学者の長だ」

バートはその社名がアメリカの三大企業の一つであることを知っていた。彼はにこりともしないで握手し、腰かけた。将軍は次々と決定事項を宣言していった。

「キャナデイ・ファーレル社に大規模な製造を担ってもらうことにした。プラントの建設と運営のためには、この会社の施設や技術力が必要だ。私は全般にわたって状況を検討した。放射性元素を扱うについては、周辺の住民ならびに我々プロジェクトに携わる人間の安全を確保しなければならない。こういう大きな化学的事業は、従来から大きな部門ごとに作業を行なっている。私が思うに……」

スターレーが言葉を挟んだ。心地よく響く声で、バリトン歌手のようだとバートは思った。

「ホール博士、将軍には申し上げましたが、条件付きで直ちに事業に着手します。将軍にも博士にも、本プロジェクトの規模の大きさを、まずご認識いただきたいと思います。技術部門だけでも大変なものです。

私どもにとっても大きな負担です。プラントを設計して建設し、さらには未経験の新しい製法を開発しなければなりません。機械設備にしても設計から据付、操作員の訓練が必要です。資材の入荷にも相当の遅れが出るでしょう。実際、実行に移る前に戦争が終わってしまう恐れも多分にあります」

バートは冷ややかだった。「これは驚きですな。科学者たちは、貴社の協力がなくても、戦争が終わる前に原子爆弾ができると見込んでいます。自分たちで道具や設備をつくるのに慣れていますから。必要に応じてその場で考え出しますよ」

スターレーはつとめて穏やかに話をした。「そのやり方で実際に対応できるでしょうか。研究上の実験もまだできていないのでしょう。実験は成功すると思いこんでおられますが、紙の上で証明されたものでしかありません。一歩譲って成功するとしましょう。次は試験工場を建設して実験を行なわなければなりません。できますか？　必要量のプルトニウムを集めるのに何ヶ月もかかるでしょう。生産品は化学工程で強力な放射性物質から分離する必要がありますが、あなた方科学者はその工程について未解決です。ですから、当社が試作品を引き取り、どうすれば金属に還元できるかを工夫し、その金属を爆弾に使って爆発するような仕組みを発見しなければなりません。それには十年もかかるでしょう。戦争は確実に終わっていますよ」

バートはパイプに火をつけた。怒りで両手が震えている。「十年はかからない。保証しますよ。もちろんあなた方が、十年もかけるつもりならば別だが……」

スターレーの端整な横顔がいかにも傲慢に将軍のほうを向いた。「科学者の方々からその試作品をいただければ、早速仕事にかかります」

「六ヶ月以内にお渡しできるでしょう」バートは宣言し、一瞬、パイプを強く吸いつけた。「それに、誰に対しても痼癪を起こさないようにしましょう」と付け加え、二人に向けてニヤリと笑った。

翌日、十一月のどんよりした日に、スティーブはこの三者対決の話を聞かされていた。バートが最後に豪語するところまで注意深く聞いていた。彼は葉が落ちて殺風景になった外の景色を見つめながら、口を開いた。「僕は、ここシカゴで連鎖反応を成功させられると思います」

「君の判断を聞こう」

「簡単です。ご承知のとおり、制御は重要なファクターです。制御できるか否かは、核分裂の際のごく少数の低速中性子に依存します。低速中性子はすぐではなく、二、三秒後に発生します。そのときが安定した連鎖反応にふさわしい条件だということです。その時間のずれが調整の機会を与えてくれます。僕は何度もフェルミの計算を確かめました。反応の力が二倍になる前に、つねに数分間一定を保てるような条件でやってきました。それは制御の時間になるはずです」

バートの息づかいが荒くなった。「だがな、スティーブ、シカゴは大都会だ。こんな場所で、全中性子のうちの限界量だけを当てにするんだぞ」

「悪しき事態が起こることは想定できません。反応はごくゆっくり進めますから、制御できないなんてことはありません」

バートのいかつい顔がげっそりした表情になった。「市長に会いに行ったほうがいいかな。大学の学長とか誰か必要な人間に。いや、だめだ。賛成するはずがない。正常な人間ならだめだと言うに決まっている。成功する保証はないからな」

スティーブは返事をしなかった。両手をポケットに突っこんだまま身動き一つせず、強い風の吹く暗い空を眺めていた。軽い頭痛とけだるさを感じていた。心か体か、どちらが原因かよくわからない。恐らく両方だろう。

バートは仕方ないというようなため息をついた。「よし、私が責任をとる。ほかには誰もいない。スティーブ、やってくれ」

このときドアが開き、ジェーンが現われた。ジェーンはバートを見、スティーブを見たが、どちらも彼女の存在に気づかなかった。ジェーンはそっとあとずさりして再びドアを閉めた。


スティーブは口から体温計を取り出してうんざり眺めた。

「三十九度五分もある」

「そうでしょう。起きてはだめよ」ヘレンが言った。

「寝ていられないんだ」

「だめよ。もう一度言ったらバートをここに呼ぶわ」

「彼はニューメキシコだよ」

「それがどうしたの？」

ヘレンがきびきびと出て行くと、気分がどっと悪くなった。三日前にバートが砂漠の中のどこかへ旅立つやいなや、スティーブを支えるはずだった同僚のうちの四人が、シカゴは大実験の場所にふさわしくないと反対しようとは、誰が予想したろう。

「すべて君に任せるよ、スティーブ」バートは出かけるときに陽気に言った。

すべてを任されたのに、つまらないインフルエンザウイルスにやられてベッドで横になっている。三日前にバートのオフィスで少し頭痛を感じたのが始まりだった。すべてを決める会議が一時間後に自分のオフィスで開かれる予定だが、無理して起き上がるわけにはいかなかった。彼が健康でいることは何よりも大切だ。

ヘレンがスープをつくってきたが、まったく食欲がない。

「完全に心身症よ」ヘレンは容赦なかった。「あなたは、あのくだらない物を本当はつくりたくないのよ。しなくちゃいけないことだとしても、良心が復讐しているのよ。それで風邪をひいたわけ」

スティーブはスープをいやがった。「素晴らしい診断だけど、残酷だね」

「飲みなさい」ヘレンはベッドの横のテーブルにスープを置いた。「五分ほどいなくなるけど、戻るまでに飲んでいないと……」

「どうするの？」

「教えてあげない」

「ヘレン！」

「なあに?」ドアのところで立ち止まった。

「妥協しよう」

「あら?」

「みんなに電話して、ここに来てもらってくれ。そのあいだにこのまずいやつを飲むよ」

ヘレンはこぶしを振り上げて怒ってみせた。「まずいですって！　でも、電話はするわ」

スティーブは一人になると、しぶしぶスープを飲んだ。なぜ女というのは男や子供に食べ物を詰めこみたがるのだろう?　きっと女の所有本能を満たすためだ。最後の一口を飲み終えたとき、ヘレンが戻ってきた。

「皆さん、いらっしゃるそうよ。ジェーンにも電話しましょうか」

「いや、彼女はバートと一緒だ」

「へえー」

とても意味ありげで意地の悪い「へえー」だと思ったが、彼はその意味を探るつもりはなかった。いまはそれどころではない。同僚たちの反論に押しつぶされないようにしなければならない。少し眠ろうとした。夫が目をつぶったのを見て、ヘレンは空になった食器を持って忍び足で出て行った。しかし、スティーブは目を閉じても眠るどころではなかった。熱のある頭は休むことなく働き、やがて一つの満足を得て小休止した。ヘレンが子供はほしくないと言うのは当然だ。彼はいま、自分の頭の中だけで孤独に生み育ててきたこと以外には何ものにも構っていられなかった。

三十分後、スティーブは戦いの渦中にいた。四人の男にベッドのまわりを囲まれていた。彼が尊敬し、頼りにしている科学者たちだ。鋭い反対意見が突きつけられた。彼も負けてはいなかったが、彼らが口々にぶつけてくる主張ももっともだった。

「この仕事の要所はすでにコロンビア大学で……」

「いや、プリンストン大学は……」

「では、ここに移すことにどんな意味があるんだ?」

「スティーブ、ここはテンポが遅すぎる。シカゴでは連鎖反応は絶対にできない」

「年内にやってみせるよ」スティーブは険しい顔で言った。

「できっこない。一〇〇〇ドル賭けるよ」

「よし。もらった。全員が証人だ」

「賭けは五セントの葉巻タバコにしろよ」

「そうしよう」

スティーブは上半身を起こしたが、頭の中は焼けるようだった。「僕がまじめではないと思っているだろうが、大まじめさ。聖書のヨブのごとく、みんなの意見は拝聴したが、僕の意見のほうがいい。ここの研究所もオフィスもいいところで、君たちのところと変わりない。それにここは僕の居場所だ。僕がこの試作品とプロジェクトの責任者だということを忘れないでくれ。僕が担当し管理できるところでなければだめだ。それに、中西部は科学者を集めやすい。東部では陸軍省にいい科学者をみな持っていかれてしまったから、あっちでスタッフを集めるのはとても無理だ。それから、家族がついて来るということも忘れちゃだめだ。ここならまだ住宅を見つけやすい。何よりも大事なことは、ここは沿岸地域の都市と違って爆撃を受ける恐れが少ない」

頭蓋の中で血が音を立てて流れていた。熱がまた出てきたようで体も熱くなってきた。枕に仰向けになった。「決断する。最終決断だ。シカゴにとどまって、ここで完成させる」

沈黙のあと、一人が発言した。

「君はとても重要な一点を忘れている」

「なんだ?」

「フェルミはニューヨークにいる。彼がいないと始まらないぞ」

「フェルミはここへ来る」スティーブは熱っぽい目でみんなを見つめ、返事を迫った。異議を唱える者はいなかった。一人また一人と席を立ち、別れを告げて出て行った。

みんなが去ったあと、スティーブはベッドのかたわらの電話を取った。「指名通話をお願いします」交換手に私用の番号を伝えて待機した。遠くで陽気なイタリア人の声がした。

「フェルミ博士でしょうか?」

「そうですが」

「シカゴのスティーブン・コーストです」

それから十五分後、望みどおりの約束を取りつけた。電話を切り、ベッドのそばに来ていたヘレンのほうを見た。スープを載せたお盆を手にして、唇をかみ、床で足踏みしている。

「またスープか！」スティーブはうなった。

「三時間たちましたからね」ヘレンが強く言い返した。

そのとき、急に気分が良くなり、頭蓋の中でがんがんしていた痛みがなくなり、熱が引いたような気がした。「ようし、そのまずいやつをくれ。全部飲んでやる。自分の戦争に勝ったんだ」


バートは手綱をゆるめた。砂漠の澄んだ空気は秋のように冷たい。うす暗い紫色に見える遠くの山並みが瑠璃色の空に沈んでいた。

「ジェーン、私はここに何度も足を運んでいるんだ。この辺りにしたらいいだろうと直感的に思っているんだよ。この地点じゃなくて、向こうに見えるメサの上だ。周辺の住民に余計な想像をさせたくないから、今回は君をあそこまで案内しない。だが、あそこは要塞のように素晴らしい場所で、最後の組み立てをやるにはうってつけだ。もうすぐ、パークスの設計もスティーブの原子炉も、ほぼ準備ができる。この二つが出来上がったら、フェルミに監督してもらってシカゴで大きな実験をやる。君と私は最終段階であそこへ行って、いよいよ例の物をつくることになる。あの真っ平らな台地の上が、全員でかかりっきりになる場所だ。若いのも、実験好きなのも、科学者たち全員の頭脳の粋を集めて、それぞれの頭脳を燃やしきってもらう」

「そのあとはどうなります?」ジェーンは尋ねた。彼女はイギリス流に馬を上手に乗りこなしている。子供のころに両親と夏を過ごしたカシミール高原で、イギリス人の馬術教師に習った。当時インドにいた白人の子供は一般的に顔色が悪かったが、ジェーンもその例に漏れず、また、年齢のわりに背が低く近づきにくい少女だった。だが、馬術の教習は真剣に受けた。

「自分と馬が一体になるような気持ちになりなさい。馬の歩調を覚えてそれに合わせる。そうすれば乗りこなせます」と教師は教えてくれた。

「そのあとか」バートはうれしそうに言った。「私は遠くへおさらばするよ。原子爆弾が完成したら、憎たらしいものや恐ろしいもの、嫌なものから私はいっさい手を引く。好きなことや楽しいことだけをする。なんでもいい。君には想像もつかないこともだよ、ノッポさん」

ジェーンはバートに向かってほほえんだ。強情だが優れた彼の指導力の下で働いた数ヶ月のあいだに、危険なほど恋愛に近い感情を彼に抱いていた。自分でもそれがわかっていた。言葉はなくても通じ合うことが多かったのだ。真昼の太陽が焼きつける中で、日焼けで黄色っぽくなったぼさぼさの髪、強い光線の中では緑色がいっそう濃くなる異様に力強い目を見ていると、いずれ彼に抗しきれないときが来るかもしれない気がしていた。その日、その時を覚悟しておかなければならない。それは二人で協力しながら仕事を進めるなかで高まってきた緊張が、頂点に到って解けるときだ。ジェーンは自分自身のことをよくわかっているし、自分がどうしたいかもよくわかっている。モリーのことも考えなければならない。彼女はモリーのふくよかな母親らしさが好きだった。モリーは息子たちにとってもバートにとっても母親だ。バートの中にはいろいろな男がいるが、母親を求める男も一人いる。だがジェーンは母親になる女ではなかった。もしバートが彼女に母親を求めてきたら、突っぱねて去って行くだろう。連れ添う相手ならいいが息子はごめんだ。自分の息子は自分で産むつもりである。

ジェーンのもの思いはバートの声に破られた。

「夢を見たことがあるかね?」

「夢ですか?」

「そうだ。夢だ」

「ありません」

「君の目は夢見る人の目だぞ」

「中性子の夢でしょうか……」

「そんなことで私はごまかせないぞ! 中性子は秘密を解く鍵だとわかっているだろうが! これがなければ、元素を変えることも、錬金術師の夢がついに現実になることもない。中性子がなければ爆発も起きない……」

彼女は笑った。「選択が悪かったですね。ニュートリノにします。存在しているのに姿がない微小な幽霊です」

二人ともに笑った。「ああ、君と恋ができたらなあ。いや、本当にそう思っているよ。君と私ほど響き合うものはないって。どんな魔法かね? 私の話すことが君にはわかる。君の話すことが私にはわかる。それで十分じゃないかね? 女というのは口紅やらパーマやらくだらないことに時間を浪費するものだが……私の頭脳に一瞬にして反応する君の頭脳といったら。君ほど類まれな女を、私は、私は……」

「待って。待ってください」

二人はしばらく見つめ合った。バートは膝が触れ合うほど馬を近づけた。

「だめよ」ジェーンは動揺して言った。「私にはできないわ」

「なぜ?」

「自分の気持ちに確信が持てない」

「私を信じてない、ってことじゃないわけだ」

ジェーンは中途半端な笑みを浮かべ、馬に拍車をかけて彼の前方を走り出した。二人のあいだに砂煙が上がった。飛ぶような馬のスピードで、大昔の火山灰が再び生命を吹き返し舞い上がった。


スティーブは十二月の冷たい風の中で震えながら市電を待っていた。まだ十二月に入って二日目だというのに真冬のように寒い。今朝、愛犬スクラップに餌をやろうとしたら足下の氷が割れた。幸い、餌入れは凍っていなかった。満足にはほど遠かったけれども、ささやかな安心があった。温度計は十度も下がり、湖の波頭を白く砕きながら渡ってくる寒風が吹きつけていた。二日前からガソリンが配給制度になったので、車はヘレンのために置いてきた。科学者たちが家族を連れてシカゴへ移って来てから、彼女はその家族の世話をして各家庭を訪ねていた。病気になった子供を病院へ連れて行くこともあるし、幼児を抱えた母親のために買い物をすることもあった。市電は混雑し、高架鉄道はさらに混み合っている。海外のニュースは悪いことずくめである。いまこの瞬間にもチュニジア上空では激しい空中戦が展開されていた。ディエップ作戦*が最近終わり、結果はどうだったのか詳しく伝えられていないが、一人のアメリカ兵がイギリス国王ジョージ六世から空軍殊勲十字章を授与された。悪いニュースばかりで良いニュースは少ないが、アメリカの駆逐艦が日本の駆逐艦一隻ほか四隻を撃沈し、イタリアではムッソリーニ統治下で士気が衰えていると伝えられた。だが、世界中でユダヤ人が悲嘆の底にいた。国務省の発表によればユダヤ人二百万人がすでに殺され、さらに五百万人が同じ運命をたどろうとしていた。恐ろしい世界だが夜までにはもっと悪化するかもしれない。

市電がキーッと音を立てて停車した。スティーブは電車に飛び乗ると、混雑をかき分けて奥へ入って行った。疲れ切っていたし眠っていなかった。西観覧席*の下に設けられた原子炉を出たのはわずか二時間前だ。急いで自宅に戻り、体を洗い、食事をし、ヘレンに電話番をしてもらって四十五分だけ眠ろうと思ったのだ。だが、皮膚にこびりついた細かい黒鉛の煤を洗い流すのは一日がかりである。彼の爪は炭鉱夫のように真っ黒だった。

「いったい何をしたらそんなに真っ黒になれるの？」

「何もかも話せればいいんだけどね」夫の口ぶりがあまりにも重かったのでヘレンはそれ以上尋ねなかった。

自分に体を押しつけている見知らぬ乗客にもたれて、彼は立ったまま、うとうとしてしまい、危うく乗り過ごすところだった。だが、完全には眠っていないどこか覚めた部分があって彼を起こしてくれた。市電から飛び降りると、コートの襟を立ててスタッグ・フィールド*を足早に横切り、コンクリートの西観覧席に向かった。その下で彼は、フェルミをはじめ、おおぜいのスタッフとともに何週間も仕事に打ちこんできた。フェルミは誰もが認めるリーダーだった。自信に満ちた黒い目に指揮されて、以前はスカッシュのコートだったところに原子炉が建造されていた。黒鉛の塊が幾重にも積まれ、そのあいだにウランがはめこまれていた。炉心にはカドミウム*の制御棒が通っていた。

時刻は午前八時半。スティーブが入って行ったとき、コート内の空気は湿っぽく冷え冷えとしていた。暖炉のスイッチは入っていない。この観客席の下で秘密の作業を行なっていることは誰にも言えないので、スイッチを入れっぱなしにしておく方法を聞くこともできなかった。原子炉の上のバルコニーにはすでに二、三人の科学者がいた。そこから、下の原子炉を眺めることができる。机の上に置かれた計器は長いコードでつながれている。ほかのスタッフたちがやって来た。やや離れたところにバートとジェーンの姿も見えた。何ヶ月もジェーンの顔を見ていなかった。彼女と目が合って会釈した。彼女は毎日バートと一緒だった。優れた頭脳を持っているが多感で激情家の男が、毎日彼女と一緒にいて恋に落ちないなんてことがあるだろうか。それに、いまもバートと一緒にいるということは、彼女が受け入れたと解釈するしかな

ディエップ作戦：ディエップはフランス北部の港町。一九四二年八月、占領していたドイツ軍を連合軍側が急襲したが、逆に大損害を被った。

西観覧席、スタッグ・フィールド：スタッグ・フィールドはシカゴ大学のフットボール競技場。その西観客席の下に最初の原子炉が造られた。

カドミウム：亜鉛と同属の金属で、亜鉛を精錬する際の中間産物である。研究用原子炉の制御材として使用されたが、耐食性が弱いので必ずアルミニウムなどで被覆する必要があった。人体には非常に有害な物質。

いのでは？

二人に背を向けたが、バートが近寄ってきて握手する羽目になった。「この機会を逃すわけにはいかないぞ、スティーブ。今日は人類にとって歴史的な日だ」

スティーブは悲観的な表現で自己防衛した。「うまくいかないかもしれませんよ」

「私はフェルミと、そして君に賭けている」

「ありがとうございます。理論的には問題ありませんが、保証はできません」

スティーブはそれ以上の会話に耐えられず、バートから離れて中性子の計測器をチェックした。昨夜、計器の鳴る音が速まり、ほぼ臨界数値に達しつつあった。コーヒーポットが沸騰寸前の状態になったと彼は思った。フェルミは夜中にその知らせで起こされて、今朝の試運転を決めたのだった。

フェルミがみんなの前に出てきた。小柄だが堂々としている。「おはよう、諸君。長いあいだ目指してきた目標に、いま到達した。連鎖反応が始まっている」

フェルミは計器が置かれた机の前に陣取り、ジェーンに隣へ来るよう合図をした。スタッフたちがまわりに集まった。

フェルミは顔を上げて話し始めた。「いまから最終テストを行なう。連鎖反応の開始だけではだめで、肝腎なのは停止だという点を忘れないように。まず、全員が自分の持ち場に着いて、反応が過剰になったらどうするかを心得ておいてくれ。そうでないと……」

フェルミは両方の手のひらを上に向けて肩をすぼめ、笑顔を見せながら何ともいえない魅力的な仕草で謝罪するかのように頭を下げた。「一瞬のうちにすべてが灰になるかもしれない」と言いたかったのだろう。沈黙のうちにスタッフは、原子炉に設置されている制御装置のうしろのそれぞれの持ち場に着いた。装置の一つは自動制御で、中性子が一定の数値に達すると遮断される。もう一つは緊急時用の安全棒で、反応が過剰になった場合に安全棒につないだロープが切断される。ロープはコンクリート壁の背後の約三〇メートル離れた位置に待機する三人に託され、近くにいる者がパニックになったような場合、遠隔操作でロープを切って安全棒を突き刺す仕組みになっていた。

実験のリハーサルが始まった。フェルミは時計を手にテーブルの横に立った。全軍を前にしたナポレオンのように胸を張り、敢然として注意を怠らず、青白い顔に落ち着いた笑みを浮かべていた。

「よし。時刻は十時十五分前だ。最終テストを開始」

スタッフは無言で一歩前に踏み出し、電動の棒を所定の位置まで引き出した。数分が経過した。フェルミがスティーブに小声でささやいた。

「緊急班、準備！」スティーブが命令を発した。

一人が斧を手にして前へ出て、ロープを切る体勢をとった。

「溶液制御班！」スティーブが続けて叫んだ。

反応が制御不能になった場合、原子炉にカドミウム塩溶液を注入する三人が態勢を整えた。フェルミは計器を見ながら、反応が予測どおりに進行しているかどうかチェックした。

「データは計算どおりだ」フェルミは全員に向かって言った。「心配無用」

スティーブが補足した。「最終段階が予測をはずれない限り、また、安全棒が作動すれば」

「成功の見込みはある」フェルミが続けた。その子供っぽい笑顔がみんなの顔を晴れやかにした。「それまで、正午から一時間ほど、おいしい昼食にしよう」

みんながいっせいに出口に向かい、フェルミに続いてバートも出て行ったが、スティーブは一緒に行かなかった。ジェーンが通りがかりに彼の袖をつかんだ。

「お昼を食べないの？」

「僕は食べられない」

ジェーンはうなずいただけでそのまま行ってしまい、スティーブは二人の助手とそこに残った。彼らとはたまに言葉を交わす程度だった。

「フェルミのような人に会ったことあるかい？」

「まったくないね」

「どんな子供だったんだろう？」

「手に負えなかったろうさ」

「確かに、ね」

二時になると、バルコニーは再び人でいっぱいになった。バートがフェルミ、ジェーンと一緒に帰って来た。彼女はフェルミと並んでうつむき加減に話を聞きながら、時折、口元にかすかな笑みを浮かべている。フェルミが所定の位置につき、スタッフ全員が各自の持ち場に着いた。実験を見ている人々は壁を背にしてひとかたまりになった。シグニーとワイナーのほかに数人が前に出て原子炉にいちばん近いところに陣取った。

「始めよう」フェルミが全員に伝えた。「棒を一五センチ上げてくれ」

制御棒のうしろにいるスタッフが一五センチ引き上げた。フェルミは表示計を見た。計数管が原子炉から出る放射線を記録してカチカチ鳴った。検流計の光で記録計の目盛りが上がり始めた。

「もう三〇センチ」フェルミは命じた。

スティーブは記録針が上に動いていくのを見た。数分経過。大きな室内には機器が刻む音やモーターのうなる音だけが響いていた。非常に重大な目的の達成を見守る人々の緊張感で、その場の空気は耐え難いほどに張り詰めていた。ジェーンのほうをちらっと見た。彼女はレンガ造りの壁の前にいて、突き出た棚に両手をかけて体を支えていた。血の気が引いたような顔に黒い目が輝いている。自分のほうを見てくれなかったので再び目をそらした。

「さらに一〇センチ」フェルミが指示を与えた。ジェーンはフェルミに手招きされて、すぐに彼のかたわらに行った。フェルミは計算を記した紙を指さして笑った。「ぴったり、だろ?」ジェーンはうなずいた。

「さらに二・五センチ」フェルミは指示してからジェーンを振り向いた。「これでいい」

計器は放射線が危険域に近づいていることを表示していた。突然、限界値に達した。

フェルミは叫んだ。「安全棒を投入!」

轟音とともにカドミウム棒が投入された。表示が下がり始めた。核反応が起こり、さらに停止された。

制御も成功したのだ。

「いま何時かしら？」

スティーブはびくっとした。隣で聞こえたのはジェーンの声だった。

スティーブは腕時計を見る。「三時二十五分ちょうどだよ」

「今日はこれで終わりにしよう」フェルミが指示した。「制御棒を安全位置に固定してくれ。それからみんな、イタリアワインで乾杯しよう。ジェーン、紙コップを頼む」

ジェーンが冷水器の紙コップを持ってくると、フェルミは一人一人に祝杯の赤ワインを注いだ。彼は紙コップを高々と上げて一気に飲むと、続いてみんなが飲み干すのを待った。ジェーンが見たところ、飲み方はさまざまだ。トンプソンとパークスは大聖堂で聖体拝領をしているような表情で、将軍は舌なめずりするように味わい、バートはさりげなく一気に流しこんだ。スティーブはコップを持っただけで口をつけず、ジェーンはといえば、気づかれないようにワインを埃っぽい床にこぼした。

フェルミはいつもどおりの穏やかな淡々とした口調で話し始めた。

「明朝、また、ここに集まってくれ。すぐに一連の新しい実験に着手する」

やるべきことは終わった。フェルミは次にすべきことを考えていた。バートは電話をかけに行った。声を落として話しているが、自信にあふれ、高揚して遠方にいる人物に報告しているのが、スティーブの耳に届いた。

「イタリア人探検家が新大陸に上陸した……そうだ。もちろん、原住民は友好的だ」

スティーブはワインに口をつけずに紙コップを置いた。体が信じられないほど震えていた。泣きたい気持ちだった。ここ数週間の過労と自信喪失と不安が、成功による安堵感や密かな誇りや興奮とごちゃ混ぜになってこみ上げてきた。スティーブは心底悲しかった。自分の全存在の中心で悲劇が待ち受けていることを確かに感じ取っていた。失敗していればよかったと思った。自分の成功を彼らはどうするつもりだろう？　彼らがやろうとしていることに自分はどこまで責任を負うのだろう？　将軍は出口付近でフェルミと話している。血色のよい顔には勝ち誇った表情しかなかった。そのとき、誰かが彼の肩を軽くたたいた。

スターレーだった。この若い企業人には今日会ったばかりだ。そのハンサムな顔を輝かせて話しかけてきた。

「尽きることのないエネルギー源だ！　世界中の家庭に未来永劫にわたり光と熱を供給し、世界中の工場を動かすでしょう。新しい氷河期が来たとしても、もう恐れることはない。太陽や星をも合わせた光の秘密を手に入れたわけです。おめでとう、コースト君」

「ありがとう」スティーブは礼を言った。一瞬気持ちが和らいだ。「そう言っていただくとうれしいです。私はまったく違うことを考えていましたた」

クリストファー・スターレーの顔に、ぱっと明るい笑みが浮かんだ。「想像できますよ。だが、特定の兵器のことや、あり得るかもしれない事態のことは考えないようにしたらどうです。あなたの関心は究極の価値にある。それは僕の関心でもある。僕も科学者としての勉強を積んできました。カーネギー工科大学でね。二、三の発明はしましたよ」

「どうして断念したのですか」とっさに出た質問だった。

「僕は働かなければならなかった。で、キャナデイ・ファーレル社に職を得ました。ファーレル氏は僕のボスで、僕は彼のお気に入り。もうかるアイデアを生み出してくれる優秀な若い研究者というわけです。週末に僕はボスの自宅に招待されて、きれいなお嬢さんと出会った。六ヶ月後に僕たちは結婚し、それからは重役、というわけです」

「あなたは……」

「後悔しているかって？　してませんね。僕は、向こうのあの怪物に責任を負いたくありませんからね」

スターレーは原子炉のほうにあごをしゃくって見せると、笑顔で優雅に歩み去った。スティーブはその言葉の重みに引きずりこまれ、再び暗い気分に落ちこんでいった。原子炉を眺めながらぼうっとしていると、そばでジェーンの声がした。

「とうとうやったわね、スティーブ」

振り向かなかった。「お祝いなんかいらない。そっとしておいてほしい」

返事はなかった。だが、そのとき、自分の手をぎゅっと握ってきた彼女の温かい手を感じた。びっくりして見下ろすと、思いやりのこもった彼女の優しい顔がそこにあった。ほんの一瞬、二人は手を取り合った。それから彼女はゆっくりと手を引っこめて、バートのあとを追って行った。

スティーブ一人を残して全員が引き上げた。彼は、やり残した仕事があるようなふりをして一人きりになるまでその場から動かなかった。そこには、人知をはるかに超えたエネルギーの火が燃える黒っぽい原子炉のほかに何もなかった。それは無限の過去から存在する不滅の炎だ。人間は無知に安んじて今日まで知らずにすませてきた。しかし、知ってしまったからにはもはや以前のままではいられない。恐らく安んじることも、もう叶うまい。

突然、救いようのない孤独感に耐えきれなくなり、スティーブは黒い原子炉と向き合うことから逃げ出して家路を急いだ。

「あなた、病気じゃないの!?」玄関で彼を迎えたヘレンは真っ青な顔を見るなり叫んだ。

「これから眠るよ」スティーブはそうつぶやくと彼女の前を通り抜けて二階へ駆け上がった。「眠らなくちゃ。起こさないでくれ……何があっても」

アメリカ合衆国イリノイ州シカゴ大学スタッグ・フィールド西観覧席に設置された青銅プレート

――一九四二年十二月二日、この地で世界初の自律連鎖反応に成功。

それによって核エネルギーの放出と制御が開始された――

3章

カウント・ゼロ

テネシーのなだらかな山々に再び春の気配が訪れた。ハナズオウのつぼみの深紅色やハナミズキの花の白さが緑濃い松の木々の中でひときわ鮮やかに映える。風もなく暖かい日だ。青く澄んだ四月の空に大きな白い雲がゆったりと流れている。陽射しはあるが、いつ雨が降るかもしれない。一筋の川が浅い川床を音を立てて流れる山間のくぼ地で、スティーブはがっしりした体格の建設業者から説明を受けていた。ねじれて生えたスズカケの木陰に置かれた急ごしらえの台の上に、青写真が広げられている。

「ほら、住宅が建つのはここです。こっちにショッピングセンターができるから便利ですよ。右手に学校、左手に教会ができます。あそこに見えるナラの林の尾根*を削って道を開きます」

ナラの林の尾根：オークリッジ（ナラの屋根）国立原子力研究所は、マンハッタン計画の一環として一九四三年にテネシー州東部オークリッジに建設され、ここで原爆製造のために必要なウラニウムとプルトニウムの分離と製造が行なわれた。戦後は、原子力の平和利用のための全米最大規模の基礎研究がここで継続されている。

赤土が縞模様をつくるその道路の先のほうから、樹木を伐採する大きな機械のうなる音が二人のいる場所まで聞こえていた。

「右手にある大きな穴は何かわかるかな?」スティーブは野外歩き用の服装で、長靴は泥だらけだった。

「競技場みたいにでっかいですね。あそこに、なんだか磁石のでかいのを据えるらしいんですが、あんなにでかい磁石なんて想像できませんよ。いったい、何をしようっていうんですかね」

「その説明は長くなるからやめておこう」スティーブは笑った。

「聞けると思っちゃいませんよ」建設業者は冗談まじりに切り返した。「ここじゃあお互い、やることがあるってわけです。私の仕事は建てることで、質問じゃあない」

スティーブはもう一度笑顔をみせ、男がしゃがれ声でまくしたてるのを黙って聞きながら、ウランの電磁分離をする大型機器が設置される楕円形のくぼ地を見つめていた。先週、彼は電磁石のことで一つのアイデアを思いついた。研究室で手軽に昼食をすませようとサンドイッチにかぶりついていたある日、そのアイデアは浮かんだ。ジェーンに会いたくてたまらなかったのに、あえてレストランへは行かず、ヘレンにつくってもらったサンドイッチを持参していた。問題は銅だ。ハムサンドをむしゃむしゃ食べながら銅のことを考えていた。戦争で国内の銅の保有量が減っているこのときに、電磁石を造る際に巻きつける大量の銅線が必要だった。無理な注文だ。代用できる金属はないか。銀でもいいが、どこに大量の銀がある? 国債の引当金として財務省に眠っているじゃないか。あるのだから使えばいいし、借りるだけで減らさずに返せるはずだ。減ったとしてもほんの微量だろう。スティーブはすぐさま将軍のオフィスに自分のアイデアを持ちこんだが、あいにく将軍は会議中だった。いつ終わるとも知れない長い会議だったため、つい将軍の補佐官に口を滑らせた。

「どのくらい必要ですか」こざっぱりした軍人は尋ねた。

スティーブはちょっと考えた。「二万五〇〇〇トンぐらいでしょうか」

軍服が厳しい視線を向けた。「君、銀はグラムで測るものです。トンの単位なんかでは扱いませんよ」

だが、それから二十分後、細かいところまで配慮したスティーブの根気強い説得が実った。要望は財務省につながれ、必ず銀で返却することを条件に貸し出しが認められた。スティーブは銀で返却すると約束した。失われる銀の量は多くても〇・一パーセント程度だろうと見積もった。……彼のやっている一部始終はそういうことだった。

そのとき、ヘレンが森を抜け出て、丘をのんびりと下ってきた。スミレやアネモネの花で両手をいっぱいにして、日焼けした顔には風になびいた黒髪が巻きついている。

「私、ここが好きになりそうよ。シカゴよりずっといいわ。近くに川が流れている高台に住みたいと前から思っていたの」

「お宅はここですよ、奥さん」建設業者は汚れたごつい親指で青写真の一ヶ所を指した。ヘレンはしげしげとそれを眺め、丘や川までの道筋を目測し、またぶらぶらと出かけて行った。

シカゴに帰る車中でヘレンは家の話ばかりしていた。

「本当の家じゃないけど、ねえ、スティーブ。いつか私に買ってくれる家じゃないけど、練習にはなるわね。あの家を私たちの家庭にしたいわ」

スティーブは仕事のことや、自分が管理し責任を負う途方もない極秘事項のことをヘレンに話せなかった。とはいえ、自分の生活をなんとか妻と分かち合いたいと思っていた。スティーブにとってジェーンは女であることを強く意識させる存在であると同時に、科学者としての内面を分かち合えるかけがえのない存在でもあった。ジェーンに対するスティーブのそんな思いはヘレンにはわからない。話すまでもないだろう。いろいろなことを説明しなければならないし、その時間はない。善し悪しを考えるときに必ず行なう醒めた自己分析で、スティーブは妻が知らずにいることには言い訳をしないほうがいいと判断した。いずれにしろ、妻にわかってもらおうと努力したことはこれまでもなかった。互いに相手が欠かせない存在になるほどの緊密な夫婦関係を、二人はなぜか築いてこなかった。それは彼の落ち度であり、科学者の宿命なのかもしれない。

いまスティーブがすべきことは明らかだった。「僕に力を貸してほしい。どういうふうにかというと……君が家事に専念してくれているように、ほかの家の女性たちにもそうするように言ってくれ。男というものは妻より決して楽なものじゃないんだ。わかるかい、ヘレン？　妻が不満を持つと男は仕事ができなくなる。研究所でくり返しそういう例を見てきた。いまは家庭のいざこざで夫たちの仕事に支障が出ては困るし、そんな余裕はない。女たちのつまらない愚痴や、家に閉じこめられている不満や、住み慣れた家や馴染んでいたことから遠く離れてしまった不安を、君が聞いてあげてくれないか。たいへんだけれど、とても大事な仕事だ」

「私が不満屋だとでも言うの？」

ヘレンが聞き返した言葉は風にあおられて彼の顔にぶつかった。「天気がいいから車のルーフを開けて」ヘレンがどうしてもと言うのでそうしたが、実はスティーブには同意する別の理由もあった。吹きこむ風で話しづらくなるのは都合がいい。彼には考えたり、予定を立てたり、片づけたりしなければならない問題が無数にあったからだ。

「僕はすごく忙しくなるから、君はきっと不満を持つことになる。そうなっても君を責めたりしないけど、僕の手助けで忙殺されれば多少は充実感があるだろう」

「そうね。そうありたいわ」

耳にすっと入ってきたヘレンの声は皮肉まじりで冷たかった。だが、スティーブにはその声に潜む意図を分析している暇はなかった。することは山ほどあった。

十二月、スティーブはヘレンが自分にとって大切であることを再認識した。二人は小さな木造の家に引っ越してきた。似たような家がほかに三千軒もある。春から冬までの数ヶ月のあいだに施設は完成し、巨大な磁石はすでに稼働していた。新しい原子炉も完成し、周囲に煉瓦を高く積み上げ、その上を波形の鉄板で覆ってあった。青写真に「X－一〇」と印を付けられた小さい施設で、原子炉は一〇〇〇キロワットの出力があった。見た目には何の変哲もないと思われたが、順調な稼働力は見事なもので、この悲惨な戦争が終われば人類に利益をもたらすことは確実だった。この希望こそ、彼がいま手を下していること、つまり原子爆弾をつくっていることに思いが屈託するとき、彼の秘薬となり強壮剤となり鎮痛薬になった。爆弾をつくっているどころか、より良き世界をつくっているような気になるのだ。原子爆弾が使われてもいいとさえ思うことがある。

スティーブは大声で言った。「ヘレン、僕は工場へ行くよ。家具の整理は大丈夫か」

「行ってらっしゃい」ヘレンが見送りに出てきた。

車を泥で滑らせながら夫が行ってしまうと、ヘレンは丘や空に浮かぶ雲をしばらく眺めていた。近所の家は科学者や技術者や作業員の家族たちでいっぱいだ。茫然としている妻たちがいる。母親にしがみついたまま途方にくれたような子供たちがいる。どの家も、ペンキ塗りたての玄関の前には、トラックから降ろされた家具が山積みになっていた。

気がつくとすすり泣きが聞こえた。整地がすみ、地面が半ば凍った隣家の前で、若い女がハンカチを口にあてて泣いていた。そこはまだ空き家だった。将軍の補佐役を務める中佐が入る家のはずだが、本人も家族もまだ到着していない。女は貧しそうで、紺色のスーツは薄くぺらぺらだった。色あせたブロンドの髪が冷たい風に吹かれて顔に幾筋もこびりついている。

ヘレンは女のそばに行った。「どうかなさいましたか」

振り返ったその女のまばらに生えた白いまつ毛に涙が止まっていた。「ここに私の家があったのよ。うわさを聞いたんです。ノックスヴィルの工場で働いてるんだけど、うわさを聞いて何が起こっているのか、とにかく見に来たの。住んでいた家はこの辺だけど見つからないわ。ブルドーザーで壊されてしまった。

小高い丘の上にあったけど丘もない。何もかも跡形もないわ。ここでいったい何が起こっているの？」

「わかりません」ヘレンは返事をした。

「わからないって、それじゃ、あなたはなぜここにいるの？」

「夫がここで働いているんです」

「何の仕事なの？」女性はさらに尋ねた。

「わかりません」

「なんですって。自分の夫がどんな仕事をしているか、わからないですって」

「知らないんです」

女は一瞬あっけにとられた表情になった。泣くのも忘れ、涙は風で渇いていた。女は深いため息をつくと、ぬかるみをとぼとぼ立ち去って行った。ヘレンは家に入り玄関を閉めた。何と言えばよかったのだろう。「夫は戦争関係の仕事に携わっています」くらいは言ってもよかったのか。いや、それは言い過ぎだ。何も言ってはいけない。スティーブは何も話さない。仕事について言葉を交わしたことは一度もなかった。シカゴにいた十二月のあの日からすでに一年以上になるが、夫はヘレンに沈黙を通していた。いや、少し違う。話せない理由については懇切丁寧に説明してくれた。二人のあいだに意見の不一致はなく、そのことにズレはないはずだ。自国が存亡をかけて戦っているときだから私事はすべて後回しだと言った。

「スティーブ、あなたはそれでいいかもしれないけど」ヘレンは声を上げた。「私はどうなるの。あなたが話せるようになるまで、待ち続けて一生を送るの？」

自分に向けられた彼の辛そうな目つきが忘れられない。「僕に話しかけてくれよ。頼むから話しかけてくれ、ヘレン。生きている実感を失わせないでくれ」

ヘレンはスティーブの腕に飛びこみ、その胸にしがみついた。「私の人生はあなたしだいよ。一緒に生きていけないいんだったら意味がないわ」

スティーブは妻を抱きとめながら、それでも折れなかった。「僕はいま、自分で自分をどうすることもできない」

それ以来、二人には会話がなくなった。表向きはそうではないが、秘密があるといううしろめたさで二人の生活は揺らぎ、いまや風前の灯だった。問題は、何年も意思の疎通なしに愛を持続できるかということだ。もちろん、日々の些細な出来事や、女どうしのうわさ話や子供とのおしゃべりならヘレンだってできるが、スティーブとの意思疎通はそういうものではない。夫はそんなおしゃべりを中途半端な笑みを浮かべて聞いているが、夫の心が妻の立ち入れない世界にいることはよくわかっていた。そのうちにスティーブは愛も忘れてしまった。夜中にがばっと彼女のほうに向き直ったり、体が軽く触れ合ったりするのは愛ではない。それは、安心感とかその場かぎりの逃避であって、二人が愛と認識している心の交流ではない。戦争は夫婦を内側から破壊していた。子供がいなくてよかったとヘレンは思う。父親のない子だけは持ちたくなかった。

まだ広げていないカーペットの山に寝そべって、とりとめなくそんなことを考えていると、若い女が玄関に現れたので体を起こした。きれいな若い女が一人、幼い子供を抱きかかえ、もう一人の子供は女のスカートにつかまっている。ここに来る女はみな若い。二十五歳にもならない若い夫の若い妻たちで、子供はほとんど赤ん坊だった。

「なぜ若い人ばかりなのかしら」ヘレンは夫に尋ねたことがある。

「科学者が最高の仕事をするのは三十歳前が多い。最初に訪れる創造力の高まりで思い切ったことができる。若いときほど反抗が楽しいし、古いことに懐疑を抱いて新しいことを追求するんだ」

「私の住まいはどこでしょう?」若い女が途方にくれて尋ねた。「夫は多忙で一緒に来られませんでした。夫は中佐です」

ヘレンはさっと起き上がった。「お隣です。あなたの家はお隣よ。ようこそ。私も一人ぼっちでさびしくて、何かお手伝いできる人がほしかったの」

「まあ、助かりましたわ。何もかも最悪ですね」

「ええ、まったくひどいものだけど、どうしようもないわ」

それでも数週間が過ぎ、月が替わるうちに、女たちは連帯感を感じるようになった。何が起こっているか知らなくても連帯感は生まれた。夫たちは熱心に何か大きな仕事をやっている。一人一人が重要であり、将軍自らこの新しい町を視察に来て、毎日おおぜいの人々を投入し、人口は七万五千人にも膨れ上がった。学校の新設が必要になって校舎が建てられ、教会も増え、商店、自動車修理工場、応急の病院、小さい劇場、ミュージッククラブ、軽歌劇団までできた。素人ながらも上演されれば大いに興奮をあおった。興奮はエネルギーであり、興奮が秘密めいていればいるだけ、女たちにとってそれは代償のエネルギーになった。女たちは男たちからエネルギーを奪い取り、神経と感覚を通じて吸収した。大声を上げ、ばか笑いをし、精神的に不安定で、ぶしつけに話し、マナーは悪かった。礼儀を守り、丁寧に振る舞う時間もなかった。男たちは切迫する仕事に追われ、女たちは孤独だったから、醜聞はすぐに生まれた。どこも若い人だらけである。彼らは意気揚々としていた。経験したこともないほど大きな責任を担った科学者は時の人、生死を左右する男たちであって、将軍でさえ統率に苦慮していた。抑え切れなかった。科学者たちは入れ替わり立ち替わり、将軍に対してすらも悪態やら暴言を吐き、わがままのし放題だった。出生率は天文学的数字にはね上がった。

「まったく、科学者連中は子づくり以外のことをしないのか！」将軍はある日バートに向かってわめいた。

毎月の定例で訪れたバートはにやりとした。「彼らは若いんですよ。夜、ほかに何かすることがありますか？　昔の中国のことわざに何でしたっけ、『ろうそくを節約したいなら、早く床に入って双子を産む』というのがありましたね。女房と寝るならいいじゃないですか」

将軍は声をひそめて毒づき、それからつぶやいた。「いや、聞くところによれば」

「やめてください。私はそんなことは知りたくない」バートはいらいらしていた。

どういうわけかジェーンが助手を辞めたいと言い出し、配置換えをしたことが彼のいらつきの原因だった。新しいジェーンの仕事はメサでの仕事が終わるまで続くものだから、代わりに若くて非常に有能な既婚の女を採用した。助手としてはジェーンより有能かもしれない。だから、この新しい助手を辞めさせたくはないが、バートの心は癒されない。癒してくれる人がほしかった。下心はさらさらないとしても、ときめきを感じさせてくれるだけでよかった。悩み疲れた男を癒す女は魅力的な女でなければならない。たとえ男に一線を越える気がなくてもだ。ジェーンはバートをよく理解していた。バートは、絶対に一線を越えさせないという点でジェーンに信頼を置いていた。彼女に対しては警戒する必要がなかった。ジェーンにほのかな恋心を抱いていたが、それはただ心地よい気分になれるからで、他に何の意味もない。ほかの誰か、とくにモリーを悩ませるようなことではなかった。ところが、本部で将軍の不満たらたらを聞いているうちに、ジェーンが辞職を言い出したのは、ひょっとしたらモリーに何か関係があるのではないかという気がしてきた。モリーがあの手紙を書いた直後だったからだ。

脳みそに刻みこまれたように、何もかもはっきりと記憶がよみがえった。もちろん、ジェーンの件とあの手紙のことだ。ジェーンはよく通る低い声で言った。

「辞めさせていただきたいんです」

この広大な国に散らばった四つの場所で、四つの異なる事業を開始し、同時並行で進めるというすさまじい難業の真っ最中だった。おまけに、政府はバートの出張に飛行機を使わせなかったので、彼は芋虫のようにじりじりと汽車ではいずり回り、そのあいだも、心と頭は次の行く先のことをめまぐるしく考えていた。護衛を嫌う彼は、これまで風のように自由自在に動いていたが、いまや重要人物になってしまい、どこへ行くにも私服の男たちに付きまとわれていた。あらゆることが順調に進みだし、メサの頂上の施設はボブ・イーヴスの指揮下ですこぶる好調で、スタッフは仕事を主体的に自覚し始めてきた。まさにそんなときに、ジェーンが辞めると言い出した。

「辞めるだって？」その日バートは彼女を怒鳴りつけた。天気がよく、寒い冬らしい日だった。二人はコロンビア川*の渓谷を見下ろす山に登っていた。壮大な風景の中でバートは最高の気分を味わっていた。すんなり辞めさせたくない。ちょっと彼女を困らせてやろうか……。

「これまで楽しかったよな。言いたいことの半分も言えないが、君を尊敬しているよ、ジェーン、本心だ。モリーだって少しも心配していない。ちょっとしたやり方で、男と女のあいだでも友人でいることはできるだろう？」

ジェーンは岩に腰を下ろした。このときの彼女の姿はバートの目にいつまでも焼きついて残るだろう。赤いスーツの上にはおった黒い毛皮が白い肌を際立たせている。黒髪が風に吹かれ、頬は赤く、目は髪と同じくらい黒い。あくまでも穏やかだった。

「私はまた研究に戻りたいのです。だいぶ離れてしまいました。私の代わりをする人はいるでしょう。もう峠は越えたし、これからは運営の問題です」

気が動転して口の中が渇ききった。「君の代わりになれる人間なんかいないぞ。君はかけがえのない女だ。私の心にエネルギーを満たせる者など、ほかにいるものか。インスピレーションなんて言ったらありきたりだがな、実際そうなんだ。君は私を刺激してくれる。感覚を研ぎ澄ましてくれる。君がいるから私は進歩できるんだ」

ジェーンは冬枯れの景色を眺めていた。「お礼を申します。うれしいことを言ってくださって。いつまでもお友だちでいましょう。でも、お願いだから元の仕事に戻らせて。いま私の頭の中にあるのは戦争ではありません。平和です」

バートはジェーンを説き伏せようとした。懇願し、怒りをぶつけ、さらに恋人がいるのではないかと嫉妬もした。その何もかもを彼女はきっぱり否定した。

「あなたも科学者ですから、自分の本来の研究ができないことが、いかに辛いことか、よくご存じのはずです」

バートは落胆のあまり不適切な発言をした。「でも、君は女だろ」

ジェーンはこの言葉に断固として応酬した。「私は何よりもまず、科学者です。女も、女である以上に大切な何かになれるはずです。いつになれば私たち女を、性別を超えた、可能性のある存在として見てもらえるのでしょうか。お別れしましょう」

その揺るぎない決意にはとうてい太刀打ちできなかった。

「どこへ行きたいんだ?」その夜ホテルに着いて、別れ際にバートは聞いた。

「メサで働きたいのです。プルトニウムについて少し着想があります」

その後、ジェーンはメサに移動し、バートは一人で帰ってきた。研究所に落ち着いたジェーンは、バートなど存在しなかったかのように、すっかり忘れたようだった。もちろん、真の科学者たちが住む世界と

コロンビア川：アメリカ北西部の大河。全長一九八九キロ。カナダから国境を越えて南流、合衆国ワシントン州とオレゴン州の州境を流れ、太平洋に注ぐ。

はそういうものだと彼にはわかっていた。それでも打ちひしがれ、誰彼かまわず八つ当たりしたい気分で、バートは自宅に戻ってきた。そして、空っぽになっていた家でモリーの手紙を見つけたのだ。かつて夫に宛てて書いたことがないような手紙だった。まさしくラブレターだが、モリーにこんな手紙が書けるはずはないと彼は思っていた。だが、妻が使う大きな便箋の上には、妻の大きな手書きの文字が並んでいた。

「愛する人へ……」

長男ティムが生まれてモリーがこの家の母親になって以来、夫にそんな呼び方をしたことはなかった。

「覚えているかしら……」

手紙はこう書き出され、同じような調子で続いていた。大学二年生で初めて出会ったときにバートがどんな様子だったか、モリーは何もかも覚えていた。彼女の一目惚れだったことや、今日の今日まで彼と一度も話らしい話をしたことがないことも書かれていた。バートは仰天し、途方に暮れた。身震いし、知らない間にすすり泣いていた。出会って以来ずっと彼女のことを知らずにいた自分が恥ずかしかった。モリーはどうやって自分を隠し通してきたのだろう。何を心のより所にしてきたのだろう。そして、いまどこにいるのだろう。

バートは書斎の椅子に手足を投げ出してもたれ、手紙をくり返し読んだ。途中で何度も椅子から立ち上がり、「ああ、なんということだ」とつぶやきながら部屋をうろつき、涙をぬぐっては読み返した。確かに筆跡は妻のモリーだが、まるで別人のようだった。平々凡々としたところなどまるでない。バートはようやく妻を理解した。今夜、彼女が帰宅したら、床から足が浮くほど抱きしめてやろう。モリーは数家族をテネシーへ送り出すことになっていた。手紙には、汽車の発車時刻が五時半なので六時には帰宅するとあった。

大きな柱時計の針が六時に近づくにつれて心臓がどきどきした。二階に行って顔を洗い、ひげをそり、シャツを着替えようかと思った。そのとき、玄関が開いて閉まる音がした。

「モリー」バートは叫んだ。

「ただいま」いつもの明るい声がした。

階段を駆け降りてモリーを抱きしめた。「あの手紙、読んだよ。もう心配するな。いつまでも一緒だぞ」

バートは咳きこむように言った。

「よかったわ」毎日耳にしている主婦の声である。「本気で心配していたわけでもないのよ」彼の頬に軽くキスしたが、いつもの心地よいキスだった。

だが、夫は妻を放そうとせず、抱き上げてまた泣き出した。

「モリー、君は素晴らしい。知らなかったよ」

「下ろしてちょうだい、バート。私はいままでとちっとも変わっていないわ」

バートは妻を下ろし、手紙など書かれなかったかのように、二人の生活に戻った。

驚いたことに、確かにモリーは少しも変わっていなかった。今日、モリーはバートと一緒にテネシーに来ていて、女たちや子供たちとあちこち飛び回っている。たぶん、買い物の値段やポリオの予防注射、温かい学校給食などについて助言しているのだろう。ゴミの収集日が決まっていないとか、医者や歯医者の数が足りないなどと言って行政関係者に疎まれたりもしているらしい。モリーの手紙を、ひそかに机の引き出しにしまっておくなどということさえしなければ、彼女がそんな手紙を書いたことがあるなんて考えずにすんだだろう。しかし、彼は取っておいたのだ。

忙しい活動の最中、モリーは小一時間ヘレンとおしゃべりをした。二人は親友というほどではないが、お互いに事情をよく飲みこんでいるので、大事なことや、わからないことなどを詳しく伝え合った。狭い居間のなか、ヘレンがうまく工夫して配置した長椅子に並んで腰掛け、コーヒーとドーナツの皿を前にしていた。二人はこの新しい共同体で始まった生活についてこまごまと語り合い、モリーは、メサと、シカゴ郊外とワシントン州コロンビア川にある同じような生活共同体を参考に助言した。そのどこでも問題は同じだ。多くの若い研究者が一つ所に集まり、知られてはならない一大プロジェクトに寸暇を惜しんで取り組んでいた。モリーはどの共同体にも仲間がいる。ワシントン州にはルイーズ・スターレーが、メサにはベス・イーヴスが、ここテネシー州にはヘレンがいる。右腕となってくれる彼女たちを通じて、モリーは二十五万人を超える集団で起きていることを何もかも把握していた。愚痴をこぼさず、時には大胆にバートの忠実な影として動き回り、どこへ行っても人々をほっとさせた。

話がちょっと途切れた。ヘレンが尋ねてくるのかこないのか不確かな、ある質問をモリーは待った。やはりその質問が持ちだされた。

「ジェーン・アールもご一緒ですか」

「いいえ」モリーは答えると、三杯目のコーヒーを入れ、ドーナツをもう一つ取った。「彼女は辞めたのよ。知らなかったの？　基礎研究に戻りたいそうよ」

「いまどこにいるのかしら？」

「メサよ」

「バートはどうするの？」

「新しい助手を雇ったわ。とても有能よ。美人でも科学者でもないわ。あなたはジェーンのことを知らなかった？」

「ご承知のとおり、スティーブは何も話してくれませんから」ヘレンは言った。

「彼も知らないのよ。聞いてないと思うわ」モリーの言葉はもっともらしく聞こえた。

「そうでしょうね」ヘレンはうなずいた。

モリーはコーヒーと食べかけのドーナツを置いた。「あらあら、私ったら何をしているんでしょう。もうおいとましなくちゃ。あなたは良くやっているわ。大きな荷物が私たち女性の肩に掛かっているのよ」

「そうなんでしょうね」

モリーは底抜けに明るい笑顔を見せた。「ほかの人たちはわかっていなくても、私たちにはわかっているわ」彼女が立ち上がるとヘレンは並んで立った。突然、モリーは体を傾けて彼女の頬にキスをした。初めてのことだった。

「私はやたらにキスをする人間じゃないのよ」

「私もですわ、ありがとう」ヘレンは言った。二人の女はほんの一瞬しっかりと抱き合った。「お会いできてよかったわ」

モリーが出て行くとヘレンは玄関を閉め、ドアにもたれてあれこれ考えていた。スティーブがジェーンのことを何も言わないのは、知っているけれど言わないということなのか。もう何とも思っていないから知らないということなのか。スティーブとヘレンのあいだの沈黙はかなり深刻で、夫婦関係が破綻するかもしれなかった。それでもスティーブが話をしないならヘレンだって話せない。話すつもりもない。

同じころ、スティーブは研究所の自室でバートとじっくり話しこんでいた。二人が会うのは数ヶ月ぶりだった。各建物を詳細に視察して歩き、町から少し離れた新設のガス拡散施設で、この日の視察を終えた。そのあと、お互いの視察結果をすり合わせようと黒鉛原子炉に戻ってきて、感心しながら原子炉を眺めていた。この原子炉は約半年前に稼働して以来、ほぼ完ぺきに運転されていた。一辺が約七メートルの黒鉛の立方体に一千本以上の核燃料管が通っており、個々の管にはアルミニウムで被覆された核燃料棒が入っている。核燃料棒と核燃料棒のあいだには中性子の減速材として二〇センチ大の黒鉛が挟まっている。核燃料管のほかに放射線が照射される物質を入れる仕切りがある。原子炉には一度に一千個もの照射対象物を入れることができ、三十六種類の異なる実験が同時に行なえた。

「どえらい代物だな」バートは上機嫌だった。

「この戦争が終われば、人類のあらゆる生命事象を研究するためのアイソトープがつくれるでしょう。生物学、医学、農業、工業など多方面に利用できます。この恐ろしい大量虐殺はいつ終わると思いますか」

「我々の任務が完了した翌日だ」

「その日は？」

「まだ決まっていない。将軍はまったく容赦してくれないさ。彼が下す決定事項はすべて予定に間に合うことが最優先だ。一日でも計画が遅れてはだめだとさ」

スティーブは将軍に手厳しかった。「自分は遅れたりしないんですかね。うっかりもあるだろうし、何もかも漏れなく知っているわけではないし」

バートは肩をすくめ、にやりと笑って手を振った。「インテリの中には、誰よりもうまく仕事ができると思っているやつがいるよ。しかも、早くできるとね。私は知らん。とにかく、いまさら変更はできない」

「軍と企業が加わっていなければ一年早く終わっていたそうですよ」

「わからんな。いまはこの方法しかない。変更できんよ……換気扇はうまく回っているか」

巨大な換気扇二機が原子炉に空気を送りこんでいた。「完ぺきです」スティーブは答えた。

「どのくらいだ？」

「毎分約二七〇〇立方メートルです。ご存じのように、コンクリート遮蔽内には前後に空隙があります。コンクリートの厚さは二メートル以上あります」

「知っている。設計に加わったからな」

二人はオフィスに歩いて戻り、腰を下ろした。スティーブは部屋のドアを閉めた。

「これからどちらへ」

「シカゴへ戻るよ」バートは答えた。「あっちでキャナデイ・ファーレル社の技術者とやることがある。いい連中だが、科学者ではないから教えなくちゃならん。……ああ、スティーブ、そうじゃない。我々科学者以外の連中、全員に教えなくちゃならん。我々以外に教えられる者はいないだろう？　我々が何をしたかわかるか？　宇宙の扉を開けちまったんだ。人々を死ぬほど恐ろしい新世界へ連れこんだんだよ。我々はほめたたえられるか悪く言われるか、どちらかだろう。連中には教え続けなきゃならんぞ。くそっ、夢にも思わなかったことだ。何もかも教えてやらないと連中は自滅してしまう。電気が発明されたときもこんなふうだったんだ。人々は電気をおもちゃのように扱い、室内ゲームで電気ショックなんかやって、顔をやけどして死ぬ人間が出た。原子力はそれより何百万倍も強力だ。まったく、親父は何と言うだろう？　地獄の炎を解き放ったと言うだろうな。きっとそのとおりだ」

　バートは突然、自分が想像してみたことの恐怖に打ちのめされて、両手で頭を抱え、目を閉じた。彼は顔を上げて険しい目つきでスティーブを見た。「黙示録*を読んだことがあるか？　私は子供のときに読んで怖い夢を見た。黙示録の言葉が脳みそに焼きついているよ。『火に溶けたガラスの海を私は見た……雷鳴と稲妻、人間が地上に現れて以降かつてないほどの大地震が起こり、すべての島は粉々に砕け、山々は消えた……人々は神をののしった』」

　まるで壇上から説教でもするように、重々しい声に抑揚をつけ朗々と語った。緑色の目がぎらぎら輝いていた。

「やめてください！」スティーブは叫んだ。「やめてください。そんなことにはなりませんよ」

その日、スティーブは夜更けになってもバートの様子を思い出して眠れなかった。放心したような目つきや、突然のばか笑いが気になった。二人は互いに気まずい思いのまま別れていた。バートのことを考えていると、ふと自分がしばらくジェーンと会っていないことが気になった。彼女はバートと一緒に来なかった。ジェーンはどこいるのだろう。それに、いま何をしているのだろう。


捕虜たちは焼けつくような暑さの中を一一〇キロほど離れたパンパンガ州サンフェルナンドへ向かって行進していた。捕虜になるまでの長い期間を食糧不足で過ごしていたため、傷病者の割合も高かった。しかし、傷病者もほかの捕虜たちと一緒に行進させられた。道端に倒れこんだまま歩けなくなった傷病者がたくさんいたが、ある者は撃ち殺され、ある者は銃剣で突き殺された。列から引き出されて、殴られ拷問されて死んだ者もあった。行進は九日間続いた。見張り番の日本兵は、乗っ取ったアメリカ機で輸送される交替要員と五キロごとに交替した。

最初の五日間を捕虜たちは飲まず食わずで歩かされ、水たまりや道路わきの溝の水を飲んだ。現地のフィリピン人が食べ物を投げ与えることもあり、喉の渇きに耐えきれなくなった捕虜が列を離れて井戸や水たまりや溝に群がると、日本兵は捕虜たちに発砲した。行進が続いた間、見張り兵士は

黙示録：一世紀に書かれたキリスト教黙示文学で、新約聖書中の一書。正式には『ヨハネの黙示録』。キリストが敵対する者を滅ぼして神による世界支配を確立するまで、信徒はさまざまな迫害を受けなければならないと説く。

捕虜を虐待した。捕虜たちは殴打され、銃剣で突かれ、鋲打ちのブーツで蹴られた。道端には死体が散らばっていった。

九日目にようやく行進が終わりだという知らせを聞いて喜んだ。そこからは鉄道でオドネル捕虜収容所に輸送されることになった。だが、喜びも束の間だった。現地の非常に狭い列車に押しこめられた。一つの車輌に百人もの捕虜が詰めこまれ、輸送中ずっと足が床に着かない者もいた。酸素不足で気を失う者が何百人も出て、窒息死した者も多数いた。バターン*からオドネル捕虜収容所に着くまでに何人死んだかわからないが、アメリカ人とフィリピン人捕虜の行進中の死者は八千人を下らないと見られる。

スティーブは文書を机の上に投げ出した。文書には「機密」印があった。廃棄すべき文書である。一人で自室にいた彼は、文書を細かく引きちぎってゴミ箱に捨てた。それから受話器を取り上げた。オペレーターの歯切れよい声がした。

「番号をどうぞ」

「居場所は知らないが、バートン・ホール博士を呼んでくれ」

「所在のあてはございませんか、コースト博士」

「シカゴか、コロンビア川か、ニューメキシコか、あるいはワシントンかもしれない」

バートの声が遠くからかすかに聞こえてきた。スティーブが言ったいずれの場所でもなかった。

「もしもし」

「どこに居られるのですか」

「バーモントだよ。湖のそばの小屋にいる。医者に休めと言われたんだよ。週末だけだ。何事だね？」

「配置転換してほしいんです」

「なんのために？　どこへだ？」

「メサにしてください」

「どういうことだ」

「回心*て聞いたことないですか？　私は回心しました」

「回心だって？」

「あなたはご存じのはずですよ、牧師の息子さんなんですから！　ただし、私のは逆方向の回心ですけど」

「そうなのか」

「ええ。私は敵をやっつけたいんです」

長い沈黙が続いた。やっとバートの声が伝わってきた。

「わかった、スティーブ。配置転換しよう」

バターン：フィリピン、ルソン島南西部にある半島。一九四二年五月に日本軍が制圧。この攻略作戦直後にアメリカ・フィリピン軍捕虜を徒歩で移動させ、暴行も行なわれて多数の死傷者を出したため「バターンの死の行進」として激しく非難された。
回心：キリスト教で、不信の態度を改め、信仰へ向かうこと。

その夜ヘレンにそのことを話すと、彼女は腹の底を探るような目つきをした。

「なぜなの、スティーブ?」

「それは言えない」彼はそっけなかった。

「あなたがニューメキシコへ行くのは機密事項なの?」

「そうだ。明日出発するよ」


「そういうわけだよ、ジェーン」とスティーブは言った。

一週間がたっていた。今日までの七日間、二人は話をする時間が見つけられなかった。夕暮れ間近、二人は古い火口を取り巻く尾根に続く山道を歩いていた。スティーブは岩の階段を上り、立ち止まってあとから来る彼女を見た。「安心して話せる相手がいて、その相手に話がわかってもらえるというのはいいものだね。それに、自分が何を話しているかわかるのもうれしいよ」

「会えてうれしいわ、スティーブ。どんなにうれしいか」

「バートがいるじゃないか」とっさにその言葉が出た。

「あなたとは違うわ」

ジェーンは彼に追いついた。肩を並べて立った拍子に手が触れ合った。ほんの一瞬手を握り、すぐ放した。燃え上がるような感覚だった。血管を流れる血が震えるような感じである。スティーブは何か言おうとしたが、言ってはならない言葉が口からあふれそうなので思いとどまった。自分の感情に確信が持てない。緊張、怒り、思考や良心を無視する高ぶりなど、自分をおびえさせるような感情がある。この感情を愛と混同してはならない。彼は妻と恋愛中である。いや違う。彼はヘレンを愛しており、それは恋愛に勝るものだ。だが、自分をつき動かすこの感情が、何かをきっかけに激しくほとばしることがあるかもしれないと薄々感じていた。学生時代の夏休みにメキシコで闘牛を見たことがある。その日の午後をたまたま一緒に過ごそうとしただけの女の子を連れていた。人と獣の血まみれの闘いに夢中になっているうちに、彼は恐くなり、性欲の高まりさえ感じている自分にぞっとした。二人で帰るときに車の中で自分を抑えるのに必死だったが、まずいことに女の子も同じ衝動にかられているのがわかった。二人のあいだに愛などなかったのに。あとで恥ずかしさと嫌悪感から、ひそかに闘牛について調べると、闘牛を見たあとの男性は妻を求めたり売春婦を買ったりするという統計があることを知った。……戦争も同じである。用心してすでに処分した機密文書には南京攻略*に関する記述もあった。スティーブはやましさの混じった好奇心でそれを読んでいた。

婦女暴行は日常茶飯事だった。女が抵抗したり家族の者たちが女を守ろうとして抵抗したりすれば、ほぼ確実に死が待っていた。いたいけな少女や高齢の女たちにも容赦はなかった。……日本軍の占領後一ヶ月で婦女暴行は約二万件に及んだ。

南京攻略：一九三七年十二月、日本軍が中国の南京を攻略し陥落させた作戦。

日本軍という言葉は「男」とも読み替えられる。男が野獣に戻るのだ。スティーブは目を細め、口元に残忍さを浮かべて夕陽に見入った。

「ジェーン、バートに配置転換を願い出たとき、君がここにいるなんてちっとも知らなかったんだ」

「知っていたら来なかった?」

「わからないな」スティーブはちょっとためらった。「いや、来ただろうね。例の兵器をつくりたいんだ。どうしてもそいつを製造しなければと思っている。でも……」

スティーブがまた言いよどんだので、ジェーンは口を開いた。「終わりまで言わなくていいのよ。わかっているわ。私に気を遣う必要はないわ。私もあなたのことを気にしない。私たちは何よりもまず科学者ですもの」

静かにそう言ってジェーンは山道を下って行った。

……その夜、テネシーにあった家とそっくりに造られたメサの食卓で夕食をとっていたとき、スティーブはヘレンに何かひとこと言いたくなって、とびきりおいしいビーフシチューを食べていた手を止めた。

「君に言っておきたいことがあるんだ。ここにいるあいだ、僕は一人でジェーン・アールと会ったりしないよ」

ヘレンはどきっとして顔を上げ、頬を赤らめた。「まあ、スティーブったら。なぜ、わざわざそんなことを言うの」

「ただ、君に知ってもらいたいと思ってね」彼はまったく動じなかった。

ヘレンは精一杯穏やかに受け止め、何でもないことのように、物わかりのいいふりをしたかった。だが、事はあまりにも深刻で、心配のあまり舌がもつれた。「なぜ一人で彼女に会うのが怖いの」ヘレンは叫んだ。「きっと彼女に恋しているんだわ」

スティーブはナイフとフォークを持ったままヘレンを見つめていた。困ったという感情が素直に目に表れていた。「そうじゃない。彼女と恋なんてしたくない。君以外とは誰とも恋なんかするものか」

ヘレンは椅子から飛び降り、部屋を横切って自分の顔が見えないように夫のうしろに回った。スティーブの首に腕を回し、髪に頬を寄せてささやいた。

「スティーブ、お願い、私を苦しめないで」

「必ずできる。どうしてもやるんだ」

遠くにコロンビア川を見下ろす崖の岩棚で、将軍は呼吸を整えた。体重が数キロ落ち、骨太だがやせているバートが隣にいなければ、締まった体つきに見えただろう。もう一人、スターレーの端整な姿があった。

三人はしばらく黙って呼吸を整えた。再び春になっていた。一九四五年の春である。平地は暖かくて陽も射しているが、山の上は雪を渡ってきた冷たい風が吹いている。ポプラの若葉は風に揺れているが、緑濃い松の木々はそよぎもしない。

「当社の技術者は、あなたの理論の大要を飲みこんだのでトラブルはなくなるでしょう。ご承知のように、私たちは全力を尽くしています」スターレーは言った。

「まったくだ。連中はリレー競走でもやっているんじゃないかという気がしていたが、ようやく足並みがそろってきたよ」バートはそれに応えた。

そこで将軍が大声を出した。「辞めるなどと言うなよ、バート。開発の責任者はこの私だということを忘れてくれるな。テネシーの土地は人口密集地に近すぎる。周囲に人間が多すぎるし簡単に近づける。だから、このように人が住まない場所にしたんだ。一八〇〇平方キロだぞ。さびれた小さな町が二つあるが、どうということはない。ここの面積はロードアイランド州の半分ある。現在六万人がいるが、安全対策は施されているんだろうな？　スターレー君、君だって誇らしくないかね。アメリカ陸軍の工兵隊のおかげだよ」

「おっしゃるとおりです、将軍」スターレーは返事をした。太陽がぎらぎら照りつける険しい山道を登ってきたのに、彼は涼しげでこざっぱりしていた。

「私は大汗をかいているのに、君は冷たいつららみたいだな」バートはつぶやいた。「ご両人とも、忘れないでいただきたい。科学者はこのすべてに関与していることを」彼は腕を払うようにして、眼下に広がる人の手で改造された風景を指した。

将軍はぼやいた。「だが、当てずっぽうが多すぎる。決定的なアイデアを出してもらおうとしたのに、動くかどうかわからないときた。急がせろ。まったくのんびりしている。『何週間か、何ヶ月か、あるいは何年かしたら問題は解決するでしょう』だと。私の髪の毛が薄くなるのも当然だ」

バートは苦笑した。「彼らも心配してるんですよ。私のところに来て、ぼそぼそ言いましたよ。『原子炉の中の黒鉛に何ヶ月も中性子を当て続けたら、何が起こるかわかりません』とね」

「君はそれで何と答えたんだ？」

「私にもわからんと言いましたよ。中性子を照射し続ければ、黒鉛の構造が変化するかもしれません」

「それで、どうなる？」

「エネルギーが蓄積します」スターレーは冷静だった。

「それで？」将軍の赤い顔が青ざめた。

「爆発します」

将軍はわめいた。「バート、そうなのか？」

「一か八かでやっています。やらなきゃならんのです。ほかに方法はありません」

三人のいる場所からはるか下に、大きな川が水平線の先にある海に向かって流れていた。

「なんということだ」将軍はぶつぶつ言った。「いったい我々はどんな苦境にいるんだ、こんな科学者連中と！　神よ、助けたまえ。私は誰にとっても荷が重すぎる仕事にはまりこんでしまった。だが、もう手は引けない。君の言うとおりだ、バート。あらゆる可能性を探らなければならない。三人で力を合わせよう。それしかない。幸い、この川には冷たい水が無尽蔵にある。空冷装置でなく水冷装置なら損傷がない。いろいろな意味で安全だ。ヤキマ川があのコロンビア川と合流して力を与えてくれるぞ」

バートは将軍の言うことをただ聞いていた。この軍の高官に対するいら立ちは尊敬に変わっていた。最初のころはしぶしぶ従っていたが、いまは心服している。話は冗長で、頑固者だが、この男はこれまで奇跡を実現してきた。優れた管理職であり、細かいことをおろそかにしない。独りよがりの威張りたがり屋だが、大局的に物事を考える。スターレーも有能なことでは定評がある。この二人の際立つ違いは容姿で、将軍は象、スターレーはしなやかな豹のようだ。両者ともに世間で言うやり手である。バートが思うに科学者は思考する人間であり、実験の正しさが証明されれば良しとする。このプロジェクトを将軍とスターレーの下でやるかどうか議論したとき、シグニー、ワイナー、トンプソンをはじめ、トップクラスの学者はみな反対した。バートは彼らに対し、着想は将軍とスターレーのものだから、その実施も二人に権利があるとして譲らなかった。いま思えば、それは大正解だった。ただ、シグニーはいまでもワイナーをたきつけては不満をあおり、反抗的な姿勢を崩さないでいる。

「ワイナーは大丈夫だろう。あのシグニーのわからず屋が邪魔しなければな」将軍がこぼしたのは昨日だった。「ワイナーは考えるしか能がない。自分のアイデアに取り憑かれている。だが、シグニーはどこへでも顔を出し、いろいろなことに口を挟んで物事をかき回してくれる。やる気になれば、いつでもやつを追い出せるんだ。だが、追い出すわけにはいかない。あの危険な男は、いつも頭を働かせてあらゆることを考え出す。だからシグニーは手放せない。手放して自由にしたら余計に危ないから、私の目の届くところに置いておく。どんなに目ざわりでもだ」

黒鉛原子炉の軽水冷却を最初に考えたのは、ワイナーと少数の同僚たちだった。大胆な発想の新装置だった。あの男の細い体に不釣り合いなほど大きくて形のよい頭蓋に収まっている極めて優秀な頭脳から、大胆で新しい発想が生まれることをバートは知っていた。原子炉の設計は単純なもので、実証されていないが「使用は可能」との仮定に基づいていた。具体的には、たとえば、中性子の増殖率が従来研究室で行なわれたどの実験よりも大きくなること、また、ウラン燃料をアルミニウムで被覆してから黒鉛原子炉に挿入し、水を冷却に使うということだった。ワイナーはその仮定を理論的に証明したあと、なんとか実験したいと思ったが、長さと厚みがぴったりのアルミニウム管がどこにもなかった。キャナデイ・ファーレル社でさえ「残念だが、そのサイズのアルミニウム管は大量には製造されていない」と言って供給できなかった。そこで、ワイナーは自分でアルミニウム管を試作し、その結果、シグニーが「製造には科学者が最適任だ」と叫んで本部に駆けこむこととなった。

「黙れ」将軍はうなるように言い、怒りを抑えて紫色になった顔に流れる汗をぬぐった。

ヨーロッパ式の礼儀をたたきこまれたシグニーはひどく傷つき、怒りで硬直した。彼は深々とおじぎをしてくるりと向きを変え、いまいましい軍人の前から立ち去ると、ワイナーの肩にもたれて泣き崩れた。

「野蛮人め。なぜ、我々がやつらを救わなきゃならないのか」

「自由な世界は、ここにしか残っていないからですよ」優しいワイナーは同国人の肩をたたいてなだめた。

「あの愚かさが、やつらの破滅を招くぞ」シグニーは泣きわめいた。

「だから、私たちが救ってやらなければならないのです」ワイナーはなぐさめた。

口論に次ぐ口論。論争に次ぐ論争。これら有能な男たち、優秀な頭脳の持ち主で最高レベルの人間たちは限りない嫉妬に苛まれてもいた。

「ひき臼でごりごりやられたよ」バートはモリーにこぼしたことがある。

「今夜はね、新鮮なリンゴでアップルパイをつくったのよ」それが彼女の返事だった。

とはいえ、ワイナーの設計図は完成した。バートはキャナディ・ファーレル社の技術者にその設計図を付託して、ワイナーに花を持たせた。技術者たちは設計と実験を詳しく点検した。黒鉛の減速材に長いアルミニウム管がはめこまれた。管にはアルミニウムで被覆した円筒形のウラン燃料が入っている。核燃料の周囲の管に冷却水が通っており、原子炉内で核燃料が中性子にさらされる時間が長くなると、遠隔操作で冷却水が管を伝って深い水槽に流れこむ仕組みになっている。冷却水は高濃度の放射能を帯びた物質を操作する人間を守るためのものだ。核燃料は化学工場へ持ちこまれてプルトニウムが抽出される。まるで現代の錬金術である。

「見事に知的な作品です」スターレーが言った。スターレーも申し分なく知的だが、彼はワイナーのところへ出向いて功をたたえた。亡命者であるワイナーは褒められて女のように頬を赤らめた。

「ブダペストの大学のおかげです」繊細な彼の手は驚いた小鳥のように震えていた。「師事した教授が厳しく仕込んでくれました。専門は理論工学で数学の授業がとても多かった。アメリカのどの大学よりも多いと思います。物理学も化学も徹底していました」

「おおぜいの科学者が一体になったんですね」スターレーが話を引き取った。「専門家の養成もいいけれど、ここでは科学者の連帯をどうするかが肝心です。心を一にする必要があるのではないですか？　ホール博士」

だが、ワイナーの話は終わっていなかった。ワイナーはためらいがちに話を続け、しゃべるほどに顔色が青ざめていった。「少しはナチスに感謝しなければなりません。ナチスは恐ろしい。優秀な科学者がいて、進歩した産業があります。見くびってはなりません。ナチスが自由な人間の敵であるいまは、さらに警戒を怠らないことです」

結局、このプロジェクトは、おおぜいの人の手と多数の企業の参画による共同作業のままで推移した。アルミニウム管は溶接しにくい上、ウランの外皮としてアルミニウムを密着させなければならない。アルミニウム用の強力接着剤を開発するために、三つの企業が研究所と協力した。一つでも失敗は許されない。もしウラン燃料が一つでも水に触れれば、何日も冷却水を流し続けたまま原子炉を止めて修理しなければならない。頭脳も腕力も必要である。頭脳が指揮をとり、腕力が実行する。この協力関係では、頭脳が腕力を尊重することを学び、腕力が頭脳に従うことを学ばなければならないとバートは思った。成功の秘訣は一つの目的に向かって団結することだが、目的はいまは戦争である。戦争が終わったあとも、平和のために協力関係は続くのだろうか。ときにいら立ちを覚えて、彼はそんな考えを振り払った。牧師だった父親の影響は息子の精神にしっかり根を下ろしていたのだ。それゆえ、科学のみに没頭して心を乱すことのないフェルミの超然とした冷静さが、バートはまたしてもうらやましくなった。

「自分の良心がとがめるからといって私を困らせないでくれ。大事なのは超一流の物理学なのだ」フェルミはそう言った。

……将軍はつぶやいた。「さて、ここらで休憩は終わりにしよう。仕事にならない」

だが、二人はぐずぐずしていた。はるか眼下に勢いよく流れる川が見え、川岸には自分たちが築いた原子力の町があった。大型原子炉三機がすでに完成していて、それぞれの高さは五階建てビルほどもあった。全長が二五〇〇メートルもある巨大な複合化学処理工場が併設され、ここでウラン燃料はアルミニウムの被覆をはがされ、化学処理されてプルトニウムが抽出される。精製された放射性物質のプルトニウムはステンレスの密閉容器に入れられ、監視付きの保管室に収納される。そこからひそかにメサへ移送される。使用済みの放射性ウラン溶液は巨大なタンクに蓄えられた。これをどうするのか誰も知らないが、将軍の命令だった。下卑た冗談の好きな科学者たちは「将軍の小便タンク」と呼んだ。科学者に対してつねに神経をとがらせ、時に恐れ、憎悪し、内心では敬意を抱くこともある将軍は、専用の情報網を通じて何もかも知り、かんかんに怒った。「なんとでも言え」将軍はとげとげしく言い放った。「私があれを川に放水したら大騒ぎになるだろう。魚が死んでいやな匂いを放つからな。インテリをつけ上がらせてはいかん。それが私のモットーだ」

「さあ、山を降りるとしよう」将軍は二人を促した。

メサにはその冬、休日の熱狂のような言わく言いがたい空気が漂っていた。有刺鉄線でぐるりと囲まれ、険しく危険な道で世間から切り離された魔法の山の上には、男女の集団が隔離されている。科学の要塞の中で、自分たちだけの世界をつくり出していた。音楽を奏で、劇場を建て、その日の危険な作業が終わると、ありあわせの衣装に着替えて急ごしらえのパーティーでダンスに興じ、愛と死の境界で戯れていた。男たちは機密保全規則と警備規則によっていやおうなく仲間意識を深めて結束し、そこから締め出された女たちは男たちの性の相手になるよりほかに道はなかった。食べて眠る以外にはセックスしかなかった。夫が研究所に釘付けになっているときに、妻が別の男と散歩やスキー旅行をしても、どこかの暖炉のそばで長い夜を過ごしても、夫は感想も非難も漏らさなかった。男たちは女たちが何をしても許した。

そういう中で、スティーブも妻のヘレンがすることに目をつぶった。ジェーンのことで深い罪悪感を感じていたからでもある。許すのは愛だとかたくなに信じ、ほんのひとかけらの愛もなくすまいと思っていた。だが、ヘレンに目を向けるたび、あるいは、彼女が部屋に入ってきてスティーブから目をそらすとき、また、毎週火曜の夜、新任の科学者のために開かれる説明会でここでの生活について助言する彼女を聴衆に混じって見つめるとき、実は、自分の愛が薄らいでいっていることに彼は気づかなかった。スティーブが力をこめて見つめると、ヘレンはわざと視線をそらし、最後に譲歩したように目を合わせてくる。ヘレンがいつもスティーブを避けようとするので、毎週毎週、そんな状態が続いた。

ヘレンもスティーブの変化に気づいていた。彼のうわの空には慣れていたが、それはこれまでの科学者特有の放心とは様子が違っていた。ヘレンを意識し過ぎていた。以前は彼女の存在を忘れることもあったのに、いまはない。ヘレンはよく冗談まじりに夫を叱ったり、からかったり、笑いの種にして心を通わせたが、いまはそれもできなくなった。冗談が減って他人行儀になった。ある晩ヘレンは自分の変わり様にいら立ち、読んでいた本から顔を上げて机の前にいる夫に尋ねた。

「私、最近、変わったかしら？」

スティーブは数式から目を離さなかった。「どう変わったんだい？」

「そんなの、返事になっていないわ」

「似たようなものだ。僕の中の君は変わっちゃいない」

スティーブは向きを変えて妻をじっと見た。「確かに変わったかもしれない。でも、二人とも変わったんじゃないか。他人に囲まれているし忙しくもあるからね。僕にはプロジェクトがある。君は他人の家の世話で忙しい。君にはこれまで以上に敬服している。男どもが安心して仕事ができるのは君のおかげだよ」

「私たちの愛はどうかしら?」小さいがはっきりした声だった。

「僕のすることはすべて君のためだ。もしそれが愛でないなら……」

黒いまつげの奥のすみれ色の目が、すがりつくように見ていた。こんなに美しいヘレンを見るのは初めてだった。だが、男女のあいだで美しさがどうでもよくなってしまうのは、いったいどういうわけだろう。

「何もかも終わればいいなあ」スティーブは大きな声を出した。「そうしたら約束どおり家を建てよう」

「いつ終わるの」

「もうすぐだよ。あと二、三ヶ月……」スティーブはまずいと思って急に口をつぐみ、再び机に向かった。もう長くはかからない。それは事実だった。テネシーとワシントン州から材料が届き始めていた。一回目の実験は間近に迫っていた。原子爆弾そのものを担当していた者の中から極秘の必須要員が選抜され、スティーブを中心に集まっていた。みんなが「装置」と呼ぶ物もすでに手中にあった。つまり、貴重な物質であるプルトニウムの球体が、連鎖反応を起こすのに必要な臨界量に到達していた。だが、問題は残っていた。うまく働いてくれるかどうかだ。核分裂が十分に起こって爆発まで至るには、その物が必要な時間持ちこたえてくれなければならなかった。一秒の百万分の一ぐらいで十分だろう。だが……。

彼は文書を何度もくり返し点検した。その間、ヘレンは眠れない夜を読書でつぶし、二人のあいだに会話はなかった。

方法は二つある。一つは、一方の口をふさいだ管に対象を入れて照射する方法である。対象はウランであり発射体でもある。二つの粒子の塊がぶつかって爆発する。方法としては単純で、これに決めていた。二つ目の方法は、若くて優秀なイギリス人科学者パーシー・ハードの提案によるものだった。

「つまり、内爆型です*」パーシーは説明した。「この型でやるには遅すぎるかもしれないし、つまり、複雑すぎるとかいろいろあるかもしれませんが。つまりですね、内部に向けて爆発を誘導するのです。つまり、こういうのは……」

パーシーは説明をやめて略図を描いた。その図がいまスティーブの机の上にある。非常にすっきりして各部のバランスもとれている。パーシー・ハードは芸術家、音楽家でもあった。このあいだの音楽会でチャイコフスキー協奏曲第一番を演奏し、ヘレンはその演奏の素晴らしさと妙技に圧倒されてしまった。スティーブの見たところ、聞き終わった彼女はハンサムな若い科学者に完全にまいってしまい、大きな瞳をうるませて口ごもりながら言った。

「こんなに素晴らしい音楽を今まで聞いたことがあったかしら？　私の演奏なんか恥ずかしくて、うれし

内爆型：爆縮型とも言う。核兵器の起爆方式の一つで、臨界量未満の核分裂物質を強力に圧縮して臨界を超えさせる。長崎に投下された原爆はこの型。

いのか残念なのか、わからないわ」

スティーブはつまらない記憶をわきにどけて略図の説明に集中した。きれいな小さい文字で、こう書いてあった。

円弧状に配置された高性能の爆薬をとりあえずレンズと呼ぶ。爆弾（以後ファットマン[*]と称する）の核芯部は三十六個のレンズで囲まれ、核芯部は可溶性物質である。すべてのレンズが同時に爆発すると、圧力が内側へ向かい、核芯部の連鎖反応を誘導して爆発に至る。

アイデアは実に素晴らしいが、かなり慎重を要する。最初の爆弾が失敗したら、二番手として実験してみるべきだろう。スティーブは考えこんだ。それからペンをとり、上司にあててメモを書いた。

ボブへ

私の考えでは、装置が作動するかどうかは論ずるまでもなく、問題はどれほどの効果をもたらすかということです。おおざっぱに言って四ヶ月以内に、人類がつくり出した最も危険で恐ろしい兵器が完成するでしょう。一つの都市を全滅できるほどの兵器です。完成しないことを祈りたいが、大統領には報告すべきでしょう。……大統領には考える時間が必要だと思われます。

スティーブ

スティーブはメモに封をして書類カバンに入れた。ヘレンは読んでいた本を閉じた。「もう寝るわ。あなたは遅くなるの？」

「あと一時間」

そのすぐあと、ドアのところで彼女の声がした。

「スティーブ……」

「なんだい？」

「また音楽を始めようと思うのだけどいけないかしら？　……パーシー・ハードと」

いやだと感じているだろうか。いや。彼はすぐに自分を納得させた。「もちろん、構わないよ。君の演奏をまた聞きたいね。君の音楽が聞けなくて寂しい。とにかく、なんとなく寂しいんだ」

「ありがとう」返事は短かった。階段に彼女の足音が響き、二階で歩きまわる音が聞こえ、最後にさっと窓を開ける音がした。

「スティーブ」翌朝、ジェーンが声をかけた。

彼は若い電気技師と原子炉の調子の悪い照明を点検していたが、ジェーンの声に異様な落ち着きがこもっているのでドキッとした。ジェーンは研究室用の作業着姿で入口に立ち、ポケットに手を突っこんでいた。

「緊急の用件なのだけど、いい？」

「いいとも」スティーブは技師に指示を与え、ジェーンに歩み寄った。二人は廊下を歩きながら話した。

「大変なことになりそうよ。あなたに数字を見てもらいたいと思って」

ファットマン：一九四五年八月九日、長崎に投下された史上初のプルトニウム爆縮型原子爆弾のコードネーム。太く丸い形から名づけられた。一九四五年八月六日、広島に投下されたウラン２３５原子爆弾のコードネームはリトルボーイ。

「君は理論には明るいはずじゃないか」

「間違いであってほしいけど」

ジェーンの動揺ぶりに何も言えなくなった。黒い目が事の重大さを語り、顔色は青ざめていた。研究室に入ると彼女はドアを閉め、机のいちばん上の引き出しの鍵を開けた。

「机に鍵をするのかい?」意外な感じがした。

「そうしているわ。人を信じたいけど無理よ。たとえばパーシー・ハードなんかは信用できない」

「おやおや!」

「彼は知りたがりすぎだわ。昨日、私がこれをやっていたとき、気がついたら彼が肩越しにのぞいていたのよ。冗談でごまかそうとした。テニスをして靴を履き替えるのを忘れたとかなんとか。彼の話はやめましょう。ほかにもあるけど……」

「肩越しにのぞいてもいいかな?」

「どうぞ」ジェーンはその軽い冗談を無視して、数字がびっしり書かれた一枚の紙を手渡して尋ねた。「これをどう思う?」

スティーブは五分ほど注意深くながめ、脅えた声を出した。

「ジェーン、これはいったい」

「どうしたらいいのかしら」

「僕たちにはこんな重大なことは決められない。パーシーにはこの数字の意味がわかったのかな」

「わからなかったはずよ」

「パーシーも優秀な理論家だけどな」

「そうね。でも、わかったとして、彼にどんな利益があるかしら」

「アメリカが思わぬ障害にぶつかった、と誰かに報告するかもしれない」

「アメリカの障害どころではすまない。全人類にかかわる問題よ。アメリカにとっても敵にとっても免れようのない脅威だわ」

ジェーンは前かがみになって、ささやいた。「こういう可能性があるとすれば、すべて停止。そうでしょう?」

「そうだね」息を吐くと言った。「だが、誰が決断するんだ」

「バートに伝えなきゃならないわ」

「そうだろうな」気のない返事をしたが、しばらく考えて、気乗りしない気分を振り捨てた。「彼の居場所は?」

「まだバーモントにいるはずよ」

「週末までじゃなかったかな」

「医者が予定を延長させたのよ」

「知らなかった。電話できるかな?」

「私がするわ」

ジェーンはあちこちの遠くの町に電話をかけまくり、バーモントの人里離れた小さい湖のほとりの居場所を突き止めた。バートはサトウカエデの木の下でハンモックに揺られながら居眠りしていた。モリーがブルーベリーパイをつくっているキッチンの電話が鳴り、モリーはエプロンで両手の粉を払いながら電話に出た。

「ちょっと待って、ジェーン。大切なことなら」

「とても重要なことです」。

モリーはしっかりした足取りでハンモックまで行き、バートの寝顔を見下ろした。やつれた顔つきが、この仕事のためにさらに十歳くらい老けたように見える。それなのに、仕事仲間はこんなところまで追いかけてきて彼を休ませまいとする。医者は血圧がとても高いと言っていたのに。

「バート！」

そっと呼びかけたのに、バートはハンモックからとび出しそうな勢いで起きた。

「そんなに驚かないで。ジェーンよ」

「ここにか」

「電話よ」

「そうか」バートはもう一度ハンモックに寝そべり、束の間、目を閉じた。

それからゆっくり起き上がり、伸び放題の芝生を踏んでキッチンへ行った。

「もしもし、ジェーンか」

「お話があります。私もスティーブも、ご意見をうかがいたいと思いまして」

「いますぐか」

「はい。夜の列車で行きます」

「駅に出迎えよう。汽車は一日に一本しかない。正午ころのやつだ」

「わかりました」

バーモント州の湖から何百キロも離れた研究室で、ジェーンは受話器を下ろして腕時計を見た。

「あと四十分あるわ」

「支度しなくちゃ」スティーブは言った。

二人はすぐに別れ、スティーブは古びた車で急いで家に戻った。キッチンのテーブルの上にヘレンの置き手紙があった。「コミュニティセンターで、パーシーと演奏のリハーサルをしています。昼食はオーブンの中にあります」

オーブンのスイッチを切り、彼女のメモに続けて走り書きした。「バートに会いに行く。バーモントに着いたら電話する」と書き、少しためらった末に「愛している」と書き加えた。前にその言葉を言ってから、だいぶ時間がたっていた。

「私一人では、責任が取れない」バートは言った。ふいにめまいがして、湖のそばの行き止まりの道で車を止めた。四〇〇〜五〇〇メートルほど先の、草の生い茂った岸辺で少年が釣りをしていた。穏やかによく晴れて、魚釣りには絶好の日和だった。なだらかな緑の山々の稜線が空にきらきらと照り映えていた。

「ジェーン、その数字というのを見せてくれないか」

ジェーンはカバンから取り出して彼に手渡した。

「可能性としてはぎりぎりのところ。ごくわずかです。だから、たぶん口にすべきではないのでしょう。それでも、お話ししなければと思いました。爆発時の強烈な熱で海洋中の水素にも大気中の水素にも火がつき、地球が蒸発するかもしれません」

「やめてくれ」バートは叫んだ。「私は知っているんだ。『硫黄の燃えている火の池、火に溶けたガラスの海、そして天から巨大な星が赤々と燃えながら降り注いだ』……メソジスト派の牧師だった親父が、ヨハネの黙示録にある世界の終末を予言しているところを読み上げる声が聞こえるよ。私は親父をばかにして笑ったものだ。それが、こうなるとは夢にも思わなかった」

バートは急に押し黙った。顔に流れるほど汗をかき、あわててポケットからハンカチを引っ張り出して拭いた。森のどこかで鳥がみずみずしく澄んだ声で三度鳴いた。岸辺で釣りをしていた少年が慎重にリールを巻き始めた。光にあふれ、これ以上ない好天だ。破滅の話など、およそかけ離れていた。

「ですから、お伝えしなければと思ったのです」ジェーンは言った。

「私は責任など取れない」バートは言った。「みんなで決めようじゃないか、この三人で」

「将軍は?」スティーブが尋ねた。

「だめだ。科学者だけだ」

「でも、どうやって?」スティーブは食い下がった。「判断基準は何になりますか。我々はどこまで危険を冒せるか、です。越えてはならない境界線をはっきり決めてください」

バートは答えなかった。車のドアを開けて外に出た。ぶらぶらと少年に近づき、立ち止まって釣り糸がリールに巻き取られるのを見ていた。釣り糸の先で腹を銀色に光らせてマスがはねていた。

「やったな。一キロはあるぞ」とバートは声をかけた。

「そうだね」少年はにこにこした。

バートは大またで車に戻り、勢いよく乗りこんだ。「百万に一つの可能性、いや、その十分の三ほどの可能性があるとなったら、公表して全作業を中止しよう。当面はこのまま作業を続ける。二人ともだ。では、駅まで送ろう」バートはアクセルを踏みこんだ。黙りこくったままの三人を乗せ、車はかぐわしい森の中を走り抜けた。

三ヶ月後、計画を進めながら、百名の科学者に報告書を提出させた。地球が蒸発する可能性は百万に一つの、さらにその十分の三以下だった。バートは報告書を読み、スティーブとジェーンをメサの自室に呼んだ。

「これを見たまえ。神の声だ。続けよ、愚かなる者たちよ、と言っている。どこまで行けるか……神は我々をお救いくださらない。自分で救わなければならん。進むよりほかに何ができる?」

「何もできません」スティーブは答えた。

バートはジェーンを振り向いた。「それでいいかね?」

彼女は肩をすくめた。「前提が間違っています。この前提なら進むほかないとは思いますが、そもそも最初から何もかも間違いです。すでに始まっているからという理由で、続けるべきではありません」

「いまとなっては止められん」バートはうなるように言った。

ジェーンは視線をバートからスティーブに移した。「なぜ止められないの？　どうしてこんな恐ろしいところへ、みんなを連れてきたの？」

それから二人を見て、泣き出した。「有能なお二人なのに。どうしてこんなことになったんですか」

彼女は部屋からとび出した。二人はあとを追わなかった。バートは報告書を折りたたみ、引き出しにしまって鍵をかけた。「仕事に戻ろう、スティーブ」

一ヶ月後、事故が発生した。スティーブは若い同僚の一グループを統轄していたが、みな彼よりもずっと若く、全員が三十歳以下だった。その中にディック・フェルドマンという名前の向こう見ずな物理学者がいた。実験では慎重さを欠くこともあるが、技術的には優れ、大胆な理論家だった。彼が思いつく素晴らしいアイデアが百あったとして、九十九までは役に立たないが、最後の一つは無視できないものだった。スティーブは何度もフェルドマンを派遣元や出身地へ戻そうとしたが、そのつど素晴らしい思いつきを示し、なんとか現場で生き残ってきた。彼はニューヨークのイースト・サイドかサウス・フィラデルフィアの出身だった。小柄で顔色が悪く、皮肉屋で、短い角刈りの下にきらきらした黒いひょうきんな目が光っていた。フェルドマンはここに残れるぎりぎりの瀬戸際で、かろうじて留まっていることを自覚しているらしい。目下、単純ではあるが重要な連鎖反応の測定実験を工夫していて、誰もその実験には手を出そうとしなかったので、しばらくは見逃されていた。フェルドマンの実験は危険だと最初に言い出したのはジェーンだった。

「ディック・フェルドマンが何をしているか知っていると思うけど」ある日、二人で廊下を歩いているときに言った。

「ああ、やめたほうがいいと思っているよ」彼はぼんやり答えた。

「彼が試している方法をやめさせなければ自殺行為になるわ。そばにいる者も危険だわ」

「話しておくよ」スティーブは請け合った。

二人はそこで別れ、互いに反対の方向へ立ち去った。スティーブは約束したことを実行するのが遅れた。ディックを呼び出し、科学者は技術上の不注意で自分や他人の生命を危険にさらしてはいけないと、毎日言おうと気にはしていた。チャンスはつかまなければならないが無謀はいけない、と。だが、パーシー・ハードのことで、フェルドマンの件より深刻な問題がスティーブの耳に入ったため、ジェーンとの約束を忘れてしまった。初めは取るに足らないうわさだった。ある男の耳打ちだった。その男は、パーシーが自分で設計した器具の実物をつくるためにときどき雇っていた下級技師だった。

「コースト博士、ハードさんは何もやっていないのではありませんか」男は薄くなった灰褐色の髪の下に汗をかいていた。「なんのために自分が設計した器具をほしがっているのか、私にはわかりません。まったく合点がゆかない道具です。何かをどこかに郵送する道具みたいですけど」

「どんなものだ？」スティーブは尋ねた。

「それは言えません」

「これからは目を大きく見開いて、見たことをすべて私に知らせてくれ」

「わかりました。でも、厄介事はご免ですよ。イギリス人は気性が激しいですからね。名誉が好きでしょ、特に貴族って連中は。あの人は貴族なんでしょ？」

「変なことがあったら報告しないと、もっと重大なことになるぞ」スティーブはにべもなく言った。「彼が貴族かどうかなんて、そんなことを聞いたこともあるが、ここでは何の役にも立たない」

「もちろんですとも」男はあとずさりして部屋を出て行った。

パーシー・ハードか！　スティーブは机に肘をつき頭を抱えた。ヘレンは何も隠し立てなどしていないと思った。彼女が一日に何時間か音楽会の練習をするので、スティーブは研究所の自室に夜も居続けだった。小さい家では音がうるさくて仕事にならない。

「美しい音には違いないけどね」彼はヘレンに一歩譲りながら言った。「僕には静かな環境が必要なんだよ。いま厄介なところに差しかかっていて、一つでも間違いがあってはいけない。完全に集中できる状態でいたいんだ」

ヘレンは一も二もなく承知した。「もちろんよ。気を遣わないでちょうだい」

以前と変わらない明るい受け答えだったが、スティーブは心配になってきた。気を遣うなだって？　彼はもう何週間も何ヶ月も誰に対しても気など遣っていない。原子爆弾の構造はすでに出来上がり、二つの工場から材料が不足なく輸送されるのを待つのみだった。パーシーはこの計画から排除されていない。それは確かだ。彼は何もかも知っている。政府が彼をイギリス政府お墨付の人物と認めたので、メサは何の疑いもなく受け入れた。だが、プルトニウムの化学的分離法に成功したことはまだ極秘だった。将軍はこの方法について、カナダ人科学者とも、イギリス人科学者とも議論することを禁じた。そういえば、パーシーはそのことでたいそう立腹していた。

「時間の無駄だ。そうじゃないか、スティーブ。イギリスは君らより優れた方法でやっている。だが、君らには話せないよ。まっぴらごめんだね。その方法は実に簡単だ。どこの国でもできる。問題は製造だ。そうだろ。その点でアメリカに匹敵する国があるかな。君らが短期間で成し遂げたことは実に驚異的だ。驚くばかりさ。しかし、それは君らの独創的才能ではないだろう？　つまりだな、少なくとも科学において君たちの基本概念はほとんど外国人から与えられたものだよ」

スティーブは聞きながら考えていた。パーシーは純真なふりをしていた。彼が言うことは腹立たしいがほとんど事実だった。だが、そもそも正しいのか。

「哲学を論じている暇はない」スティーブは言い返した。

「建設的だろ？」

「いや、確かに、哲学的だ。僕もいつか暇を持ちたいものだ」

すらりとしてひときわ優雅な青年は立ち上がった。「見解の相違ってやつだね……ところで、君の奥さんは魅力的な女性だ。音楽家としても才能に恵まれていると思うね。気分が晴れるよ、音楽会は。君が来られなくて非常に残念だ」

「あいつも楽しそうだ。君に感謝している。ここの暮らしは女には辛い。女たちはよく我慢しているよ」

「まったくだ」パーシーはそう言って出て行った。

それにしても、イギリス人が敵に何かを漏らすことなどまったく考えられなかった。おまけに、フェルミのドイツに関する評価が正しいことはすでに明らかだった。情報分析が確かだとすれば、ドイツの敗戦がささやかれていた。ドイツが降服すれば敵は日本だけになり、悲惨な戦争は続くけれども恐れるに足らない。ソ連はどうか。ソ連は日和見主義だから同盟国並みに安心だ。勝つ側につくだろう。

スティーブはパーシーのうわさのことは頭から追い出したが、多少は自分の責任を軽くしたいと思って上司の部屋に立ち寄った。

「ボブ、報告しておきたいことがある。報告と言うにはあいまいすぎるんだが……」

机のうしろの意志強固な男は疲れ切った顔で椅子に寄りかかり、睡眠不足のぼんやりした目でタバコをくわえ、話を聞いた。

「信じられないよ、スティーブ。私は信じないな」聞き終わって言った。「とにかく、完成間近なんだぞ。それに、君の言うとおり、イギリスは同盟国だ。やつらの機嫌を損ねている余裕はない」

ボブは灰皿がわりの平たい石にタバコを突き刺し、下唇を親指と人差し指でつまんだ。

「ともあれ、私に責任を預けたいのなら引き受けよう。気づかれないように見張らせることにする。君はこの件について忘れたまえ」

ボブはブザーを押した。この話を打ち切りたい意思表示だった。

「ごくろう、スティーブ。だが、まだ信じられない。ところで、テネシーから最後の荷物が届いた。君のオフィスにみんなを集めておいてくれ。私もできるだけ早く行く。例の大実験を実施する場所を決めなければならない。将軍がうるさくせかしているんだ」

ボブがあごをしゃくり、スティーブは部屋を出た。三十分後、スティーブが科学者たちと会議を進めながらバートを待っていたとき、机の上の電話が鳴った。彼はしゃべりながら電話に出た。

「十日以内には一回目の実験が行なえるはず……」

彼はそのまま押し黙った。ジェーンの声だった。どこにいるのだろう。このところしばらく彼女の顔を見ていなかった。この会議に来るかと期待したが現れず、彼もあえて問い合わせなかった。

「スティーブ?」

「そうだ」

「事故があったの。ひどい事故よ。ディック・フェルドマンよ」

「それで?」

「若い科学者の一人に実験方法を説明していたときに手が滑ったの。二つのウラン燃料が触れ合って臨界質量*になったの」

臨界質量：核分裂で単位時間当たりの中性子数が一定となり、核分裂連鎖反応が持続し始める境界点を臨界と言う。臨界になったときの燃料の量を臨界質量と言う。

「なんということを！」

「一緒にいた二人を救おうとしてディックが両手でそれを散らしたの。彼は重症よ。彼の前にいた者も負傷して、もう一人は途中で逃げたわ。ディックは病院。私は彼に付き添うことにしたわ。それで会議に出られないことを知らせたかったの。最後まで付き添うわ」

「ということは……」

「ディックはもたないわ。家族もいないの」

ジェーンは電話を切り、スティーブは会議の出席者のほうに顔を向けた。

「フェルドマンが事故を起こした。私は病院へ行かなければならない。どうしようもない実験のせいだ。球形の容器の中のウラン燃料を、ドライバーか何かで二つの半球に切り離している最中だった。滑って落ちたんだ」

全員がぶつぶつ言い合った。

「とうとうやったか」

「あれだけ注意したのに」

「なんて向こう見ずなやつだ」

「常識さえあれば、もっとも優秀な一人なのに」

スティーブは会議を外れ、急ぎ足で廊下を抜け、車にとび乗って病院へ急行した。静かな院内の空気は張りつめ、受付係はおびえていた。

「そうです、コースト博士。患者さんは十二号室で、アール博士が付き添っておられます。アール博士が患者さんに付き添って来られました。いま検査中です。ご本人はまだそれほどでもないようですが、みなさんは心配しておられます」

受付係の話が終わらないうちに彼は廊下をどんどん歩き、十二号室のドアを開けた。ディック・フェルドマンが寝ているベッドのそばにジェーンがいた。彼は元気がよさそうだが、顔色が悪い。

「やあ、スティーブ。入ってくれ。みんなで治療してくれている。休む暇もない」

ジェーンは黙っていた。研究室からの報告書を見ていたが、スティーブが病室に入ると顔を上げ、表情を変えずにうなずいた。

「どんな治療をしているんだ、ディック?」小さい椅子を引き寄せてベッドのそばに座った。

「なんでもさ」フェルドマンは虚勢を張った。「両手が少し痛い。それで手に氷を当てている。あれをつかんじゃった……まずかったみたいだね」

「えらいことをしたなあ」スティーブはつぶやいた。

「咄嗟だったんだ」恐怖と気持ちの高ぶりで声がうわずっていた。「あわてたんだな。デートの約束があってさ。プエブロ族のインディアン村にピクニックに行く約束だった。彼女が見たことがないって言うもんで。明日から休暇の予定だったから、同僚に教えておこうと……」

おしゃべりをやめて大きく息を吐いた。

「痛みが強くなってきたんだわ」ジェーンが言った。

「ああ、両手がね」口の中でぶつぶつ言った。

ディックは顔を上げてジェーンを見た。ディックの額から汗が流れ落ちていた。「気持ちが悪い」小さな声で言った。「吐きそうだ」

彼女が台に容器を置き、ディックはベッドに身を起こして吐いた。

ジェーンはスティーブに目で合図した。「看護婦を呼んでちょうだい……あなたに話があるの。ガンマ線はどうにかなるけど、中性子線はどうしようもないわ」

ディックはまた吐き気を催し、何度も吐いた。スティーブは看護婦を呼びに駆け出した。

「いまはいくらか楽みたい」翌日、ジェーンはスティーブと一緒に病室を出て廊下を歩いていた。

「医者は何か言った?」

「まだ検査中よ。血液検査はもちろんだけど、ペニシリン注射、輸血もしている」

「誰の血液だ?」

「私のだけど、問題はないわ。そばにいるし、血液型も同じだから」

「もうやめたほうがいいよ」容赦なく言った。「君はますますやせてきた。僕にはそう見えるよ」

「大丈夫よ。必要なら、もう一度輸血するわ。彼は珍しい血液型なの。提供者が見つかりにくいわ。でも、時間がないかもしれない」

「ということは」

「二、三日ね」

「つまり」

「終わりよ。体の前半分は全部焼けて、両手の痛みが徐々にひどくなってきている」

「ほかの二人はどうなの?」

「走って逃げた人は問題なし。もう一人は、頭の片側の毛髪は抜け落ちるでしょうし、数ヶ月間はひげそりの必要がないわ。でも、治療で元気になるでしょう。子供をつくれないかもしれないけど。私にはわからない」

「そいつに子供はいるのかな」

「二人いるわ。本人にも奥さんにもよかったわ。彼に歯のことを聞いてみなければならないわね」

「歯だって?」

「そうよ。歯に詰め物があれば、それが放射能を帯びて歯ぐきが焼かれてしまうのよ」

「どうするんだ」

「歯を抜くの」

「なぜ、君はそんなに詳しいんだ」

「ラットで放射線の影響を研究していたのよ。恐ろしいわ。これからディック・フェルドマンは……どうなると思う?」

二人は正面玄関まで来た。目の前に夏の砂漠が広がり、二人は太陽の光の中に踏み出した。はるか遠く、雲のはるか上、大気と暗闇と宇宙の彼方で、太陽は不滅のエネルギーを燃やしている。人間が利用しようとしてきた太古のエネルギーだ。何のために？　そのエネルギーはそこにもここにもつねにあり、足下の地球にもある。石炭を無用のものとし、石油を浪費しようとしている人間が立っている砂利の中にも原子力が十分にある。原子力は目新しいものではないが、そのエネルギーを知ったのは最近だった。そして、制御に失敗したために、原子力は一人の青年の体を破壊しつつあった。

「助かる望みはまったくないのか」スティーブはそっと尋ねた。

「望みですって？　衰弱していくだけよ。巨大な火ぶくれができて破れるでしょう。皮膚がむけて壊疽にもなる。体に入った放射性粒子が体を焼き尽くす。体温が上がり、白血球が減り、骨髄も燃える。最後は意識がなくなるわ」

「何もかも知っているんだな」

「彼を一人にしておけないわ。私は最後まで付き添うつもり。ほかに誰もいないのよ」

二人は固く手を握り合った。スティーブはもう片方の手を彼女の手に重ねた。「ジェーン、君と一緒にいたいんだが、できない。実験の日時が決まった。いよいよ『ゼロ』だ。行かなくちゃ」

「そうね」

互いに見つめ合い、別れた。

それから数日間、ジェーンはほとんど病室にいた。あわただしく昼食をとり、仮眠をとって夜は起きているようにした。刻々と死に近づいている青年とともに過ごした。医師や看護婦は衰弱していく体を看護した。科学者や政府の高官が次々に訪れては帰って行くが、ジェーンがともに過ごし、死と対峙してくれていることはフェルドマンの魂に刻みこまれた。彼は強がりをやめ、しきりに話しかけてきた。それは、どれほどひどく腹の内部が焼けただれているのかと彼が尋ねてきてからだった。

「かなりひどいわよ、ディック」

「体中が熱い。氷を当てているのに熱いんだ。外も暑いのかい？」

「七月だから、砂漠はとても暑いはずよ。ここは段丘の上だから乾いた風が吹いているし、夜になれば涼しいわね」

死に近い人間と過ごすのは初めてだった。ジェーンの両親は健在で、ニュージャージーの海岸沿いの小さな家に引っこんでいるが、いまの彼女には別の世界ほども遠かった。彼女は長いこと二人に会っていない。自分たちには理解できない子供を産んでしまった善良な両親とは、インドで別れてそのままになっている。父はよく働く実利的な人で、自分なりに道を切り開いてきたが、インドを仕事の場所と割り切っていた。母は平凡な主婦だった。何世代も前の開拓者だった祖先の遺伝子が二人の知らぬ間に偶然に合体して、男のように頭のいい女の子が生まれた。ジェーンは男の子のように頭がいいと言われるたびに、頭のいい遺伝子を受け継げるのは男の子だけなのかと怒りを覚えた。両親は娘がどういう子供か知っていて、半ば恐れ、早くから娘のしたいようにさせてきた。それにしても、誕生パーティーをしたがらない子供を、退屈だからと男性とデートをしない娘を、二人はどう扱えばよかったのだろう。ジェーンはついに両親の元へ帰らなくなった。互いに理解し合えず、わかり合っているふりをしてもどうにもならず、とうとうそれさえできなくなった。

……「君の家庭の話をしてよ」夕暮れが近いころディックが言った。病室にはもう山々の影が伸びていた。いまがもっとも辛い時間だ。やがて夜がやってきて、夜明けになる前に時は永遠を迎える。

「私たち一家は、インドのアルモラというところに住んでいたの。別荘風の大きな家でね、家のまわりにベランダがあったわ。敷地は壁で囲まれていたけれど、壁の向こうに雪を頂く山々が見えた。ヒマラヤ山脈の一部よ」

「お母さんはどんな人だった?」

「私の母?　とても優しい静かな人だったわ。父のほうがおしゃべりだった。父は橋の建築技師で、インドで最初の水力発電所を建設したの。川を利用できればインド人は飢えないと言っていたわ。母はインドが嫌いだったみたい。アメリカへ帰りたがっていたわ」

「僕は母親を知らない」ディックは、いまや一日中眠ることができず、ひどい痛みで動くことすらできなくなっていた。ベッドは氷づけで、腹の上にも氷の袋が置かれ、顔は赤く、胸は真っ赤に焼けただれていた。金髪は抜け落ちていた。事故から三日目だった。

「どこで育ったの?」ジェーンが優しく尋ねた。ベッドのごく近くに座っていたので、彼の手を握ってやりたかった。だが、彼の両手は恐ろしいほど腫れ上がり、皮膚はむけて、水ぶくれからは膿が流れ出ていた。触れられる部分はどこにもなかった。

「孤児院だよ。それほどひどくなかったな。食べ物は十分あったし、いじめられることもなかった」

「どうして科学者になったの？」

「地元の教会に裕福なお年寄りがいたらしい。僕のことを聞いて奨学金を寄付してくれた。だけど、その人と話したりなんてことは一度もなかったな。寄付してくれただけだよ。それで、入隊する代わりに大学からここへ派遣されたんだ。僕のようなやつが二、三人いたけど、ほかの連中はどこか別の場所に行った。女の科学者を見たのは君が初めてだ。原子炉の計器盤の扱い方を勉強している連中じゃなくて、本物の科学者はね。原子炉を運転するには一年かかると言っているけど……原子爆弾を使うつもりなのかな？」

「いいえ、絶対使わないわ。そんなこと耐えられないわ」

ディックの心はどこか遠くをさまよっているようだった。「そうだね」苦しそうに言った。「でも、使う気になれば使えるよ。ああ、胸が痛くてたまらない」

ジェーンは昼も夜も彼のかたわらにいた。意識は朦朧としていたが、ディックは最後まで自分が従事していた機密を明かすことはなかった。痛みと死の恐怖よりも秘密を守ろうとする意識のほうが強かった。うわごとを言い続けるようになった。鎮痛剤も打たれなくなった。焼け崩れていく体には皮下注射を打つところがなかった。ジェーンには子供のころの叫び声が聞こえた。愛することも愛されることも知らなかった少年と大人の男の、孤独の叫びがくり返し聞こえてきた。インドでは、少なくとも人を愛し愛されるという習慣の中でジェーンは育った。愛の習慣を教えられていれば、人はなお人を愛することができる。だが、孤児院の子供にそれを教える人間は誰もいなかった。

ディック・フェルドマンは六日目に死んだ。夜が明けるころだった。ジェーンの悲しみはディックが初めて受けた愛に近いものだった。

スティーブはコートの襟を立て、ベルトをきつめに締め直してから車を降りた。雨が砂漠を激しくたたき、すさまじい風が吹きつけた。

「おかしいですよ」衛兵が声をかけた。「実に気味が悪い。七月にこんな雷雨は珍しいです。この時期は雨が降らないはずですがね。いままでずっとそうだったらしいですから」

「まったく奇妙だね」スティーブはうなずいた。

彼は科学者や軍の高官たちを案内して湿った砂の上を歩いていた。暗闇の空に稲妻が走った。一瞬高い鉄塔が浮かび出て、再び夜の闇に消えた。星も月も出ていない。スティーブは塔の下で立ち止まり、うしろに続く男たちを振り返った。軍服の衛兵がマイクを差し出したので、彼はマイクに向かって話した。

「ここは『ゼロ』と呼ばれる地点です。当然ながら、みなさんはここに立ち入れません。誰も立ち入れません。しかし、お見せしたかったのです。『装置』の各部品は、ここより一六キロ地点にあるベースキャンプまで、三二〇キロ離れた研究所から運ばれました。この四日間の作業はベースキャンプ近くの古びた平屋に各部品を集めることでした。昨日、この鉄塔に落雷があってTNT火薬が爆発したため、遅れが生じていますが、心配はご無用です。再びこういうことがないように手配しました。この鉄塔より八キロ地点から九・六キロ地点までのあいだに観測所を三ヶ所設けています。それぞれ木造のシェルターをセメントで完全に覆ってあり、その上に土を盛ってさらに防護してあります。南側の一ヶ所が管制センターになります。ベースキャンプにある古い貯水槽が、みなさんの観測所になります。爆発の瞬間、『ゼロ』がカウントされる直前に、地面に顔がつくほどかがみこむよう指示されています。ここから三二キロ離れた丘に五番目の観測所がありますが、そこでの防護はサングラスで十分でしょう。実験は午前四時に予定されています。現在は午前零時です。天候次第では若干の遅れがあるかもしれません。その場合でも、持ち場から離れないでください」

激しい風雨の中で身を寄せ合った一行は、鉄塔に付けられた強力なスポットライトで照らされていたが、アセチレン*のまぶしさよりも稲妻のほうが強烈だった。雷鳴の重低音が雲を突き破ってとどろいていた。彼はいったん話を打ち切って、隣にいるバートに顔を向けた。

「ほかに何か付け加えることはありますか?　将軍とボブは現在、支援の面々と南の観測所にいます」

バートン・ホールはやや考えてからマイクに向かった。「今夜、この場所でぜひ耳にしたかった一つの声があります。私は会ったことがなく、テレビで姿を拝見しただけにすぎない人の声です。私はどういうわけか、その人*を大統領に推すために投票したことは一度もありませんでした。私の投票はいつも間違っていたようです。みなさんには誰のことか、おわかりでしょう。その人はこの四月に亡くなりました。しか

アセチレン：カルシウムカーバイド、または石油・天然ガスから製造される無色の気体。灯火用や溶接用に使われる。
その人：本編の背景から、アメリカ合衆国第三十二代大統領、フランクリン・D・ルーズベルトを指すと推測される。一九四五年四月十二日、脳卒中で急逝。

し、その人はここにいるような気がします。上から我々を見ているような気がします。その人は勇気をもって我々に開発を指示し、思い切って大金をつぎこみました。二〇億ドルもの大金です。それは、人類史上、もっとも賢明かつ経済的価値のある歳出になるか、あるいは、もっとも愚かな無駄遣いになるか、そのどちらかです。その人の遺志とともに、私はこの大きな賭けを引き継ぎます。必ず成功します！」

古ぼけたフェルト帽のへりから雨がしたたり落ちている。ずぶぬれのレインコートをはおった幅広い肩をほのかに光らせて、彼は立ち尽くしていた。その長身は暗闇の中で抜きん出て見えた。……劇的な立ち姿だ。ジェーンを思い出して半ば嫉妬を感じながら、スティーブは思った。自分が若くて未熟で想像力に乏しく感じられて、なぜか悲しかった。成功とはいったい何だろう？

「行きましょう、バート。みなさんが管制室であなたをお待ちです」スティーブは促した。

一行は再び車に乗り、強くなる雨の中を指定場所へ向かった。スティーブ本人はベースキャンプの憲兵隊の分遣隊長とともに原子爆弾が設置された塔に残ることになっていた。ただし、彼は起爆の操作は断っていた。これが完成したいま、未知の恐怖を生むかもしれない驚くほど小さい物体を眺めてひどく気が滅入っていた。塔の装置室へ続く狭いらせん階段を昇りながら、夜の闇と自分の心の闇の中で、彼はジェーンのことしか頭にない自分に気づいた。風雨は相変わらず激しく、夜明けも遅れそうだった。空は真っ黒で、遠ざかる稲妻と低く垂れこめた雲だけが見えた。

午前三時半になって雲が切れ始め、電話が鳴った。受話器を取ると将軍だった。

「天気がよくなってきたな」

「雲が切れてきました」

「ボブと一緒に当地の気象予報官と話をした」緊張した厳しい声だった。「激しい風雨はもうすぐおさまるそうだ。昨日の予報では好天だったし、急に激しい風雨に見舞われた理由はわからないそうだ。天気は回復すると私は思う。実験は午前五時三十分としようじゃないか」

「準備可能です」

「二十分前にカウントダウンを開始しよう」

「了解しました」

「五時までに管制室に来い」

「まいります」

午前四時、雲の切れ間に星がまたたいていた。風雨はやんだ。スティーブの思いは途方もなく広大な暗い地形に漂っていた。この暴風雨は人間と宇宙の不思議な対立であり、さしあたりは人間が勝った。将軍は鈍いくらい頑固だが、恐れるような人間ではない。想像力が活発でない人間にとって、嵐は単なる嵐であって、神々の抗議ではない。厚い雲はすでに南東に流れ去り、紫紺の空にできた大きな切れ目に星も輝いている。スティーブは金属元素の中に未来を詰めた装置のそばに立ち、厳粛な思いで見つめていた。外も内も闇に包まれた彼にもう恐れはなく、絶望や後悔さえ乗り越えていた。その暗闇の中に見えるのはジェーンの顔だけだった。

この爆発で生き残ったら、彼女のもとへ帰ろう。愛していると言おう。このすべてを賭けた時が過ぎたら、もう自分にうそはつくまい。自分の中の真実と向き合おう。彼女と一緒に。

「午前五時です」将校の声がした。「車が待っています」

「やれやれ、驚いたなあ。自分がどこにいるか、忘れていた」そうつぶやくとスティーブは大またに装置室を横切って、狭いらせん階段を砂漠まで降りた。みんなも彼に従った。

塔は夜明け前の薄闇にポツンと建っていた。空はいまやほとんど晴れ渡り、まわりを囲む山々の黒い稜線の上に見えていた星の輝きは、砂漠を横切る塔上部の照明のために鈍くなっていた。

バートが彼らを出迎えた。

「将軍は帰った。軍を指揮しなきゃならんからな。スティーブ、君はマイクの位置に着いてくれ。あと二十分しかない」

スティーブは黙ってマイクに歩み寄った。午前五時十分。東の山々の背後がかすかに明るくなり始め、その空の輝きは幻想的と言えるほどだった。

自分が死んでしまったかと思えるような冷たい静けさの中で、彼はマイクを前にじっと立っていた。やがて、声を発した。腕時計を見つめて、最初は五分ごとに、次いで一分ごとにカウントを告げた。腕時計か……意識がしだいに遠のく。腕時計は彼のものではなかった。使うつもりでいたものではない。四週間前だったか、ヘレンに頼んで腕時計を調整に出した。理由は言わなかった。アルバカーキの宝石店は「休暇などにお使いですか、コースト様」などと言って仕上げを延ばしたので、ぎりぎりになってスティーブはバートからこの時計を借りた。一分、一分が無限に長く感じられた。

「三分前」

「二分前」

最後の一分となり、秒をカウントし始めた。「四十五秒前」

このとき、作動開始となるスイッチが入った。複雑な装置なので、彼はこの四日間何度もテストをくり返してきた……フェルドマンはもう息を引き取っただろうか？　ジェーンは自分の姿を見ながら一緒に秒読みをしているのだろうか。十秒前が来た。

「十秒前」

もはや人間にできることはない。作動は人間の手からロボットに移った。スティーブはマイクから離れた。空に一筋の光が走り、緑色の閃光が広がって風景が突然鉛色に染まった。二回目の火柱で砂漠と山々の上に再び鉛色の閃光が走った……

「三秒前！」

一瞬の暗闇の中、東の空が昇る太陽で輝くのを彼は見た。神々しいバラ色と金色に輝く光……。

「二秒前」

「一秒前」

その瞬間にうしろを振り向き、目がつぶれるほどの光を発して空が破裂するのを見た。黒い影に見えた遠くの山々が閃光に照らし出されて浮き彫りのように光を放った。黄色、紫、エンジ、灰色、さまざまな色が風景の中に飛び散った。山々の襞という襞がすべてくっきり浮き上がった。平地はすみずみまで見通せた。どの山も頂をむきだしに見せた。そのとき轟音が大地を震わせた。耳をつんざくような音だった。一瞬、彼は床に打ちつけられ、立とうとしてもがいた。部屋の反対側ではバートが手で膝を抱えてうずくまっていた。

「あれを見ろ、あれを」誰かが叫んだ。

塔の建つ地点から砂漠全体を覆い尽くすほどの巨大なきのこ雲が立ち昇っていた。雲は無数の色に染まりながら渦を巻き、煮えくり返り、激しくうねり、膨張しつつ上昇していた。ほかの雲という雲をすべて飲みこんで天空に昇って行った。誰もがしんと静まり返り、自分たちが解き放った怪物のようにうごめく雲の形に見入っていた。その塊がしだいに色あせて灰色になるまで声もなく食い入るように見つめた。やがてそれは風に吹き飛ばされてちりぢりになり地上にばらまかれた。バートが声を発した。

「塔が消えた」

スティーブが振り返ると、バートは望遠鏡をのぞいていた。

「跡形もない」

スティーブは望遠鏡をひったくって一六キロ先の砂漠を探した。鉄塔は蒸発し、塔の下の砂漠は溶けて緑色のガラスの海のように太陽の光を反射していた。

「やったぞ」バートは絶叫した。「やったぞ。我々は成功したんだ」

彼はスティーブの肩に腕を投げかけ、泣き笑いを始めた。

「新しい神の世界だ」バートはすすり上げた。「新しい天と地……みんな、これは黙示だ！」

「新しい時代には違いないが、果たしてそこは神が住む世界だろうか」スティーブは暗い気持ちで反問した。

4章

原子爆弾投下

雷雨で気温が下がった。しばらく続いた乾燥と耐えがたいほどの暑さが和らいだ。開け放した窓から湿った柔らかい風が入ってくる。メサの麓の、日干し煉瓦造りの小さな家の寝室でジェーンは目覚めた。しばらくベッドに横たわったまま昨日のことを思い出していた。昨夜はなかなか寝つけず遅くまで起きていた。「ゼロ」の当夜だった。スティーブやバートたちと一緒に現場にいればよかったのかもしれない。滅多にない機会を逃した。

「やっぱり、女だな。『ゼロ』を見逃すようでは科学者とは言えないぞ」

つい一昨日、「ゼロ」の前日のことだが、新しい原子炉の熱の上昇を計測していたとき、バートは声をひそめてジェーンにその言葉を投げつけた。その原子炉に彼は「マニアック《狂人》」と名づけていた。彼はいつも、「マニアック」とか「アニダック」とか「ルミナック」とか怪物的な名前をつけたが、お気に入りの薄汚れた初期の炉のことは愛着をもって「ジョージ」と呼んだ。基本型だけを残して余計なものをすべて排した小型炉が一機あり、これには「ゴダイバ」と名づけていた。

ジェーンは少し考えて返事をした。「私は行けません。明日はディック・フェルドマンの葬儀の日で、私のほかに誰もいませんから。そちらは私がいなくても変わりないでしょうし、大がかりなショーを特に見たいとも思いません」

「死者の弔いは死者に任せておけ」バートの返事は痛烈で、ジェーンのはっとしたような視線に気づき、「聖書の言葉だ」とあわててつけ加えた。バートはさらに一緒に来るようにしつこく言い続けた。「何より君は科学者だろうが。私が君にいささかでもちょっかいを出すと、決まってそう言うくせに」

ジェーンは答えなかった。自分が前にどうだったかなど知ったことではない。自分でも自分がわからなくなっている。ジェーンの心はひどく混乱していた。何年も前、アルモラにいたときにはこんなことはなかった。あのときは初々しく数学を大いに楽しんでいた。その結果、大昔に火山だった山々に囲まれたこのメサにやって来ることになった。大昔の火山の爆発が現代人の秘密の作業に都合がよかったとは、なんという皮肉だろう。

ジェーンは急に落ち着かなくなって上体を起こした。いまこの瞬間、メサにいるべきだったかもしれない。いまごろは実験の成否がわかっているだろう。もちろん機密事項だが、彼女にはちがう。同性でただ一人ジェーンだけが男たちの秘密を知ることを許されていた。誇らしいはずだが、そうは感じられなかった。責任だけが重くのしかかった。……ことによると、激しい雷雨で実験は延期になったかもしれない。あるいは、失敗だったかもしれない、ひょっとしたら……とにかく、何が起こっても不思議ではない。もう考えるのはよそう。

急いでベッドから出てシャワーを浴び、髪をとかし、さっぱりしたしなやかな体に手際よく緑色の絹のサリーをまとった。一人でいるときはいつもこうする。インドのサリーほど着心地のよいものはない。たっぷりした長さの柔らかい布地が体をしっかり包んでくれる。子供のころにもよく着ていたが、いまでもサリーを着ると緊張がほぐれる。

嵐が通り過ぎたあとの朝は素晴らしく天気がよかった。砂漠は再び水を得て復活した。ジェーンは自然に気持ちが軽やかになり、いつしか歌を口ずさんでいた。女の暮らしには必ず二つの面があるのかもしれない。いずれにせよ、どんなに小さな家でも、キッチンが狭くても、テラスが石でできていても、家には心地よさがある。ジェーンはテラスで朝食をとることにした。湯沸かしを火にかけ、オレンジを搾っていたとき、玄関にスティーブの声がした。自分の耳を疑って立ち上がった。今日、こんな時間に、どうしてスティーブがいるのだろう。

「ジェーン！」

大急ぎでドアを開けるとやはりスティーブだった。泥だらけで、げっそりした顔をしている。

「なぜ、こんなところにいるんだ？　なぜメサから出て行った？」質問攻めだった。

「出たんじゃないわ。そんなことできると思って？」憤慨して言った。

スティーブはのっそりと部屋に入りコートを脱いだ。「君はメサを出た。僕はいままでメサにいた」

「女性宿舎を出たことは確かよ。戻れなかったの。ディックの葬儀のあと一人になりたかった。そうしたら、この小さい貸家を見つけた。つい昨日のことよ。何週間も前のような気がするけど。画家が住んでいた家で、展覧会の準備のために東部へ行ってしまったの。それで私がすぐに飛びこんだ。身のまわりのものを持ってね」

「なんだ、そんなことか。君が一軒家に移ったと聞いて、何か心に決めたことがあったに違いないと思ったんだ」

スティーブはキッチンの椅子に腰を下ろし、ジェーンを見つめた。

「何を言いたいの。どんなことを決めると言うの」

「僕はそれを言いに来たんだ」

「朝食はすんだの?」

「まだだよ。二日間何も食べてない。そんな暇はなかった。何があったか知らないのか」

「知らないわ。研究所には三日間休むと伝えたけど」

「知りたくないのかい」

「じゃあ一つだけ。成功だった?」

「大成功だ」

「いまはそれで十分だわ。シャワーを浴びたら? 朝食の仕度をするわ。浴室はあそこよ」

立ち上がって体を引きずるように歩くスティーブをジェーンは目で追った。何かあったに違いない。成功以外の何かが。……そうか、成功だったのか! 失敗すればいいと思っていたのに。そうすれば時間が稼げるから。何のために？　もっと時間があれば……ああ、考えるのはよそう。

オレンジを搾ってジュースをピッチャーに移し、テラスのテーブルに二つ席をつくった。もう太陽は昇っていたが、テラスは家の西側にある。砂漠を模した小さな庭に面していて、砂を敷いた庭にはサボテンが植えられ、丸いプールがあった。外はまだ涼しいが、一時間もしないうちには外の熱気が入らないよう窓を閉め切ることになる。それからメサに行って仕事をする。トースト、ベーコンエッグ、ママレードを並べた。突然、湯沸しポットが金切り声を上げた。その音にせかされてあわてて火から下ろす。音の出るポットは女を困らせるために発明されたのだろうか。彼女はこの種のアメリカ式には依然として馴染めずにいる。インドで過ごした子供のころは、おおぜいの使用人が守ってくれていた。使用人たちは小声で話し、音もなく歩いた。自分も裸足だったことを懐かしく思い出す。この家の住人である画家は毒グモに注意するようにと言っていた。タランチュラ*もいるそうだ。

「生き物には慣れています。インドで育ったのですもの」そのときはそう返事した。

日焼けした画家の顔が急に明るくなった。「インドだって？　私は前から行きたいと思っていたんだ」

「あなたの想像どおりではないと思いますけど。でも、そうかもしれませんね。みんなが考えているとおりなのかもしれないし、まるで違うかもしれない。インドへ行くことは、単に行くというだけのことじゃありません。あらゆることに向き合うことになります。富者と貧者、歓喜と悲惨、善と悪、美の極致と極

タランチュラ：特にトリクイグモ科に属する大形のクモ。かつては南ヨーロッパに生息するコモリグモ（毒グモ）と同名にされていたため、毒があると思われていたが、現在では人間を害するほどの毒は持たないことが知られている。

度の醜悪さ、すべてです」

いまはテラスを見回しても毒グモやタランチュラはおらず、石が足にひやりと冷たい。スティーブがシャワーから出てきた。着ているシャツは埃まみれだが、だいぶこざっぱりした。ジェーンは石鹸の匂いのする男性が好きなので笑みがこぼれた。

「ずっとましになったわ。さあ、座って。飢え死にしそうだわ。しゃべらないでちょうだいね」

スティーブはため息を漏らし、座ってくつろいだ。ジェーンは丈の高い緑のグラスにオレンジジュースを注ぎ、彼と向き合って座った。

「こんなこと聞いていいかな。君が着ているのは何なの?」

ジェーンは声を上げて笑った。「聞きたいのはそんなこと? サリーよ。自分の家ではこれを着ているの。そうすると、家がたちまち家庭になるのよ。サリーを着た瞬間にね。ずっとここに住んでいるような気持ちになるわ。インドの家も日干し煉瓦だったからかもしれない。ここがインドと違うのは電気器具があることかな」

「よく似合うよ。着心地もよさそうだね」

「そうなの」

会話が数分間途切れ、スティーブはむさぼるように食べた。一杯、二杯、とうとう三杯まで、彼女はコーヒーを注いだ。かりかりに焼いた厚いベーコンを載せた卵三個、トーストに甘さ控えめのママレード。ほっと息をついて、スティーブは椅子に反り返った。

「みっともなかったね」

「私はとてもうれしいわ」

彼は皿やコーヒーカップをわきにどけた。「さあ、しゃべるぞ」

ジェーンは両手で耳をふさいだ。「お願いだからやめて。メサへ行ってから何もかも聞くわ。あなたは報告書を書くんでしょう。新聞に『ネバダ砂漠の実験成功』って小さい記事が載るわね。世界が変わったんだわ。みんなはどうしているの?」

「君だけに話すけど、どっちにしろ、僕にとって、世界は確かに変わったんだ」

耳をふさいでいた彼女の手が下がり、二人の目が合った。スティーブはタバコが吸いたくなってパイプに火をつけた。「途中で邪魔しないでくれ、いいね。僕が言い終わってから、君が話す。いまから話すことは、思いつきなんかじゃないってことだけはわかってほしい。ずっと考えてきたことだよ。ここに来てようやく点火、と言ったらいいのかな。でも、準備期間は長かった。いまが僕の『ゼロ』だよ。最後は巨大な閃光だが、そこまでに四年かかった。同じようにね……」

ジェーンは森の雌ジカのようにおびえて黙りこくっていた。スティーブは彼女のほうにまったく目を向けなかった。それどころか視線をそらして、この家の低い屋根にじりじり射しこんでくる太陽の光に照らされた円形のプールを見つめていた。

「僕は科学者だから話を科学的に進めたい。僕の『ゼロ』への準備は、何年も前にヘレンと出会い、恋をしたときから始まったようだ。恋はしたけど、僕は科学者だから恋愛中の自分を客観的に見ていた。研究をしていた、と言うべきかな。科学者、しかも純粋な理論物理学者にとって男女の交際はどの程度必要か。科学者は科学者と結婚すべきか。それが疑問だった。そういう結婚もあるが、ほとんどの場合は違う。知り合いの科学者連中を訪ねて、自分が恋愛中であることを隠して質問してみた。七人だったっけ、彼らが結婚した女性に満足しているかどうかを尋ねたんだ。そのうち六人は科学者でない女性と結婚していた」

「やめてくれない」

「何を」ジェーンをちらっと見た。

「いちいち『科学者でない女性』って言うこと」

スティーブは片手を上げた。「これからその話をする。一度に何もかも学習するのは僕には無理だ、そうだろう？　実験しなくちゃね。とにかく、六人のうち四人は奥さんに忠実だった。幸せだそうだ。奥さんが子供の世話をしたり、家庭を切り盛りしたりして、自分は家庭の責任を放免してもらっているんだとさ」

スティーブは急に黙りこくってジェーンを見つめた。

「なあに？」

「たったいま気がついたけど、奥さん連中にどう思っているか質問しなかったよ。忘れていたなあ。僕はいい調査ができたと思っていたんだけど」

ジェーンは胸の痛みを笑顔で隠した。「いいのよ、女のことは思い出してくれなくても。続けてちょうだい」

「あとの二人ははっきりしなかった。名前は言わないけど、二人のうち一人はいまメサにいるよ。彼は奥さんと話せるのは素晴らしいと思うことがたびたびあるんだって。なんでも話すんだってさ。だけど、そういうことが自分の、その、性生活に影響を及ぼすこともあるそうだ。奥さんに説明しきれない部分がたくさんあるから、ときどきは自分を抑制するという。すると、奥さんは怒る。彼の言ったことが、いまになってわかってきたな。聞いたときには気がつかなかった」

「七人目はどうなの」

「これから話すよ」

スティーブはパイプをたたいて灰を落とし、考えながらゆっくりとタバコを詰め直した。「七番目の男は、ただ女であるというだけでは結婚しないと言った。自分もただの男ではないからだそうだ。そいつは科学者の女と結婚した。当然ながら、彼にぴったりの女性であると同時に科学者でもあるわけだ」

「キュリー夫人ね」ジェーンは言った。

「そんなところだね。その女性がとりあえず自分にぴったりの男性と結婚したら、たまたま相手が科学者だったんだと僕は思いたいけどね」

「当たり前でしょ」ジェーンはちょっと怒ったように言ってスティーブの気を引き、それから声をあげて笑った。危うい雰囲気だった。彼女はどうしようかと迷い、コーヒーを入れに席を立った。

「もう聞きたくない気がするわ」彼に背を向けて言った。

「僕は続けるよ」スティーブは動じなかった。「爆発の閃光の中で天と地が溶け合い、それがゆるぎない現実となった。ほら、人は死ぬとき一瞬の光の中に人生のすべてを見ると言うだろう、それが僕にも起こったんだ。そこには君しかいなかった。だから、すぐに君のところへ来た。自宅でも、ヘレンでもなかった。研究所で君の居場所を教えてもらい、車に飛び乗って夢中で運転してきた。君のところへ」

スティーブはマッチをすった。手が震えていた。「ここ何ヶ月も、いや、君に初めて会ったときから何年も、自分の中で押し殺し、打ち消し、拒んできたことが、あの閃光の中ですべて解放されたんだ。うまく言えないよ。仕事の緊張も少しはあるかもしれない。よくわからない。だけど、こうして僕はここにいる。もう緊張はない。自分が求めているものはわかっている。完ぺきな伴侶。君だよ」

ジェーンはテーブルに肘をつき、両手で頭をおさえたまま返事をしなかった。深い沈黙が流れた。心は無言のうちに彼と通っていた。ようやく沈黙を破ったが、スティーブの顔を見ずに言った。

「私たち子供じゃないわ」

「それはそうだ」

「私を束縛するものはないけど、あなたにはある」

「バートは違うのかい」

「違うわ。あなたが考えているような関係じゃない」

「直感で、彼は君が好きだと思っていた。僕と同じかもしれないと」

「バートの話はやめましょう」

「わかったよ」

「どちらにしても、あなたは自由の身じゃないわ。私はヘレンが好きよ。彼女はあなたを愛している。私は彼女と競うつもりはないし、その必要もないわ。私は科学者で、単に女というだけじゃない。私にはすべきことがある。でも、ヘレンにはあなたしかいないのよ」

スティーブはつっと立ち上がり、テラスをゆっくりと行ったり来たりした。「確かじゃないんだが、彼女とパーシー・ハードは……」

「やめて。あなたの奥さんよ」

「僕はたいした夫ではなかったからね。ヘレンはずっと家と子供をほしがっていた。いまはどちらの話もしない。また音楽に夢中になっているんだ。パーシーと」

「本当？」

「ああ。……だけど、僕は平気だ。いまとなっては、どうでもいいことさ」

スティーブはジェーンのそばに立った。「なぜ、君はヘレンのことばかり気遣うんだ。なぜ、僕のことを考えてくれないのさ」

「スティーブったら。あなたは科学者よ。あなただって自分がすべきことを持っているじゃないの」

「ヘレンの音楽は違うのかい」

「違うわ。結婚したときに、ヘレンは音楽をあきらめたんでしょう？」

「そうかもしれない」

「それでは自分のものとは言えないわ。本物じゃない。本物だったらあきらめられないはずよ。女にとって問題はそれなの。自分だけのものを持っている女はとても少ない」

「頼むから、哲学はやめてくれ。いまは聞きたくない。ジェーン、キスしてくれ。キスして……」スティーブは彼女を引き寄せた。

「ああ、スティーブ」

抵抗できなかった。男性にキスしたいと思ったのは、ずいぶん前のことだった。スティーブの腕が体にからみつき、唇がはじめは優しく温かく重なり、次第に激しく情熱的になった。彼女は震えながらそれに応えた。応えずにはいられなかった。応えたいと思う気持ちにも、応えられることにも喜びを感じていた。やがてスティーブは上体を起こし、ジェーンの頭を自分の胸に押しつけ、抱きしめた。ジェーンの髪が彼の頬に触れていた。

「さあ、わかってくれたかい」

「わかったわ」彼の心臓に向かってささやいた。

「これで決まった。ヘレンに話そう」

ジェーンは体を離した。「いけないわ、スティーブ」

「話さなくっちゃ、ジェーン。言わないままで一緒に暮らせるわけがない。うそはつけないよ」

彼女は心配でたまらなかった。「ああ、話してはだめよ。唐突すぎるわ」

「君は本気じゃないのかい」

「いいえ、本気よ。あなたを本気で愛しているわ。そういうことじゃないの」

「じゃあ、何だい」

「恋愛より大切なことがあるわ」

「ないよ」

「いいえ、あるわ」

彼に笑顔を見せようとしたが、涙があふれてきた。

「時間をちょうだい、スティーブ。いいこと？　私は閃光を見なかったのよ。……私は『ゼロ』にいなかった」

スティーブは彼女を見つめていた。「よくわかった。時間をあげよう。でも、僕の気持ちは変わらない。絶対にね」

スティーブは椅子にかけてあった上着をつかんで、ゆっくり部屋を出て行った。

「ああ、どうしよう。どうしたらいいのかしら」一人になると、そっとつぶやいた。

ジェーンは砂の庭に見入っていた。それから寝室に駆けこんだ。走りながらサリーを脱ぎ、床に広がったサリーの上に横たわった。やがて普段着に手を伸ばした。伸縮性があって体を引き締めてくれる清潔ですっきりした白のガートル、白のブラジャー、白のスリップ、青いスカートに青いシャツ、ナイロンストッキングに白い靴。仕事用の上着は研究室のドアの裏側に掛かっている。ジェーンはいま、その研究室に行こうとしていた。戻ろう。仕事に戻ろう、大切な仕事に。研究室では宇宙のエネルギーのことだけを考えていればいい。胸にともった分別を失わせる炎のことは、考えずにすむ。

ヘレンが言った。「どうしたの？」

言葉には朗らかな響きがあっても、二人の関係はメサの夜のように冷え切っていた。

「疲れたんだ、と思うよ。働きすぎかな」とスティーブが答えた。

「午後いっぱい、眠っていたでしょ」

「夜に眠るのとは違うよ」

ヘレンはベッドから出てガウンをはおった。小さな鏡台のところへ行って明かりをつけ、髪をとかし始めた。スティーブはベッドから妻を眺めていた。鏡に映る妻の顔が見えた。一心に髪をとかしてみせる仕草にも、黙ったままでいることにも、スティーブはもう少しも惑わされなかった。まるで朝が来たように、髪をとかしてから毛先を指でカールした。それから顔にクリームを塗り、鏡に映る顔を入念に眺め、ピンクのティッシュペーパーでクリームを拭いた。

「私、ベッドに戻らないかもしれないわ」明るい声だった。

「まだ午前二時だよ」

「二時でも十時でも関係ないでしょ」

スティーブは毛布をはねのけると、パジャマのひもを締め直した。

「僕がずっとどんな状況だったのか、わかっていないみたいだな」

「私がわかっていないって、どういう意味？」ヘレンは注意深くゆっくりと爪にやすりをかけていた。ピアノを弾くために、いまは爪を短くしておかなければならない。パーシーとの音楽会は大成功だったが、スティーブが聞くのを忘れていたので、特にその様子を話してはいなかった。

「演奏旅行をしようか、君と僕で。きっと大評判になるよ。自分が科学者なのが残念でならないな。そうだろう?」

「本当にそうね。あなたは素晴らしい音楽家だわ」

「いつも言われてきたけど、君に言われると気分がいいな」パーシーとはそんな会話があった。

「そうさ、君は僕をわかっていない」急に寒気を感じて、スティーブはパジャマの上着に手を伸ばした。

「科学者を理解できる人間なんか一人もいないって言いたいわ」ヘレンはやすりを置いて、ピンクパールのマニキュアを手にした。

スティーブは返事をせず、窓辺に歩み寄ってベネチアン・ブラインドを引き上げた。窓は、現代風に低い位置に幅広く取り付けられていた。大昔の死火山の頂に寒々とした三日月がかかっていた。

ヘレンは夫の背中をちらりと見た。「それとも、誰か理解者を見つけたのかしら」

スティーブは黙っていた。ここは辛抱しなければ。ジェーンに時間をあげなければならないし、ジェーンを裏切ってはならない。だが、いら立ちはなんとしても抑えようがなかった。

「理解者を見つけたのは、君のほうだろう」

「あら、まるで〝なすり合い〟ね」

「そうじゃないのか」

「パーシーのことを言っているのなら」

「決まっているだろう」

「座ってちょうだい。話をしましょう。私が話したら、次はあなたが話す。それなら公平でしょ？　私は絶対に怒りで自分を見失ったりしないわ」

ヘレンが部屋中の明かりをつけたので、スティーブはブラインドを下ろした。この辺りの家々はまるで個室を並べたハチの巣のようで、そこに棲息しているメスたちはうわさ話に余念がないのだ。

ヘレンは鏡台の上に化粧道具を大事に並べた。「丸一ヶ月、あなたに抱かれていないって知っていた？」

「いちいち日付を確かめるなんていやだね」スティーブはぼそぼそと言った。

ヘレンは少し間をおいてから落ち着いて話をした。「あなたが思っている以上に私はあなたのことをわかっているわ。以前のあなたのこともわかっている。あなたは温かかった、冷たい人じゃなかったわ。私もそうよ。ベッドでもうまくやってきたでしょ？　そのときもあなたはずっと科学者だった。一日の九割は宇宙線にかかりきりでも、残りの一割を待つ甲斐があったわ。それなのにいまは、以前とすっかり変わってしまった」

「このプロジェクトは宇宙線とは違う。何千倍も厳しい仕事なんだ。プレッシャーで押しつぶされそうになる」

「わかっているわ。それも考えていた。でも、スティーブ、この四年間の私たちの生活といったら、家も子供もない。このままで子供が持てるの？」

「子供はほしくないと言ってたじゃないか」

ヘレンは急に強がりを捨てた。夫のそばの床にかがみこんで膝に額を当てた。「ほしいのよ。でも、子供を産めないような怖い世界に住むのはごめんだわ。お願い、スティーブ、話してちょうだい」

「話せないよ。いまはだめだ」

スティーブは言葉を飲みこんだ。ヘレンにどう取られても仕方がない。すべてのことがプロジェクトにつながってしまう。プロジェクトのことは、進捗状況も、いつ終わるのかもヘレンには話していない。そんなことは誰にもわからない。目下の問題は原子爆弾を使うかどうかになっていた。彼自身はその問題と向き合ったことがない。向き合えずにいるのだ。ジェーンが彼に話をさせてくれるまでは。宇宙全体が混沌としていた。外の宇宙も彼の内なる宇宙も同じように混乱していた。

「いつになったら話してくれるの」

「わからない」

「それじゃあ、私が何もかも話しましょうか」

スティーブは黙っていた。ヘレンは彼を見上げ、おずおずとその手を取った。「何もかも話していいかしら」

手を引っこめたい気持ちをスティーブは我慢した。「そうしたいなら、かまわないよ」

「私、パーシーに恋しているかもしれないわ。少しだけ」

スティーブはこみ上げてくるうれしさを自ら恥じた。自分の気持ちが浅ましい。

「そうだと思っていたよ」

「気にならないの」ヘレンは不満そうだ。

「君が幸せなら、それでいい」

ヘレンはスティーブの手をなでて、その手に頰を寄せた。「でも、恋したのはほんの少しよ。私、とても寂しかったから」

今度はスティーブが手を引っこめた。「ほんの少し恋してるって、どういうことだ？　恋しているのかいないのか、どっちなんだ？」

「あなたと私が、もしかして、あなたと私が元どおりになれたら、恋なんてしないわ」

「元どおりになる方法なんてないさ」突き放すように言ったが、彼女がかわいそうに思えてきた。

「それだけじゃないのよ」ヘレンは落ち着かない様子で立ち上がり、ベッドの端に腰かけた。「つまり、その、どう言ったらいいのかしら」

「パーシー・ハードと寝たって言おうとしているのか」

それなら、妻には何を言ってもいいのだ！

ヘレンは思わず吹き出したが、次にはしくしく泣き出した。「まあ、スティーブ、なんてことを。まるで……ああ、神様、そんなことを考えていたの？　本当にそんなことを？」

ヘレンはひざまずいて両腕で夫を抱いた。「私を抱いて、スティーブ。いやよ、そんなこと、絶対にないわ、絶対に」

スティーブは妻を抱かずに、人でなしのままでいた。

「とにかく、パーシーには気になることがあるの。愛するなんてとてもできないわ。……彼はそういう人じゃないのよ。そう思わせるようなこと、あなたのまわりでは起きなかった？　パーシーは何と言ったらいいか……」

「何だって？」

「信用できないいんじゃないかしら」

互いに顔を見合わせた。スティーブはヘレンを引き離すと、部屋の中を行ったり来たりした。「確かに、僕もそう思うことがあった」

二人が話し合っていること以上に大きな問題が現れて、スティーブはほっとした。

「彼は私を抱こうとしたし……」ヘレンは話し続けた。「私も一時的だったけど、彼にぽーっとなったことは否定しないわ」

「なかなか魅力的な男だからな」スティーブは認めた。

「私のことはどうでもいいのね」

「君が幸せなら、それでいい」前と同じせりふをくり返した。

ヘレンは鏡台の前に戻り、スティーブに背を向けて小さい香水の瓶をいじっていた。

……「ねえ、君」ヘレンはパーシーの言葉を思い出していた。「僕たちとても楽しかったね。この砂漠ともそろそろお別れだ。あと二週間で僕はイギリスへ帰ることになっている。……ぜひ大爆発を見たかったけどね」

「大爆発があるの？」

「あるとも。そうじゃなかったら、なぜ僕たちがここにいるんだ？」パーシーはうっかり漏らした。

「そのこと、しゃべっていいの？」

「君にだけだよ」

「スティーブは何も話してくれないわ」

パーシーは即座に暴言を吐いた。「君たちアメリカ人ってのは、本当に秘密が好きだねえ。メサでも二つの部門で働いているやつを知ってるけど、シーッ、シーッって言い続けて、とうとうやつは独り言も言えなくなっちゃったよ」

パーシーは声を絞るようにして笑ったが、ヘレンはにこりともしなかった。それをちらっと見て彼は続けた。「あのフェルドマンという男だけど、なぜ隔離したのか知っているかい。緊急入院させて医師も看護婦も遠ざけた。それに、あの女科学者、何といったっけ……」

「ジェーン・アールよ」

「そうだ。彼女が昼も夜もフェルドマンに付き添って、秘密を口走らないように見張っていたんだ」

「どうして知っているの」

「僕はあとを追った。友人としてね。フェルドマンは哀れなやつだよ」

そのとき二人の目が合い、とたんにパーシーはヘレンを激しく抱きたくなった。

「ねえ、そんな目をしないでよ。僕は君以外の誰にだって、何にだって関心ないんだ」

ヘレンはパーシーの腕の中に飛びこんだ。知性や良心に逆らって体が騒ぎ、自らの意志に反して体が反応していた。……スティーブは何週間もヘレンをほったらかしておいてはいけなかった。こうなる前に、妻の気持ちを理解すべきだった。

最後の瞬間にヘレンは押しとどまった。「だめよ、パーシー」

「いつならいいのさ」

「まだよ」

「いつ？　いつなんだい」

「わからないわ」

自分のことすらわからないのに、スティーブに説明などできなかった。

スティーブはあくびをした。「ほかに話すことはないの、ヘレン？」

「ないわ。いまのところは」

「それじゃあ、僕は寝るよ」スティーブは毛布を引っ張り上げた。

メサに戻る途中、バートは予想もしていなかった不思議な悔恨の情にとらわれた。「ゼロ」が大成功を収めたあと同僚たちに別れを告げ、将軍とその部下たちに祝詞を述べた。

「メサで会いましょう。次の仕事がつかえている」歌いたくなる気分だった。

誰もが次の仕事が何かわかっていた。ドイツは意外にもあっけなく五月に突然、降伏した。その前の月には、おおぜいの人に敬愛され、ごく少数の人からはひどく嫌われた大統領が、もっとあっけなく逝去した。四月のその日の午後、逝去のニュースがジョージア州の小さな町から全国に広がったとき、バートはワシントンから帰る列車の中だった。

「大統領が逝去！」

どこの大統領か尋ねるまでもない。世界にただ一人しかいなかった。後継者*となった小柄でエネルギッシュな男は未知の人物で、そのうえ、プロジェクトについても未経験者だった。バートはそのままワシントンに引き返し、この背の低い男に面会してかなり不安を覚えた。ときどき陰は射すものの、背筋を伸ばし、きりりとした小柄な姿からは陽気な善良さが見てとれた。だが、ホワイトハウスの大きな空席を埋めることができそうには到底見えなかった。

「君に全幅の信頼を寄せている」小柄な男はバートに言った。「恐ろしさで足がすくむ思いだが、例の件の遂行は差し支えない。見ていればわかる。私は陸軍長官と緊密に連絡を取り合っている。私には長官がもっともよい指針となってくれるだろう」

そのとおり、長官は良き案内役だった。バートも長官の言うことには耳を傾けた。

……「諸君、文明の方向を変えるかもしれない任務を実行するよう勧告する。これは我々の責務である。我々の大きな任務はこの戦争を速やかに、かつ成功裡に終結させることだ。新兵器によって我が国は圧倒的な戦力を持つことになる。新兵器の使用が長期的な歴史観においてどのように見られるかを念頭に置きつつ、この戦力を最高の知恵を発揮して行使することは我々の義務である」

大統領の死に伴い、各将軍は引き継ぎ業務を行ない、軍人出身でない陸軍長官はバートン・ホールを側近にした。

「バート君、すべてが終わったら、君たち科学者は原子力が民間のものになる場面を目撃するに違いない。もし私が死んだら、君ら科学者がそれを見守ってくれたまえ。私は歳をとってしまったので、そのうち、ルーズベルト大統領のあとを追うだろう」

「必ず我々が見守ります」バートは約束した。

いま短剣のようにバートの胸に突き刺さっているのは、まさにこの約束だった。将軍はすでに「装置」を使う戦略を練り始めていた。正式に「原子爆弾」と呼ぼう。「装置」の実体はそれなのだ。今後は「装置」などとごまかさないで、はっきり「原子爆弾」と呼ぶことにするつもりだった。少なくとも自分ではそう呼んで長官との約束を忘れないようにしようとした。

長官との約束のことを考えながら車を走らせていたとき、自分でもその理由を予感していたわけではないが、バートはやにわにメサとは逆方向の北へ車を向けた。砂漠や平原を越えてアリゾナへ、収容所へと向かっていた。有刺鉄線の向こう側にはヤスオ・マツギが敵国人として収容されていた。ヤスオは移民と

後継者：本書の背景から、アメリカ合衆国第三十三代大統領、ハリー・S・トルーマンを指すと推測される。一九四五年四月、ルーズベルトの急死で、無名のまま大統領に昇格。在職一九四五～五三年。ポツダム会談、広島と長崎への原爆の投下など第二次世界大戦の終結と戦後処理で指導的役割を果たした。

してこの国に二十年間暮らし、日本の伝統美とアメリカの現代絵画を独自の方法で融合させた、淡く美しい絵画を描いてきた。彼の絵画は美術館の壁や、収集家たちの家、画廊に飾られている。開戦は芸術家や市民が決めたのではない。無知と恐怖でパニックになった軍人たちが開戦を決定し、恐れおののく小柄な男女とともにヤスオも強制収容所に追いこまれた。収容されたのは食堂の経営者、農園業を営む者、主婦たちで、彼らの息子はイタリアの土にまみれながらアメリカのために命をかけて戦っていたが、日系の親たちに自由と安寧は許されなかった。

砂漠を運転中、それらに対する良心の呵責が仕切りの多い彼の頭の中をぐるぐるかき回し、アリゾナの敵国人収容所の門にたどり着いたときにはへとへとになっていた。

歩哨が小屋から出てきた。まず、あくびをしてから、薄汚れたシボレーのセダンに乗ってきた人物に身元を尋ねた。

「バートン・ホールという者だ」車の所有者は吠えた。「連れはいない。昔の友人、ヤスオ・マツギに面会したい」

「身分証明書を見せて下さい」寝ぼけまなこの歩哨は言った。

バートは札入れをまさぐる。どこへ行っても身元と訪問理由を問われるのは不愉快極まりない。実名を名乗れない場合に備えて、彼には将軍から使用を許されている三つの名前があった。戦争と国家機密に影響する特別な事情がある場合は、それらを使い分けることが合法的に認められていた。だが、この怠惰な若者には名前などどうでもよかった。

「了解。滞在時間は？」

「一時間」

「了解。十七号です」

バートは中に入って仮設小屋の順番を数えながら十七号の前にやって来た。すでに日が暮れかかっていたので人に尋ねると、ヤスオは中にいた。外で待っていると、猫背ぎみのやせた男が両腕をいっぱいに伸ばしながら戸口に現れた。

「ホール博士……ここまで会いに来てくださったとは！」

「ヤスオ、いつも君のことを考えていたよ。元気か」

「さあ、中へ。さあ、どうぞ」

案内された細長い部屋は奥のほうを軍用毛布で仕切り、画家であるヤスオは狭いながらも自分の居場所をつくっていた。絵画は一枚もないが棚の上に彫像が並んでいる。バートは初めそれが何かわからなかった。

「これは？」

ヤスオは静かに笑った。「私の作品です。ここは一日が長いし、よく眠れない。それでつくるんです」台の上から鳥の形のようなものを取った。平らな石の上に立つサギだった。「これはセージの根っこです。砂漠にはセージのほかに何もない。それでセージを少々手に入れます。彫刻に興味があるらしい親切な兵士たちが、気を遣ってセージの根をくれるんです。それを彫って寂しさを紛らわせています」

「見事なものだ」バートはそう言いながらも肩身が狭かった。

「私だけじゃないですよ」ヤスオは明るい声だった。「みんな、何かをつくっています。何もしないで暮らすのは非常に辛い。花の種を植える人もいます。外にあったでしょ？　きれいな花が咲きますよ。野菜の種を手に入れる人もいる。よほど不精者でない限りは何かつくっています。不精者はあまりいませんけどね。まじめな人がほとんどです。寝台ですが、どうぞ掛けて。お茶がなくて、もてなしができませんが」

バートは腰を下ろし、長年の知り合いである、温和で礼儀正しい男の顔を正面から見た。ヤスオは陰りない笑顔を見せていた。バートは、このヤスオを苦しめることにならないか自問した。陰りのあるのはバートのほうだった。彼がここへ来たのは、間近に迫る新たな大惨事でヤスオの心が砕けてしまわないように、話しておこうと漠然と考えたからだった。ヤスオに言いたかった。「何もかもを混同しないようにしよう。君と私はこれまでどおりまったく変わらない。絶対に。アジアのジャングルにいる鬼畜のような連中と、君は何のかかわりもない。君と私はここにいるのだから」

だが、あまりに事情が複雑すぎて一言も言えなかった。バートは一時間半ほどいてほとんど口を開くことなく、ヤスオばかりが現在の暮らしについて愛想よくしゃべり、自由になってまた絵を描ける日がくればいいと話していた。彼にとって絵を描けないことは何よりも辛かった。

「絵が描けないんです」ヤスオは悲しそうだった。

「絵筆や絵の具はないのか」

ヤスオは首を振った。かなり長く散髪していないようだ。

「描く気になれないんです」繊細な人差し指で心臓を示した。

「わかるよ、ヤスオ。……みんな同じ思いだ。みんな、感じていることを表現できない。さて、失礼するとしよう。便りをくれ」

二人は手を握り合って別れた。

薄汚いモーテルで惨めで不快な一晩を過ごした翌日、ヤスオに会いに行ったことが自分にも彼にもよかったのかと考えたが、バートには答えが見つからなかった。どうしても行かなければならないという思いに駆られてのことだった。ひょっとすると、行かないほうがよかったのかもしれない。行ったことで仕事はさらに辛くなるはずだ。はるかかなたの日本には、ヤスオのような善良な人間がたくさん暮らしていることだろう。

砂漠のメサへ帰り着くまでバートの気分は落ちこんでいた。二日後、電話でジェーン・アールの消息を尋ねた。以前住んでいた宿舎にはもういないとわかったが、午前中だけは仕事に出ているとのことだった。その日の夕方、彼は日干し煉瓦の家へ電話をした。

「砂漠の中で、いったい何をしているんだ」

「暮らしています。ただ住んでいるんです」

「こっちで気に入らないことでもあったのか」

「自分の家がほしかったのです」

「家だと?」怪しむ気分でくり返した。「一人でか」

「もちろん一人ですよ」

「じゃあ、これから会いに行くよ。夕食はつくれるかね」

「ええ、一人分だけは」

「二人分つくってくれよ」

バートは時代がかったフェルト帽をつかむと、肩越しに秘書のロージーに指示した。「ジェーンと夕食を食べるとホール夫人に連絡してくれ。用事があったら、そこへ連絡をくれるように言ってくれ」

ロージーは唇をすぼめた。「わかりました、ホール博士」ジェーンが一人住まいを始めたことで、メサではいろいろ取り沙汰されていた。実にいろいろと……。


「うまかったよ、ジェーン」バートは口をぬぐった。「君が料理上手とは知らなかったな」

「それほどでもありません。見かけだけです」

「そうか？　それで、この家には誰が来るんだね」

ジェーンはテーブルに両肘をつき、目の前の顔をしみじみと眺めた。この気取らない大男が好きだった。まったく恋などではない。ただ好きなのだ。この人はそういう人なのだと思い、バートを信頼していた。父親のような親近感を覚える人はほかにいない。

「君はいくつだ」出し抜けだった。

「二十七歳です」

「ここで修道女になったのは、二十二歳だったか」

ジェーンは笑った。「そうです。フェルミに師事したのは二十一歳でした」

「ああ、そうだ、フェルミだ。フェルミはシカゴに戻ったよ。『装置』を完成したら、もう興味はないとさ。やつは百年ぐらい先のことを考えている」

「シカゴに戻れと言われています」

「戻るのか」

「どうでしょう。仕事が完了したいま、ここで私がどの程度役に立つのかによりますけど」

「長い目で見れば終わっていない。残った問題は、どのように使うかだ」

「使うですって！　あれを使おうなんて考えないでください」

「戦争は終わらせなければならんだろう？」

「でも」

「黙って、ジェーン。まず、私にしゃべらせてくれ。私の話を聞いてくれ。モリーにさえ話せないことだ。モリーは死ぬほど恐がるからな」

「場所を替えましょう。……テーブルはそのままで」

ジェーンは深刻な面持ちで狭い居間へバートを通した。夕方になり冷えこんできたので暖炉にヤマヨモギの根をくべた。彼は古ぼけた赤いベルベットのソファに体を伸ばした。前の住人である画家がロングアイランドにあるビクトリア風の自宅からこの砂漠まで運んできたソファだった。ジェーンはソファに合わせた肘掛け椅子に腰を下ろした。

「途中で口を挟むなよ」

「何も言いません」

「聞くだけだぞ。いいな、終わりまでだ」

「わかっています」

ジェーンは気持ちを落ち着けて暖炉の火を見つめた。バートは、まるで死人のように両手を組んで目を閉じた。

「まず、最近のアジアでの戦場の現状と、ワシントンの動きを話そう。ドイツ軍は、原子爆弾の製造では我々の足下にも及ばなかった。フェルミの言うとおりだった。もちろん、我々にはそれが読めなくて、フェルミの正当性を疑いながら進めざるを得なかった。ドイツの失敗は製造法にあった。ドイツは核分裂の考えを採用したものの、プルトニウムには考えが至らなかった。覚えているかね？　ウランも三年前にあきらめてしまった。だが、再び製造にとりかかった。ウラン同位体の分離は彼らの手に余った。それでもドイツは原子炉を夢見ていた。一月の時点ではまだあきらめていなかったんだ。当時、ヒトラーは、六ヶ月以内に完成しない兵器の製造をすべて中止するよう命令した。その場しのぎしかできないやつだ。思いどおりに物事が進まなければ、こらえ性もなく別の物に替える。ノルウェーの重水を使って先に進めたはずなのにな。だが、イギリスはそれを知って、一九四二年にノルウェーを空爆した。一年後にはアメリカ軍も空爆したんで、ナチスは重水をドイツ本国へ運ぶことにした。一三トンほどの重水を一隻の船に積んだが、ノルウェーの抵抗組織*とイギリス軍がその船を沈没させた。ドイツの弱点は、我々のように一致協力してことを運ばなかったことだ。さらに製造を続けたが、ドイツでは科学者と軍が協力しなかったし、産業部門はまったく加わらなかった。それでは何も製造できん。こっちは一丸となった。スターレーの細首をかき切ってやろうと思ったこともあったがね。それでも我々は協力し合ったし、私はみんなに敬意を持っている。みんなも私に対してそう感じているだろう。シグニーがワイナーに我々をこき下ろすようなことを言ったが団結は壊れなかった。とんでもないやつらだったよ！　とは言え、彼らもかけがえのない存在だ。そもそも原子爆弾の発想はヨーロッパのものだ。彼らインテリはヨーロッパにいたんだろう？　あっちで開発されていたらと考えると心臓も凍るね！　古い、がちがちに固まった頭脳のおかげだよ。成しとげられたのは、彼らの構想を使わせてもらったからだ。それが我々の才覚というものだ。製造ってものは……」

バートは目をつぶったままため息をつき、手をほどいた。「それで、原子爆弾をどうするかだがね、ノッポさん？　落とすことになるだろう、たぶん」

「いけません。やめてください」

「話はまだ終わってない。問題は戦争の終結だ。落とすか、落とさないか。どちらが多くの人命を失わずにすむか、それが問題だ。敵は日本だけになった。日本は降伏しなければならない。最小の被害でいかに我が国が勝利するか。本土侵攻の日は決まった。今年（一九四五年）の十一月一日だ。主はご存じかわか

ノルウェーの抵抗組織：一九四〇年四月、ナチス・ドイツに占領されて政府・国王はイギリスに亡命。労働者、教員、牧師など国民各層は「祖国戦線」を組織してナチスに抵抗した。船舶はイギリスに逃れ、ノルウェー国旗を掲げて連合軍側輸送に働いた。

らんが。アメリカ軍は九州へ上陸する。九州は美しいところだ。私は二、三日滞在したことがある。この世に二つとないような美しい海岸だった。うしろに山々がそびえ、平和な漁村におおぜいの漁師がいる。着物で走り回る子供たちの姿といったら、まるで人形みたいだった」

「投下はやめて、お願い」ジェーンは両手で顔をおおった。

バートの声は容赦なく続いた。「軍のお偉方との話はすんでいる。私の頭に数字が刻みこまれている。低く見積もって、低くだぞ、上陸を敢行すればアメリカ兵五十万人が死ぬ。日本人の死者は二百五十万人だ。日本人は誇り高く死を恐れない。日本人はつねに死にさらされてきた。津波や地震があり、何世代にもわたって国のために命を捧げることを美徳だと教えられてきた。日本の秘密兵器は『神風』という自爆機（特攻隊）で、いまはこれしかない。だから決して降伏しない。軍部がさせない。たとえ日本を封鎖して、その戦艦を沈めても、降伏するまでには何百万人も餓死するだろう。日本人にはショックを与えなければならない。新兵器はこれほど恐ろしいものだぞと見せつければ、降伏する。人間が天の意志による破壊に対して降参するように、だ。……『汝、神を心に抱きし人間とは何ぞや？』だ」

「もう、聞きたくありません」ジェーンはつぶやいた。

バートは大きなため息を漏らし、怪獣のようにのっそりと立ち上がった。「いやか。聞きたくないだろうな。これ以上は言わん。だが、アメリカ中の人間が戦争に行くことになったらどうする？　我々はもう、数え切れないほどあの人々を殺しているんだぞ。日本の指導者はずる賢いからな。日本の武器は、アメリカのように大工場で製造されているんじゃないんだ。いたる所で、小柄な男女が伝説の地の精みたいにせっせと働いて、民家や小さな工場でつくっている。何も知らず、どう使われるかもわからずに部品をつくっている。上に立つ者はそういう部品を集めて大きな兵器を組み立て、アメリカ兵を殺し、アメリカ軍の船舶を沈める。だからアメリカはあの小柄な人々を、夫婦も、いたいけな子供も、一緒に暮らす老人も、殺さなければならなかった。殺さなければならないんだよ。さもないと、ジャングルや太平洋の島々にいるアメリカ軍の兵隊が死ぬ」

ジェーンはふいに立ち上がると、暖炉にもっとセージの根をくべた。「原子爆弾を使えば、終わりの始まりになるでしょう。地球上のすべての人間の終末が、そこから始まる……」

「たぶん、地球上のすべての人間のせいで、な……」

「違う。それは違います」

バートはジェーンをじっと見た。

「失礼しよう。もう話すことはない。お休み、ノッポさん」

体を傾けて彼女の額にキスした。「私をいくつだと思う？　今月、五十歳になるんだ。君がいつか私と寝たがるだろう、なんて考えると思うか。私はよれよれだ。よれよれのおじいちゃんだ」バートはつぶやきながら出て行った。ジェーンは電話のところへ行ってダイヤルを回し、スティーブを捜した。

「スティーブ！」彼女は泣き声をあげた。「ああ、スティーブ、どこにいるの？　すぐに会いたいの」

どこか遠方から返事が聞こえた。「ジェーン、いまは行けないよ。将軍が待っているんだ」

ジェーンは黙っていた。言葉が出なかった。

「もしもし、ジェーン、聞こえるか。そこにいるのかい、ジェーン」

ジェーンは受話器をそっと置き、ぼんやり部屋を眺めた。「いいえ、いないわ。スティーブ、私はここにいないわ」声に出してつぶやいた。


バートはゆっくり奈落の底からはい上がった。気がつくと自宅の大きなベッドの中にいた。どうやってここにたどり着いたのか。汽車に乗り、眠りこんでしまった。そばでモリーがロッキングチェアーに腰かけて、編み物かクロッシェ編みか、何かをしている。

「俺は、どうやって、家まで帰って来たんだ?」かすれ声だった。

「しゃべらないで、バート」モリーはベッドのそばに寄り、ひんやりした大きな手でバートの額に触れた。

「本当にびっくりしましたよ」

「俺は……ゆうべ、ここで寝なかったな」

「あなたは一週間、このベッドの中よ。安静にしていてね。スープを持ってきますから」

「スープだって? ステーキを持ってきてくれ」バートは怒鳴った。

「スープですよ」モリーは厳しく言って出て行った。

バートは天井に向けた目をしばたたかせて横になっていた。体の右側に麻痺した感じがある。どこにいたのだろう? ジェーンと会って話をした。彼女の心をかき乱してしまった。原子爆弾のことだ。二人で原子爆弾の話をしていた……それなのに、いまはこうしてベッドで寝ている。自分の身に何かが起こったに違いない。バートは記憶がよみがえるのを待った。モリーがお盆にスープを載せて戻ってきた。

「俺に何かあったんだな」言葉はほぼはっきりしていた。自分の言葉は聞き取れた。多少早口だが、わかりにくくはない。

「そのようね」モリーは明るくふるまっていた。

「げ、原子爆弾みたいにきたんだな、ドカンと」その言葉はただごとではない。初めの言葉も終わりの言葉も。

「運ばれてきたときは死んだのかと思いましたよ。倒れたのは汽車の中でした」

「汽車の中で、俺は何をしていたんだ?」

モリーは頭を横に振り、お盆を置いてスープを飲ませようとした。「あなたが何をしていたかなんて、私にわかるわけないでしょ。どうしたらわかるのよ?」

彼はにやりとした。「その残飯を飲ませようとしているな?」

「もちろんよ。ふざけないでちょうだい。本当に心配したんですよ」

バートは優しく笑いかけた。こいつは心が休まる女だ。問い詰めたりしないし、いつも変わらない。隠し事をしないのがいちばんだ。夫がほかの女と遊びまわったりしない限り、モリーは夫が何をしようが一向にかまわなかった。

「指図する女は嫌いだね」愛おしさがこみ上げて文句になった。

「嫌いでけっこうですよ。でも、スープは飲んでね」まるで子供をあやしているようだ。

彼は一口、一口飲んだ。愛よりも満ち足りた感覚がひたひたと押し寄せてきた。光が広がっていくように心は安心感で満たされた。バートは病に倒れた。病で床に伏している。たぶん、脳卒中だろう。この病は危険だ。一ヶ月、いや二ヶ月ぐらい寝ていなければならない。バートは、原子爆弾が落とされたときに、被爆状況を見るために海を越えて島国へ行かなくてすむ立派な理由を完ぺきに手にした。スティーブは代理を務めなければならないだろう。スティーブが神を信じていれば、俺が倒れたことを「神は正しかった」と言うだろうな。なに、神を信じていなくたって、そう言うさ。

「休暇を取れよ、ジェーン」スティーブは言った。「『装置』に関する限り、君の役目は終わったよ。もう、僕らの手を離れている」

ジェーンはこの七月の朝、気持ちが落ち着かないまま眠れぬ夜を過ごし、早朝から研究所に出ていた。スティーブと朝食を共にしたことが事実だったのかどうか、信じられなくなっていた。あのときのことはぼんやりした夢のようで、二人だけの世界はもうない。時間がほしいと言ったせいかもしれない。あれから五日、六日と過ぎたのに、スティーブは彼女の居場所を探そうともしなかった。もちろん、バートの病気で支障をきたしたこともある。予告もなくスティーブは、バートの仕事を全部引き継がなければならなかった。それにしても、六日間まったく連絡がないなんて信じられない。ジェーンは今朝、耐えきれなくなり、指示を仰ごうとスティーブのオフィスに顔を出した。そこで、休暇を取れと言われた。

「どこへ行って、何をしろと言うの」ジェーンは当惑した。

スティーブは椅子にもたれてこちらを見ていた。その視線は、彼女のむき出しの神経を逆なでするようでいたたまれなかった。ジェーンも腰を下ろして机越しにスティーブを見た。「スティーブ、お手伝いできることはないの？　あなたの力になりたいと思っているのよ」

「わからないんだ。まったく、どこから手をつけたらいいのか。まず、現在どうなっているか調べなきゃならない。いろいろなことが同時進行しているらしいが、バート以外に知っている者がいない。明後日、バートに会いに行く。一時間半ぐらいだ。医者はそれ以上許してくれない。おそらく、そのあとで……」

ジェーンのそばに来ようとしないばかりか、こちらに向けた目は、彼女がそこにいることさえ意識していないようだ。ジェーンの心は大きく傷ついたが、自分を甘やかすまいと決めた。女は誰でもそうだがジェーンにもあの表情がわかった。彼女のことはまったく眼中にない。自分がしなければならないこと、自分の責任だけがスティーブの頭を占めていた。私は愚かだった、恥ずかしい、とジェーンは思った。私の行動は普通の女となんら変わらない。私はただの女ではない。科学者だ。

ジェーンは立ち上がった。自らを律したすがすがしい姿だった。「お役に立てることがあれば知らせてください。私は休暇を取りません。いつもどおり研究所にいるつもりです。アイソトープの研究を続けるつもりです。もうこれ以上、戦争にかかわる仕事をしなくていいのは結構なことだわ」

「いま緊急の課題は原子爆弾の製造だ。もう一発、いや、できたらもう二発つくる。不発のときに備えて」彼は机の上の書類を探していた。「それと、内部の調整。ありがとう、ジェーン」

ジェーンがそっと部屋を出たこともスティーブはまるで気づかなかったらしい。彼の頭の隅にかすんでしまった記憶は、この戦争が終わったらよみがえってくるに違いない。彼にとってはそれでいいのだ、とジェーンは理解している。

スティーブはバートに、パーシー・ハードがしていることを伝えなければならなかった。確かに疑惑はぬぐえない。ヘレンは信じなかったが、銀行によれば、パーシーの口座には外国から多額の送金があったそうだ。大金だった。銀行が調査したところ、彼には個人資産がないことが判明した。家柄は良いが財産は先代が食いつぶしていた。イギリス本国の地所にはこじれた問題があり、戦争前にすでに大邸宅は差し押さえられ、現在は傷病兵の予後保養所として使われている。

丸々と太り謹厳そのものといった顔つきの銀行頭取から事実を聞かされたのはつい昨日だった。パーシーの調査を命ぜられた軍の警備担当の将校が、頭取をスティーブのオフィスに連れてきた。

「この件は、必ず報告しなければなりません。もちろん懸念しています。金の引き出しを監視してください。小切手の金額と送付先を」スティーブは言った。

「あの人は必ず自分名義で引き出します。つまり、現金で動いているということで、現金の場合はなかなか追跡できません」銀行家は言った。

「監視をお願いすることであなたにご要望があれば適切な部署に伝えましょう。よろしければ、私には緊急の用件がありまして……」

スティーブの言葉を頭取はさえぎった。「お話しすべきことはすでに申し上げました」

スティーブはそのやりとりがあったことを忘れかけていた。それよりも彼が対処しなければならなかったことは、これまでメサとは切り離され、関係がほとんどないか、まったくないかどちらかだと思われていた、ある奇妙で恐ろしい事実を整理することだった。

たとえば、一年以上もユタ州の平原で当たり障りのない訓練をしていたはずの空軍の一団が、約三ヶ月前にテニアン島*に派遣され、以後ずっと特に果たす任務もない状態でいることを最近知った。サンフランシスコから一万キロも離れたマリアナ諸島のこの小島は、B29を出撃させるための先発基地ではないのか。加えて二日前、バートから引き継いだ機密指令を読んでいて、原子爆弾の部品が巡洋艦でテニアン島に輸送される予定になっていることを知った。その他の追加部品はB29で空輸される。スティーブは含まれていなかったが、科学者数名をその島に派遣せよという指令もあった。彼もよく知っているメサで働く科学者たちだが、自らの運命をまだ知らないままここにいる。指令は金庫の中だ。その指令を撤回させることはまだできる。二週間の余裕があった。

スティーブは机上の受話器をとり、将軍のオフィスと直結する暗号を告げた。秘書と補佐官たちの声が飛び交ったあとで、権威を背負った重々しい声が聞こえた。

「なんだ?」

「将軍、スティーブン・コーストです」

「おお、スティーブ君。なんだね」

テニアン島:西太平洋に位置するマリアナ諸島の火山島。現在はアメリカの自治領「北マリアナ諸島」。第一次大戦後は日本が統治していた。

「ご相談したいことがあります。遅くとも明朝までにお願いします。同僚三人を同伴したいのですが」

「緊急か」

「大至急です」

「よろしい。では、十時に」

「将軍お一人で、ということでよろしいでしょうか」

将軍は鼻を鳴らしておもしろがった。「君たち四人で私を料理か。よかろう。なんとかなるだろう」

将軍は電話を切ることで会話を終わりにした。しばらく空しい静けさを聞いていたが、やがて荒々しく自分の受話器を置いた。イーヴス、トンプソン、ジェーン、そして自分。ジェーンか。いや、今回はよそう。ほんの束の間でも、自分がいま考えていることに彼女を加えることはできなかった。一人でやらなければならない。


「君たちおそろいで私を襲うとは何のつもりだね」

将軍は機嫌がよさそうだった。何もかも順調に進んでいた。将軍の時計も任務も。バートン・ホールにはまことに気の毒だが、かえってよかったのだろう。科学者がもう一人ぐらい消えてもよかったかもしれない。将軍が見たところ、科学者はもはや必要なかった。もちろん、最後の最後に一人、二人の科学者は現物を組み立てるのに必要だ。部品は別々の船で輸送されるので、一隻が沈没すればプロジェクトがすべてだめになる。将軍が懸念しているのは、その点だけだった。融通がきかず、予定が遅れようと何もかも正確でないと気がすまない科学者の気質は、気をおかしくさせるものだとも思っていた。女のように気分屋で、気難しくて、うぬぼれが強く、怒りっぽい。生きている限り、これ以上新顔の科学者の顔を見るのは二度とごめんである。シグニーにいたっては厄介事ばかり考え出そうと、老いためんどりみたいに奔走している。原子爆弾が完成すると、今度は使わせまいとする。原子力騒ぎをあおり立てたのは誰なのか。シグニーではないか。それを仲間に提起しておいて、いまシグニーはこぶしを握りしめてここにいる。

「最初に原子爆弾をつくるかもしれなかったナチスに対抗して備えるというのと、武器を持たないことがわかりきっている日本人に原子爆弾を使用するのとでは、大きな違いがあります。それに、空軍はB29で十分こなせると算定しています。二日ないし三日ごとに焼夷弾とＴＮＴで爆撃すれば、あの原子爆弾の一発に匹敵します」

シグニーがそう言ったとき、将軍は彼を怒鳴りつけた。いったいシグニーはどうやってその情報を得たのか。

「私に向かって空軍の話はよせ！　私は陸軍の人間だ！」

するとシグニーは怒ったおんどりのように体を膨らませ、母国語で誰にも理解できないような呪詛を吐き捨てながら部屋を出て行った。三人は改めて将軍の前に座り直した。

「四人のはずだったが」将軍が不服そうに言った。

「考え直しました。三人で十分です」とスティーブが答えた。

スティーブの顔は青ざめ、唇は乾いていた。

「体調が良くなさそうだな」将軍はじっと彼を見て厳めしく言った。

「良くありません」スティーブは率直だった。「気分が悪いのは、原子爆弾を落とすつもりだと小耳に挟んでからです」

「何のためにつくったんだ?」将軍は問いただした。

「自衛のためです。大量の人間を殺戮するためではありません。あれを我が国が人間の上に落としたら、世界がどう思うか、将軍、お願いですからお考えください。世界はアメリカに疑いの眼差しを向け、アメリカを嫌い、恐怖を抱くでしょう」

トンプソンがスティーブの言葉を引き取った。

「将軍、そのときが来ているのではないでしょうか。我が国の安全のために、国際条約で原子爆弾の使用禁止を提唱すべきときが。アメリカが初めて原子爆弾を使用した国になったとしたら、どのように見られることでしょう」

やせて神経質なボブ・イーヴスは、右目のまぶたをピクピクさせながらタバコに火をつけて言った。

「ドイツが降伏した現在、我が国は不利な立場にあります。そう思いませんか、将軍。アジア諸国は、アメリカはドイツが戦争から退くのを待っていた。原子爆弾を白人に使用しないですむからだと。そう言うにちがいありません」

将軍はうなった。「人の意向やら言葉やらを気にしていたら私はどこへも進めない。私には命ぜられた任務があり、それを遂行している。私にわかっていること、また、理解したいことは、それがすべてだ」

三十分ほどたって、スティーブは他の二人に目配せした。これでは埒が明かない、と目が言っていた。三人は黙ったまま席を立ち、手短に挨拶して部屋を出た。それぞれ黙りこくって砂利道を戻ると、スティーブのオフィスに閉じこもった。

「この件を政府に上申しよう」スティーブは言った。

「陸軍長官に頼もう」トンプソンの耳は怒りで真っ赤になっていた。

「標的を軍の集結地点や軍事施設に限定すべきだということぐらいは、主張できるはずだ」

「全面的な使用禁止を要求すべきだろう」スティーブは険しい表情だった。「だから、とにかくすぐに長官のところへ行こう」

ワシントンではある高名な将軍の話を聞くことになった。「君らは全員が民間人だ。君らを説得しようとは思わない。春までは、私は原子爆弾の使用に反対だった。だが、考えが変わったと言わざるを得ない。ここ数ヶ月の状況を見ると、従来の空爆と海軍の作戦を続けても日本が降伏するとは思えない。アメリカ人の命を救う唯一の方法は戦争を早く終わらせることだと確信している。それは日本人の命を救うことでもある」

将軍は高齢で疲れていた。おおぜいの人間の死を見てきた。七十歳の今日までに二つの世界大戦を経験し、戦争はもうご免だと思っていた。疲れ切って死ぬ前に、若者たちを無事に故郷に帰すためなら何でもする。軍人になりたいと思ったことはなかった。何十年も昔、南部の裕福な家庭にいたころ、ウェスト・

ポイント*の奨学金を受給することになれば、人殺し稼業に就いて、人を殺せと命令せざるを得なくなるだろうと内心恐れていた。だが、十八歳でプレパラトリースクールを修了し、バージニア大学かウェスト・ポイントかの選択に迷っていたとき、制服を着るほうが冒険心をそそり、素晴らしい栄誉であるように思えた。なかなかの好男子だったし、ある女の子の注意を引きたいという思惑もあって、将来をよく見通さずに選択してしまった。エイミーという名前のその子に恋していたが、結婚はできなかった。士官学校二年生で帰郷したとき、エイミーはニューヨークの富豪と結婚していた。彼は二度と彼女に会わなかった。

今朝、将軍はここへ出向きたくなかったし、科学者たちの意見に耳を貸したくもなかった。原子爆弾を邪悪な代物だと言うなら、なぜ連中は最初にそれをつくったのか。将軍は疲れていた。とにかく疲れ切って、失神しそうだった。彼はこう続けた。

「私の推測では、都市にあれを落とせば二万人ぐらいは死ぬだろうが、それ以外の大半は助かるだろう」

陸軍長官も将軍に劣らず高齢だったが、長官は民間人である。「日本が地図上の単なる一地点ではないことを忘れるべきでない。親切で勤勉な国民が暮らしている国だ。誤った軍部に引きずられているとしても、国民の人間性は本質的に変わらない。私は京都にいたことがある……」

長官は束の間、思い出そうとした。唇がわずかに震えていた。

「美しい場所だ。その一語しか思いつかない。空気に優しさがあった。感傷的だと思われるだろうが、とても美しかった。大邸宅や美術館は言うまでもなく、どんな粗末な家にも小さな庭と曲がりくねった樹木や岩があって、とにかく美しい。敷き詰められたように苔の生えた寺院の庭園は、世界中のどこにも見当たらない。私はその都市を空爆することを禁じた。その都市は周囲を山々に囲まれた盆地にある。だから、爆弾を落とせば住民は全滅し、何もかも灰になる。あの美しさがすべて失われてしまう……」

みな沈黙していた。すると、老将軍がわなわなと震える声で再び話し始めた。

「我が国の安全のみを考えるなら、原子爆弾は使用しないほうがいいかもしれない。隠し持っているほうが、のちのち軍事的に優位な立場に立てるだろう。日本人より手強い敵が現れるかもしれない」

ボブ・イーヴスが気力を絞り出して発言した。「隠しておくことはできません、閣下。どこの国でも核開発をやっています。遅かれ早かれ、どこかが爆弾に利用することになります」

老将軍は主張した。「我が国が保有し、使えば、諸外国の開発をいっそう刺激することになるんだろうな。そうであっても、我が国はあらゆるリスクを負う覚悟をすべきなのだろう。我が国は原子爆弾を使うべきだし、迅速にやる必要がある」

背筋を伸ばし、すらりとした老将軍の姿は、金色の肩章や年功袖章、袖に五つ星のある制服をりりしく着けた青年のようだった。だが、白い頭が微妙に揺れていた。陸軍長官はそれに気づき、危機感を持った。

「みなさん、ここで休会にしよう。将軍、ご同席はここまでで結構です。ご意見は拝聴しました。参考にいたします」

「ありがとう、長官閣下。失礼します」そう言うと老将軍は席を立ち、威厳のある敬礼をして退席した。

ウェスト・ポイント：「合衆国陸軍士官学校」の通称。一八〇二年設立。ニューヨーク州南東部のハドソン河畔にある。独立戦争でここにイギリス艦隊の侵攻に備える堡塁が構築されたことに由来する。

間もなく、濃い紫色の制服制帽を着けた黒人運転手のリムジンが、将軍を乗せて窓を横切った。

十五分後、専用食堂では長官のスープが冷たくなっていた。「みなさん、食事中にあの兵器を使わないですむ妙案が浮かんだら、私に教えていただきたい。私のスタッフ二名に同席するよう言っておいた。陸軍省の者だ」長官は二人を紹介した。

「投下前に警告すべきではありませんか」トンプソンが口を開いた。

役人がその発言をさえぎった。「では、日本空軍に我々を空爆させるんですか。とんでもない！」

高齢の長官は憂慮の色を浮かべ、しぶしぶといった調子でゆっくりと話し始めた。長官はやせて小柄な体を着古した灰色のスーツに包み、顔はやつれ、目に悲しみの色を浮かべて、スティーブのほうを向いた。

「コースト君、私の理解では、原子爆弾の完成にはもうしばらくかかるな。厳に機密を守らないと、諸君が現物を組み立てているあいだに敵の攻撃もあり得る。それではいかん。一発しかないというのは本当かね」

「そのとおりです。いまのところは」

「日本が製造に着手した場合は、我々のほうが先に投下されることになるな」

「はい、その可能性はあります」

議論は食事しながらの二時間と、そのあと長官のオフィスに場所を移して、さらに三時間行なわれた。甚大な被害を与えると警告して、敵に戦争を放棄させる方法を思いついた者はいなかった。

「いずれにしろ、戦争は終わらせるべきです。連日くり返されているこの残虐な殺戮を、是が非でも止めなければなりません。恐ろしい兵器を保有したというだけでは解決になりません」スティーブは主張した。

夕方には長官は疲れ切っていた。この任務を遂行するには彼は歳をとりすぎた。何年か前に長官は現在のこの戦争を予見し、日本が満州を占領した時点でアジアにおける侵略を非難したが、それは孤立意見に終わった。あのとき私の言うことに耳を傾けてくれていたら、と長官は思った。だが、そのときは誰もまったく耳を傾けようとしなかった。

「これ以上続けても無駄だ」長官は机のうしろでそっけなく言った。「かくあるべきという点では意見が一致したが、いかに実行するかについては答えがでない。問題の解決をもう一度、科学者諸君に委ねることにする。結局は君らの問題ではないかな。君らが爆弾をつくった。どう使えばいいのか、我々に教えてくれたまえ」

ボブ・イーヴスが若者らしく機敏に切り返した。「長官、私は承服できません。科学者としての私たちの責任は、方向性はどうであれ、あくまで知識の追求です。私たちが発見したものを科学者以外の人たちがどう使うかについては、科学者に責任はありません。私たちに言えるのは、こうすればこうなるとか、あなるとかいうことです。原子爆弾を使用したときに生じる未曾有の破壊について説明することはできますが、それを使うか使わないかを選択するのはあなた方です」

「助けてほしいのだ」長官は言った。「持ち帰って、諸君の中で相談してくれ。人類のために諸君の優れた頭脳を使ってほしい。今回だけは相談役になってくれたまえ。十日後に君たちの報告を待っている」

「これは国際的な犯罪ですよ」シグニーは熱っぽく語っていた。「どうか、私がまとめたものを読んでください」

日曜日の朝、シグニーはジェーンの家を訪れていた。彼はシカゴ、ニューヨーク、テネシーやワシントンなどいたるところで訴えてきた。そしていまジェーンの家の狭い居間で話をしている。彼はテーブルに数枚の手書きの文書を置いた。人道に訴える内容だった。

ジェーンは黙って目を通した。「破壊を目的として、これら新たに解き放たれた戦力の使用を先行させる国家は、想像を超えた規模でもたらされる破壊の時代への扉を開く責任を負わねばならない……」

彼女は最後まで読んで、添付された署名者リストを見た。科学界のそうそうたる学者の名前があるが、ない名前もある。バートン・ホールの名前がない。ボブ・イーヴスもトンプソンも署名していない、それに……。

「スティーブン・コーストの名前がないわね」

シグニーは低くうめき、羊のコートのような灰色の長い巻き毛を引っ張った。「彼のところへも行きましたよ。何度もね。自分で代替案を思いつくまでは署名できないそうです。死に代替がありますか。その問いには答えてくれません」

ジェーンが返事をしなかったので、シグニーは心配そうに見つめていた。彼女はどうするつもりだろう。若い科学者で、しかも女だ。彼女の名前はそれほど重要ではないかもしれないが尊敬されている。味方してくれれば大きな力になるだろう。繊細な顔立ちが美しい。だが、シグニーが女のことを考えなくなってずいぶんになる。世界の科学の中心だったベルリンで愛する妻がユダヤ人だという理由で殺されてからは。

「署名を強制するつもりはありません。良心に従ってくだされればいいですよ。それと真心にね。女性でも同じです」

「署名します」ジェーンはきっぱりと言って、差し出されたペンをとり、濃い字で署名した。スティーブの目にもとまるだろう。

「ありがとう、ありがとう」シグニーは立ち上がると腰をかがめて彼女の手にキスした。

「機会があれば、ほかの人たちにも話してください」シグニーは懇願した。

「そうします」ジェーンは約束した。

その日の午後、忘れないうちにとジェーンはスタントンに話した。スティーブがメサに連れてきた生物物理学者である。彼女はその金髪の青年が魅力的なので驚いたことがある。穏やかで無邪気という印象を受けた。戦争とは関係のない新しいプロジェクトに従事している。新しいプロジェクトを計画することでスティーブは自分の良心をなだめているのだと聡明なジェーンは考えた。スタントンは、タバコモザイク病*で非生命体の結晶が生体細胞に感染する不思議な過程に注目し、生命の先端について実験中だった。物質が生体組織に融合するという未知の微妙な領域である。スティーブはこの領域に関心を持っていた。あ

タバコモザイク病：タバコモザイクウイルスによりタバコの葉がいびつになる病気。一九三五年、スタンリーの実験によって、このウイルスが初めて結晶として提示された。その結果、それまでウイルスは微生物であると信じられていたので、ウイルスは生物なのか、生命とは何なのかという議論になった。

らゆるものの統合性への執着は、アインシュタインの目指したところだが、アインシュタインは歳をとり、彼の優れた頭脳をもってしても研究は届かないところにあった。スティーブはまだ十分に若い……三十歳になっていない。ここメサで三十歳を過ぎているのはバートだけだった。だが、バートはもうメサにいない。純粋に創造的研究に没頭できるのは、好奇心旺盛な若々しい頭脳だけだ。ジェーンは思った。私は頭脳を浪費している。感情が頭脳のエネルギーを食いつぶしている。スティーブに恋をしているし、原子爆弾をひどく恐れている。そして、私は怒ってもいる。

「スタン、シグニーの嘆願書を見た?」ジェーンはしし鼻の若い科学者に尋ねた。

スタントンはすごい剣幕で振り返った。「見てないやつなどいるもんか。全員が見たよ。ゆうべ、みんなで僕のところへ来てしゃべりまくったんだ。みんな、いたよ。女どもは音楽会へ行かせてね。パーシー・ハードの室内楽だよ。誰も署名なんかしないさ。あいつらは太平洋の島やジャングルにいるアメリカ兵とも戦っているんじゃないのか。兵隊一人の命でも救えるんなら、僕は、原子爆弾を落とせと言うね。弟が硫黄島にいる。もし弟が死んだら、僕らが戦争を終わらせないからだし、僕が弟を殺したことになる。絶対に署名などするものか」

「私はしたわ」ジェーンは静かに言った。

スタントンはさげすむような目で彼女を見た。「そうだろうね。君は女だからね」

ジェーンは黙っていた。スタントンの目をじっとのぞいた。彼が先に目をそむけた。それからジェーンは白衣を脱いでスティーブを探しに出かけた。

「どうぞ、入って。待たせてすまなかったね。八日前にワシントンから戻ってきてからずっと、一日中電話に出ているみたいな気がするよ」

ジェーンが無言で向かいの椅子に腰かけたのを、スティーブはちらっと見た。

「ジェーン、体調が悪いんじゃない？」

「いいえ」

「顔色がよくないよ」

「不思議ね、ここに来るのは初めてのような気がするわ。あなたも初対面みたい」

スティーブは一瞬たじろいで、悲しげに右耳を引っぱった。「わかるよ。タイミングの悪いときが続いたんだ。待つことがいろいろあって……」

「私は待たなかったわ」落ち着いた声だった。「あなたに知らせたかったの。私はシグニーの嘆願書に署名した」

スティーブは黒い眉を上げてジェーンを見た。「ほぉ？　それは残念だ」

ジェーンは机に身を乗り出した。「残念ですって？　スティーブ、私が原子爆弾の投下に反対するのが残念だなんて、あなたの口から聞こうとは思わなかったわ」

「僕が言いたいのは、なぜ署名する前に話してくれなかったのか、ということさ。僕はいま、そのことで走り回っているんだよ。各方面から意見を聞いて、科学者の意見もかき集めている。シカゴでも、テネシーでも、ここメサでもだ。絶対使うべきでないという意見から、事前通告なしに使うという意見まで、五段階の質問をした。八七パーセントの人間が事前通告なしに使うのに賛成だったよ」

「あり得ないわ」

「本当だ」

「だけど、世界はアメリカをどう思うでしょうね」

「カナダ、イギリス、フランスで実施した世論調査がある。ただちに使用すべしへの賛成が圧倒的だ。反対の三倍だった。それで、ワシントンの新大統領は側近たちと何度も話し合い、全員一致で使用を承認したそうだ」

ジェーンの目は暗黒の星のように燃えていた。「それなら署名してよかった。本当によかったわ。ディック・フェルドマンの最期を看取ったこの私が、死について議論なんかできると思う?」

「議論が、文書に署名するくらい簡単だといいけどね」突き放したような返事だった。

「スティーブ、あなたは反対しないの?」声をひそめて言った。

ジェーンはスティーブの心中を思い遣った。彼の手に触れたかった。まだ人間性を捨てていない。愛する人ではないか。だが、もう彼のほうに手を伸ばすことさえできない。彼女の手は冷たく、きっと彼の手も冷たいだろう。あの温もりはどこに消えたのか? 人間的な温もり、情念の温もりは?

スティーブは深い息をついた。「僕の意見は入らない。過半数で決まる」

ジェーンは知らず知らず声を荒らげていた。「なんですって? あなた、男でしょ。自分のことを他人に決めてもらうつもりなの」

スティーブは憔悴し、落ちくぼんだ目でジェーンを見た。「自分の決断はもう、してある」

「決断しないことを決断したんでしょ」さげすむように言った。「そうすれば責任を取らなくてすむわ。それだけよ。責任を取りたくないんでしょ。私は取るわ！　ありったけの力で、体と頭脳のすべてをかけて、私たちがつくってしまったあの物に反対して、闘って、責任を取りたい。この国があれを使うかもしれないことを考えれば、つくるのに手を貸す前に右手を切ってしまえばよかった。スティーブ、あれを使ったら世界の国々がどう思うかしら？　私たちはアメリカ人よ！　ほかの国の人たちは絶対に許してくれないわ。インドの子供たちが私を好いてくれたのは、私がイギリス人ではなくてアメリカ人だからよ。子供のころ学校の友だちに好かれたのは、アメリカも昔は植民地だったけど自由を勝ち取ったからよ。私の最初の物理学の先生はイギリス系インド人だった。放課後、いつまでもおしゃべりしたわ。先生は、自分に流れている白人の血がアメリカ人の血ならよかったって言っていた。ねえ、スティーブ、もし、アメリカが原子爆弾を落としたら、世界中いたるところでアメリカが滅ぶことになるわ。世界中の人たちの信頼を失うことになるのよ」

「僕がたいして悩んでいないように見えるみたいだが……」途中で言葉を切ってから、彼は続けた。「パーシー・ハードがイギリスへ帰ろうとしている」

「うそでしょ」

「本当だ。この五日間、それで忙しかった。将軍が証拠をつかんだ。パーシーはロシア人と通じている」

「何のために?」

「ねじれた良心ってやつだ。あいつは、原子力の秘密のすべてを公開することが唯一の安全策だと考えている。ロシアに秘密を流していたんだ」

「どうやって?」

「彼が抱きこんだ数人の技術者を通じてね」

「お金で?」

「いや、おかしなことに、すべて良心に従ってやったと言うんだ。そういうのが危ないんだ。良心がもう一人の自分のようになって、そそのかしたり強要したりして判断を左右する。ヘレンに伝えなくちゃならない。どこまで深入りしているのかな。気になるよ」

「まずヘレンのことを考えてちょうだい」とジェーンは言った。

苦痛のあとから安堵の気持ちが胸に突き上げてきて、いまはその安堵が彼女を満たしていた。スティーブは私のことなど考えていない、それは苦痛だった。だが、そうであるなら自分は自由だ。彼女は恋愛から解放された。そうだ、彼を愛しているが、もう振り回されたりはしない。

ジェーンが離れていくのを予感したかのように、スティーブは急に歯切れがよくなった。

「できるだけ早く、ヘレンに僕と君のことを話そうと思っている」

「やめて。それはひどすぎるわ。彼女が出て行ってしまったらどうするの? そんなこと、二度と耐えられないわ」

「どういうことだ？　『二度と』って」

「もう、いやなだけよ」

「ジェーン、だめだ」

「いいえ、スティーブ。私は身を引くわ。あなたを愛したくないの。いま、それがわかったの。メサのせいだったのよ。メサが不自然な形で私たちを結びつけたんだわ。仲間意識がこうじて恋愛だと錯覚してしまった。そうじゃない？」

「ジェーン、ヘレンと話がすんだらすぐに僕は戻ってくる。きっとだよ」

すがるような目が彼女を見ていた。「信じてくれ、必ず」

「信じてほしい気持ちはわかるけど、スティーブ、私はあなたという人をよく知っている。あなたは戻れないわ。あなたには良心がある。あなたのすることが正しいのよ。ヘレンのためをいちばんに考えないといけないわ」

彼は立ち上がった。「まずヘレンのことを考えるべきかもしれないけど、そのあとは……」

ジェーンは首を横に振り、スティーブは苦しそうな目で彼女を見つめた。

「何もかも、少し遅すぎるわ」

彼女は見つめ返した。「私を愛したことなんかないくせに」

「とても愛しているよ。でも、僕を一人にしてくれないか」

それが本心だった。ジェーンはスティーブの本心を知った。愛してはいるが、いなくなってほしいのだ。

もう何も言うことはなかった。ジェーンはくるりと背を向けて彼の前から立ち去った。望みどおり一人にしてあげた。

ジェーンがいなくなると、スティーブは唇をかたく結び、逃げ出したパーシーについて速やかに必要な手を打つ行動に出た。もしソ連が秘密を入手したとすれば、ただちに原子爆弾を使わなければならない。科学者の大半は賛成した。彼は罪の意識を感じずに決定が下せる。この日の午前中、将軍の側近で、将軍に次ぐ命令権を持つ大佐が彼を訪れていた。

「スティーブ、政府は世論調査のことを知りたがっている。どんなふうに考えられているんだね」

「文書でいま報告します」

大佐は報告書が書き上がるのを待って持ち帰った。そのあとでジェーンが部屋に入ってきた。彼が愛し、いまも愛していると思っているジェーンの存在は、自分が製造に手を貸した恐ろしい怪物によって影を薄められてしまい、彼の心の中ではどうでもよくなってしまった。世界が破壊されるとしたら、愛にどんな意味があるのか。愛では一人の命も救えない、自分の命だって。それなのに、悲しみで顔が青ざめ、黒い大きな目に言いようのない寂しさをたたえたジェーンはひときわ美しかった。スティーブはジェーンのようにひたむきでありたかった。彼女の考えは確かに正しい。だが、それは非現実的で、あり得ない完全無欠さを追い求めるものだ。スティーブが思うに、自分の科学者としての精神は、かつて教えこまれたクエーカー教の信仰の一部である「妥協」と結びついていた。ずいぶん昔に信仰を捨てたのに、習慣は生き残っていた。「集会の意味は……」父親がそう言うのを彼はいくたび耳にしたことか。その言葉は、口を閉ざした男や女が、互いに依怙地になりながら座り続けた末に、感情を押し殺して何とか折り合いをつけたとき、その長く続いた集まりの最後に集会を意味あるものにしようとして父親が口にするものだった。

目下のこの恐ろしい問題は多数決にまかせよう。自分はどちらにも与しないほうがよい。

一人になったスティーブがこめかみから汗を滴らせ、こぶしを握ったり開いたりしていたとき、ドアをノックする音がした。ジェーンが戻って来たのかもしれないと思った瞬間、もう二度と彼女を離すまいと思った。一人になりたくない。スティーブは駆け寄ってドアを開いた。そこにいたのは大佐だった。

「どうぞ」声にかすかな失望感が混じていた。

大佐はきびきびと部屋に入りドアを閉めた。「またお邪魔して申し訳ないが、政府は君の意見を知りたがっている」

「私の意見？」スティーブはオウム返しに言った。

彼は窓枠に腰を下ろした。砂漠の澄んだ空気の中で、背中に太陽の直射を受けて暖かかった。

「政府は君自身の意見、君だけの考えを知りたがっている」大佐は改めてくり返した。

「私の意見はですね」スティーブは困惑していた。「四年間考えていました。私の父はクエーカー教徒です。父は戦争を良しとしていませんでした。なぜ父がそのために行動しなかったのか不思議でなりません。父が何かはっきりした行動、戦争を防ぐために積極的な行動を取ったという記憶はありません」

「気分が悪いのでは？」大佐は心配になった。

スティーブは立ち上がり、親指と人差し指を下唇に当てて、床にできた陽差しのまだら模様を見つめた。

「大丈夫です」遠慮がちに返事をした。「ご心配なく」

実は、大丈夫どころではなかった。胃が激しく痛み、軽いめまいがしていた。スティーブが何と言おうがジェーンは彼を一人きりにすべきではなかった。彼の苦悩を知っておくべきだった。

スティーブは机の前に座ってペンを取り、手の震えを抑えながら書いた。

――私は多数決に従う――

彼はちょっと考えて自信なさそうに書き足した。

――ただし、そうせざるを得ないことを非常に遺憾に思う。世界が存在する限り、その使用がくり返されないことを祈る――

署名して、ていねいに吸い取り紙を当てた。そのとき、一発で世界が終わるかもしれないという思いが稲妻のように閃いた。折りたたんだ紙を封筒に滑りこませて大佐に渡すと、大佐はそのまま部屋を出て行った。

また、一人になった。スティーブは両手を机に投げ出したまま、しばらく座っていた。自分が発見を手伝ったもの、自分がつくったもの、エネルギー発生の秘密、宇宙の生命の源、あれもこれも死を太らせるだけになった。恐怖と自己不信に陥ったまま、電話をつかんで日干し煉瓦の家にいるジェーンの番号を回した。夕方なので家にいるはずだ。自分と別れた彼女が避難する場所はそこしかない。スティーブは耳を澄ました。電話が何度も何度も鳴った。返事はなかった。ジェーンはいなかった。

では、どこへ行けばいいのか？　まだ自分にできることはあるのか？　彼は考えこんでじっと座っていた。自分がやってしまったことを元に戻すには、どうすればいいのか？　科学者はみな何をすればいいのか。原子爆弾の製造にくみして、使うという決断を支持した科学者、軍人、政治家たちはどうすればいいのか。彼は一刻も早くワシントンに行かなければならない。

一時間後、スティーブは旅行カバンに身のまわりの物を投げこみ、すべての規則を無視して飛行機に乗ろうと考えていた、汽車では遅すぎる。妻のヘレンはいつでも食べられるように彼のポケットに突っこんでおこうと、キッチンでサンドイッチをつくっていた。ヘレンは二階に声をかけた。

「スティーブ、シグニー博士が見えたわ。あなたにぜひ会いたいそうよ」

「すぐ行くと伝えてくれ」

そう言った途端にシグニーが現れた。例によって息せき切り、髪はばさばさだった。

「つかまえたぞ。やっとつかまえた。ワシントンへ行くつもりだな？　聞いてくれ、ステファン！*　その前に伝えておきたいことがある。私はたったいま、ワシントンから戻ってきたばかりだ。日本各地の写真を見てきた。偵察写真だ。どうやって見たのかは気にしないでくれ。恐ろしいほど破壊されているぞ。B29がまるでもう、地獄の炎のように焼き尽くしている。日本海軍もほぼ全滅だ。使える船は一隻も残っていない。海上と海底の両方から封鎖されて、日本は降伏するしかない。国民は降伏しろと声をあげるだろ

ステファン：「スティーブン」のハンガリー語（シグニーの出身国）読み。

う。統治者はその声を抑えられない。だからアメリカ軍の侵攻は必要ない。原子爆弾を使う必要はないんだ。大統領にそう言いたまえ、ステファン。大統領にもう遅いと言いたまえ。日本は必ず降伏する。すでにひざまずいている。おお、そうだ、日本人は非常に誇り高い民族だから、少しは名誉を与えるべきだ。多少の容赦は必要だ。つまり、無条件降伏なんかは言い出しちゃならない。ただの降伏でいいじゃないか。そうすれば彼らの名誉が保てる。そうじゃないか？ 戦争を終わらせることが大切だ。そうじゃないか？」

シグニーは汗をたらたら流しながら恐ろしく熱心に訴え、絶対に譲るまいという覚悟だった。

「やってみるよ、シグニー。努力してみる」スティーブはそう返事をした。

「大統領は何もかもご承知だよ、スティーブ君」陸軍長官はスティーブに告げた。深刻な悩みを抱え、がっくりした様子だった。やせて首が細くなり襟のサイズが合わなくなっていた。今朝、長官は心配をつのらせている老妻に、戦争が終わりしだい病院に行って、右半身がこれほど痛むのはなぜか診察を受けると約束した。

「どれくらい、続くのですか」妻は問いつめた。

「あと二、三日だよ、サラ」長官はそう答えておいた。

「何もかも承知の上で、なお原子爆弾投下の命令を出すということですか」スティーブは声を張り上げた。

「もう動き始めている」長官はため息を漏らした。「後戻りはできない。変えられるとしても程度の問題だ」

「程度の問題ですって！ 大量殺戮をどう軽減するのですか」

「敵に警告する。大統領もそれには賛成だ。私も必ずそう進言する。降伏すれば侵攻は不要になる。原子爆弾も、だ」長官はそう言った。

「無条件降伏を求めるのですか」

「そうだ。大統領はそれしか受け入れない。アメリカ国民を納得させるのは無条件降伏でしかないと考えておられる。事実……」長官は言いよどんだ。「すでに日本の感触を探ったが、無条件降伏を受け入れるつもりはない」

「それでも無条件降伏を迫るのですか」

「そのとおり。……だが、我が方を弁護して言わせてもらえば、我々が提示する条件は申し分のないものだ。日本は主権を存続できる」

「もし日本が受け入れないときは、どうします?」

「徹底的に破壊するのみだ」長官は答えた。

大きな沈黙が二人を飲みこんだ。「とにかく、是が非でも警告しなければなりません。一度や二度でなく何度もです!」

「もっともだ。その前に通常の空爆をする。その上で降伏勧告をする」

「日本国民にも知らせる必要があります。大量のビラをばらまいてはどうですか」

「そんな時間はない」

「時間はあるはずです。私が自分で手配します」

長官はのっぽの青年を見上げた。やつれた青い目に温かさがにじんでいた。「予算を前倒ししよう。歳出の承認を待つ時間はない」

「感謝します、閣下。では、急ぎますので、これで失礼します」

「急げ。走れ。急いで出来ることをやれ。私が力になれることは言ってくれ」長官は言った。

「ありがとうございます」スティーブは改めて礼を言った。

降伏の要求は七月二十六日に放送と文書で通告された。スティーブは長官室で日本からの回答を待った。回答は届いたが、形式的でそっけなかった。「日本政府は屈辱的な申し入れには応じられない」というものだった。

「ビラをまけ」陸軍長官は命令した。

その翌日、日本の各地に大量のビラが夏の雪のように舞い降りた。

「日本人は文字が読めるんですか」スティーブが叫んだ。気づくのが遅すぎた。読めなかったらどうするんだ。

「大丈夫だ。日本は世界中のどこよりも識字能力の高い国だ」長官は答えた。

ビラには通常の空爆が先にあることを警告していた。

七月二十八日に六つの都市が攻撃された。

それでもワシントンに回答はなかった。スティーブは連日、何時間もじっと待ち続けた。

八月五日、ワシントンは蒸し暑い夏日だった。熱気を含んだ雲が上空に垂れこめていた。依然として日本から返事は来なかった。陸軍長官は特別警告を発し、さらに大量のビラをまいた。その日が暮れたが回答はなかった。真夜中に憔悴しきった長官は口を固く閉じた若い科学者のほうを向いた。二人とも四十八時間この部屋に閉じこもりきりだった。

「スティーブ君」声は穏やかだった。「やれることはすべてやった。研究所へ戻りたまえ」

日本のその都市の上空に、飛行機が一機ゆっくり飛んでいた。それは花の上を舞う蝶のように見えた。朝の光に誘われて銀色に光る水面に群れる金魚を、空中で舞いながら狙うミサゴ*のようでもあった。真夏の朝、一日の活動が始まったところだった。通勤途中の男たちにも、市場へ買い物に出かける女たちにも、列になって通学する子供たちにも、上空でうなる翼の音は聞こえた。人々が見上げると空に飛行機が見えた。たった一機だった。誰もがほっと胸をなで下ろした。一機だけか。一機では大した損害は出ない。敵機が攻撃するときは何百機も一団となって飛来する。偵察機かもしれない。みんな、ほっとして笑顔を交わし、それぞれに道を急いだ。

その飛行機から銀色の物体が放り出され、くねりながら落下したのを誰も気づかなかった。おもちゃほどの大きさで、きらきら光る点のような小さな物体は太陽のかけらのようだった。金属製の小さな容器に

ミサゴ：タカの仲間の鳥で、トビよりやや小さい。魚類を主食とする。

押しこめられているが、直径五〇〇メートルもの火の玉をつくり、中心温度が五千五百万度を超えるそれは、まさに太陽のかけらだった。突如、容器がはじけた。周囲の大気は強大な圧力で急膨張し、衝撃波が発生して時速数百、数千キロにも達するすさまじい爆風が広がった。猛烈な衝撃と激しい爆風に触れた地上のあらゆるものがあっという間に燃え上がった。樹木、衣服、わらぶき屋根、偉大な芸術作品、そして、人の肉も血も骨も脳も、何もかもが燃え上がった。あとに残ったものは目には見えない放射線である。人口三十万のこの都市で一瞬のうちに市民の三分の一が死に、生き残った人々のほとんどが火傷を負い、不自由になった体と治らない傷を抱えて生涯を送ることになった。傷は深く、治ったかと思うとまた新しい傷ができるのくり返しだった。

「原子爆弾を落としたことを、どう思いましたか」戦後の東京で、爆弾を投下したアメリカ軍の若い爆撃手に新聞記者は尋ねた。

どう思ったかって？　爆撃手はタバコに火をつけた。あの日は好天だった。空に雲はなく、壮大な日の出で水平線まで金色に染まっていた。テニアンを飛び立った朝の飛行は順調で、攻撃目標の都市が地図のように地上にはっきりと見えた。大きな都市で、海まで市街地が広がっていた。海岸には、五万人の兵士をジャングルの戦場に輸送できるほどの船舶が停泊していた。午前八時十五分、爆撃手はボタンに触れ、原子爆弾を投下した。きらきら光る小さい物体には死が詰めこまれていた。投下を果たした飛行士は急旋回して東京方向へ速度を上げた。

太陽があまりにまぶしかったので、一分後に起こった爆発は砂漠の実験のときほど強烈な光に見えなかった。だが、あのときと同じ巨大な赤い火の玉ができ、火の玉は上空に膨れ上がった。都市は炎と煙の中ではじけ飛び、紫色の筋がある灰白色の柱が突き上がり、巨大なきのこ雲が広がった。その下にあるはずの都市は煙と塵に覆われて見えなかったが、何もかもが炎上していた。

そこから無事に遠のいたとき、爆撃手の同僚で原子爆弾を組み立てた男が、上着に隠し持っていたピストルを見せた。

「何のためにそんなものを持って来たんだ」

友人はにやりとした。「原子爆弾がうまく破裂しなくて、生きて捕まったとしたらどうだ？　考えてもみろよ」

「どう思ったかって？」その夜、若い爆撃手は東京で新聞記者に同じ言葉をくり返した。タバコを深く吸いこんで煙の輪を吐き出した。

「ほかの爆弾と変わりないですよ。それだけです」

その日、死の町で、一人の生存者が壕からはい出してきた。束の間、立ち上がって辺りを見回した。男は煙が立ちこめた死と破壊の砂漠に立っていた。男は号泣し、絶望のうめきを発し、天に向かって両手を振り上げて叫んだ。

「こんな、こんな惨いことがあっていいのか！」

深い沈黙が地上を覆っていた。メサのその町では沈黙はいっそう深かった。ここは原子爆弾を製造するために造られた町だ。町の役目は終わった。その日の朝刊、ラジオニュース、電信、海底ケーブルなどすべての通信網が任務の完了を報じた。一つの都市が破壊され、さらにもう一つの都市も焼き尽くされて、世界のすみずみまで深い沈黙が広がった。

よりによってその日の朝、沈黙に覆われた中、人生の不思議な巡り合わせで、ジェーンは一通の手紙を受け取った。それは研究所の郵便受けに眠っていた。その朝、彼女はほかに何もすることがないので研究所へ出かけて行った。研究所は静まり返っていた。ジェーンは誰にも話しかけず、話しかけてくる者もいなかった。スティーブは二日前に行き先を告げずにメサを出て行った。原子爆弾が投下されてしまったいま、メサにとどまる気持ちにはなれなかったのだろう。ヘレンも一緒だった。二人が一緒だったと知っても嫉妬の気持ちはわかなかった。何も感じなかった。ジェーンの心もまた沈黙していた。何かが通り過ぎ、何かが終わった。

終わりと始まりのつなぎ目に手紙が届いた。懐かしいインドの切手が目に入った途端、アルモラのラーマンからだとわかった。二人のあいだには、それでよしとせざるを得ない心の通じ合いが残っているだけだ。ラーマンから手紙がきたのは一年ぶりのことだった。一年前の手紙にジェーンは返信をしたが、それっきりになった。彼女のその返信は、ラーマンが彼女を愛していることを認めながらも、彼女がインドや自分の元へ帰るのを許さないとの手紙をくれたあと、彼女が寂しさに耐えかねて書いたものだった。

一年前にラーマンはこう書いてきた。

私は自分の中のイギリス人の血を拒絶してきた。私はインド人であることを選んだが、それはインド人の暮らしを生きることにほかならない。私たちヒンドゥー教徒は離婚しない。ラクシュミは無垢な女であり、良い妻だ。私が君を愛しているからといって、彼女に出て行けと言えるだろうか？

私にはできない。

優しい言葉が並んでいたが残酷な手紙だった。ジェーンは愛と怒りをこめて返信を書いた。それから一年、ラーマンの手書きの文字を見たとき、かつて教師と生徒だったころから続く懐かしい感覚がよみがえった。人生でもっとも彼の便りがほしかったその日に、彼は語りかけてきたのだ。

研究室に入ってドアを閉め、開封せずにしばらく手紙を握っていた。長身のラーマンの姿や悲しげな美しい顔、黒く鋭い目が脳裏によみがえってきた。それから開封し、世界が沈黙する中で彼女は読み始めた。

我が子へ

こんな書き出しは二人のあいだの作り事だ。ラーマンが先生にして父親、ジェーンがその子供という設定になっている。

こんな日にこんな手紙を受け取って、不思議に思ったことでしょう。この手紙を書いたのは、あなたがアメリカ人のただ一人の知り合いだからです。あなたには発言力がありますか？　あなたは科学者で、少なくとも周囲にほかの科学者がいるのだから、彼らの力を借りられるかもしれない。アメリカの科学者たちは新兵器を開発していますね。どうして私が知っているのかと疑問に思うでしょう。実は、私のクラスにロシア人の学生が二人います。理由は知りませんが、モスクワから派遣されて来ました。インドにはほかにも数人のロシア人留学生がいますが、普通の若者ではありません。特別な使命を帯びています。それは確かです。一般の学生ならば知らないようなことをいろいろ知っている。たとえば、例の新兵器についても知っています。どのようにして情報を得たか？もちろんスパイからです。何のスパイか？　そういうことは私の関心ではありません。私が知りたいのは、もしあなたが新兵器の製造に携わっているなら、いや違う、いったいどうしてあなたが製造する気になれるのか、ということです。あなたは優しく、聡明で、美しい子だった。それなのに、男たちに混じって仕事をしている。新兵器があるなら、使わないことを切にお願いします。それはアメリカ国民自身やアメリカ自身に向けられる兵器ともなるでしょう。この新兵器のためにアメリカ国民は永久に許されないことになる。そう、そのとおり。新兵器については別のことも知っています。私のロシア人学生たちから聞きました。彼らは重要人物と通じているようです。なぜなら、この戦争が終わればインドが独立することを知っているし、インドがソ連に追従することを望んでもいるのです。

我が子よ、新しいソ連の強さは、自国の目的を承知していることです。ソ連は世界中の国々の生活様式を変えようとしています。だから、あなたは自国アメリカで仕事をしなさい。何が何でも新兵器を使わせてはなりません。ドイツにも日本にも使わせてはならない。しかし、あなたの力が及ばず新兵器が使われるなら、欧州に軍隊を温存するようアメリカ政府に頼みなさい。急いで撤退して、アメリカが退いた場所をソ連軍に占領させてはなりません。このことは重要です。ソ連は中国と組むでしょう。初めに蒋介石*と、次に毛沢東*と組む。彼らの名前を知っていますか。知らなければすぐに勉強しなさい。新時代が始まります。恐怖の新時代です。もし使われるならばですが、新兵器が使われたその瞬間から、すべての衰退が始まる。我が子よ、そうなったらインドへ帰ってきなさい。ここなら安全です。

ジェーンはラーマンの警告をすべて、たちまち忘れてしまった。「インドに戻って来い、ここなら安全だ」という誘いの言葉だけが目に焼き付いた。子供のころに過ごした風景が記憶によみがえってきた。緑濃く実り豊かなアルモラの谷や平原、雪をかぶった山々、そして、穏やかで愛すべき人々。ラーマンが言ったように安全なその地へ心は飛んでいた。ラーマンとの同居は無理でも、彼の近くで安らかに過ごした

蒋介石：一八八七～一九七五。一九二八年から四九年（中華人民共和国成立）までの中華民国の独裁的支配者。一九三七年共産党と共に抗日戦争を始め、四五年抗日戦勝利。四八年中華民国総統となった。同時に人民解放軍の総反攻に遭い、四九年台北に逃れた。

毛沢東：一八九三～一九七六。中国共産党の指導者。抗日戦争時の一九三八年、中共中央委員会総会が彼の政治・軍事路線を全面的に承認。四六年蒋介石の率いる国民党との内戦開始後は中共全体を指導し、四九年中華人民共和国の成立で政府主席（五四年国家主席）に就いた。

い。悲しいことに、ジェーンはもう子供ではなかった。いまの自分からどうやって逃れられるのか？　アメリカにいてもインドにいても自分は大人の女だった。彼女は、手から落ちた手紙もそのままに、研究室の机の上で腕に顔を埋めてすすり泣いた。

「それで、次は何をするの？」ヘレンは尋ねた。

スティーブがその日は朝早く家を出たので、夜まで二人は顔を合わせていなかった。静まり返った一日で、彼は自分のオフィスから出ようとせず、訪ねてきてはぐずぐずと居座る科学者たちと重苦しい話をしていた。その後の状況は、ワシントンからの特別通信ですべてわかっていた。原子爆弾は百パーセント成功。科学者たちがなすべきことは、もはや何もなかった。誰一人として原子爆弾のことを口にしなかった。次の仕事の話をしていた。少しでも早くメサを出て、元の大学に戻ったり大企業の職場に復帰したりしたがっていた。数日か、数週間のうちにメサは元の砂漠に戻るだろう。建物は空になり、生活の痕跡は消える。新しい生活、新しい仕事、新しい計画がなくてはならない。

「スティーブ、君は何をするんだ？」

みんなから何度もそう聞かれたが、わからないと答えるだけだった。いまヘレンに問われても即答する気にはなれなかった。彼女がどんなつもりで問いかけてきたのか、よくわからなかったからだ。

「疲れて死にそうだ。何をしたいかなんて、いまは疲れすぎていて考えられないよ」返事はそれだけにした。

「疲れているのは自己嫌悪の表れよ。私もそうだからわかるの。自分が嫌いなのよ」

「今夜は、面倒なことは勘弁してくれないか」

「そうでしょう。どこか遠くでドカンとやったあとではね」彼女は言い返した。

スティーブは黙っていた。老人のようにゆっくり階段を上がり始めると、途中までヘレンは黙って見ていたが、容赦なく彼の歩みを止めさせた。

「それ以上、昇らないうちに言うわ。パーシー・ハードはあなたが考えたとおりの人だった」

スティーブはくるりと向き直った。

「何だって?」

「パーシーがそう言ったのよ。イギリスに帰るというのは見せかけで、本当はどこか人に言えないところに行くつもりだったらしいわ」

「君にそう言ったのか?」

「一緒に行こうって誘われたわ」

「なんてことだ!」

「もう、いなくなっているわね。私があなたに話すだろうって、パーシーにはわかっているのよ。彼が行ってしまうまでは話さないって約束したわ。殺されると思ったから。ピアノの練習のおかげで彼の腕力はものすごいんだから。私、ピアノはもうこりごりよ」

「二階で話してくれ」

ヘレンがあとから寝室に入り、スティーブはドアを閉めた。「ここに座って、何もかも話してくれないか」

ヘレンの真に迫った話のおかげで、問題の情景が目前にあらわになった。

「あなたや仲間の科学者が秘密の仕事で忙しくしていたとき、別の出来事が進行していたの。メサみたいなところでは、何かさせておかなければ、おおぜいの人を閉じこめておくなんてできないわ。大きなお祭りをやっているみたいなものですもの。そうじゃない？　あなたたち頭脳集団だってみんな楽しんでいなかったかしら。あなたたちが秘密めかして話していたことだって、理解できちゃう人は必ずいるのよ。ここは天国のようだと言った人もいたわ。その男の人は大会社の研究所で働いていたけど、自分のしていることを理解できない人に囲まれて孤独だったんだって。ところが、メサではみんなで同時に一つの大きな仕事がやれる。みんなの頭脳が力を合わせて、ね。確かに素晴らしいことでしょ？　パーシーだってそう言っていたわ。でも、彼には音楽もあったし、あなたのように純粋でもひたむきでもない。だから、パーシーには、ああいうことができたのよ。彼はアメリカ人が嫌いだった。知ってた？　アメリカ人は粗野で、ロシア人のほうがましだって。ロシア人はインテリを尊敬するそうよ。ソ連の科学者は収入も多いし、あらゆる名誉を手にできるし、イギリスよりずっとましなんだって。何に対して誠意を尽くすべきか、パーシーがそう考えたのが、始まりだったのよ」

「それで、君は素直に聞いていたわけだ」

ヘレンはうなずいた。「パーシーには倫理観もあったのよ。あなたは信じないかもしれないけれど、彼はそうだったの。科学は万人が分かち合うべきものと考えていた。原子爆弾でさえもね。安全のためにはそれしかないと言っていた。みんなが知れば使う人間はいなくなるとも言っていたわ。なるほど、そうかもしれないわ。とにかく、アメリカがしたことは思慮に欠けている」

スティーブはヘレンの顔を見た。「なぜ、自分が嫌になったんだ？」

彼女の目に涙があふれた。「ああ、わからないのよ、スティーブ。パーシーのせいじゃないわ。だけど、彼のおかげでちょっと混乱している。何が正しいのか、もうわからなくなったの」

「僕もそうだ」

「あなたも自分を責めているの？」

「そうでもあり、そうでもない。僕らはそうせざるを得なかった。そうじゃないか？」

「わからないわ」

二人は互いに不毛の砂漠を越えて、いま見つめ合っている。救いを求めているスティーブなのに、ヘレンを救うことはできなかった。こんなときに形ばかりの愛撫は無意味だ。キスなどうわべの仕草にすぎない。それなのに、ヘレンはこれまでに見たことがないほどいじらしく、美しかった。ここ数年のあいだに身についてしまっていた、ちょっとした虚勢や人に頼らないふり、垣間見えた片意地などが消え失せていた。目の前の彼女は何もかも脱ぎ捨てて震えていた。紅潮した顔、涙でうるんだ目、乱れた髪、メサでは一度も見たことのないような女性がそこにいた。

「どうしたら君を助けてあげられるのか、わかったらなあ」スティーブはぽつりと言った。「そうしたら僕自身も救えるのに。僕らには時間が必要だね。とにかく時間がいるよ」

彼はヘレンを一人残して出て行った。

それから玄関の呼び鈴が鳴るまでの一時間、ヘレンはずっと一人でいた。

心の傷は癒えないが、飼っているインコは腹をすかせて落ち着かないし、花瓶の花はしおれている。細々とした片づけごとに迫られているうちに、少しずつ元気を取り戻していた。パーシーがくれた花は、もう捨てよう。パーシーはどこへ行ったのか。彼の存在は自分にとってどれほどの意味があったのか。彼の思い出は一緒に演奏した音楽とごちゃごちゃに混じり合っていた。音楽には魔力があった。

パーシーと過ごした最後の一時間を忘れることは一生ないだろう。そのときも彼はチャイコフスキーを弾いていた。いつものチャイコフスキーだった。ヘレンは聴きながらずたずたに引き裂かれ、思い出と感情と衝動が渾然とした世界を飛びまわっていた。スティーブにはうそをついた。自分を混乱させたのはパーシーだった。彼のキス、巧みに伸びてくる手。それにやすやすと応じた自分がいた。ヘレンの中に、スティーブの善良さでは満たされない邪悪なものがあったのかもしれない。パーシーの中にも邪悪なものがある。二人ともそれがわかっていた。パーシーはスティーブを笑いものにした。彼が「聖人スティーブン」などと言うと、ヘレンは笑い、笑っている自分を嫌悪した。

……そして、ほんの二日前のことだとはとうてい思えないが、いま彼女がたたずんでいるこの部屋にパーシーが駆けこんできたとき、彼の勢いに負けそうになった。

「ヘレン、僕と遠くへ行こう」

「遠く？　どこへ？　いったいどうしたの？」

「イギリスへ帰るんだ」

「いま？」

「一時間しかない。特別機だ。ニューヨークで落ち合おうよ、ねえ」

パーシーの手がヘレンの頬をなでまわし、首をつたって胸まで下りた。ヘレンはありったけの力で体をよじってかわした。

「あなた、追われているの？」

「告発されたかって？　そうさ、誇りに思っているよ。わかるだろ？」

青い目に宿る狂気の光が恐ろしかった。

「だめよ、パーシー」

そのときノックの音が聞こえた。

「僕をつかまえに来たんだ！　電話してくれ」

彼はヘレンの手に紙切れを握らせるやいなや逃げ出した。やがて、二人の警官に挟まれて歩くパーシーの姿が窓の外に見えると、ヘレンは即座に紙切れを細かく引きちぎった……胸の痛みはいまも消えない。だが、ヘレンはもう耐えられる。

ヘレンは炉棚に置いた鏡の前で髪を直し、玄関を開けた。そこにはジェーンが立っていた。青いコットンの服を着て、黒髪をうしろで束ねていた。

「あなただったの。スティーブは、いま出かけたところよ」ヘレンはあとずさりした。

「スティーブに用事ではありません。あなたに会いに来たんです」とジェーンは言った。

「それじゃあ、入ってちょうだい」

二人は狭い部屋で向かい合った。

「どう切り出したらいいのかしら」ジェーンが口を開いた。「なぜここへ来たのかもわからないのですけど、私、誰か別の女性に会いたくなって、女性と話がしたくなって、あなたのことを思い出しました。私、女性の知り合いがいないんです。仕事上、一人でいることが多いですから」

「うらやましいわね」ヘレンは言った。

二人は、女どうしが相手に対して構える壁を乗り越えて素直に通じ合えないかと手探りしていた。

「私がうらやましいなんて、本当にそう思いますか」ジェーンは尋ねた。

自己不信がつい口に出た切なさあふれるその一言が、ヘレンの心の琴線に触れた。「男と肩を並べて仕事ができるなんて、素晴らしいことよ。しかも、科学者と一緒なんですから。ありきたりかもしれないけど、私、自分の言いたいことを、どう表現したらいいかわからないのよ。長いあいだ、思ったことを言えなかったような気がするわ。スティーブが昼も夜もプロジェクトで働き詰めだったのに私は遊び回っていた。わかっていたけど、ほかにどうすればよかったのかしら。最後まで言わせてね。ほかの家庭の世話をしてあげたり、母親が買い物に行くときに子供を預かってあげたり、夫が仕事に追われているプロジェクト未亡人を慰めたり、あれもこれもあったわ。でも、あなたには私の言いたいことがわかるでしょ。わからなくちゃいけないわ。あなたは男たちと一緒に中心にいた。あなたにはみんな、何もかも話したでしょ。あなたは男たちの秘密の仕事を知っていた。ええ、私はあなたがうらやましい。私はあなたに嫉妬しているわ。スティーブのこともそうだけど、それだけじゃない。あなたの人生そのものに嫉妬しているのよ」

感情が激しくほとばしる様を見て、ジェーンは痛ましく思いながらも熱心に耳を傾けた。「女が本音で話すのを初めて聞きました。おっしゃりたいことはよくわかります。あなたとは生き方が違うけれど、それでもわかります。それに、私もあなたがうらやましい。私も結婚したかったし、子供がほしかった」

ヘレンがさえぎった。「それは別だわ。私は子供がほしかったけど、ある日、子供を持つのが怖くなった。男たちは女たちに内緒でいったいどんな世界をつくろうとしているのか。私にはわからない。私が生まれた世界とは違う。子供たちがどんな目に遭うかわからないときに子供を産む権利が私にあるのかしら。なぜ、スティーブにそのことを聞けないのでしょう。夫も私も話をしない。でも、あなたは何もかも知っている。それなのに、子供がほしいんですって？　本気なの？」

「子供のことは私の夢です」ジェーンが答えた。「でも、しょせん夢にすぎません。仕事を捨てられるほど、男性を愛したことはありません」

「愛する男性はどんな人でもいいの？」

話題は自分たちのことを離れ、性という大きな問題に移っていた。

「わかりません」ジェーンはじっくり考えていた。「そうですね、私の理想の女性はずっとキュリー夫人です。偉大な科学者であり、科学者どうしで結婚して、仕事も生活もつねに一緒でした。彼女は夫を、夫は彼女をすべて理解して、お互いにとってお互いが完ぺきな存在でした。研究所で共に働き、子供も生まれた。これはごく稀なケースでしょうね」

「キュリー夫人になれそうな女は、よくいるわ」とヘレンは言った。

「それじゃ、なぜキュリー夫人がもっと出てこないのでしょう」

お互いに相手のことはもう尋ねなかった。共通の問題について語り合っていた。

「私たちは怖がっているのよ」ヘレンは言った。

「何を怖がっているの?」

「男性よ。男性に嫌われることを怖がっているの。そんな目で見ないでちょうだい。スティーブのことじゃないわ。彼は善人よ。真正直で」

ヘレンは話を中断した。急に何かに気づいて青い目が輝きを帯びていた。赤い下唇を噛むと、問いかけるようなジェーンの眼差しに促されて言葉を続けた。「私、思うんだけど、あなたとスティーブなら、そういう二人になれると思うわ。はっきり言い過ぎるかしら?」

「私はそんなに大胆ではありません」

ジェーンはすっと立って窓辺に寄り、朝の風景を眺めた。空気は澄み、穏やかな日だ。「どうか信じてください。いま、あなたがおっしゃったような、そんな話をするために来たわけではありませんわ」

その穏やかな口ぶりがヘレンに勇気を与えた。「あなたと……あなたと一緒のほうがスティーブの幸せなら、それはそれで仕方がないわ。いますぐには無理だけど、少し時間をかければ、私、受け入れられると思うの」

「スティーブはあなたの人生のすべてなんでしょう?」

「そうね。よくわからないけど」ヘレンは答えた。

「私の人生にとっては、彼がすべてではないわ」ジェーンは静かに言った。「どんな男性も私の人生のすべてにはならないと思うの。一人の男性に託す人生もわかるけれど、人生は二人で築き上げるものでしょう。二人の科学者がいて一人は男、もう一人は女だとしたら、完全な人生は四次元的なものになるでしょうね」

ジェーンは振り向いて明るい笑顔を見せた。

「四次元なんてわからないから、私にはとても住めないわ。他意はないのよ、ジェーン。まじめに言っているのよ」ヘレンは言い返した。

ジェーンは再び腰を下ろした。「私もまじめです。厳しい事実だけれど、私は科学者として生きるつもりだし、たとえば、一緒に四次元的な関係をつくれるような男性を私が見つけるか、それとも、そういう男性が私を見つけるか、どちらかでなければ私は結婚しないでしょうね。でも、だからといって、あなたがおっしゃったようなことはできません。自分を犠牲にするようなことは考えてほしくありません」

「犠牲ではないと思うけど」

二人の目が合った。ヘレンの言葉にジェーンは頭を横に振った。

「私はインドへ行きます」

バートは杖にもたれながら再び歩けるようになった。このところモリーの様子がなんとなくおかしく、気になって落ち着かなかった。モリーに原子爆弾のことは話していない。正直な話、自分さえ、投下された日時も場所も知らなかった。知りたいとも思わなかった。自分には関係がなかった。バートは病人であり、医者からはストレスを避けるように言われている。だから、昨日の新聞を見て初めて知った。広島、長崎、そして戦争終結。

今朝、朝食のテーブルでモリーをちらっと見た。新聞は事細かに報じており、自分も妻も読み終わっていた。モリーが婦人欄からではなく一面から読むのを見るのは、一緒に暮らすようになって初めてだった。妻は一言も発しなかった。口を真一文字に結び、バラ色の丸顔は青ざめていた。

「とにかく、戦争は終わったな」バートは無理に笑ってみせた。

モリーはなおも黙っていた。自分一人でコーヒーを入れ、トーストにバターをつけ、夫のほうを見ない。ふだんは際限なくおしゃべりするし、天気のよい朝はことさら機嫌がいい。バートは黙々と食べながら、テーブルの真ん中に置かれたバラの花瓶の陰から、ときどき妻の様子をうかがっていた。だが、とうとう黙っていられなくなった。

「気分が悪いのか」きつい口調で尋ねた。「それとも、猫に舌をかまれたのか」

「気分が悪いのです」

「そのようだ。ジャム・トーストをほおばり、コーヒーをがぶ飲みしているからな」

「気分が悪いのよ」彼女はくり返した。「気分が悪くて、この家を出て行って、もう二度と戻ってきたくないほどだわ」しまいには金切り声になり、浮かんでくる涙をふいた。

バートは椅子を強くうしろに引き、ナプキンを床に投げつけた。「わかったよ」不機嫌そうに言った。「何でもいいから言ってみろ。さあ吐き出してしまえ」

だが、彼女は何も吐き出そうとはしなかった。青く丸い目には涙があふれ、顔を真っ赤にしていた。泣くのを懸命に我慢している。

「俺がやったと思っているんだろう」彼はうなるように言った。

モリーはわっと泣き出した。「あんなことに関係しなければよかったのに。ひどいことをしたものだわ。……戦争を続けているほうがましよ。絶対にやってはいけないことだった。いったいどうなるの？　アメリカ人はもう誰にも信用されないわ。私もあなたを信用しない。私に秘密でメサやテネシーで、あんな大それたことをずっとしていたのね」

バートは激昂し、怒鳴った。「秘密だと？　何もかもおまえに言ったぞ」

「あなたの話すことなんか私にはわからなかったわ」

「おまえがバカなのは、俺のせいか」

「あなたを信用していたのに」

「いいか、おおぜいのアメリカ兵が死ぬところだったんだぞ。ティムのことを考えてみろ。ピーターのことも。息子たちを死なせたいのか。ジャングルで銃弾に撃たれ、捕虜収容所で飢えや虐待に苦しむんだぞ」

「アメリカは一瞬にして十万もの人を殺したのよ。新聞にそう書いてあるわ」

「じゃあ、息子たちは大事じゃないのか」

「私はどっちの息子もいりません。一人もね。子供なんか産まなければよかったわ。こんな世の中で子供なんか持っちゃいけないのよ。もし、わかっていたら……」

　二人は怒鳴り合った。息子たちの母親であり、夫たる彼にとっても時に母親であり、母性の象徴のようなモリーから、バートは信じられない言葉を聞いた。そんなモリーが、母そのものである彼女が、我が子などほしくなかったと言う。もし原子爆弾を知っていたら、子供はいらなかったというのか。妻は悟ったのだ。バートにとってモリーの言葉は、若い女、赤ん坊を持つ女、未婚の女、ありとあらゆる何百万人もの女の口から投げつけられたような大きな衝撃だった。

「おまえ、自分の言ってることがわかってるのか」

　モリーはすすり泣きながらうなずいた。

「いいか、モリー。新聞にも出てるだろう、戦争は終わったんだ。ティムは無事に帰ってくる。ピーターは戦争に行かなくていい。二度と戦争は起こらんだろう。たぶん、戦争のために死ぬことも、悲しむことも、失うことも、みんな永久になくなる」

　だが、この聞き分けのない女は泣くのをやめようとしなかった。いつまでもむせび泣くので、バートは杖にもたれてそっと妻のそばへ行き、途方に暮れていた。怒りはおさまらないが妻の髪をなでた。そして、ハンカチを無理やり彼女に握らせた。今朝、ネクタイを取り替えたときポケットに入れた清潔な木綿のハンカチだ。モリーはハンカチを手にとり、涙を拭くのではなく、ハンカチに顔を埋めて大声で泣いた。バートはとぼとぼと椅子に戻り、妻を見つめていた。なだめようがない。妻をなぐさめることができないなどということは初めてだった。

「モリー、泣くのをやめろ」命令口調だった。

だが、やめない。相変わらずしくしく泣き続けるので、その頑固さに腹が立ってきた。彼はおろおろしながらも、子供のように臆面もなく露骨に泣き続ける妻の姿に引きつけられていた。モリーのまぶたは腫れ上がり、小さく丸い鼻は真っ赤になっていたが、彼女は平気だった。

「きっと、体のどこかに涙のタンクがあるんだろう」いらいらしてきた。「いい大人が君みたいに泣くのは見たことがない」バートは重い足取りで部屋を出ると書斎に戻った。だが、一人では寂しくてたまらない。一時間もしないうちに家中に響きわたるような大声でモリーの姿を探し求めた。

「モリー、いったいどこにいるんだ」

遠くからかすかな声が返ってきた。

「屋根裏部屋を掃除しています」

息切れしながら階段を上がると、埃とクモの巣の中にモリーが座っていた。バートはすぐに切り出した。

「また、言い合いを始めなきゃならんのか、モリー」彼女は泣いたあとの子供のような澄んだ目で彼を見た。「あなたが正しいとはどうしても思えません。あの爆弾を使ったのは、あなたもみんなも、折角つくったものを使わずにはいられなかったからですよ。自分たちに正義があるかどうか、議論したんでしょうけど、そんなことをしても自分たちを正当化できませんよ。……ジェーンはどう思うかしら。ジェーンと話してみたい」

「それは無理だな。ジェーンは辞めた。インドへ行くそうだ」

モリーにはショックだった。「インドですって。やっぱり、あなたたちがやったことに耐えられないのよ」

「あいつは、ばかだ」バートはうめいた。「インドで何ができる？　せいぜいどこかの村に墓を建てて、そこに入るのが関の山だ。あいつは科学者だし天才だが、女だからだめなんだ」

「あなただってそうでしょう。私をばかにしないでちょうだい。あなたは自分が憎いのよ」

「なんだって。俺は自己嫌悪などない。俺は、俺は……」バートは怒鳴り散らした。

「憎んでいます。あなたは自分をどうしていいかわからないのよ。いまは何か良い仕事をしようと考えている。インドへは行かないでしょうけど、でも、たぶん……」モリーは負けずに言い返した。

二人は屋根裏部屋で何時間も言い合った。モリーは泣き続けて蒸しプリンのような顔になった。それでも、今朝言い合いが始まったときのように、バートの意見や理屈は頑として受けつけなかった。どちらも昼食を食べず、電話にも出なかった。「もう言い争いはご免だ」とバートが何度くり返してもきかなかった。理屈ではないあの鋭い直感で、ぐさりぐさりと彼の心を突き刺した。バートはついに壊れた椅子に倒れこみ、両手で顔を覆ってうなり声をあげた。

「気分が悪い。うそじゃない。決着をつけたいところだが、もうやめにしたい……。ほかにどうすればよかったんだ。まあ、いまのところは認めよう。こうならないようにすべきだった。科学の栄光のために最悪の殺人兵器をつくってしまった。それが聖なるキリストに対する罪でなくてなんだろう。許されざる罪だ」

モリーは強く夫を制止した。「とりとめもないことを言うのはやめてください。お父さんみたいですね。やってしまったことで自分を罰するなんて無駄ですよ。いまやりたいことを考えるべきだわ。あなたはいったい何がしたいの」

バートは顔を上げて、おぼつかなく言った。「モリー、俺はいつも、おまえが愚かなやつかもしれんと思ってきたが、いまわかった。おまえは愚かどころじゃない」

「愚かですとも」

モリーの涙は乾き、いつもの朗らかな声にもどった。夫を屈服させたことを自覚しているということだ。乱れた髪をうしろに束ねながら続けた。

「あなたはもう、山に登ったりジャングルで汗水垂らしたりして宇宙線の研究を続けていける年齢ではないわ。私も、あなたのあとを追いかけて行けるほど若くないし。どこかの大学で教鞭をとるとか、何かいい仕事を見つけたらどうかしら。大変な仕事は若い人に任せて」

「そのとおり」バートは素直に感心していた。「どうしてわかったんだ。俺がやりたかったことを」バートは立ち上がり、両腕を伸ばしてモリーを抱こうとした。「俺よりも俺のことをよくわかっているな」

「もちろんですよ」妻は夫の腕に抱かれた。「これまで、あなたのことばかり考えてきたのですもの」

二人は抱き合い、夫は妻の肉づきのいい尻を軽くたたいて、屋根裏部屋を出て行った。家庭の静けさが戻った。モリーは泣きはらした顔に白粉をたたき、キッチンでアップルパイを焼くことに安らぎを見出した。その静けさの中でバートは残る人生の計画を立てる……。

彼は書斎へ戻り、落ち着いた思索も取り戻した。モリーとかなりやり合ったおかげで元気が出た。次の仕事のことが考えられる……科学者仲間のことも。

沈没する船からネズミが逃げ出すと諺にもあるように、誰も彼もメサから立ち去って行った。乾燥した砂漠の海だから、船の譬えは当たらずとも遠からずである。ワシントン州とテネシーの大事業については民間産業が完全に引き継いだ。原子炉は平和目的でアイソトープの照射を始めるだろう。だが、何よりも重要なことは、原子核に隠された創造の本質を軍の将官たちには握らせずにおくという陸軍長官との約束を守ることだった。それは民間の手に委ねられるべきである。ジェーンのことを考えると、男のみならず女の手にも委ねなければならない。ジェーンの目指すところは死ではなく生の創造だった。バートは科学者たちを集めてワシントンに押しかけ、政府は国民の声を聞くべきであると訴えた。その騒ぎが一段落してから彼は引退し、前から知っていた小さな大学で教鞭を取ることにした。その大学は創立者が教会の神父で、キリスト教的な雰囲気だった。バートは余生をそこで過ごし、神のエネルギーを正しく利用することを、男女を問わず学生たちに教え導こうと考えた。

いま、むさくるしい書斎でこうして一人考えに浸りながら、バートは満ち足りて静かに笑みを浮かべた。人間の目には見えない極小の粒子の中に創造のエネルギーを隠すとは、神はなんと賢明なのか。それに引きかえ、人間はなんと悪賢いのだろう。見えないものを見ようとしてその方法を考案し、現実の影を見ただけで、旺盛な想像力を駆使して真理を推測するとは！　アダムよ！　エデンの園では無知こそが幸いだったが、その幸いは永久に失われてしまった。アダムが食べた知恵の木の実、その赤いリンゴをアダムに手渡したはずのイヴもそこにはいなかった。アダムはただ自分自身を責めるほかない。

ラーマンは習慣で朝は早く起き、住まいと研究所に聖なるガンジス川の水をまいた。この日は天気もよく涼しかったので、ラーマンの褐色の端整な顔も心も穏やかだった。子供たちは成長して巣立って行き、か弱い妻は夕方まで起きてこないので、家は静まり返っていた。息子はニューデリーで総督の秘書として厚い信頼を得ており、娘は地方の知事の職に就いている。彼は二人を誇りにしていた。娘のシタは、いまでこそ多くの若いインド女性も志すようになった政治の世界に踏み出し、すでに結婚して子供もいた。インドでは子供の世話をする乳母が多いので、娘がインドに生まれたのは幸いだとラーマンは思っていた。家事に縛られる欧米の女性たちは気の毒だ。彼がかわいがっているジェーンも結婚していなかった。

「いとしい我が子よ」昨夜、ベランダで月の光を浴びながら語り合っていたとき、ラーマンは尋ねた。「なぜ結婚しないのかね」

「子供を持ったら、仕事をあきらめなければなりません」とジェーンは答えた。

「金持ちと結婚すればいい」

「するなら科学者ですね。でも、科学者はお金持ちじゃないし」ジェーンはそう言ってラーマンにちらりと黒い瞳を向けた。「本当のわけは、結婚しようと思っていないからです」

ジェーンのヒンディー語は完ぺきだった。全然忘れていなかった。艶やかな黒髪、日焼けした肌の彼女はラーマンの娘と言ってもおかしくないが、彼がそう思ったことは一度もない。ジェーンは生徒であり、大切な預かりものであり、将来を楽しみにしている人間だった。彼女の明晰な頭脳を大いに誇りにしていた。話題は結婚から原子力に移った。

「ところで……」ラーマンは待ちきれないという感じだった。「君の同国人たちが神の火を人間を滅ぼす武器に仕立てたのは非常に残念だ。終わったことは仕方がないが、過去のことはともかく未来を考えなければならない。何か考えはあるのか」

「いまのところは何も。私たちはまず正常な姿に戻る必要があります。急いでメサから離れて行った人たちを見せたかったですよ、先生。急にあれこれとやりたいことを思いついたようで逃げるように出て行きました。以前は離れたがっていた場所だった大学の教室や大企業の研究室へいそいそと戻って行きました。メサに来たときはみんな喜んでいたんです。同僚たちのことも、素晴らしいって満足していたんですよ、先生。私も同僚には満足していました。毎日、仲間たちと話ができるんですもの。メサに集まった科学者には、自分のやりたい研究がやれず会社が命じた商品の研究をしたり、利益をあげるためだけに一人で新発見を追求してきたりした人々がいました。誰もがそういう孤独から急に解放されて、科学者だけでまとまって生活するようになったんです」

「大変うれしいよ。私も君と話ができるのはとてもうれしい」

夜が更けて別れるとき、二人は手を触れ合わなかった。両掌を合わせて相手に敬意を示す挨拶を交わした。……ラーマンは眠れなかった。ジェーンほど愛した女はいないと心の中で思い続けている。それを否定するつもりはないが、表に出すつもりもない。真実からは離れて生きることを悟っていた。だが、彼の煩悩はうごめいていた。昔、ジェーンと結婚することもできたが、彼女の幼い愛につけいることはしなかった。自分が教師だったころ、ジェーンが学校を卒業する最後の夜も、そうだった。彼の胸ですすり泣くジェーンの温もりを忘れることはない。それでも決心は揺らがなかった。ずっと昔にラーマンは自分の居場所を選んでいた。我が身をインドに捧げていた。

「私もここで暮らしたい。インドが好きなんです」ジェーンはすすり泣いた。

「君がここで暮らすことを許さない。君には君の国がある。ここを去りなさい」

それだけのことを言うのにラーマンには強い意志が必要だった。ジェーンが並々ならぬ頭脳の持ち主であることを知るがゆえに、いくら愛していてもそれを犠牲にするわけにはいかなかった。

ラーマンはそのときの決断を後悔していなかった。ここには自分の家庭があり、仕事と神々に清め捧げた自分にふさわしい部屋がある。今朝は早く朝食をとって、研究室の高いスツールに腰かけ、アルモラの緑濃い平原のかなたの雪を頂く山々を眺めていた。彼の目の前にある台にはきわめて繊細な器具が置かれている。ラーマンはその器具を使い、ナイフを突き刺したときのニンジンの反応を電荷をかけて計測していた。計器の針先が紙の上で振れ、衝撃が波形の線になるのを観察していた。その作業を中断した。

「ニンジンも痛みを感じるということを知るのは、何のためですか、先生?」

肩越しにジェーンの声がした。ラーマンは振り向き、ほほえんだ。裸足なので近づく音がしなかった。

薄い黄色のサリーをまとい、手首に銀色のブレスレットをしたジェーンが笑っていた。

「ゆっくり休めたようだな」

「くつろげました」

「君の質問に対する回答だが、ニンジンでも刺されたときの痛みがわかると知ることは世の中の苦痛の総量を増やす、という事実が一つあるだろう。しかし、私にとって重要なのは、すべての生命は一つであるという証明だ。ニンジンであれ人であれ、苦痛を感じる。苦痛は我々に共通のものだ。……朝食はすんだか。召使いに君の部屋へ運ぶよう命じたが」

「いただきました」

ラーマンは計器のボタンを押して電源を切った。

「仕事を続けてください、先生」

「仕事はいつでもできる。君がここにいる数日ぐらい、どうということはない」

「数日しか、いてはいけないんですか、先生?」

「それ以上はだめだ」断固とした口調だった。「ここは君が仕事をする場所ではない。私が許さない。ここから遠く離れた科学の中心に戻るべきだ。自分の国に帰りなさい」

ジェーンはため息をついた。「来たばかりで一ヶ月もたたないのに、また私を遠ざけるのですね。一年か二年、いてはいけませんか」

「だめだ」ラーマンは廊下を先に歩き、足にひやりと冷たい大理石の部屋に入った。床にはつやのある絹のクッションが置いてあるだけだった。二人は腰を下ろし、ジェーンは彼の足下に座った。

「そばに居させてください」小声で言った。

「私と一緒に居ることはまかりならん」ラーマンの声は明るかった。「君がどこにいても、二人の心は通じ合う。君はもう子供のころに戻ることはできない」

ベランダの向こうの花壇から、土と水の匂いが漂ってきた。庭師が草花に水をやっていた。どこかで子供の笑い声と女の呼び声が聞こえる。平和だった。魂を生き返らせるこの上ない平和があった。

「ここは現実離れしている。世界の中心ではない。いつかはそうなるかもしれないが、いまの時代ではないだろう。中心は君の国であり、私の国ではない」

「なぜ、自分を認めようとしないのですか。半分はイギリス人なのに」

「だからこそ、私は君に帰れと言うのだ。私の近くに君を住まわせることはできない。私のもとを去りなさい。私はまだ若いから危険だ。年をとって目が見えなくなったら、帰ってきて我が家に住みなさい」

ジェーンはため息まじりに笑った。「先生、同じようなことを言った男性が海の向こうにもいましたわ」

「どんな男だね」

彼女はスティーブのことを包み隠さず話した。ラーマンはジェーンの表情や言葉に集中して耳を傾けた。

「その男を愛しているんだね」

「たぶん」

「だが、妻がいる?」

「ええ」

「それなら君は運がいい」

「運がいいですって？　惨めなだけです。最初は先生を愛し、次に彼を好きになるなんて」

「とても運がいい。その恋愛を無事に切り抜けたではないか。君は恋愛をするが、恋愛で人生を投げ出すことはできないようになっている」

ラーマンは細長い手で彼女に口を開かないようにとの仕草をした。「君は恋愛でだめになってしまう種類の人間だ。私もそうだ。どれほど君を愛したかったことか。だが、そうすれば私はだめになる。私たちはお互い、一人で生きることを運命づけられている人間なのだ」

ジェーンがここにいるいま、この話をしておかなければならない。話題がほかのことであっても、ラーマンは執拗にその話をくり返した。ジェーンにはそれがラーマン独特の話術で、いつもそうして彼女を教え諭し、意志を強靭にさせ、本来彼女が為すべきことに復帰させようとしているのだと思った。

……「悲しいことだ」あるときはこう切り出した。

「最先端の知識を得る喜びを失うことは、非常に悲しい。私のもとにいても学ぶことはあるだろう。私は生物物理学者だし、ささやかながら独自の実験もする。だが、私だって、もっと大きな力の中心と接することは必要だ。たとえば、君が本来の居場所に戻れば、君の助けを借りて放射線の実験をしてみたいとも思っている。放射線が植物や種子にどんな影響を及ぼすか。植物にヒトの栄養になる機能を備えさせるのは太陽のエネルギーだが、光合成についてどこまで理解されているだろう。インドでは当分、原子炉で仕事をするという望みは持てない。その時期には達していない。しかし、君はもう未来に住んでいるではないか。僕は君に助けてもらいたい」

ジェーンにはラーマンの心の中がわかっていた。慎重に配慮しながら彼女の魂を揺さぶり、粘り強く導こうとしている。ジェーンを偉大な科学者にしようとしている。そこにあるのは確固とした信念であり、ラーマンの愛の力がそうさせた。

……また、あるときにはこうも言った。「生きたヒトの細胞という問題がある。私の仕事は人体にはかかわらないが、ここインドのいたるところで見られる、変形した体をどう思うか」

二人が街路を歩いていると、物乞いたちが腫れ物やこぶのできた手足をのぞかせていた。らい*を患っている男が壁にもたれて日光を浴びていた。ラーマンはその男の前で立ち止まり、男の太ももの変形した肉と突き出た白い骨を指した。

「君がここにいたら、この男を助けられるか? いいや、君はここでは何もできない。君が発見に力を尽くしたその新しいエネルギーを使えば、この変形した肉を元通りに治せるかもしれない。その可能性を否定する権利は君にはない」

二十日ほどたったとき、ジェーンは吹っ切れた。「あなたのしてくださっていることがわかりました、先生。私の鼻に命の息吹を吹きこんでくれているのですね。神の息吹として。私に何かを伝えてくださっ

らい:「癩」。ただし現在は「ハンセン病」が一般用語。「日本らい学会」は一九九六年「日本ハンセン病学会」と改称。ここでは原典の語に従った。主に皮膚と末梢神経が冒される。感染症だが、感染によって発病することは稀である。

ているのですね。私の耳にその言葉は届いていますけど真意は何なのですか」

夜だった。二人は庭に置かれた白い椅子に座っていた。子供のようなラーマン夫人は二人を残して自分の部屋に引き揚げていた。夫人は優しい友であり、夫とジェーンのあいだに自分の知らない何かがあることを謙虚に感じ取っていた。ラーマンは先生で、ジェーンは生徒だ。それは神聖な絆であり、良きものであって壊してはならないものだった。外で奏でられている音楽が風に運ばれ壁を越えてきた。同じメロディーを何度も何度もくり返していた。

ラーマンは顔を上げて空を見つめた。薄明かりの中にラーマンの美しい横顔がくっきりと浮かび出ていた。ラーマンを愛してはいるが、もう恋愛ではなくなっていた。ラーマン流の繊細だが断固としたやり方で、恋愛を不可能にしてしまった。拒むのではなく受け入れることで、激情を避けながら恋愛を受け止めるやり方で。ジェーンを愛しき人と呼ぶとき、そこに激情はなかった。「贖罪にはいろいろな方法がある。最善かつ真の贖罪は生きることだ。君は罪を犯したと思っているね。大きな集団による罪を。だが、それに対する贖罪は君一人でもできるのだよ。私は君に本来なすべき仕事に復帰してもらいたい。明日、ここを立ちなさい」

「おっしゃるとおりにします。でも、手紙を出してもいいですか、先生？」

「お互いに死ぬときまでな」

ヤスオ・マツギは再び自由になった。こまごました所持品をまとめ、いまは開け放されたままになっている有刺鉄線の絡まるゲートからふらりと外に出た。移転センターからの支援の申し出をすべて断り、箱やら袋やらを自分で背負って、トタン屋根の鉄道駅まで歩いて行った。シカゴに行って小さなアパートを借り、絵を描き始めようと思っていた。友人バートン・ホールも捜し当てるつもりだった。

十月のある朝、バートは玄関に立つヤスオの姿を目の前にした。

「おお、ヤスオじゃないか。さあ、中へ入れ」大きな声で言った。

バートはこのやせた日本人を家に引き入れるや、ドアをバタンと閉めた。「ここに泊まりたまえ」強い調子で言った。「住む家が見つかるまで客間に泊まりなさい。久しぶりに長話をしよう。君に何もかも話したい。私はワシントンで一戦交えてきてくたくたになったが、元気を取り戻した。大統領は民間機関を設置して放射線を管理させるつもりでいる。……ペンタゴン*にいる連中にも言いたいことはあるだろうが、連中にすべての権限があるわけじゃない。モリー、ヤスオが来たぞ！　夕食はストーブで米を炊こう。座ってくれ。モリーを呼んで来るから」

ヤスオは椅子の隅に座り、バートがキッチンから戻るのを待った。彼はすぐに戻ってきた。

「モリーは留守らしい。買い物にでも行ったんだろう。すぐ戻ってくるさ。書斎へ来ないか？」

バートはいくぶん麻痺の残る足を引きずって、ヤスオを乱雑な部屋に案内した。近ごろやけに涙もろくなったせいか、バートの目に涙があふれていた。「なにはともあれ、戦争が終わって本当によかった。我々

ペンタゴン：当時は陸軍省や海軍省など軍関係をまとめて言った通称で、現在は「アメリカ合衆国国防総省」の通称。建物が五角形をしているのでこう呼ばれる。国防総省は一九四七年の国家安全保障法により創設された。

はまだ友だちだな、え？」

「まず、あなたに会いたかった」ヤスオは素直に言った。

「すぐに絵を始めるつもりかね？」

ヤスオは言いよどんだ。「まずなにから始めればいいかが、よくわかりません。ちょっと日本に帰ろうかと思っています。住むのではなく、日本がどうなったのか見たいのです。変わったなら、知っておきたい。絵にかかるのはそれからですね」

「行かないほうがいいと思う」とバートは言った。

「なぜ、行かないほうがいいんですか？」ヤスオには意外だった。

「わからん。わからんが、君を悲しませたくない」

「二人で行ったほうがいいかもしれません」

「私が、か？　何のために？」

「どうなったかを見るためです」ヤスオは静かに言った。「そうすればわかります。僕は画家として、あなたは科学者としてわかります。そうすれば二人ともわかります」

バートは立ち上がり、不自由な足で部屋をうろうろした。「日本に行こうとは考えてもみなかった。君の言うとおりかもしれない。スティーブはどう思うかな。あいつも行きたがるかもしれない」

せっかちなバートは、さっそくスティーブに電話した。「スティーブン・コーストを呼んでくれ。いや、現在の居場所は知らない。まだ、メサにいるかもしれん。行く先は聞いていない。わかったら、折り返し電話を頼む」

十五分後に電話がかかってきた。遠距離らしい。「やあ、スティーブ。私はヤスオと日本へ行くよ。近々に、な。君も行くか」

ヤスオは電話が終わるのを待っていた。電話が切れた。「行きたくないとさ。過去のことだそうだ。あいつはキャナデイ・ファーレル社に入った。……構わん、ヤスオ、君と私と二人、飛行機で行こう。モリーに話すから待ってくれ」

三十分ほどしてモリーが買い物を抱えて帰ってくると、バートは飛んで行って妻の意見を聞いた。

「行くべきだと思うわ。自分たちがしたことのすべてを見るべきよ。その結果から逃げてはだめよ」

「やれやれ」彼は息を吐いた。「それも、君とのけんかのあいだに教わったことだな」

モリーは知らん顔をした。「ヤスオが一緒に行ってくれるのでよかったわ。ねえ、ヤスオ、バートにはコートの下にセーターを着せてちょうだいね。このごろ、すぐ風邪をひくようになったし、何かに興味を持つとなにもかも忘れてしまうのよ」

「そうします」

「さあ、男性はキッチンから出てちょうだい。ヤスオにケーキをつくってあげるわ」

大型機が東京上空を大きく旋回して滑走路に降りた。バートン・ホールとヤスオ・マツギの訪日は隠せなかった。科学者と画家二人の訪日はニュースになり、飛行場ではおおぜいの新聞記者が二人のあとを追った。アメリカの当局者が二人を出迎え、握手の際に小声でささやいた。

「飛行場では発言を控えてください。ホテルで記者会見を予定しています。記者たちはただではおかないという気です。あなた方も言うべきことはおっしゃってください」

「言うべきことはあるかね、ヤスオ?」とバートは尋ねた。戦闘体勢をとり、不敵に構え、じわじわと迫る疲労感を振り切って気合いは十分だった。

「議論は無用です。私たちはただ、過去の出来事がどんな状況をもたらしているか、それを目撃するために来たのですから」

だが、一時間後、帝国ホテルの豪華なスイートで、バートは徹底的に話し合う必要を感じていた。部屋は、眼鏡をかけた頭の切れそうな若い記者たちであふれ、ロンドンから派遣されたイギリス人記者だけでなく、イタリア人やフランス人の記者たちの青白い顔もところどころに見えた。アメリカ人記者はいなかった。バートは大きな椅子にゆったり手足を伸ばして座り、ヤスオはテーブルの上で両手を組み、姿勢よく座った。

アメリカ側当局者が二人を紹介し、バートはにこやかな顔をした。

「では、思い切って話し合いましょう」愛想よく言った。

向き合う人々から笑顔は返ってこなかった。真剣な顔つきでじっと観察している。もの問いたげでもあった。若い記者が質問してきた。鉛筆をノートの上に構えていた。

「ホール博士、アメリカはなぜ、原子爆弾をつくったのですか」

ああ、主よ、助けたまえ。バートは魂の奥底で呻吟した。どう対応すればいいのか。　なぜ日本に来てしまったのか。

バートは大声で質問に食ってかかった。「返事の代わりに、君に質問しよう。なぜ、君たちはパール・ハーバーを攻撃したのか？」

「我々ではありません」その若者は即答した。「軍人がやったことです。だが、あなたは科学者です。科学者は哲学者と同様、尊敬される人間です」

哲学なんかでは戦時の国を救えないことを、この若いインテリにどう説明すればいいのだろう。

「君はジャーナリストだろう。なぜ、軍人を止めなかったのだ？」

青年の青白い顔にとまどいの色が広がった。

「我々を槍玉にあげて、いったい何の役に立つのかね。戦争は終わったんだ。仲良くしようじゃないか」バートは言った。

「それは永久に不可能です」青年は答えた。

バートは怒って椅子から飛び上がった。「不可能だって？　君にそのつもりがないだけだ！」議論はさらに四時間ほど続いた。

「不可能かね、ヤスオ？」バートは尋ねた。

「単純な若者の言ったことは忘れることです」ヤスオは朗らかに返事した。

二人は長崎にある山の中腹に立ち、ヤスオ・マツギの故郷の町が廃墟となった光景を見下ろしていた。子供のころに住んでいた家の瓦礫を見て、ヤスオはしばらく泣いた。日焼けした頬に涙の跡が銀色の筋をつくった。バートも少しだけ泣いた。原子爆弾を使わずに戦争を終わらせる方法はほかになかった、仕方なかったのだと考えていた。ほかに方法があったとしても、とうの昔、知らないあいだに埋もれ、忘れられてしまった。いまとなっては何もかも遅すぎる。新しい家が建ち、子供たちが生まれた。覆水盆に返らず。二人は松が生い茂る岩だらけの尾根に立っていた。二人とも疲労困憊していた。先に広島に行き、事実をありのままに見た。新聞やラジオやテレビのニュースが報じた人々の実態を見て、二人は国に帰りたくなっていた。

「ヤスオ、いつかすべて忘れられるのだろうか」

「決して忘れられません。あなたも私も、どうやって忘れるのですか。私は忘れません。でも、考えないようにしましょう。仕事をすることです。私は絵を描き、あなたは教える。ここにいても、どうしようもありません。私たちは再建できない。歳をとりすぎている。自分の仕事をするだけです。ほかのことは、もう考えますまい」

「君の言うとおりだろうな」

あわただしく、多くの人に取り囲まれた旅だった。バートはもはや会見や招待を受け入れなかった。視察して現状を把握したうえは、帰国したかった。どうしてこうなってしまったかは言葉では到底説明できないと思われた。計画を進めていたとき、科学者たちは固い絆で結ばれ、将軍やスターレーとも協力して働いていた。それは神聖な義務であり責務だった。それは間違いない。だが、どうしてそうなったかはわからない。日本人は素晴らしい国民だった。絶対にやらねばならないと信じこむ前にこの人々と知り合えていたら、自分は原子爆弾をつくれなかっただろう。絶対でも、ましてや神聖でもなかったはずだ。

「私は疲れたよ」バートはヤスオに言った。

「私もぐったりです」ヤスオも同じだった。

二人は山を降りた。バートはヤスオのうしろについて、尾根と尾根のあいだの曲がりくねった狭い石畳の道を降りて行った。谷を抜けて海岸のそばの平地に出た二人は、東京へ向かう小型軍用機に乗りこみ、東京からはアメリカ海軍の航空母艦で帰国の途についた。

太平洋上ではおおいに眠った。船中で供された食事は結構なものだったが、二人とも食欲がわかなかった。それどころかバートは、給仕してくれているかわいい女性に向かって顔をしかめんばかりだった。バートの中の火は消えかかっていた。本来喜ぶべきことでも、喜びがわかない。こうして、バートは老人になっていく。もう一度大きな天文台に行って星と語り合いたいとも思ったが、やめることにした。星は待っていてくれる。いつかそのうち、遠からず星と対面することになるかもしれない。つまり、父親が自分に語り聞かせたような観念的世界があるとしたら、である。

新しい天と地だって？　実際に見たなら信じるさ。

バートは家に帰ってモリーの顔を見たかった。気持ちのよい教室にいる夢を見た。若い学生たちはまっすぐ前を見て熱心に授業を聞いている。窓から朝の光りが射しこんでいる。

スティーブは犬小屋から硬直した体を抱き上げ、地下室の床にそっと横たえた。愛犬スクラップが死んだ。夜中のうちに、この老犬の心臓は鼓動を止めた。とにかく家の中で死んだ。かたわらの皿に残った餌はまだ温かい。最後まで温かいパンとミルクが食べられたわけだ。

スティーブは階段の下へ行った。

「ヘレン、スクラップが死んだ。ゆうべ、眠っているあいだに」

「何ですって」

ヘレンは急いで木製の階段を降りてきた。「まあ、かわいそうに、スクラップったら」ヘレンはかがんで硬くなった白い毛並みをなでた。「昨日はなんでもなかったのに」

「歳だよ。寿命じゃないかな。幸せな犬だ。寿命を全うできて」

「ねえ、スティーブ……」

「いや、その話はやめておこうよ、ヘレン。考えるのもやめだ。……今日、家の設計図が設計事務所から届いたよ」

「黙っていたのね！」

「言うつもりだったよ。まずは一緒に、スクラップを埋めようか」

「そうね、スクラップが好きでよく眠っていた、あのポプラの木の下がいいわ」

「そうだね。箱はないかな」

スティーブはシャベルを探しに行き、妻は燃やすつもりで取っておいた木箱を見つけてきた。その細長い箱に愛犬を寝かせ、二人で裏庭のポプラの木に向かった。

「見てなくてもいいよ」スティーブは穴を掘りながら言った。

「ここにいたいのよ」

二人とも少し悲しかった。だが、悲しくてたまらないほどではない。一年前、二人のまったく知らなかった二つの都市が灰と化し、瓦礫だけになってしまったときに感じた悲しみとは、比べようもなかった。あのときほど悲しかったことはない。そのために二人は以前の明るさをすっかり失っていた。だがそれでも、元気を取り戻しつつあった。スティーブは以前より格段に収入が増え、大企業でも思いのほか自由に研究ができた。雇い主は彼を尊敬していた、というより、メサで果たした彼の偉業を畏怖していたと言ってもいい。

「研究に専念してくれればいいよ、スティーブ」スターレーはそう言った。

キャナデイ・ファーレル社はいい会社だった。仕事はやり甲斐があり、地位も保証してくれた。彼は、現在自分のしていることが、メサであったことと関連しているとは考えないようにしていた。ときどきジェーンから手紙が来た。彼女は光合成について研究をしていた。生物学はこれからの科学だから、賢い選択だとジェーンに書き送った。生命の改良と新たな生命の創造、それこそが次に求められる領域である。彼らは物理学の分野でできることはそれなりにやってきた。たとえ一時ではあっても。いまは、宇宙旅行を目指す人たちや軍事関係者、彼ら以外の科学者たちの誰も彼もが、ある理論に追いつかなければならなかった。ミサイル事業だった……。

スティーブはこの前ワシントンに行ったときに知ったのだが、銀ボタンのようにまぶしい若い研究者たちは、自分たちで造語した新奇な専門用語で話していた。「アズサ・システム」「ブートストラッピング」「ジップ・フューエル」等々。

「ちょっと待て、何のことだ？　アズサ・システムとは何なんだ？」スティーブは尋ねた。

「飛行中の速度と位置を探知する機器です」彼らは笑った。

「ブートストラッピングは？」

「エンジンの回転数を上げたり加速したりするときに、エンジンの出力をいったん少し落としてから再び上げること」

「これ、わかりますか」黄色い髪の二十二歳の青年が尋ねた。「これ」とは、垂直の台の上に設置したミサイルを作動させるための、取り外しが簡単なケーブルだった。「アンビリカル・コード*ですよ」青年はにやりとした。「それに、ジップ・フューエルはホウ素を基にした高エネルギー燃料です」

「まったくね」主任は誇らしそうだった。「この連中は自分たちで用語を造るんですよ。宇宙旅行から戻って来たら、いったい何をしゃべるのやら。ええ、本当です。次は宇宙旅行です。そっちのほうが忙しくなれば、戦争のことなんか考えてはいられないでしょうね。あなた方が砂漠でやった大爆発のおかげですよ。あれで千年先までの進歩がかせげました」

「どうかな」スティーブはふと口にした。

「誰にもわかりませんがね」その男性は陽気にうなずいた。「あるものなら利用しなくちゃ、ね」

スティーブはシカゴに帰り、見聞したことをバートに語った。彼は日本から帰って来たばかりだったが、日本で目にしたことをあまり語らなかった。

「話しても無駄だよ。我々はすでに時代遅れなんだ、スティーブ。四年間、みんなであのプロジェクトをやった。そして成功させた。原子爆弾をつくり、戦争を終わらせた。だが、そいつは我々が『装置』と呼んでいただけの代物さ。ただの装置だ。そうして我々は使い古しになった。若い連中は我々のことも原子爆弾のことも、もう念頭にない。軍の連中があれをいじり回すだろうが、しょせん彼らも時代遅れだ。連中がそれに気づくには時間がかかるだろう。永久に気づかないかもしれん。だが、若い連中ときたらどうだ！　我々が神の火を見つけてやったのに、我々からむしり取った。彼らは空飛ぶ羽根で宇宙を走り回っている。……ああ、神よ」バートは頭をかきむしり、足を椅子に投げ出した。

「親父を思い出すなあ。心はどんどん昔に返る。私はどんどん老人になっていく。メサでの華々しい日々が終わってから、老いる一方だ。私の親父は大きな声で旧約聖書を読み聞かせたがった。新訳聖書よりよっぽど好きだった。かぶりつきたいぐらい好きだと言っていたよ。よく、ヨブ記を引用して説教したもんだ。神はヨブに対し、なぜおまえは、人間なら誰しも少しは持つ苦しみを我慢できないほど、自分が崇高

アンビリカル・コード：ロケット発射設備の一つに、発射台上でロケットに併設されるアンビリカル塔がある。この塔から発射の時までロケットに接続されて、電気や燃料などを送るケーブル。原義は「へその緒」。

で強いと思うのかと意地悪く尋ねる。そして、『おまえは朝に命令をしたことがあるか』とも。神はヨブをたしなめたんだと思う。ヨブは神との対話が終わったとき柔和でへりくだった人間になっていた。私はヨブの気持ちがわかる。私の気持ちのありようと同じだ。だが、近ごろの若い連中のことはわからない。君や私や我々の仲間みんなで研究したエネルギーで最初に宇宙に飛び立つ者、最初に月に行く者、彼らはこのちっぽけな地球上のみんなに向かってきっと叫ぶだろうという気がするよ。『おーい、僕は朝に命令してやったぜ！』とな」

エピローグ

解き放たれた原子力――プルトニウムの創造　一九四三～一九四四年

おお、奇跡よ！　このおぞましい数年間、希望に引きずられ、
恐怖に駆られて、私たちがつくりだした奇跡よ。
おお、人工の星よ！　宇宙の火が残してくれた燃えさしを
懸命にあおろうとする私たちを、神よ、哀れみたまえ。

かくしてフロギストン*の重さを量ることは時代遅れの妄想となり、
ニュートンは自転する地球と月を引力で結んだ。
輝かしい正午を前にして定かならぬ時間を費やし、

フロギストン：「燃素」とも言う。酸素が発見されるまで、燃焼の際に放出されると考えられていた架空の物質。十八世紀にヨーロッパで流行した観念。

どれほど多くの頭脳が自然の秘密をのぞいたか？

おお、よみがえった金属よ！　銀河の夜明けに、
アイオーン*を前にして、私たちが失われしものと考えていた金属よ。
私たちの目が捕らえ、手でさえ触れられる
幽霊の化身たる原始の鋼よ。

元素を生み出す者よ！　錬金術師の夢を
はかないものにしてしまった成功よ！
だが、技術を制御するほどの英知を、私たちは確保しているのか？
この卓越した力は正義なのか邪悪なのか？

物理学者S・K・アリスン

アイオーン：霊体の一種で、至上存在より流出し、宇宙の運行のさまざまな機能を果たしていると考えられる存在。ローマカトリックのグノーシス主義の観念。

解説

はじめに

米国政府は、原爆開発をめざして、一九四〇年に「マンハッタン計画」を始動させた。ロバート・オッペンハイマー（一九〇四～一九六七）をリーダーとする英米の原子物理学者たちがその中心だった。しかしながら、この計画には、女性の科学者が一人も参画していなかった。もし仮に女性が参画していたら、あの広島や長崎の悲劇を避けることが果たしてできただろうか？

この小説では、ジェーン・アールという「架空」の女性科学者をこの計画に参画させている。このジェーンを通じて、著者パール・バック女史は、もし自分がリーゼ・マイトナーのような優れた原子物理学者だったら、敵国の市民を無差別に大量殺戮しうる原爆を製造し、かつそれを実際に武器として使用する、という戦争史上最大のジレンマに、理性ある人間としてどう対処すべきかを、この小説で描いている。この小説は、一九六〇年代の欧米における「反核運動」の原動力の一つになった。

本書『Command the Morning』（直訳すれば『暁を制す』）がジョン・デイ社から出版されたのは一九五九年五月のことである。ノーベル賞作家パール・バック女史（一八九二～一九七三）はそれから約一年後（一九六〇年四月）に、およそ三十三年ぶりに日本の土を再び踏む。彼女の来日の主な目的は、一九四七年に出版された彼女の児童短篇小説『THE BIG WAVE（大津波）』の日米合同映画制作のために行なわれた日本ロケを、半年間にわたって視察することであった。このロケ中に彼女の夫でありジョン・デイ社の編集長だったリチャード・ウオルシュ氏が他界する。愛する夫との死別と、日本ロケを扱った彼女のエッセイ『過ぎし愛へのかけ橋』が翌年（一九六一年）に発表され、その訳本が日本で広く読まれたと聞いている。

さて、かの名作『大地』をはじめとする九十を超えるパール・バックの作品のうち、三分の一あまりが日本語に翻訳されているが、不思議なことに問題の『Command the Morning（暁を制す）』は、私の調べた限りでは、過去四十年あまりの間に、その日本語訳が出版された形跡がまったくない。なぜだろうか？ この小説は翻訳の価値がないほど駄作なのだろうか？ この英文原書はベストセラーとなり、出版後まもなく、独仏をはじめ多くの欧州諸国で数ヶ国語に翻訳され出版されている。実は数年前、『パール・バック伝』（ピーター・コン著、一九九六年）の邦訳出版に従事したおかげで、私は『Command the Morning（暁を制す）』の存在を初めて知った。それ以来その謎を解いてみたいと志し、その原書をアメリカ各地の古本屋で、二、三年かけて辛抱強く物色し続けてきた。幸いやっと最近になって、原書のポケットブック（二六三ページ）を手に入れることができたので、私は待望の「謎解き」に乗り出したわけである

題名の由来

この小説の原題『Command the Morning（暁を制す）』から一般読者は、いったい何を想像するだ

ろうか？　太平洋戦争を戦った経験のある日本軍将兵たちならば、戦争開始直前の十二月八日の未明に航空母艦を次々に飛び立っていく「暁の特攻隊」を、おそらくまず真っ先に想像するだろう。攻撃目標地は、もちろんハワイの真珠湾にあるアメリカ海軍基地である。それは、太平洋戦争中、日本海軍にとって、おそらく最も華々しかった瞬間だった。もし逆に、読者が同じ太平洋戦争を戦ったアメリカ軍将兵たちならば、彼らはいったい何をまず想像するだろうか？　終戦直前の八月六日の未明、マリアナ諸島の軍港から静かに飛び立っていく一機のＢ29「エノーラ・ゲイ」だろう。エノーラ・ゲイには原爆第一号（リトルボーイ）が、積み込まれている。攻撃目標は、瀬戸内海の広島湾にある呉軍港だ。この対照的な二つの歴史的場面は、あの血生臭い太平洋戦争の始めと終わりを飾る華々しい戦役を物語ると共に、その後に訪れる長い悪夢を、これらを生き残った将兵たちに、過去半世紀にわたって繰り返し喚起し続けてきた。

さて、この小説の表紙をめくると、冒頭に旧約聖書の「ヨブ記」の三十八章一～十二節が登場する。神は「天地創造」の過程で、天上に星と月を創り出して夜をもたらした後、さらに太陽を創り出して、地上に朝（暁）をもたらした。ある日、神はユダヤ人の高潔な受難者「ヨブ」に向かってこう問いかける。「Hast thou (Have you) commanded the morning?」（汝は暁を制したことがあるか？）。小説の原題はここから来ている。小説の最後のページに、同じ問いが再登場する。初の原爆（人工の「太陽」あるいは巨大な「火の玉」）を開発したアメリカの科学者たちが、とうとう広島と長崎に二発の原爆が投下されたのち、各々こう自問自答する場面で、小説は終わる。

中国のアメリカ人宣教師の長女として生まれ育ったパール・バックは、成人になってから結局、みずからのキリスト教信仰を捨てるが、彼女の小説の題名には聖書からの引用が多い。この問いの真意はいったい何か、が読者に課せられたもう一つの「謎」(宿題)として残されている。「Morning」(暁、夜明け)には、どうやら二重、三重の意味が含まれているように思われる。その一つは、単純に「戦後の平和な(あるいは冷戦)時代」である。もう一つは、暁をかたどった帝国海軍の「旭日旗」に象徴される「日本」の富国強兵主義である可能性が秘められている。つまり、「真珠湾のかたきを広島・長崎で討つ」という、いわゆるアメリカ人の「西部魂」が何となく感じられる。芸術的な観点からすれば、それは単純に一九四五年七月十六日(月曜日)の未明(午前五時三十分)のできごとを指すだろう。その場(〝0〟地点近く)に居合わせて、歴史的瞬間を目撃した「マンハッタン計画」チームの各々が直に感じた印象である。その瞬間は、『The Beginning or the End』(邦題『始めか終わりか』)というタイトルで、一九四七年にハリウッドのMGMによって初めて映画化され、全米ばかりではなく世界中の一般大衆に公開された。

核分裂エネルギー

この小説は四章に分かれるが、一章は一九三九年九月に勃発したヨーロッパにおける第二次世界大戦直後のアメリカ、カルフォルニア大学バークレー・キャンパスにある教授クラブの場面から始まる。当時アメリカはまだ参戦していない。シカゴ大学の原子物理学者バートン・ホールが、カルフォルニア大学の原子物理学者ウィリアム・トンプソンと食事を共にしながら、ある重要な相談をしている。

実は、この話の発端は、一九三八年の十二月にさかのぼる。ドイツのベルリンにあるマックス・プランク研究所の原子物理学者オットー・ハーン（一八七九〜一九六八）のチームが、ウランに中性子を照射するとバリウムが発生することを発見した。半年前まで彼の長年の研究同僚であったユダヤ系のオーストリア人原子物理学者リーゼ・マイトナー女史（一八七八〜一九六八）は、亡命先のストックホルムでその論文を読み終わるや、その現象が実はウラン原子の「核分裂」であることに気づき、その結論を翌年一月、自然科学雑誌「ネイチャー」に発表して世界を驚かした。それまで、「原子とは分裂しない物質」と信じられていたからだ。そのうえ、まもなくドイツがポーランドに進駐して、世界大戦が開始したからだ。ウランが核分裂するとエネルギーが放出されると共に、新しい中性子が発生し、それが隣のウランにぶつかって、また核分裂を起こし熱エネルギーと中性子を放出する。こうして、核分裂の連鎖反応が絶え間なく繰り返される。閉鎖された容器のなかでこのような連鎖反応が起これば、最後には爆発して、爆薬「TNT」がもたらすエネルギーの一億倍以上のエネルギーを放出する。核分裂連鎖反応から発生するこの莫大な熱エルギーを利用して、ナチス・ドイツの科学者たちが戦争兵器として原爆を開発する可能性（恐れ）が出てきた。

そこでその前にアメリカで、英米の科学者たちや東欧から亡命してきた科学者たちの手によって、抑止力としての「原爆第一号」を開発しようという、かの有名な「マンハッタン計画」が、ドイツから亡命してきたユダヤ系ハンガリー人原子物理学者レオ・ジラード（一八九八〜一九六四）やユダヤ系ドイツ人理論物理学者アルバート・アインシュタイン（一八七九〜一九五五）を中心にして、米国政府の大ボス（フランクリン・ルーズベルト大統領）に提案された。その計画を実行するチームを組織する任務を課せられたのが、シカゴ大学のノーベル賞原子物理学者アーサー・ホーリー・コンプトン（一八九二〜一九六二）であった。

この小説では、彼をモデルにしたと思われる「バートン・ホール」が主人公として登場する。バートは英国出身のトンプソンにまず白羽の矢を立て、その計画を密かに打診しているのである。案の定、トンプソンは即答を渋った。恐ろしい大量殺人兵器を製造するのは、科学者の良心と趣味にそぐわなかったからだ。避けることができれば、可能な限り避けたい任務だった。そこでバートは、彼の昔の院生でシカゴ大学の若い物理学者スティーブン・コーストに、南カルフォルニアにある世界最大のパロマ天文台に立ち寄ったあと、電話で話をもちかける。スティーブは計画を練ることには協力しても、原爆製造に直接関与するのはごめんだ、と昔の彼のボスに返答した。スティーブは、ヴォルニー・ウィルソンをモデルして描かれているといわれている。何週間かたった後、バートはシカゴの自宅に、トンプソンやスティーブをはじめとする数人の科学者（原爆開発チームの候補者）たちを集め、会合を開く。そのとき、彼の新しい助手兼院生のジェーン・アール嬢が付き添いで参加していた。

ジェーン・アール

彼女は、かの有名なラジウムの発見者マダム・キュリー（一八六七～一九三四）の大ファンで、一九三七年に出版されたキュリー夫人の伝記を愛読書として、いつもハンドバッグの中に入れている。さて、その会合で彼女は、ロンドンにある『ネイチャー』誌から到着したばかりの例のリーゼ・マイトナーの歴史的論文の別刷を披露してみんなの注目を集め、特に若いスティーブは、彼女に対して強い個人的関心を持つ。こうして、小説はこの若いヒロインをめぐって三つ巴の複雑なロマンスを展開し始める。

ジェーンは、中国で前半生を過ごしたアメリカ人作家パール・バックの分身であると共に、女性物理学者リーゼ・マイトナーのアメリカ版でもあった。小説では、彼女はインドで永らく育ったのち、アメリカに帰国し、ハーバード大学のラドクリフ女子校で、彼女の「永遠の好奇心」を満足させるために物理学を専攻したことになっている。彼女は、小説を通じてマイトナー女史のように独身を守るが、若いスティーブだけでなく、中年のバートともある種のロマンス関係を保ちながら、恐るべき「マンハッタン計画」に関与していく。ここで特筆すべきことは、核分裂の草分けであるマイトナー女史は、戦争中ずっとストックホルムに留まり、アメリカの原爆製造にはまったく関与しなかったことである。それどころか彼女は、戦後アインシュタイン、ライナス・ポーリング、バートランド・ラッセル卿、ジョリオ・キュリー夫妻、パール・バック女史らと共に「核の三禁」（核兵器の開発、実験、使用の禁止）を訴える世界的運動を展開した。この小説では、マイトナー女史がもしアメリカ人であったら、あるいはバック女史がもし原子物理学者であったら、様々なジレンマと闘いながら、この原爆開発計画にどのように対処したであろうか、という難しい命題に作家自身が答えようと試みているのだと私は解釈している。

読者一人ひとりが、ジェーンやスティーブのような立場に立たされたとき、自分ならどうするだろう、と考えてみることは、戦争中の「原爆開発という史実」の持つ本当の意味を理解するために非常に重要である。この小説もそうだが、パール・バックの小説の大部分は、「創造された登場人物の性格」そのものを別にすれば、その記述は史実にきわめて忠実である。一章の終わり近くで、「マンハッタン計画」のチーム編成がほとんど完了する。そして、一九四一年末の「真珠湾奇襲」で、アメリカがついに参戦を宣言するところで、一章は終わる。

真珠湾攻撃の翌朝

ある日本人がバートの自宅前に忽然と登場する。彼の旧友である画家のヤスオ・マツギであった。日本とアメリカがとうとう敵同士になってしまったその朝、彼は旧友に別れを告げに来たのだった。翌日、アメリカの西岸に住む日本人あるいは日系アメリカ人たちは、ほとんど全員、アリゾナやコロラド地方の砂漠に急造された敵収容キャンプに送られることになっていた。ヤスオは、サンフランシスコのキンケード夫婦の世話でパリに留学して三年間、絵の勉強をしてから再びアメリカに戻ってきて以来、この国（アメリカ）で画家として生きていく決心をした。バートは大学時代、日本画に興味をもち、ヤスオの絵を一枚買って以来、二人は親友になった。いつ再会できるかわからないまま、二人は最後の別れの言葉を涙ながらに交わす。パール・バックには、特に親しくしていた一人の日本人画家がいた。国吉康雄氏（一八八九〜一九五三）だ。『パール・バック伝』（ピーター・コン著　舞字社刊）の第六章末で、二人の旧友の悲しい対面がこう描かれている。

神秘的とも言えるほど偶然に、真珠湾攻撃の翌日である十二月八日（米国時間）、パール（バック女史）は多くの時間を、親友である日本の芸術家のリーダー、国吉康雄氏と過ごした。国吉氏は、ニューヨークの彼女のオフィスを訪れ、言葉もなく頬に涙を流して座っていた。「彼は涙を拭おうともせず、微動だにせず、ただ座って私を見つめていました」

パールは、彼の死の翌年（一九五四年）に出版した自叙伝『私の歩んだ世界』の中で、その場面をしみじみと思い出しながら、こう書いている。「涙は彼の頬をつたい、ポトポトと彼のコートを濡らしていました」

二人の友人は、互いに慰め合おうとした。しかし二人とも、両国が戦闘によって引き裂かれ、血で赤く染められるであろう将来に、今まさに直面していることを知っていた。その朝、すなわち、日本軍が満州を占領してから十一年後、そして日本軍が中国本土をまさに侵略してから四年後、そして、ヒトラーがポーランドを破壊してから二年後のその朝、米国はついに第二次世界大戦への参戦を布告した。

この小説の中に登場するバートの旧友「ヤスオ」は、間違いなく、作家自身の旧友である有名な画家「国吉氏」がモデルだろう。バック女史は、日本人収容所に送られたこれら多くの日系アメリカ市民の解放を訴えて、市民運動を自ら組織し、さらにルーズベルト大統領宛に手紙を書き、この戦時中の日系住民に対する「人種差別法」の撤回を繰り返し強く求めた。

核分裂連鎖反応の制御

さて、「マンハッタン」チームが結成されてから、実際に原爆の開発に成功するまで、約三年半の歳月を要することになる。そして、その過程の中できわめて重要なステップは、燃料であるウラン235やプルトニウムを大量に精製濃縮したうえ、各々に照射する中性子の運動を室温で減速できる方法を考案すること、さらに核分裂の連鎖反応を制御するために、反応がいわゆる「臨界点」に達したときに、中性子を速やかに吸収できるいわゆる「制御棒」を探し当てることである。ドイツが、中性子を減速するために重水を使用するプランを立て、そのために重水が豊富にあるノルウエーをいち早く占領したのは有名な史実である。「マンハッタン」チームは、その代わりに黒鉛（多層炭素、いわば石炭やダイヤモンドの親戚）を減速剤として使用する方針をとった。さらにカドミウム棒が中性子の吸収に有効であることを見つける。約一年後の一九四二年十二月二日に、シカゴ大学の中性子物理学の専門家エンリコ・フェルミ（一九〇一〜一九五四）を船長とする「マンハッタン号」の連鎖反応チームは、自動制御のできる核分裂連鎖反応炉（いわゆる炭素原子炉）の開発に、とうとう成功し、小規模ながら核エネルギーを供給できる態勢を確立した。この成功は、単に戦争兵器としての原子爆弾の製造に必須であるばかりではなく、戦後の原子核エネルギーを平和利用するための大型原子炉の建設に多大の貢献をした。その快挙は、まさに物理学上の「歴史的瞬間」であった。コンプトン博士（小説ではバート）は、世界中（敵国ドイツ、イタリア、日本を除く国々）に、この成功を告げる有名な暗号電報を打電した。「イタリアの水先案内人が、とうとう新世界（新大陸）に上陸した！　原住民は友好的だった」文字通りに解釈すれば、「イタリアの海洋探険家クリストファー・コロンブス（一四五一〜一五〇六）が、一四九二年にアメリカ大陸を発見した！　アメリカ・インディアンたちは、それを歓迎した」と読める。

原子核物理学者たちは、この暗号を受信するや、「イタリアから亡命して来たフェルミが、とうとう新大陸アメリカで中性子原子炉を開発し『核エネルギー時代』を開いた！　マンハッタン・チームは、その成功に勇気づけられ、祝杯をあげた」と翻訳解読した。こうして、小説は次の三章（核時代）へと突入していく。

ちなみに、作家パール・バックが一九三八年にノーベル文学賞を受賞した際、その年のノーベル物理学賞の受賞のためにストックホルムを訪れていたのが、ほかでもないこのイタリア出身のエンリコ・フェルミ教授であった（彼の妻ローラがユダヤ人であったため、夫妻は独裁者ムッソリーニの支配する母国で迫害を受けた。友人であるデンマークのノーベル賞原子物理学者ニルス・ボーアから、あらかじめ受賞を知らされていた夫妻は、ストックホルムで受賞後、帰国せずそのままアメリカに亡命した）。バック女史は、そのとき以来、深い知り合いになったローラ・フェルミ夫人が一九五四年に出版した、夫を偲ぶ回顧録『わが家のアトム：エンリコ・フェルミとの人生』を注意深く熟読。大衆作家ながら、原子力物理学の複雑な原理、反応を、学術用語を巧みに駆使しながら、しかも家庭婦人など素人にもわかりやすく説明するという見事な作家的手腕を本書で披露している。彼女の博学というよりはむしろ勤勉ぶりに、少なからぬ読者が感銘を受けるだろう。

一九四四年のノーベル賞決定

皮肉にも、フェルミの原子炉開発は、今や敵国であるドイツの「核分裂」現象の発見者オットー・ハーンのノーベル物理学賞（一九四四年）受賞の有力なきっかけとなった。しかし、ユダヤ人であり女性であった同僚リーゼ・マイトナーは、彼の発見に「ウランの核分裂」という正確な解釈を与えたにもかかわらず、その受賞の恩恵にまったく浴さなかった。世界（特にアメリカ）の多くの物理学者たちは、戦後それを「不公平な差別」と感じ、結局一九六六年に、「フェルミ賞」をマイトナー女史とハーン博士に与える。彼女は、この賞を受けた史上初めての女性となった。しかし、三十年間以上（一九〇七

〜一九三八）研究を共にした二人の間にいったんできた深い溝、個人的な心の傷は十分に埋められることなく、高齢に達した二人は二年後に、あの世での和解を求めるかのごとく、あいついでこの世を去った。

「起承転結」の「転」

多くの小説では、いわゆる「起承転結」の原則に従ってストーリーが進行していく。この小説もその例外ではない。三章に入って、話は意外な方向に展開していく。「マンハッタン計画」チームの主力は、シカゴ大学から人里離れたニューメキシコ州の砂漠のど真ん中、ロスアラモス地方に建設された「極秘」の原爆建設研究所に移される。チームの一員には、英国人のパーシー・ハードという人物（ソ連側のスパイであるクラウス・フックスがモデル）が紛れ込んでいた。ジェーンとスティーブは、他人の仕事に首を突っ込みたがるパーシーの行動に次第に疑惑を感じ始める。

一九四五年四月十二日、米国大統領フランクリン・ルーズベルトが脳溢血で急死し、副大統領だったハリー・トルーマンが「棚ぼた式」に大統領に就任する。まもなく五月八日に、とうとうドイツが無条件降伏し、ヒトラーは愛人と自殺を遂げて、その戦争責任を逃れる。ベルリンを占領した米ソ英仏連合軍は、いち早くウエルナー・ハイゼンバーグやオットー・ハーンらナチス時代のドイツの原子力物理学者たち数名を拘束して、原爆製造計画について詳しく尋問した結果、ナチスの原爆開発は結局失敗に終わり、中断されていたことが明白になる。こうしてアメリカの敵は、日本一国だけとなった。日本には理化研の仁科芳雄博士の開発したサイクロトロンはあったが、原爆を開発する能力も余裕もとうていなかった。

「目的」の変更

三年半前に、真珠湾攻撃で華々しくスタートとした「大日本帝国」の対米戦争も、長期戦に入って以来、ダグラス・マッカーサー元帥に率いられたアメリカの「物量作戦」に次々と粉砕され、日本帝国はほとんど「虫の息」同然になっていた。東京全体が（皇居を除けば）、毎日のようにやって来る米軍のB29機による爆撃で、とうとう焼け野原と化した。二月に硫黄島上陸、六月に沖縄の占領を完了した米軍は、いよいよ日本本土占領のため、十一月に本州上陸を計画していた。したがって、本来ならば、ドイツ降伏の時点で、「マンハッタン計画」は中止されるべきものだった。実際、「マンハッタン計画」を真っ先に提案したジラード博士をはじめとする何人かの良心的な科学者たちは、計画の中止、日本への使用（投下）に反対する署名運動を開始した。ところが、「マンハッタン計画」を総指揮していたレスリー・グローブ参謀（小説では、ヴァンという名で登場する）は、莫大な額の米国民の税金（国家の軍事予算）を消費して三年間以上進められてきた原爆開発計画を、ドイツの降伏を理由に、ここで全部中止すれば、議会の予算委員会から激しい攻撃を受けることを恐れ、計画の続行を命じた。目的がすっかり変更され、日本の都市への原爆の使用によって、日本の降伏を早め、対日戦争における米軍将兵の損失を最小限にとどめるために、原爆の製造、完成に拍車がかけられた。

さて、七月中旬、連合軍占領下のベルリン市郊外にあるポツダムで、戦後処理を検討する三巨頭会談が開かれた。出席したのは、トルーマン米大統領、チャーチル英首相、ソ連のスターリン首相。ここで、日本に「無条件降伏」を要求するいわゆる「ポツダム宣言」が発表される。

原爆実験の成功と「無条件降伏」

そのポツダム会談のまっ最中、実験用のプルトニウム原爆第一号がとうとう完成し、七月十六日の未明、そのテストがニューメキシコの砂漠「ゼロ」地点で行なわれた。テストは大成功だった。そのニュースは、直ちにポツダム会談中のトルーマンに急報された。そこで彼は、「秘密兵器」の存在をほのめかしたうえ、スターリンから次のような約束を会談終了前に勝ち取った。

「ソ連の対日宣戦を八月七日まで（ドイツ降伏から三ヶ月間）控えること」

トルーマンは、ソ連が（日ソ不可侵条約を破って）日本に対して宣戦布告すれば、ソ連の誇る陸軍の威力を一番恐れている日本軍が、ただちに降伏に走ることをよく承知していた。降伏した敵国日本に原爆を使用することは、国際外交上明らかに不可能だった。広島に投下予定のウラン原爆を完成するまで、少なくともあと三週間必要だった。したがって、八月六日前に日本が降伏してしまったら、世界でアメリカだけが保有している原爆の実際の威力を、戦後（冷戦時代）の宿敵になろうとしているソ連、とくに独裁者スターリンに誇示できるチャンスを失ってしまう。時間を稼ぐために、トルーマンはもう一つのトリックを「ポツダム宣言」（七月二十六日発表）に挿入した。日本にわざと「無条件」降伏、つまり「天皇制の廃止」を降伏の絶対条件に盛り込んだ。というのは、日本はまさに降伏寸前だったが、「人神」である天皇の温存を強く望んでいることを、トルーマンは熟知していたからだ。「無条件降伏」を日本政府に迫れば、日本は降伏を渋るに違いなかった。案の定、日本政府はポツダム宣言を受諾することを、愚かにも拒否した。トルーマンにとっては、まさに「思う壺」だった。

さて小説の三章の終わり近くの場面(原爆製造の最終段階)で、原子炉の操作中に事故が起こり、ディック・フェルドマンという若い技士が大量のアイソトープによる汚染のため、ついに被曝死への運命をたどる。一週間ほど死と闘い続ける彼の看護に終始したジェーンは、とうとう史上初の原爆実験を目撃するチャンスを失う。

原爆使用の是非

そして、小説は最後の四章に突入する。広島および長崎への原爆投下は、いよいよ秒読み段階に入った。その直前に、バートは、旧友であるヤスオをアリゾナの砂漠にある強制収容所に訪ねる。バートは、ヤスオに原爆投下について警告するつもりで来たのだが、とうとう言い出せず、二人は久しぶりの雑談をしたあと別れてしまった。ジラードは、原爆をソ連の東欧進出を抑えるための外交手段の一つとして利用しようとするトルーマン大統領や国務長官ジム・バーンズやグローブ参謀らが進める日本への原爆投下計画に反対する抗議文を作成して、科学者の間で署名運動を開始した。ワシントンでは、その抗議運動に対応して、最後の決断を下すため、米国政府軍事関係の最高幹部会議が開かれた。有名な元帥(マッカーサー)は、「日本の降伏を早め、日米両将兵の生命の損失を最小限にするためには、原爆投下は不可欠である」と主張した。親日家の陸軍長官(スティムソンがモデル)は、「美しい古都(京都)を原爆の投下候補地リストから、ぜひはずすよう」強く軍に要請する。ベルリンでユダヤ系の妻を虐殺されたシグニー(ジラード博士がモデル)は、科学兵器を大量殺戮に利用することを憎んでいた。そしてジェーンを訪れ、「原爆使用禁止を訴える」嘆願書に署名してくれるよう説得する。科学を愛したが、殺人兵器の開発、使用には反対であった彼女は、結局は署名を拒んだ同僚であるバートやスティーブとちがい、その嘆願書に快く署名する。スティーブは自分が嘆願書に署名しなかった理由をジェーンに説明する。パーシー・ハードがソ連に原爆開発の機密を流していることがとうとう発覚したからだ。ソ連が情報を握ったからには、原爆をできるだけ早く使用して、その恐ろしさを開発前に自覚させる必要があると彼は感じたからである（彼の期待を裏切って、ソ連は一九四九年九月にとうとう恐ろしい原爆の開発に成功して、第二の核保有国になった。そして、一ヶ月後には、隣の中国で毛沢東が共産党政権を樹立して、米ソ間の冷戦に拍車をかけ、さらに翌年、朝鮮動乱の勃発へ発展する）。

シグニーは、ワシントンに出発直前のスティーブをつかまえて、最後の説得を試みた。

「日本全体がもはや戦う気力をなくしている。降伏寸前なんだ。アメリカには原爆を使用する必要もないし、本土上陸作戦も必要なくなっている。日本に今必要なのは、たった一つ、ちょっとした『許しの言葉』をほのめかす、たとえば屈辱的な『無条件降伏』ではなく、ただの『降伏』を迫って顔を立てることだと思う。そうすれば、戦争は素直に終わるんだ。そう大統領に伝えてくれ」

大統領はそんなことは「承知の助」だった。彼の最大関心事は、虫の息である日本ではなく、戦後、東欧全体にのさばろうとしているソ連の独裁者スターリンをいかに料理するか、つまり何を使って彼を威嚇、牽制するかにあった。トルーマンとバーンズにとって、降伏直前の日本に原爆を落とすのが、絶好の「牽制球」であった。科学者たちが何を言おうと、彼らは絶対に譲らなかった。

日本に無条件降伏を迫る「ポツダム宣言」が七月二十六日に発せられ、日本はそれをあっさり拒否した。予定通り八月六日の朝（午前八時十五分）、広島市上空にたった一機のB29機が姿を現した。下界の市民たちは、「ただの偵察機だろう」といっこうに気にかけなかった。そのうちに機体から玩具のような小さな銀色の球が放出され、回転しながら落下し始めた。まるで太陽の小さなかけらのように見えた。と突然、それが「ピカドン」と爆発して、空高く無気味なキノコ雲がモクモクと上昇し始めた。そして、次の瞬間、広島市の半分は「生き地獄」、もう半分は「死の廃墟」となった。

その恐ろしいニュースは一瞬にして津波のごとく世界の隅々に広まった。驚いたスターリンは、すぐ翌日、日本に宣戦布告を発した。八月九日に、二発目の原爆が長崎湾に落とされた。ソ連の参戦と二発の原爆に狼狽した日本政府は、ポツダム宣言をまもなく受諾して、ついに八月十五日、天皇がラジオを通じて「敗戦」を宣言した。

戦後の核エネルギー開発

核兵器競争

米国による広島及び長崎における原爆の人体実験が示した圧倒的な威力に驚嘆したソ連の指導者ジョセフ・スターリンは、国内の原子力研究者たちを総動員して、米国に早急に追い付くべく、自家製の原爆の開発に乗り出した。ソ連の原爆第一号は、四年後の一九四九年に実験の成功を収める。そこで絶対的優位（核兵器の独占）を失った米国のトルーマン大統領は、より強力な核兵器である水素爆弾（水爆）の製造を、翌年一月に国内の原子力科学者たちに命令する。水爆は原爆と違い、核が融合（重水素や三重水素などの軽い原子核が融合）する際に放出されるエネルギーを利用した大量殺戮兵器である。ちなみに、太陽の光熱エネルギーは核融合により発生する。

原爆の開発（マンハッタン計画）に参加したエドワード・テラー（一九〇八〜二〇〇三）が、水爆開発の科学者リーダーに任命され、彼はのちに「水爆の父」と呼ばれようになる。ところが、「マンハッタン計画」の科学者リーダーで、「原爆の父」と呼ばれていたロバート・オッペンハイマーは、この水爆開発に真っ向から反対した。水爆戦争が始まったら、地球全体が破壊され、人類が滅亡する可能性を恐れたからである。彼は、この小説に登場するバートのごとく、原爆の使用を深く後悔し、戦後は、米原子力委員会で「核兵器の国際管理」を呼びかけ、かつ「ソ連との核競争」を防ぐために活動した。にもかかわらず、一九五二年に米国は初の水爆予備実験に成功する。翌年、ソ連が初の実戦用水爆の爆発実験に成功。遅れをとった米国は、一九五四年の三月から六回にわたる水爆実験の計画（キャッスル・シリーズ）を立てた。その第一回が太平洋上のビキニ環礁で行なわれた一五メガトンの巨大水爆であった（「メガトン」とは一〇〇万トンのことで、ＴＮＴ火薬一トンの一〇〇万倍の破壊力を意味する）。

危険水域外（ビキニ環礁から一六〇キロ東方海上）で、たまたまマグロはえなわ漁をしていた第五福竜丸の乗組員二十三名全員が、この水爆実験がもたらした「死の灰」（白い粉）をかぶり、その放射能のため、いわゆる「被爆症」に一生苦しめられることになる。また、築地の魚市場に続々荷揚げされてくる遠洋漁業の魚（主にマグロとサメ）の大半が高度の放射能で汚染されていることも判明。第五福竜丸の乗員のうち、久保山愛吉さん（四十歳）を含め過半数が被曝症の悪化のため、治療のかいもなく死亡した。この実験で被曝したのはこれらの漁民ばかりではなく、少なくとも米兵二十八名、（ビキニ環礁付近の）マーシャル群島の住民およそ二百名だった。その補償問題はいまだ解決をみていない。

この「水爆開発」事件は、もう一つの醜い社会的側面を日本や米国で露呈した。まず、被害者であるはずの被爆者たちがいわれのない「差別」を受け続けたことである。このため、ほとんどの被爆者たちは以後多くを語らず、口を閉ざすばかりではなく、被爆を隠さざるを得ない境遇にまで追い込まれた。時に米国では、朝鮮動乱（一九五〇～一九五三年の米中戦争）の休戦直後で、米国と共産圏（特にソ連）の間のいわゆる「冷戦」がピークを迎えていた。いわゆる「赤狩り」をめざす「マッカーシー旋風」が米国中に蔓延し、進歩的なインテリたちが「共産主義者」あるいはその「シンパ」というレッテルを貼られ、職場あるいは社会から追放を受けるという極めて醜い事態が生じた。その被害者の一人が、水爆開発に反対したオッペンハイマー博士だった。彼は戦後しばらく原爆開発の功労者として、米国市民たちから尊敬を集めていたが、米ソ間の水爆競争を批判したために、「水爆の父」テラー博士から、共産主義シンパあるいは「親ソ派」と非難され、一九五三年以後、公職から追われる羽目になった。

核の平和利用

戦後、米ソの核兵器競争が続く中、原子力の「平和利用」をめざして、世界に先駆けて実用的な大型原子炉の開発に取り組み始めたのは、フランスのジョリオ＝キュリー夫妻だった。夫妻は一九三四年に世界初の人工放射性同位元素の製造に成功し、翌年ノーベル化学賞をもらった。戦争中はパリを占領していた独軍（ナチス）に対する抵抗運動で、研究を長らく中断していたが、終戦と共に研究室に戻り、三年後の一九四八年には、パリ郊外ＣＥＡフォントネ・オー・ローズ研究所で、ヨーロッパ初の原子炉（ゾエ）建設に成功した。一九五一年には、世界平和評議会の議長を務め、「核兵器の全面撤廃」を唱えるパグウオッシュ会議の設立にも尽力した。しかしながら、社会主義的な見解をしばしば表明したため、冷戦の激化と共にフランスのドゴール政権から煙たがられ、不幸にして一九五〇年には原子力庁（ＣＥＡ）長官などの公職から外される運命になる。その数年後、夫妻とも（母親であり師でもあるマリー・キュリーと同様に）長年の放射能研究に起因する白血病で他界した。

さて、原子力発電には、原子炉の中の核分裂反応により発生する熱エネルギーで蒸気を発生させ、タービン発電機で発電する方式がとられている。核燃料は従来の熱源（例えば石炭や石油等）より、はるかに大きなエネルギーが得られ、一度入れれば長期間使うことができる。いまや原子力の平和利用の中で最も重要なものの一つになっている。発電量は今日、米国が最大で、英独仏露などの欧州諸国や日本でも盛んである。原子力発電所（原発）の建設は、一九七三年ごろの石油ショック以後、日本政府のエネルギー政策の基本となったが、建設に反対する住民も多数いる。原発の安全管理や事故が発生した場合の対応が不透明であるばかりではなく、放射性廃棄物の処理問題もいまだに解決されていないからだ。

チェルノブイリ原発は、ソ連の大都市キエフ（現在、ウクライナ共和国の首都）近郊にあった（現在、全面閉鎖中）。一九八六年四月の事故では、炉心が溶けて大量の放射性物質が飛散し、原子力発電史上、最悪の事態を招いた。この事故の処理に当たった原発職員や消防士三十一名が死亡し、十万人以上の住民が避難した。さらに、放射能は国境を越えて飛散し、北半球のほぼ全域で観測された。この事故は、原発の安全管理の重要性を嫌というほど見せつけることになり、原発建設計画を見直そうとする世論が以後、先進国諸国で続々と出つつある。

太陽（ソーラー）エネルギーの利用

太陽のエネルギーは、そもそも自然で起こっている原子核の融合によって生じるもので、地球上に到達する太陽光線（熱線）は放射能を全く帯びていないため、極めて安全である。しかも、人類（あるいは他のあらゆる生物）誰にも「無料」で提供されている。この自然にある無尽蔵の「太陽エネルギー」を何とか貯めて、緑植物の葉（葉緑素）による光合成に相当する「太陽電池」を作り、石油や石炭あるいは水力／核発電に代わるべきソーラー電力を開発をしようと初めて考えついたのは、一体誰だろう？

その先駆けは、一九五四年に米国ニュージャージー州にあるベル研究所のモートン・プリンスらが開発した単結晶シリコン型太陽電池である。当時の効率は高々数パーセントだったが、以後半世紀にわたる多数の研究者による改良により、最近はシリコン太陽電池の効率が二二パーセントにまでに高まり、一般家庭や企業の電源にも、また（排気ガスを出さない）「ソーラーカー」（太陽車）の動力源にも利用されるようになった。願わくば今世紀の後半には、公害のない「太陽エネルギー」が、（中東戦争の主因になっている）「石油」や天然ガスや石炭ばかりではなく「原発」にも頼らない、「きれいな」天然のエネルギー源として、地球上至るところで普及することを、私は心から祈っている。それはきっと、現在世界中で大問題となっている、悲惨な戦争ばかりではなく「地球温暖化」をも解消する大事な「鍵」となるだろう。この小説の英文原題、「暁（「朝日」あるいは「太陽」）を制す」とは、まさにこのことを象徴的に暗示しているのだ、と私は密かに信じたい。

おわりに

小説に登場する原子物理学者ジェーンは、原爆の広島・長崎への使用に反対する嘆願書に署名したのち、ロスアラモスの原爆開発研究所を去り、原子物理学をやめ、戦後「光合成」研究への道をたどる。太陽の光を浴びた植物の緑色の葉一枚一枚が、自然の光エネルギーをいかに吸収、利用して増殖、成長していくか、その「謎」を解く「緑(グリーン)」の研究である。「核エネルギーの代わりに、太陽エネルギーを利用しよう」という二十世紀後半、あるいは二十一世紀の人類の「新しい生き方」を、この小説は、環境保護運動の草分けであるレイチェル・カーソン(一九〇七〜一九六四)のかの名著『沈黙の春』の出版(一九六二年)に先駆けて、われわれに暗示しているといえるだろう。

最初の原爆の犠牲になってすら、原子力エネルギーにどっぷり浸り、戦後の経済成長のために「環境の破壊」(地球の温暖化)に目をつぶり続けてきた日本人たちは今、(二世代以上前に起こった)原爆の悲劇を既に忘れて、平和憲法(特に第九条)を改悪して、自衛隊の海外派遣、再軍備を強化し、再び「世界の破壊」に加担するつもりなのだろうか?

太平洋戦争中、日本軍から(原爆に勝るとも劣らない)酷い仕打ちを受けた中国、朝鮮、東南アジア諸国、そして沖縄の住民たちは少なくとも、それをいつも恐れている。「大和民族よ、喉もとが渇いても、熱さだけは決して忘れないでほしい」と、彼らは朝晩のごとく祈っている。彼らは、南京やマニラなどで受けた日本軍による仕打ちを絶対に忘れないからだ。アメリカ国民が日本軍による「真珠湾攻撃」を決して忘れないように。それと同様に、日本国民がアメリカ政府による「広島・長崎への原爆投下」を決して忘れないように、私を含めて（戦争を直に体験した）我々の世代は切に祈りたい。戦争の悲惨さを忘れたとき、人々はまた戦争を始めようとするからだ。

最後に、この訳本の出版に情熱を持って取り組んでくださった径書房の皆様に、深く感謝の意を表します。

二〇〇七年六月、米国ボルチオアにて　丸田　浩

追記：本邦訳の一一一ページと一一九ページ付近に相当する原書の部分に、明らかに著者の「勘違い」あるいは「誤解」と思われる、全く意味のない文章が二ヶ所あり、それをそのまま訳しても読者に誤解あるいは混乱をもたらすだけなので、それを含む節あるいはその一部を、監修者の立場から「割愛」した。また、現在では差別的とも取られかねない表現については一部を改めた。これは、著者が他界してから既に三十余年が経過しており、残念ながら本人と相談する機会がなかったことによる。

著者
パール・バック
（1892〜1973）

1892年に米国のウェスト・バージニアで宣教師の娘として生まれるが、生後３ヶ月で両親の伝道先である中国大陸に渡り、その半生を過ごす。米国のランドルフ・メイコン女子大学を卒業後まもなく、中国で農業経済学を教えるロッシング・バック氏と結婚。長女キャロルを産むが、キャロルが重度の知的障害であったことから、結婚は遂に破綻に終わる。娘を米国の施設に預け、生涯面倒をみてもらうために必要な費用を自ら稼ぐ目的で執筆を始め、中国貧民の生活を描いた小説『大地』（1931年）を米国で発表。不朽の名作となる。小説は数年後に映画化され、1938年には、ノーベル文学賞を米国女性として初めて受賞。南京で教鞭をとっていたパール・バックは、日本軍による南京大虐殺（1937年）の直前に米国に帰国。以後ペンシルバニア州の郊外にある農場に永住して作家生活を続け、80以上の文学作品を発表する。執筆のかたわら、「東西文化の橋渡し」の役を果たすと共に、黒人、婦人、混血児など、当時「虐げられた人々」と呼ばれていた階層の代弁者として、社会改革運動に献身する。戦後、日本をはじめアジア諸国に溢れた米軍将兵と現地のアジア女性との間に生まれた「アメラジアン」（米亜）混血孤児たちを救済するため、私財を投じて「ウエルカム・ハウス」や「パールバック財団」を創設したのは、その有名な一例。1960年には、日本を舞台にした児童向け短編小説『THE BIG WAVE（大津波）』（邦題『つなみ』径書房刊）の日米合作映画のために来日。戦前の疎開先だった長崎雲仙地方でのロケに参加した。詳しくは『パール・バック伝』（舞字社刊）を参照。

監修者
丸 田　浩

1972年、東京大学大学院薬学研究科で博士号を取得。翌年渡米して以来、ずっと海外で癌研究に従事。米国の最大医学研究所NIH、エール大学、および西独のマックス・プランク研究所などに勤務後、1988年に豪州にあるルードビッヒ国際癌研究所の中心（メルボルン支部）に制癌剤開発部長として転勤。2006年3月末に同支部を退職し、ドイツのハンブルグ大学付属病院に客員教授として勤務。主な訳書『免疫学者バーネット』（学会出版センター 1995年）、『パール・バック伝』上下巻（舞字社 2001年）、『テンジン、エベレスト登頂とシェルパ英雄伝』（晶文社 2003年）、『エレガンスに魅せられて』（琉球新報社 2005年）、著作『癌との闘い』（共立出版 2001年）など。

訳者
小林政子

1972年、明治学院大学英文科を中退し外務省に勤務。リスボン大学で2年間語学研修。主に本省では中近東アフリカ局、国連局原子力課など。在外ではブラジル、カナダに勤務。1998年に外務省を辞職し翻訳に従事。主な訳書『一瞬の夢　ギャンブル』（太田出版 2005年）など。

Command the Morning
神の火を制御せよ
原爆をつくった人びと

2007年07月24日　第1刷発行
2014年01月10日　第4刷発行

著者
パール・バック
監修
丸田　浩
訳
小林政子
編集
原田　純
編集協力
成澤恒人
発行
株式会社 径（こみち）書房
東京都新宿区南元町11-3　郵便番号160-0012
TEL.03-3350-5571　FAX.03-3350-5572
印刷
明和印刷株式会社
製本
株式会社 積信堂

装丁
山田英春（studio B.U.G.）

 ISBN4-7705-0197-4
Command the Morning
John Day edition published May, 1959